天黑了谁的手

一部派出所民警的追凶记

马金萍／著

时代文艺出版社

图书在版编目（CIP）数据

天黑了谁的手 / 马金萍著. —长春：时代文艺出版社，2019.1

ISBN 978-7-5387-5979-2

Ⅰ. ①天… Ⅱ. ①马… Ⅲ. ①长篇小说－中国－当代 Ⅳ. ①I247.5

中国版本图书馆CIP数据核字（2018）第210374号

出 品 人　陈　琛
产品总监　郭力家
责任编辑　刘　兮
装帧设计　陈　阳
排版制作　毛倩雯

天黑了谁的手

马金萍 著

出版发行 / 时代文艺出版社
地址 / 长春市泰来街1825号　时代文艺出版社　邮编 / 130011
总编办 / 0431-86012927　发行部 / 0431-86012957　北京开发部 / 010-63108163
官方微博 / weibo.com / tlapress　天猫旗舰店 / sdwycbsgf.tmall.com
印刷 / 三河市万龙印装有限公司
开本 / 880mm × 1240mm　1 / 16　字数 / 289千字　印张 / 22.25
版次 / 2019年1月第1版　印次 / 2019年1月第1次印刷　定价 / 48.00元

图书如有印装错误　请寄回印厂调换

谨以此书献给远在天国的马青山老弟

纪念那些为了老百姓利益而逝去的警察朋友们

目 录

引　　子

记得是在2016年的夏天，某电视台要做一档《警坛风云录》的栏目，请我当这个栏目的撰稿人，有一期介绍的是曾任江陵市长阳区派出所所长的牛海先生。栏目组派我上江陵去采访他。那时的牛海已经被调到市刑警队当队长去了。我在江陵采访他的那几天，他给我讲了很多他亲身经历过的精彩故事，但由于电视栏目的种种限制，他讲的许多故事都不能在电视上播出。因此，我从《警坛风云录》那个栏目撤出来之后，就一直想把他讲给我的那些故事写成一个电视连续剧，因为找不到合适的制片商投资，就一直没敢动笔。去年的年初，我的一个当警察的朋友忽然不幸去世，又勾起了我对牛海讲给我的那些故事的回忆。正好那一段时间手头没啥好写的，于是，我就把当年采访牛海的那些录音翻找出来，反复听了几遍，并对那些采访录音进行了一些技术上的处理，现在就以小说的形式发表出来，以此来纪念我的那些为了老百姓的利益而逝去的警察朋友们。

以下就是我整理出来的对牛海的采访录音：

马："牛所长——哦不对，你现在已经是刑警队队长了，再叫你牛所长有点儿不恭了啊。"

牛："哎呀，马老师您太客气了！啥恭不恭的？叫啥，我不还是我嘛！马老师我跟您说，我可是您的忠实粉丝啊！您的那首《大姑娘美，大姑娘浪》还有《咱们屯里人》，那都是我最喜欢的歌曲。在您面前我就是一晚辈。跟我您千万不要客气！您就叫我小牛或者牛海就行。您一叫官衔，我还觉得不得劲呢！”

马：“那行，那我就叫你小牛了。正好，你姓牛，我姓马，咱俩一牛一马，能坐到一起，也是缘分。今儿个咱好好聊聊。”

牛：“马老师，我这人拙嘴笨腮，也不会说啥，也不知道您想采访点儿啥，蚂蚁啃大象——不知从哪儿下嘴。”

马：“牛海，你随便说就行。”

牛：“随便说，那也不能瞎嘞嘞呀。马老师，您看我说点儿啥呢？”

马：“我没说嘛，说啥都行。随便，咱这就是聊天，你随便说。”

牛：“随便说？那不也得有个主题吗？要不那啥吧，马老师，我给您讲几个我曾经经手过的案例，您看行不？”

马：“行啊！咋的都行。”

牛：“那好，那我就说了？”

马：“好，那咱就开始吧。”

牛：“嗯——从哪儿说起呢？（寻思了一会儿）那我就从去年9月28号晚上万嘉广场门前的那具女尸说起吧。”

1 万嘉广场门前的女尸

那天晚上月黑头，我在所里值班。

9点多的时候，桌子上的电话铃忽然响了。当时我还有点儿奇怪，这个座机的电话铃怎么响了呢？因为现在我们片区警察使用的都是手机，手机号码在他们各自负责的片区内，都已经公示了，如果老百姓报案或者有什么事需要我们解决的话，应该打片警的手机号码才对，不应该打这个座机呀。这个座机的号码知道的人不是很多。所以，一般的老百姓很少会有人打这个电话的。我随手抓起了话筒，刚说了一声“喂”，话音还没等落，话筒里就传出了一个女人的声音：“喂，长阳区派出所吗？你们今天晚上谁值班啊？”我一听这声音就知道，这肯定是110指挥中心打来的。于是急忙说道：“今晚值班的是我，我是长阳区派出所的副所长牛海。”那女的就跟我说道：“牛所长，刚才有人打110报案，说在你们辖区临河街万嘉广场门外的商业街附近，发现一具女尸。你现在立刻组织警力赶往万嘉广场的事发地点，把现场保护起来，市局刑警队的同志马上就到。”

事不宜迟，撂下电话，我一边往外跑，一边给负责临河街那片的民警小廖打了个电话，命令他立刻赶到现场。我跑到外面，发动起我的那辆巡逻车，打开报警器，鸣叫着警笛，飞速朝万嘉广场赶去。没用上十几分钟，就赶到了万嘉广场的商业街。此时，商业街正是热闹的时候，人潮涌动，摩肩接踵，路两侧都是卖服装的、卖瓜果梨桃的以及卖各种小吃的，叫卖声和人流的嘈杂声形成了一种铺天盖地的声浪。商业街上人多路窄，我的警车开不进去，我只能把车停在附近的一个空地上，然后根据110指挥中心刚才通过手机发给我的具体位置，很快找到了事发现场。

事发现场是在万嘉广场的西门外，人行道路边一个供行人休息用的长椅上。此时，长椅的四周已经挤满了围观的群众，人们议论纷纷，说啥的都有。我分开人群，走到死者跟前，这才借着街头路灯的光亮看清死者的面目。死者是个女的，年岁不大，看模样，也就是二十一二岁的样子。死者是鸭蛋形脸，梳着一条马尾辫，长得颇有几分姿色，只是披散在额头的那几绺头发显得有些凌乱。她斜仰着靠在长椅的靠背上，一只手搭在椅背的上沿，另外一只手似乎在痛苦地捂着肚子。她嘴唇乌紫，嘴角和鼻孔都有丝丝的血迹流淌出来，面目呈痛苦状；她的眼睛并没有完全闭上，而是微微地睁着，似乎在等待着什么人的到来。从现场的状况看，这女孩儿非常像中毒而死。

我到现场的时候，小廖还没有到。我让那些围观的群众不要再围观了，但是老百姓根本就不听我的话，围观的人反而越来越多。其实，此时现场也没啥好保护的了，现场早就被那些围观的群众给破坏了。三四分钟之后，小廖赶过来了，我就跟小廖拉上了警戒线，把围观的群众和现场隔离开来，让那些围观的老百姓离死者坐的长椅远一点儿，不要再往前拥挤了。又等了十几分钟的样子，市局刑警队的人才赶到。领队的是他们的副大队长吕枫。吕枫当年曾在我们长阳区派出所当过所长，而且还跟我父亲搭过班子，我父亲当年在这个所当所长时，他是副所长，后来我父亲被人暗杀之后，他才当上所长的。所以，从我父亲那边论，我还得叫他一声吕叔呢。

吕枫领着法医还有他们队的两个刑警一到现场，就立即对现场进行了非常仔细的检查，我跟他说话，他也没顾得上搭理我，指挥着法医还有他手下的那两个刑警，忙乎着拍照和排查现场。但是，由于现场已经完全被破坏了，根本就没法找到有价值的线索。他们只从死者的裤兜里掏出了几张皱皱巴巴的共计二十多元钱的纸币和几张被撕成一块一块的卫生纸，除此之外，在死者身上没有找到任何能够证明其身份的证件以及和其他人联络的方式。死者叫啥名、是哪儿的人，一切都无从了解，所以，吕枫他们在现场忙乎了一溜十三遭，除了在附近的垃圾箱里发现一个喝干净的饮料瓶，啥线索也没有发现。他有些懊丧地指挥他们那两个警察用裹尸袋把女尸装好，然后抬到了他们开来的运尸车上。直到这时，他才用埋怨和批评的口气问我说："牛海，你是不是第一个赶到现场的？"

我点头说："是。"

吕枫盯着我说："这现场你是咋保护的？你都当上副所长了，还不知道保护现场对于破案的重要性吗？"

我急忙解释说："吕叔，我接到指挥中心的电话后，就急忙往这儿赶，到这儿的时候，现场就已经被破坏了。很多人都在这儿围观。"

吕枫似乎懒得听我解释，说："好了好了，你别说了！具体情况，等明天早晨开案情分析会时你再过来解释吧。"

说完，他就领着他们刑警队的那些人走了。现场围观的群众也都渐渐散了。我觉得有些窝囊。作为第一个赶到现场的辖区警察，我能做的我都做了。吕枫他干啥当着那么多人的面，鼻子不是鼻子脸不是脸地贬损我呀！我赶到现场的时候，现场就已经被破坏了，我跟小廖赶到后就开始疏散围观的群众并及时地拉上了警戒线，我们对那具女尸连动都没敢动。现场没有保护好，这能怨我吗？我好赖不济，也是个派出所的副所长吧，就算吕枫他是我的长辈，是我的上级领导，他也不该当着那么多人的面，不问青红皂白就贬损我呀！我越想越窝囊，就好像有一股气憋在肚子里发泄不出来似的。这时，站在一旁的小廖看我脸色不好，就安慰着说道："行了行了，牛所，你也别生气了，吕大队他就那德行！没咱啥事了，咱是不是得回所里呀？"

此时，我肚子里的气正没处发泄呢，一听小廖这么说，就火了，我冲着小廖嚷道："回什么所里呀回所里？咱是干啥的你不知道啊？"

小廖看我发火，有些发蒙，怔怔地瞅着我，也不吱声，意思是我怎么跟他发起火来了。我看小廖那愣怔的样子，觉得我冲他发火实在有些不应该，就缓和了口气说："今晚咱俩值班，咱得抓紧巡逻去。"小廖听我这么说，就朝停在附近的我的那辆巡逻车走去。我看他走了，我也跟在他的身后朝那辆车走去了。

2 黄晓梅的微信

那天晚上，我跟小廖在我们负责的辖区内，一直巡逻到凌晨4点多才回到所里。这时，天色已经有些蒙蒙亮了。我觉得挺累的，但躺在休息室里又睡不着，我就打开手机微信，这一看不要紧，我吓了一跳。黄晓梅竟然给我发了好几条微信，都是问我在干啥呢。最后一条是用语音发的："牛海，你忙啥呢？我给你发微信，你怎么不给我回呢？"口气里似乎有些不高兴。我一看发微信的时间，是半夜12点

43分。这大半夜的，她频频地给我发微信，啥意思啊？当时我想给她回，又怕她已经睡了再影响她的休息，我就靠在休息室的床上，拿着手机呆呆地想了一会儿，终于也没给她回，心想，有啥话等明天早晨她来上班再说吧。

黄晓梅是我们所的户籍警，是前年才从警院毕业，通过公务员考试分配到局里来的大学生。她分到局里的时候，正好赶上我们所原先的那个户籍员跟她老公调往外地去了，因此就空出这么个岗位，正好还挺适合女孩儿干的，所以局里就把她分配到我们所里来了。

虽然黄晓梅是通过公务员考试分配来的，但所里的人谁都知道，她是一个有背景的女孩儿。她父亲黄利德是我们江陵市的城管局局长，在江陵，绝对是一个能呼风唤雨的实力派人物，不敢说东头一跺脚，西头就地震吧，反正也得呼扇一下子。不过，黄晓梅这小丫头倒是挺好的，为人处世挺低调的，从不仗着她父亲的权势装腔作势，到处显摆。分到我们所接手户籍之后，工作非常认真，对人不笑不说话，跟谁都是低眉顺眼一副讨人喜欢的样子，再加上她又长了一张漂亮的娃娃脸，因此，无论是所内的同事还是我们辖区的百姓，对她的评价都很不错。去年她还被局里评为了优秀警察。

由于我跟黄晓梅都是从省警官学院毕业的，只不过我比她早毕业几年，因此她自然而然就成了我的小学妹，我也理所当然地成了她的大师哥，再加上说话唠嗑、待人处事，她跟我还挺对撇子的，特别是她分到所里之后，我又是分管她的副所长，因此，平时在所里，她总是师哥长师哥短地叫我，特别是当她知道我是一个还没成家的“单身狗”之后，对我就更加有好感了。有一次，我带她出去单独执行任务，回来的路上，我俩在一家饭馆吃饭，吃到中间的时候，她忽然忽闪着好看的大眼睛盯着我说道：“师哥，我不知道你喜不喜欢我，反正我挺喜欢你的，要是对我不反感，干脆你就当我的男朋友得了，省着我爸我妈为我该找一个什么样的男朋友这点儿事整天唠叨。我呢，也算了却了人生必办的一件大事。你看咋样？你也不必遮遮掩掩地拿话敷衍我，你就说你喜不喜欢我吧？”

我没想到黄晓梅会这么大胆，把男女间的爱情说得这么直接，那一瞬间，她的这番话倒把我整得有点儿不好意思了。我憋了老半天，才吭哧瘪肚地回答她说：“晓梅，你这么优秀这么漂亮的女孩儿，我怎么会不喜欢呢，但是，你不了解我的情况。我现在还不想处朋友。”

黄晓梅有些不相信地说：“师哥，你是不是拿这话搪塞我呢？你都已经三十多岁了，半个花甲子都过去了，你还说你不想处朋友，那你还想等到啥时候处朋友结婚哪？师哥，是不是你见过的那些女孩儿都不合你的意呀？你到底想找个啥样的你说，如果你觉得我不行，你把你的条件说出来，我帮你找。我跟你说师哥，人这辈子很快的，你再不结婚就成老头子了，你不着急，我这个当小师妹的都为你着急了！我这么大个姑娘，舍皮扒脸地想借着酒劲儿把自己推销给你，没想到你还不要，不但不领情，还直接把我给拒绝了，得亏我脸皮厚，这要是脸皮薄的，早就找个地缝钻进去了。”

其实，黄晓梅那天并没有喝酒，她是故意这么说的。那天，倒是我喝了不少酒。黄晓梅那一番半真半假、连怨带损的话说完之后，把我给弄得非常尴尬非常不好意思。这要是平常，我肯定会用别的话搪塞过去的，不会跟她把我的心里话说出来的，那天也是喝了点儿酒，再加上黄晓梅这番话，虽然是用玩笑的口吻说的，但说实在的，还真是让我挺感动，我没想到她这么一个小姑娘会这么直率、直白地把她对我的爱表达了出来，于是我就把我为什么不想跟她处朋友的原因说了。

3 我为什么不想处女朋友

我记得当时我是这么跟她说的：

“晓梅，虽然你来所里这么长时间了，但是你并不真正了解我。你知道我当初为啥放着北大、清华不考，非要报考警官学院当警察吗？你知道为啥我从警院毕业省厅想留我我都没干，非要回到江陵吗？我跟你说吧，我是为了给我爸报仇才放弃我当初的理想的。你知道我当初的理想是什么吗？我当初最大的理想是当一个物理学家的。我初中的时候，就在全国中学生物理大赛中获得过大奖，当时有物理学家认为我是一个搞物理的好苗子。但是，为了破解我爸被人暗杀的谜案，我放弃了，最后下决心报考了警官学院。我考警官学院的本意是想当刑警的，没想到命运弄人，江陵公安局竟然把我派到了我爸当年当所长的这个派出所当片警来了。好在我爸当初就是在这个派出所当所长时出的事，我来这个所，也算是接了我爸的班了。但你放心，我爸被人给害死的事，绝不会就这么拉倒的，虽然这个案子已经过去二十年了，但我一定会找出那个暗害我爸的凶手的。凶手一天找不到，我就一天不结婚。这就是我为啥到现在还不想处女朋友、不想结婚的原因。”

黄晓梅听完我的这番话，似乎有点儿听傻了，她就像个中学生在听一个凶杀悬疑故事那样，瞪着吃惊的大眼睛呆愣愣地瞅着我，好一会儿，才有些懵懵懂懂地问我说：“师哥你说啥？你说你爸是被人给暗害死的？你是为了给你爸报仇才当的警察？师哥你不是在跟我编故事呢吧？你说你爸是被人给害死的？他一个警察怎么还会被人给害死呢？我来所里这也二三年了，怎么从来没听别人说过这事呢？师哥，你能跟我说说，你爸是被谁给暗害死的吗？”

当时，听着黄晓梅问的这种傻话，我只能苦笑。她真是一个天真得可以的傻姑娘啊，虽然她现在已经是个警察了，但她还不知道我们这个社会的复杂，不知道当警察的凶险。她以为只要一穿上这身服装，就没人敢动你没人敢欺负你了，她以为穿上这身服装是很浪漫很牛气的事呢！她哪里知道，即使在和平年代里，当警察仍然肩负着对社会的一种责任，从某种意义上说，当警察就意味着你随时都会流血牺牲。

黄晓梅看我不吱声，就有些着急地问道：“师哥，你倒是说话呀，你爸是怎么被人给暗害的？是谁给暗害的？”

“我要是知道被谁给暗害死的，我还不当警察了呢！不就是因为不知道被谁给暗害死的，我才要当警察去找出杀害我爸的凶手吗？晓梅你对我真的不了解，真的。我跟你说，当年，以我的成绩，报考北大、清华都没问题，但是我没有报，我就报了警官学院。当时连我们学校的老师都为我惋惜，他们一次次地找我谈话做我工作，让我放弃报考警官学院，但我都没有答应。那时候我就一个心思，就是想当警察，想当警察就得报考警官学院，这是唯一的途径。因为只有当了警察，我才有可能找出杀害我爸的凶手，为我爸报仇。”

说到这儿，我无奈地叹了口气，对黄晓梅说：“没办法，从警官学院毕业后，当时省厅想留我，但被我给拒绝了，我知道，留在省厅对我将来的前途肯定有好处，可是对于找出杀害我爸的凶手不会有任何帮助。因此，最后我还是选择回到了老家江陵。刑警队没去成，被分到了这个派出所。这一干就是十来年。可我爸到底是怎么被人给暗害的，连一点儿线索都没有。当年，我爸死后，我妈就得了精神病，直到现在还疯疯癫癫的呢。晓梅你说，作为我爸唯一的儿子，此生若不能找出杀害我爸的凶手，不能亲手为父报仇，我活在这世界上还有什么意义了？那我还不如去干别的呢。所以，在我爸被暗杀这个案子没有侦破之前，我是绝对不会结婚的。从我得知我爸死的那天，我就已经暗暗地下了决心。”

黄晓梅听我这么一说，就不吱声了，过了好一会儿，她才用一种哀求的口气对我说：“师哥，你能给我讲讲你爸是怎么被人给害死的吗？我知道这肯定是你心灵上不想被人触摸的一块疮疤，但我还是想知道。”

黄晓梅这么一问，一下子把我的心绪带到了二十年前的那个寒冷的、没有星星、没有月亮的夜晚——

4 那天晚上月黑头

那时候，我已经上中学了。记得那天晚上我在学校上晚自习，我回家的时候，都已经9点多了，家里就我妈自己在家看电视呢。因为我爸是警察，晚上经常值班不在家，我都已经习惯了。因此回家后我也没觉出有什么不对劲的地方，我妈让我洗脚睡觉，我随口问了一句：“妈，我爸今晚又值班呀？”

我妈说："没值班，说是出去办点儿事，一会儿就回来。你洗洗脚赶紧睡吧，明天还得上学呢。"

我洗完了脚，回到我的房间，躺在床上看了一会儿书就睡着了。我也不知道自己睡了多长时间，忽然被外面一阵急促的敲门声和嘈杂声给惊醒了。我睁开惺忪的眼睛，房间里漆黑一片，只听见门外的客厅里有陌生男人跟我妈的说话声。我就听我妈的声音里带着惊恐，一个劲儿地问那个男人："老吕你说的是真的吗？老吕你说的是真的吗？我家老牛这才出去两个多时辰，怎么就死了呢？他人在哪儿呢？"

那个男的结结巴巴说了半天我也没听清楚他说的是啥，于是，我就打开了房间的电灯，下地推开门，伸出脑袋问我妈说："妈，咋的了？"

我妈用带着哭腔的声音说："小海，你爸出事了。"

听我妈这么一说，我就觉得头皮一麻，好像脑袋上的头发一下子都竖起来了似的，我急切地问道："妈你说啥？我爸出事了？我爸出啥事了？"

"你吕叔说你爸被人给打死了！"

"我这才注意到，跟我妈说话的那个男人是我爸他们派出所的副所长吕枫。那时候我跟吕枫还不咋熟呢，但由于我经常上派出所去找我爸，他们所里的那些人基本上我都认识。

这时，吕枫就对我妈说："嫂子，你先别跟孩子说这个了，你赶紧跟我上医院吧。说不定牛所长还有救呢！"

我妈那时候已经完全蒙了。我妈说："那我也不能把小海一个人扔家呀，他要再出点儿事咋整啊？"

吕枫就说："那就把小海也带着吧。"

说着，我妈就让我穿衣服，她自己也急三火四地把外衣穿上了。

这时我才注意到，此时，已经是下半夜1点多钟了。我跟我妈穿好衣服，就跟着吕枫走了出去。到了外面，我才知道，外面已经是寒风刺骨漆黑一团。我家楼下停着我爸他们派出所的那辆挎斗摩托。吕枫让我跟我妈坐进挎斗里，然后他就骑上摩托，飞快地朝医院开去。

我们到医院的时候，我爸的尸体都已经被抬进太平间去了。吕枫领着我跟我妈，走进一间医生的办公室，进屋之后我才看见，屋里还有好几个我不认识的警察，我爸他们派出所的人也有好几个都在那儿呢。吕枫把我妈领到一个戴眼镜的男人跟前，他指着那个男人给我妈介绍说："嫂子，这是我们局的杨副局长。他听说牛所长出事了，特意从家里赶来的。"那个戴眼镜的杨副局长握住了我妈的手，使劲地握着，说："弟妹节哀。"

那时候我妈已经完全傻了，她似乎根本就没有听明白那个杨副局长跟她说的是啥意思。这时一个医生走过来。吕枫把那个医生拽到一边，两个人不知道嘀咕了些什么，然后吕枫就过来跟我妈说："嫂子，你要挺住啊，经过医院的全力抢救，牛所长还是没有能够抢救过来，已经不行了。现在尸体在停尸房呢，你要不要过去看一眼？"

我妈那时候就像一个木头人似的，身体僵硬，两眼发直瞅着吕枫说："老吕你说啥？你说我家老牛在停尸房呢？他为啥在停尸房呢？他咋的了，你们为啥把他整停尸房去了？"

吕枫看我妈那样，就耐着性子解释说："牛所长今晚在执行任务的过程中，被人给暗害了。已经死了！"

我妈仍然懵懵懂懂地叨咕着说："老吕你说啥？你说我家老牛死了？他从家出去的时候，还好好的呢，这怎么说死就死了呢？"

这时吕枫可能已经看出我妈的精神有些不正常了，就对我妈说："嫂子，你跟我过去看看老牛的尸体吧。"然后吕枫又把眼光转向我，对我说："小海，现在你家就你是个男子汉顶梁柱了，你得好好照顾你妈呀！”

说实话，那时候我已经彻底被这突如其来的变故给整糊涂了。从我跟着我妈和吕枫从家里出来，一直到医院，看着那些人议论我爸的死，我就好像是在梦游似的，一切都显得那么不真实。那时候，我没有恐惧，也没有悲伤，更没有眼泪，有的只是一种天塌地陷、茫然失措、恐惧惊悚的感觉。

吕枫和我爸他们所的另外几个警察，以及局里的杨副局长，还有那个医生，领着我跟我妈，来到大楼外面的一个单独的房子里。房子的窗户都钉着铁条，屋子里只有一盏昏暗的电灯。灯泡上挂满了泥土，显得乌涂涂的。电灯的下方，是几张铁床。但那几张铁床都是空着的，只有一张铁床上躺着一个人。那个人的身上盖着白布单。我跟我妈随着那些人走进来，我就感觉这屋子里有一股阴气直逼我的五脏六腑直到灵魂深处。那种阴风惨惨的感觉，到今天我都忘不了。那个医生走到那张铁床旁边，掀开白布单，让我妈和我看那具尸体。吕枫说：“嫂子，看一眼吧。看着没有？牛所长的伤口就在后脑上。不知什么人，从后面冷不丁地给了他一棒子。今晚上不该他值班，是我值班。我们也不知道这黑灯瞎火的他一个人上临河街干什么去了。是临河街附近的老百姓最先发现的尸体，等我们赶到现场的时候，牛所长就已经不行了，没有生命体征了。我们一边把他送到医院抢救，一边上你家去通知你，你也看到了，情况就是这么个情况！嫂子，节哀顺变吧！”

这时我妈忽然像疯了似的猛然扑了上去，一把拽开蒙在我爸尸体上的那块白布单，撕心裂肺地吼叫着：“这不是我们家老牛，这一定是你们搞错了，这不是我们家老牛！我们家老牛从家出去的时候还好好的呢，他怎么会躺在这里呢？一定是你们弄错了！你让我再好好看看，你让我再好好看看！这哪是我们家老牛啊？我们家老牛哪这样啊！”

我妈这么一哭一闹，吓得我也跟着她哭了起来，我一把抱住我妈，哭着说：“妈，妈你咋的了？妈，妈你别这样，我害怕，我害怕呀！”

我妈就紧紧地搂住我说：“小海不怕，小海不怕！你爸没死，躺在这里的这个人不是你爸，一定是他们搞错了，把别人误当成你爸了！”

当时站在一旁的那些警察，都被我妈这种疯狂的样子给吓傻了。后来吕枫跟局里的杨副局长商量了一下，就让我爸他们派出所的那几个人把我和我妈给拽了出去。当天晚上，我跟我妈也没有回家，是在他们局里的招待所住的。从那天晚上开始，我妈的精神就不正常了。她坚持认为，躺在停尸房床上的那个死尸不是我爸，她认为我爸根本就没有死。这么多年她一直坚持认为，局里派我爸上外地去执行什么特殊的秘密任务去了。局里为了不让她知道我爸执行任务的真相，所以才编造了这么一个谎言，说我爸死了。

但我的大脑是清醒的。虽然那天晚上我非常害怕，但是在我跟着走进停尸房看到我爸尸体的第一眼的时候，我就已经知道了，那个躺在铁床上盖着白布单的死尸，那就是我爸爸。

后来，我才渐渐知道了那天晚上更多的事情。那天晚上确实不该我爸值班。但不知怎么回事，就在我晚自习放学之前，正在看电视的我爸突然对我妈说，他要出去一趟，去见一个人。我妈问他去见谁，他没说，还呲嗒我妈说，老娘儿们家家的别啥都打听，不该知道的别乱问。这么些年，我妈对我爸历来都是逆来顺受。他们俩也习惯了，我爸说啥我妈都信。我爸不让她乱问，她就不吱声了。我妈说，当时我爸穿的是一身便装，因为不是执行任务。我爸走了不到十分钟，我就回家了。至于那天晚上我爸到底干啥去了，是谁把他约出去的，是谁把他打倒在地上的，是谁报的警，到现在一点儿线索都没有。

由于那天晚上不是我爸值班，因此，局里和所里都认为我爸不是在执行任务时牺牲的，所以，不能追认为烈士。所以，从二十年前那个月黑头的晚上开始，我就已经抱定了不把我爸死亡的案子查清楚，这辈子我是绝对不会结婚的念头。

那天我也是喝了点儿酒，借着酒劲儿，把我爸是怎么死的，我又是怎么考的警院，一股脑儿都跟黄晓梅说了。最后听得黄晓梅芳心颤抖，热泪盈眶，对我拒绝她的爱表示理解。

但从那天之后我发现，黄晓梅跟我的关系不但没有疏远，反而更加亲近了，甚至在背后她都不称呼我为师哥，而是直呼大名了。无论有啥事她都跟我说，无论是她家的事，还是她个人的一些私密事，她都跟我商量，就好像我真成了她的男朋友似的。她这么一整，也让所里其他同事都产生了错觉，以为我真的跟她处上了朋友呢。但这种事情我又不好解释。同事们愿咋想咋想吧，反正我跟她怎么回事，我自己心里清楚。不过，说实话，我对黄晓梅真的是感觉很好，有这么一个漂亮的女孩儿经常在我身边跟我嘘寒问暖，知冷知热地关心我，这种感觉确实不错。因此，虽然我嘴上不说，但在我心里，她实际上已经成了我的女朋友了。

我一个人躺在休息室的床上，就这么闭着眼睛半睡半醒、稀里糊涂的，也不知道都想了些什么。后来我就迷迷糊糊睡过去了。当我再睁开眼睛的时候，同事们都已经来上班了。

5 黄晓梅欲言又止和老丁的小九九

我端着脸盆，刚从值班的休息室出来，就碰上了我们所长丁一。老丁看了我一眼说道："咋的？昨晚出事了？"

我点点头说："嗯，临河街万嘉广场那儿发现了一具女尸。"

老丁又说："刑警队他们不是把案子都接过去了吗？"

我说："接过去了。是吕枫领着他们队的人过来勘查的现场。勘查完之后，他们就把尸体拉走了。"

老丁就说："那就没咱啥事了呗。"说到这儿，他顿了一下，又问道："别的不没啥事吗？"

我点头说："嗯。别的没啥事。"

老丁说："那你洗把脸，赶紧回家休息去吧。"

说着，老丁就回他办公室去了。

我刚走到洗手间门口，忽然看见黄晓梅从女厕所那边出来。黄晓梅看看四下没人，就噘着嘴说："我昨晚那么给你发微信，你咋不给我回呢？"

我赶忙赔着笑脸冲她说道："晓梅，真对不起呀！昨晚万嘉广场那边出了一件案子，我跟刑警队那些人出现场了，然后又跟小廖去巡逻，等我看见你发来的微信的时候，都已经是下半夜了。我怕打扰你休息，就没给你回。咋的？一连给我发了那么多条微信，有事啊？"

黄晓梅嗔道："废话！没事，大半夜的，我能给你发那么多条微信吗！"

我一听她说有事，赶忙问道："啥事啊？"

就在这时候，小廖也端着脸盆走了进来，看我跟黄晓梅在说话，就想退回去，边往后退边说："牛所，我这可不是故意的呀！我不知道你俩在这儿那啥呢，你们俩聊吧，我等一会儿再洗。"

说着，小廖就要往回走。

我一把拽住他，骂道："你个臭小子，说啥呢？我跟晓梅随便说两句话，你怎么就瞎寻思呢？赶紧洗你的脸去！"

此时，黄晓梅也被小廖的这几句话给说得挺不好意思的，就好像她真的跟我做了什么见不得人的事了似的，脸红得就像一片火烧云，因为平时小廖也总跟她开玩笑，因此，她就故意亲昵地掐了小廖的脸蛋儿一下，用玩笑的口吻说："小廖，老妹儿求你了，别瞎说行不行啊！"

说完，黄晓梅就急忙走了。我转过身走到洗脸池旁，跟小廖一边洗脸一边闲扯起来。

小廖说："牛所，你跟黄晓梅的事干脆就公开得了，别藏藏掖掖的了，其实所里谁都知道你俩是咋回事，你还藏着掖着干啥呀？"

我看着正在刷牙满嘴是牙膏沫子的小廖，很认真地跟他说："小廖，事情并不像你们想的那样。我跟黄晓梅真的没那种关系。她就是我的一个小学妹，我是她的学长，顶多也就是互有好感而已！"

小廖打断我的话头，说："牛所你就别而已而已的了！人家黄晓梅一个黄花大姑娘，要模样有模样，要学历有学历，要家庭背景还有家庭背景，哪儿配不上你呀？你都是三十多岁的一个老光棍了，你还挑啥呀挑？等黄晓梅这朵花让别的男人给摘去，你后悔可就晚了。"

正在我跟小廖闲聊的时候，我裤兜里的手机忽然响了，我急忙在裤子上擦了擦水淋淋的手，掏出手机一看，是老丁的电话，我赶忙接起他的电话，问道：“丁所你找我？”

老丁说：“你在哪儿呢？这么快就回去了？”

我说：“没有。我还在洗手间洗漱呢。”

老丁说：“洗完你赶紧来一趟。局里找你。”

“好的。”我挂断手机，三把屁股两把脸地洗完，就急忙上老丁的办公室去了。

老丁见我进来，就说：“刚才局里冷局来了个电话，说让你上局里去一趟。我估计还是昨晚万嘉广场那个女尸案子的事，她要是让你参加专案组，你千万不要答应啊！”

我不解地看着老丁，问道：“为啥呀？”

老丁说：“你说为啥？咱们所这情况你又不是不知道，就这么几个人，负责着这么大的一片辖区，一天天忙得脚打后脑勺，哪还能抽出警力去帮他们刑警队破案哪！”

其实，老丁肚子里的小九九我早就猜到了，他就是不想让我参加刑警队的破案工作，怕他们借这个由头再把我弄过去，他就更缺人手了。说实话，我这个副所长就是老丁提议提拔起来的。这些年我在他手底下，干得顺风顺水，我俩配合得非常默契。虽然他是一片好意，想让我从基层派出所做起，再一步步往上走，但他哪里知道我的心思啊！这些年，我一直就想上刑警队去当个刑警。因为只有当了刑警，才有可能把我爸当年被暗杀的案子查清楚。不当刑警，我就永远没机会走进我爸被暗杀的案子里去。但这话我不能跟老丁说，我不能拂了他的一片好意。于是老丁说完，我就说道：“丁所你不知道，昨晚是我最先赶到事发现场的，当时的情况我比较了解，我估计冷局让我过去，就是想让我介绍介绍昨晚事发现场的一些情况。不一定能让我参加专案组。不过，话又说回来了，如果局里非要让我参加专案组，我得咋拒绝呀？”

老丁说：“你就说所里这边人手不够，离不开呗。随便编个理由，不就搪塞过去了吗？这点儿事还用我教你吗？”

为了能让老丁放我上局里去参加案情分析会，我故意表现出不想参加专案组的样子，对他说：“那好吧。你的意思我明白了。”

老丁摆摆手：“那你赶紧去吧。”

我从老丁办公室出来，回到我的办公室，一进屋，忽然发现黄晓梅在办公室里等我呢。我有些奇怪，看着她问道：“晓梅，你有事啊？”

黄晓梅说：“废话！没事我能找你吗？”

我一边穿上外衣，一边问道：“啥事啊？要是不着忙，等我回来再说吧。我得赶紧上局里去一趟！”

“你上局里干啥去呀？”黄晓梅看我匆匆忙忙的样子问道。

“可能是昨晚那件女尸案的案情分析会吧。”说着，我就要往外走。

黄晓梅看我要走，就欲言又止地说道：“那就等你回来我再跟你说吧。”

我有些不放心地问道：“啥事啊？”

黄晓梅说：“一两句话说不清楚，等你回来，我再详细跟你说。”

说完，我跟黄晓梅就一前一后走出了我的办公室。

6 案情分析会

来到外面，我把车发动着，直奔刑警队而去。路上我一边开车一边想，黄晓梅这么着急地找我，到底啥事呢？她是想正式跟我确定恋爱关系呢，还是她有了新的男朋友，想跟我划清关系呢？反正肯定是一件比较重要的事，不然的话，她不会这么着急，又是发微信，又是上我办公室等我。我想了半天，最终也没想明白她找我到底能有啥急事。

开车从我们派出所到市局差不多要跑一个多小时。由于路上总是塞车，吕枫还一个劲儿地用电话催我，一个劲儿问我到哪儿了，说开会就等我了，我心里急得不行，只要是能开快的路段，我就加大油门，一路狂奔。就这样紧跑慢跑，赶到刑警队的时候，都已经9点多了。我把车停好，一路小跑着来到电梯门口，但此时电梯还在八楼呢，我心里急得就跟着火了似的，我也顾不得坐电梯了，顺着楼梯一口气就跑上了四楼。我推开四楼会议室的门一看，会议已经开上了。参加会议的除了刑警队的副队长吕枫和主管刑侦的冷梅副局长之外，还有昨天晚上他们刑警队参加现场勘查的那几个人和法医。

冷副局长主持会议。法医正在汇报着尸体解剖的情况。

吕枫看我进去，就指着一个空座让我坐下。我就听法医说："通过尸检，死者年龄应该在十八到二十二岁之间。我们在女尸的体内没有发现残留的精液，处女膜也没有被破坏。因此，我们认定，死者在被害之前，没有被进行过性侵。我们从死者的胃里检测出一种甲基毒芹碱的成分。这种毒素具有慢性毒化作用，我们人类如果服用五毫克，在三十到六十分钟内，便可以产生头晕、呕吐等症状，最后会口鼻出血，直至死亡。通过尸检，我们分析认为，该女子应该是中毒死亡。这就是我们尸检后的结论。”

法医说完，冷副局长便把脸转向我，说：“牛海，昨晚是你最先赶到现场的吧？”

我站起来，点头说：“是。”

冷副局长说：“你把你从接案到你赶到事发现场的经过说一下。”

于是，我便把昨晚我接到110指挥中心的报案电话，到我赶到万嘉广场西门的整个过程详细说了一遍。说完，我特意强调说：“我赶到现场四五分钟之后，我们所的小廖也赶到了。我们把警戒线拉好，把围观的群众和死者的距离拉开了五六米远。现场的一切，我们都没敢动，一直等到吕队他们过来，由吕队他们勘查的现场。”

冷副局长听完我的汇报之后，对吕枫说：“老吕，你说说现场的情况吧？”

吕枫清了一下嗓子，然后把昨晚拍照的照片和录像还有从附近的监控录像里摘取的部分视频，用投影机打在会议室前面靠墙的幕布上。他走到前边，用手指着投影机播放出来的画面说：“昨晚，我们是9点40分赶到事发现场的，赶到现场之后，立即对现场进行了勘查。但是，现场已经完全被围观群众破坏了。没有发现什么有价值的线索。我们在死者的裤兜里，发现有二十三元零六毛人民币。其中，二十三元是纸币，那六毛钱，都是一毛一毛的钢镚儿。除了这些钱之外，还有被撕成一块一块的卫生纸。我们在死者身上没有发现能够证明其身份的任何证件，也没有发现外力侵犯的任何证据。另外，我们又连夜调取了万嘉广场附近的监控摄像，由于死者坐着的那个地方是监控死角，当时商业街又是最繁华、最热闹的时候，我们从调取的监控视频中，没有发现任何有价值的线索。因此，我们综合从现场和死者身上提取的各种遗留物品，初步判断，死者有可能是服毒自杀。”

冷副局长听完吕枫的汇报，把眉头皱了起来，说：“吕枫你说啥？你判断死者有可能是服毒自杀？”

吕枫点点头说：“对呀。目前没有找到任何证据能证明这个死者是他杀。”

听完吕枫的分析，冷副局长微闭着眼睛好半天没有说话。别人也没有人插嘴，会场上有些冷场。过了大约半分钟的时间，冷梅看着吕枫问道：“那你凭什么认定死者是服毒自杀呢？你的根据是什么呢？”

吕枫说：“首先，我们从死者的穿着上分析，死者上身穿的是一件非常陈旧的花格布衫，下身则穿着一条带裤兜的男式旧牛仔裤。她身上穿的这种花格布衫的样式，还是十几年前流行的样式，现在早已过时了。下身穿的那条牛仔裤，更是陈旧得不成样子了，而且还是男式的。另外，我们从她身上只找出二十几元钱，你们想想，现在这个年头，有谁上街口袋里只揣二十几元钱哪？由此我们可以推断，死者的家庭条件可能非常贫困，否则像她这么漂亮的女孩儿，不会穿着这么过时的服装，兜里只揣着这么点儿钱上街的。因此我们进一步推断，死者很可能是由于家庭贫困，遇到了什么解决不了的困难，一时想不开，寻了短见。”

吕枫说完，冷副局长又是好一会儿没有吱声。

我们局主管刑侦的冷副局长是一女的，大名叫冷梅，今年都已经四十多岁了。她是中国政法大学毕业的，毕业后又上英国皇家警官学院进修了两年，在那儿拿了个硕士学位。从英国皇家警官学院毕业后，又上苏格兰场实习了一段时间。回国后，先是在省厅刑侦局干了两年多，曾主持侦破过几起大案要案，像前年发生在省城的无名碎尸案、临江市“6·27”灭门案等，都是在她主持下侦破的，这几起大案要案的侦破，在国内外影响挺大。她前年年底才从省厅下派到我们江陵来当主管刑侦的副局长的。据说，这是公安部和省厅有意安排她下到基层来锻炼的，将来肯定会有重用。不过，冷副局长虽然四十多岁了，但听说她到现在还没有结婚，也没听说她有男朋友。虽然她一个女的整天跟杀人放火强奸等恶性案件打交道，但她为人极好，极其和善，上上下下对她的口碑都非常不错。

我跟冷副局长就是一般的认识，由于她在局里，又是分管刑侦的副局长，因此跟我们派出所打交道的机会不是很多。

冷副局长沉吟了一会儿，忽然把眼光转向我，说道：“牛海，你对这个案子是怎么看的？”

我没有想到，在这种案情分析会上，冷局会让我谈看法。对于我这么一个小派出所的副所长，在这种场合上，怎么说都不合适。如果我说，死者不一定是自杀，那么吕枫肯定会不高兴的，肯定得让我拿出证据来。现在我还什么都不知道呢，我上哪儿去给他拿证据呀？如果我做顺水人情认可吕枫说的死者是自杀而死的，那么我又觉得有违自己的良心，因为我觉得吕枫他们说的死者是自杀的那些理由并不充分。以我第一眼对这死者的印象，她肯定不是自杀身亡的。如果说他杀，我现在又拿不出什么证据来，而且还把吕枫给得罪了。所以，那一瞬间我觉得有些纠结，不知该怎么说才好。

但是，说心里话，我是非常想参加这个案子的侦破工作的，这是我将来能不能当上刑警的非常重要的一步。我从警院毕业，分到这个派出所来当警察这么多年了，一直也没有机会参与案子的侦破工作，想当刑警根本就没有机会，现在机会来了，我岂能轻易放弃？因此，当冷副局长问我对这件案子的看法时，虽然我有些纠结，但我沉吟了一会儿，还是说出了我的真实想法。

7 我把吕枫给得罪了

记得在那天的案情分析会上，我是这样说的："冷局，昨晚我是第一个赶到现场的，以我对死者的第一眼的印象和我的感觉，她不像是自杀。"

我的话音还没等落，吕枫果然就用非常生气的口气朝我低声吼道："牛海，你一个黄嘴丫子还没褪净的小毛孩子，你懂得什么呀！你凭什么断定这女孩儿不是自杀呀？"

一听吕枫这么说，我就笑了。我说："吕队，论破案，我是不懂，但我毕竟是一个警察，对任何一件事情，我都有我的感觉的。你问我，凭什么断定这女孩儿不是自杀，那么我可以告诉你，第一，我感觉这女孩儿要是自杀的话，她不会跑到人潮涌动的商业街来不声不响地自杀的；第二，我们现在对这个死者一无所知，仅凭着她的穿着打扮，就断定她是因为家庭贫困，可能遇到了什么困难，一时想不开才寻短见自杀的，没有任何道理。我认为，这女孩儿很可能是他杀，万嘉广场根本就不是第一现场。这女孩儿非常有可能在别的地方被人下了毒，来到商业街后，毒性发作，才导致她死亡的。"

还没等我说完，吕枫就站了起来，气呼呼地说："牛海，这是案情分析会，不是让你写推理小说呢，你什么都不懂，你瞎说什么呀？你凭什么说，万嘉广场那儿不是第一现场啊？你凭什么说，女孩儿是在别的地方被人给下的毒？你说话得有根据呀？你想表现自己，也别在这种场合表现呀！"

吕枫这么说我，我真有点儿不高兴了，既然他跟我撕破了脸，那我也就不客气了。他刚一说完，我立刻反驳道："你问我凭什么说万嘉广场不是第一现场，我告诉你，因为，现场除了死者自己之外，并没有发现任何线索能证明有人跟这女的接触过，那种地方并不是下毒的地方。如果说是她喝的饮料或者矿泉水之类的东西有毒，但现场并没有发现饮料瓶或者矿泉水瓶之类的遗留物。所以，我感觉——这只是感觉啊，万嘉广场西门外的商业街，不是案发的第一现场。不会有人在那里给女孩儿下毒，就算是女孩儿家庭贫困，就算她遇到了天大的困难，她也不会自己跑到那里去服毒自杀。所以，我推测女孩儿是在别的地方服用了有毒的物质之后，走到万嘉广场时，毒性发作，才导致女孩儿死亡的。"

吕枫听我说完，不屑地冷笑道："我们要是都像你这么凭感觉，毫无根据地靠着推理来破案，那我们不都成了福尔摩斯了吗！"

吕枫手底下的那两个刑警也跟着他笑了起来。

这时，冷副局长摆摆手，示意我跟吕枫都坐下，然后缓缓地说道："你们两个不要争了，这个女孩儿无论是自杀，还是他杀，我们都要把这个案子查清楚。这毕竟是人命关天的大事。昨天是9月28号吧？那么这个案子就定名为'9·28'万嘉广场无名女尸案吧。要想侦破这个案子，首先得弄清死者的身份。先把她的身份查清了，然后再往下进行。现在我们就正式成立'9·28'无名女尸案专案组，经过刚才我们局党委简单的沟通，决定专案组由我牵头，案情的进展情况，专案组要随时向我汇报。侦破工作，具体由吕枫同志负责，刑警队除吕枫外，再抽出两到三名警力，参加这个案子的侦破工作。由于这个案子发生在长阳区派出所的管辖内，局里决定，把长阳区派出所的副所长牛海同志临时抽调出来，参加这个专案组，并担任专案组的副组长。从现在起，就正式到位，所里那边的工作先撂一撂，把重心暂时放在‘9·28’案的侦破工作上。”

我一听冷局宣布让我参加破案的工作，心里那个高兴劲儿就甭提了，当警察这么多年了，现在总算有了正式的名分，能来参与局里组织的破案工作了，这也是我走向刑警的第一步，只要我能当上刑警，我肯定会找到破解二十年前我爸被暗杀案的机会的。

但此时我不能把我内心的高兴劲儿表现出来，我不能让他们看出我非常想参加这个专案组，如果那样的话，传到我们所长丁一的耳朵里，他该有想法了，这些年毕竟是他一直在关照我、提携我。所以，当冷局宣布完让我参加“9·28”案的侦破工作之后，我立刻站起来说：“冷局，把我抽出来参与‘9·28’案怕是不合适吧？”

冷梅看着我问道：“怎么不合适？”

我故意用为难的口气挠着脑袋说：“冷局，我只不过是派出所的一个主管外勤的小民警，对破案又不是很懂行，再加上我们所那边本来就警力不足，整个所里内勤外勤加在一起，拢共才十多个人，分管着那么大的一片区域，那么多户的人家，你再把我抽出来，我们所里那边的警力不就更加不足了吗？我这一抽出来，丁所长得咋想啊？”

冷梅用不容置疑的口吻说：“丁所长那边我去跟他说。你们所警力再紧张也不差你一个人吧？更何况‘9·28’案就发生在你们所的辖区内，你们所也是有责任的。”

这时，吕枫忽然插嘴说：“冷局，他们所要是警力紧张，那就别让牛海参加了，我们队再多抽出两个人不就完了吗？”

冷梅有些不高兴地说：“你们队的人能替代牛海的作用吗？牛海是长阳区派出所的副所长，他对长阳区那片的情况不比你们熟悉吗？现在首先要搞清死者的身份，要一点儿一点儿排查，你们得出多少人能排查清楚呀？他们派出所就是干这个工作的，让牛海参加破案工作有什么不好啊？我跟你说老吕，你是老同志了，你得带好新同志，新同志有不对的地方，你得耐心去带他们、教他们，不能动不动就训斥，你有破案经验不假，但是，经验不都是从实践中来的吗？让这些年轻人多参与点儿破案工作，慢慢积累经验，我相信很快都会成为一个合格的好警察的。好了，我就不多说了。从现在起，你们就分头工作吧。牛海，你回去把我的意思跟丁所长说一下，这几天让你们所里的警察协助专案组，尽快先把死者的身份搞清楚。听明白没有？”

我站起来，给冷梅敬了个礼，说：“听明白了。”

冷梅说：“那好，散会。”

8 黄晓梅说她父亲失踪了

案情分析会散了之后，吕枫又把我们专案组的几个人留下，进行了明确的分工。首先，要大量复印昨晚在现场拍下的死者的照片，四处张贴，并下到死者可能去的一些小旅馆、小饭馆、人力市场等地方，让人分辨，查清死者的真实身份。根据分工，吕枫让我尽快回到所里，发动我们所里的警力，抓紧排查，看看在我们长阳区内有没有跟死者相近的失踪人员。正像冷梅在案情分析会上所说的，这个案子的关键是查清死者的身份，只有把死者的身份查清楚了，才能往下进行。

吕枫给我们开完会，已经是中午了。他让我在局里食堂吃了饭再回所里，由于我心里有事，饭也没吃，就急忙走了。

我刚走出市局大楼，忽然手机铃声响了，我一看来电显示，是黄晓梅。我一边上停车场去找我的车，一边接她的电话。

我刚把电话接起来，就听黄晓梅急切地说："牛海，你开完会没有啊？"

我说："刚开完哪。咋的，有事啊？"

黄晓梅着急地说："没事我能这么着急一遍又一遍地找你吗？你得多半天能回所里呀？"

我就说："有事电话里不能说吗？"

黄晓梅说："电话里一两句话说不清楚。"

我就说："那你等我吧，我现在正往回赶呢。"

黄晓梅说："你快点儿。我这儿都快要急死了。"

我就又问了一句："到底啥事啊？"

黄晓梅没头没脑地说了一句："我爸失踪了。"

我一听，有些发蒙，急忙问道："晓梅你说什么？什么玩意儿你爸失踪了？你爸那么大个大活人，他怎么能失踪呢？"

黄晓梅说："要不咋说一两句话说不清楚呢。你赶紧回来吧，我当面跟你说。"

说着，黄晓梅就把电话挂了。

撂下电话后，我越琢磨越觉得不对劲。黄晓梅她爸黄利德是城管局局长，他怎么会失踪呢？他要是失踪不上班，单位不得找他吗？市委市政府不也得找他吗？他怎么会失踪呢？就算黄晓梅她爸真的失踪了，她一遍又一遍地找我是什么意思啊？难道我还能帮她去找爹呀？

关于黄晓梅她父亲黄利德这个人，我是听别人说过一些对他不恭的话的，听说这个人极其贪婪，谁给他送礼他都敢要，送多送少来者不拒，因此，背后人们给他起了个外号叫“黄大搂”。还有人说，黄利德能当上城管局的局长，就是靠花钱送礼送出来的。当年，黄利德在城管大队大队长的位置上干了不到三年，就被破格提拔为城管局的副局长，当时跟他竞争副局长的好几个人，哪个人都比他有水平，但最后提拔的竟然是他。因此很多人都说，黄利德又没有做出什么令人刮目相看的成绩，又没有什么水平，一个城管大队长凭什么这么快就提拔到了副局长的位置？还不是花上钱了吗？

据说，黄利德当上副局长之后，还真的干了点儿事，把原先最难治理的那几条脏乱差的街道给治理得井然有序，这个政绩后来便成了他扶摇而上的政治资本。但也有人说，虽然他当副局长期间干了一些事，但他的贪婪并没有收敛，反而胃口更大了，只不过手段比过去更加狡猾更加隐秘罢了。手里有钱好办事，再加上他也真干了点儿事，因此，没用上几年，他竟然当上了城管局的一把手。所以，我觉得，像黄利德这种人，早晚都得出事的。

我一边开车一边稀里糊涂地想着黄晓梅父亲失踪的事。我现在还不知道她为啥要找我。假如说她父亲真的出了点儿啥事，能帮上忙的，我当然得帮，但违反原则的事，我是坚决不会干的。尽管我对黄晓梅的感觉不错，但我是不是能让她成为我真正的女朋友，我还得好好想一想。都说荷花出淤泥而不染，我不知道黄晓梅是否也像荷花那样，跟她父亲是截然不同的两路人。

由于路上堵车，再加上我开得也不是很快，回到所里，都已经快2点了。昨晚值了半宿班，这又开了一上午会，我感觉非常疲劳，眼睛酸涩，就跟睁不开似的。

我把车在外面停好之后，先上食堂吃了口饭，因为开饭的时间早都过了，食堂的饭菜都已经凉了，我盛了一碗凉大米饭，泡了点儿热水，然后找了点儿小咸菜，大一口小一口，总算填饱了肚子。

我从食堂出来，这才注意到，所里的人大多下去了。办公室里除了黄晓梅之外，再没有别人了。黄晓梅正在办户籍的窗口电脑前浏览着什么，她看我走过来，就站了起来，瞅瞅四外没人，就小声说："咱上你屋说去呀？"

我点头说："走吧。"

于是，我就跟黄晓梅一前一后走进了我的办公室。刚一进办公室，黄晓梅的眼圈就红了，说话的声音也有些哽咽："牛海，我爸可能出事了！"

我一看黄晓梅要哭，急忙安慰她说："哎哎，晓梅你别哭啊！你爸到底出什么事了？你这没脑袋没屁股的，到底咋回事啊？"

黄晓梅这才稳定了一下情绪，从头到尾跟我说了起来——

9 黄晓梅讲述她爸失踪的经过

"牛海，是这么回事，从打前天晚上下班，我爸就没有回家。当时，我跟我妈都没在意，以为他还跟往常一样，外面有什么应酬呢，在外面应酬完半夜之前肯定得回来的。可是，那天晚上我妈躺在床上迷迷糊糊地等了他一宿，一直等到天亮，我爸也没回来。第二天——

也就是昨天早晨，还没等我起床，我妈就跑到我房间跟我说：‘晓梅你爸昨晚咋一宿没回来呢？给他打电话也打不通，他不会在外面出啥事吧？’当时我还安慰我妈说：‘哎呀！你就别老跟我爸操心了，他都那么大岁数了，能出啥事啊？’我妈看我这样，就稍稍放了点儿心。说实在的，当时我还真没把这事怎么当回事，像我爸那种单位的领导，就算他三宿两宿没回来，那不也很正常吗？因此我根本就没怎么在意。当时我想，兴许他们单位临时有什么事，派他出差或者上省里开会去了，可能走得太匆忙，没来得及跟我妈打招呼，这种情况以前也是经常发生的。因此，我照常来所里上班，也没觉出会出什么事。但我妈不行啊，我爸一天一夜没有回家，我妈她惦记呀，她接连给我爸打了好多电话，电话一直都打不通。就这样，一直挺到昨天下午下班之前，我妈实在坐不住了，就上我爸他们单位去找我爸。到单位一问，局里办公室的人都说不知道黄局长干啥去了，他们说，黄局长昨天早晨来上班，在办公室里待了不一会儿，就开车走了，没有跟任何人打招呼。之后，他们一整天都没有见着我爸的人影。就连平时跟我爸形影不离的局办公室主任、他的专职秘书林丹丹都不知道他干啥去了。

“我妈一听局里人这么说，这心里就更着急了。因为当时林丹丹没在局里，我妈特意让局里办公室的人给林丹丹打电话，把她给找了回来，跟她追问我爸的行踪。林丹丹说，昨天早晨上班后，她去给我爸送文件，有些文件还有需要报销的票据得需要我爸签字。她走进我爸办公室的时候，我爸正在接电话。电话里跟他说话的人好像是他的一个朋友，就听我爸说：‘好，好，你等我吧，我这就过去。’

“我爸把电话挂断之后，她就把那些文件和票据给了他，请他签字。我爸说：‘你先放这儿吧，待会儿等我回来看看再签。’于是她就把那些文件还有票据都放在他桌子上了。她见我爸挺匆忙的，就随口问了一句：‘黄局出去呀？’我爸说：‘嗯。出去见个人，一会儿就回来。’说完他就走了。从我爸昨天上午离开办公室，一直到现在，她也没抓着我爸的影儿呢。

“我妈就问：‘他没跟你说他上哪儿去见人吗？’

“林丹丹说：‘没有。他没说，我也没问。’说到这儿，林丹丹又补充说：‘也兴许上外地去见什么人去了吧？你没用电话跟他联系吗？’

“我妈说：‘电话打不通呀！关机了。’

“林丹丹和他们局里的那些人就安慰我妈说：‘黄局长那么大个人，不会有啥事的。他这个人天马行空惯了，说不上去哪儿了。你放心，嫂子，黄局长不会有啥事的。’

“我妈从城管局回家之后，急得不行，就给我打电话，让我通过关系找找我爸。可是，我能找的也就是经常跟我爸打麻将或者吃吃喝喝的那几个人，他们都说没有跟我爸在一起，不知道我爸干啥去了。晚上下班，我一回家，就看见我妈一个人在家抹眼泪呢。其实当时我根本就不相信我妈说的我爸会失踪，也就没太当回事。一直等到10点多钟，仍没见我爸回来，直到这时，我才真的有些着急了，当时我也找不到别人给我出主意呀，所以，才连着给你发了那么多条信息。寻思让你帮我分析分析，我爸到底能上哪儿去？”

黄晓梅一口气跟我说了这么多，我听完之后，觉得她爸确实有问题了，但具体是啥问题，我也不好猜测，因此就安慰她说：“晓梅，我估计你爸他不会有啥事，他那么大的一个局长，在咱们江陵也算是位高权重的人物了，怎么可能会失踪呢？我估摸着，他非常有可能临时接到了上级的什么特殊任务，突然出差上哪儿去了，你跟你妈说，不要把事情弄得太紧张，自己吓唬自己，肯定不会有啥事的。”

黄晓梅听我这么说，就知道我在安慰她，因此哭咧咧地说道：

“不管他上哪儿去，他也得给家打个电话呀？就算任务再特殊，他也不能把手机给关了呀？他们局里那些人都找不着他呀？”

为了安慰黄晓梅，我故意用开玩笑的口气说：“晓梅，我说句不该说的话，你别往心里去呀，你说你爸能不能领着他的哪个情人出去玩去了？怕别人打扰他们故意把手机给关了呢？”

黄晓梅听我这么说，不但没生气，反倒很认真地跟我说：“这种可能我也不是没想过。问题是，跟我爸关系比较好的那几个女的，我都给她们打电话了，她们都说没跟我爸在一起。还有我爸他们局里的那个办公室主任林丹丹，据说她跟我爸关系也挺暧昧的，我妈上局里去找她，她说的话我都跟你学了，我爸也没跟她说上哪儿去，去见谁。我爸不会再有别的女人了。”

我就用玩笑的口吻说：“那兴许你爸又发展了新的女朋友，俩人正在蜜月期不让你们知道呢。”

黄晓梅就有些不高兴地说：“牛海，我这是在跟你说正经事呢，你咋还跟我开玩笑呢？”

我立刻变得有些认真起来，说：“晓梅，我不是开玩笑，像你爸爸那种人，又有钱又有权，还长得那么高大威猛，贼拉讨女人喜欢，我说他又发展了新的女朋友，这种可能不是没有。”

黄晓梅摇摇头说：“不可能的。我爸还是挺看重他脑袋上的那顶乌纱帽的，他不会拿他的政治生命开玩笑的。就我刚才说的那几个女人——包括林丹丹，都不一定跟我爸有那种关系。说我爸跟那些女人关系好、暧昧，其实也都是大伙儿瞎猜测的，并没有什么真凭实据。我爸真要是那么不检点，他能在局长这个位子上坐得那么稳当吗？早让人给拱下来了。”

就在我跟黄晓梅分析着她爸是否失踪的问题时，忽然我的手机响了。我一看，是老丁的电话，赶忙接起来说：“丁所，你找我啊？”

丁一就说：“你在哪儿呢？回所里来了吗？”

我说：“回来了。在我办公室呢。”

丁一说：“你过来一下。”

我把电话挂掉，对黄晓梅说：“老丁找我，我过去看看啥事。你爸的事，你别往心里去。我估计不会有啥事的。”

说完，我就匆忙上老丁的办公室去了。

10 做通老丁的工作

我一进老丁的办公室，就看他黑着脸子，正在电脑上看着什么，见我进来，非常不高兴地说：“牛海，你把我说的话当耳旁风了是不是？那会儿我咋跟你说的你忘了？我不是不让你参加专案组吗？你怎么非要跟吕枫他们去蹚那浑水呢？吕枫那人那么阴，你在他的手底下，还能有你的好果子吃啊？”

我一看老丁不高兴了，就赶忙解释说：“丁所，你听我说，不是我非要参加专案组的，是冷局非让我参加的。当时我还把咱们所警力不足的情况跟她说了，可冷局一看我不想参加，就急了，说：‘你们所警力再紧张也不差你一个人吧？更何况‘9·28’案就发生在你们所的辖区内，你们所也是有责任的。’还说：‘丁所长那儿我去跟他说。’丁所你想想，人家主管刑侦的副局长都这么说了，我还咋拒绝呀？我还没跟你汇报呢，冷局还说，让咱们把所里的警力都发动起来，摸排死者的真实身份。”

老丁吁了口气，说：“冷局给我打电话了。按理说，协助刑警队破案，也是咱们义不容辞的责任，管咋的，咱们也是警察。可你没想想，咱们自己还有一大摊子工作要做呢。咱们分内的工作还忙不过来呢，哪还能抽出人来，四处去帮他们排查一个死人的真实身份哪？这话我又不好直接跟冷局说。你要是不参加吕枫他们的那个专案组，哪能惹出这么一大堆乱眼子事啊！”

我一看老丁的口气松动了，就赔着笑脸说：“丁所，那咋办哪？冷局都发话了，咱总不能敷衍了事吧？”

老丁皱着眉头，寻思了一会儿说：“这样吧，从现在开始，你跟小廖，就专门盯着‘9·28’这个案子的排查工作吧。人手要是不够，把黄晓梅也抽出来，帮你们摸排，你看咋样？”

“把黄晓梅抽出来，她那摊工作交给谁呀？”我看着老丁问道。

老丁说：“户籍这摊毕竟不是很忙，在外面贴个告示，除特殊情况，凡是在这期间上咱们所办理户籍或者身份证的，每周集中在一、三、五上午，其余时间就让黄晓梅跟着你们摸排‘9·28’案这还不行吗？”

我跟老丁商量了一会儿工作，就从他办公室出来了，我想给小廖打个电话让他回来帮我参谋参谋，看排查死者身份这件事，得怎么做。可是，我刚走到办公室门口，忽然发现黄晓梅慌里慌张地走了过来，看看四下无人，就惊慌失措地跟我说：“牛海，我妈刚才给我打了个电话，说我家来了一帮人，拿着搜查证，把我家给抄了。”

我一听不由得大吃一惊，急忙问道：“抄你家的那些人都是些什么人哪？他们怎么会拿着搜查证上你家去抄家呢？你没问问你妈，抄你家的那些人是咱们局里的人吗？”

黄晓梅哭唧唧地说：“我没来得及问呀！我妈给我打电话时，都快急疯了，让我赶紧回去呢。”

我就说：“那你就赶紧回去吧。有啥事随时跟我联系。我得赶紧找小廖，跟他商量‘9·28’案子的事，你赶紧回去吧。”

黄晓梅说：“那我用不用跟丁所请个假去呀？”

我摆摆手说：“不用，你先走吧，一会儿我跟他说一声。”

黄晓梅匆匆走了。我看着她匆忙走去的背影，这才确认，黄晓梅她爸确实是出事了。

11 黄利德被抓

黄晓梅走后，我就把小廖找了回来，跟他详细地制定了一个寻找死者身份的排查方案。主要是让我们所的民警在下社区街道时，拿着复印的死者的照片，在自己负责联系的社区和街道查找近期失踪人员，再一个就是在社区内张贴死者的照片，看有没有人认识照片上的这个女孩儿。另外，就是在我们所管辖的小旅店、小饭店以及劳务市场，看有没有人见过照片上的这个女孩儿。

一切都安排妥当之后，我就打电话跟吕枫联络，问他寻找死者的寻人启事以及死者的照片复印完没有。吕枫说，已经派人给我送过来了。我又上老丁的办公室，把我跟小廖制定的方案跟他汇报了一下。老丁也没说啥，就说：“那就从明天开始，让大家按着你们制定的方案，分头去排查吧。”

把这些事都安排完之后，我这浑身累得就跟散了架子似的。从昨晚值班，配合刑警队处理完万嘉广场西门发现的无名女尸，接着又在辖区内巡逻，一直忙乎到后半夜3点多钟，除了天快亮那会儿在所里的休息室眯了一会儿之外，整整一天，我的神经一直处于比较紧张的状态之中。现在把这些事都处理完了，冷不丁没事了，就觉得浑身上下骨头缝儿都疼。我想回家好好睡一觉。刚要走，忽然接到了黄晓梅的电话。

黄晓梅说："牛海，你忙完了吗？"

"刚忙完。"接着我又随口问道，"你家的事咋回事啊？抄你家的那些人都是什么人哪？是咱们局出的警吗？"

黄晓梅说："不是。是检察院的人。"

"咋的？你爸确实出事了？"

黄晓梅说："牛海，一两句话说不清楚，你能上我家来一趟吗？"

黄晓梅话音一落，我就有些犹豫，这种时候，我作为一个派出所的警察，上她家去好吗？我是她啥人啊，在她父亲被抓的时候，冒鼓喧天地就上她家去表示关心？黄利德那人本来口碑就不好，我要是在这种时候上她家去，别人得咋看我呀？

就在我犹豫不决的时候，黄晓梅说："你要是不方便，那就算了。"

在我听来，黄晓梅的这句话说得有些悲伤、有些失望。就好像我这人没人情味儿似的，平常跟人家腻腻歪歪挺好的，现在人家出事了，怕人家的脏水迸溅到自己身上，就赶忙躲开了。其实我不是那种人，我自己认为，我还是一个有着侠肝义胆的热血男儿的。我所以犹豫，就是因为，我跟黄晓梅的关系并没有确定。如果在这种时候我上她家去对她表示安慰和关心，别人肯定就更得以为她是我女朋友了。

说心里话，我不想让黄利德那种人当我的老丈人。但是，如果不去，黄晓梅肯定得伤心的。我犹豫了一下，便接着黄晓梅的话茬儿说："没啥不方便的。我在所里呢，刚跟小廖商量完'9·28'案子的事。你等我吧，我这就过去。"

说完，我就把电话挂了。

我简单归拢了一下办公桌上乱七八糟的东西，穿上外衣，刚要往外走，手机铃就响了。我一看是我妈打来的，就急忙接起电话，说道："妈，你干啥呢？给我打电话有事啊？"

我妈说："没事，就是问问你晚上回不回来吃饭？"

因为我也不知道在黄晓梅那儿能耽误多长时间，所以，我顿了一下，说："妈，你自己先吃吧。晚上我能不能回去吃，还不一定呢！"

我妈又说："今儿个，你那儿有你爸的消息吗？"

自从我爸被人暗杀后，我妈一直不相信我爸已经死了。虽然已经过去了二十年了，她仍然坚信，我爸没有死，她仍然固执地认为我爸上什么地方去执行秘密任务去了。在我念书的那些年，她几乎天天都要问我："牛海，你爸跟你联系了吗？你那儿有你爸的消息吗？"我妈这些年之所以能坚持活下来，就是因为，她认为我爸还活着，她得等我爸回来。她这种精神上的疾病还没法治，我曾经找过不少国内非常优秀的精神病专家，问他们我妈这病得怎么才能治好。他们都说，这种偏执型精神病，非常难治，只有让患者在自己幻想的世界里去憧憬她向往的东西，才能让她的情绪稳定，别的没啥好办法。所以，这些年来，我一直用我妈自己构造的假话来安慰她。我就说我爸在非洲执行国家给他的秘密任务呢，不方便跟家里联络。每次她问我有我爸消息没有，我都会说，最近没有。为了让她相信我爸确实在非洲执行任务，我还让朋友以我爸的口气给我发微信，说他执行任务如何如何忙，如何如何高度保密，我用我妈心里所想编造的这些谎言，我妈还真的相信了。因此，隔三岔五，她就会问我："你那儿有你爸消息没有啊？他最近跟你联系没有啊？"每当她问这个话题，我也只好用假话来敷衍她、糊弄她。所以，当她问我："今儿个，你那儿有你爸的消息吗？"我就说道："没有。我爸好长时间都没有跟我联系了。"

我妈听我这么说，叹了口气，说："你爸都去了这么多年了，也不知道你爸他们那任务啥时候能执行完？"

我就安慰我妈说："妈，你别着急，到时候他自然就回来了。"我又跟我妈说了几句闲话，这才把电话挂了。

我从单位出来，打开我自己那辆破捷达的车门，钻进车里，刚开车要走，就看见老丁急匆匆地从所里出来了。我摇下车窗，把脑袋伸出去问道："丁所，回家呀？"

老丁说："回什么家呀回家，刚才接到电话，说长虹小区老刘头儿的儿媳妇因为分家，跟老刘头儿打起来了，都动刀子了。说是把老刘头儿给气的，高血压、心脏病都犯了，正要往医院送抢救呢。到底咋回事，我得过去看看哪。"

"不是，老公公跟儿媳妇干仗，这怎么还动上刀子了呢？"我不解地问。

老丁说："哎呀！他家那破事你还不知道吗？一团乱麻。"

我就说："用不用我跟你过去呀？"

老丁说："不用。他们社区的几个头头儿还有民事调解员，都在那儿呢。我过去看看具体咋回事，看能不能给他们彻底解决解决。"

说着，老丁就匆匆忙忙地开车走了。

老丁说的这个老刘头儿我也认识，也知道他们家的那些破事。这个老刘头儿是我们临河街长阳社区这边的老户。他只有一个儿子，过去，临河街这边都是稻田，后来城市扩建，他们家的稻田地就被占了，占地补偿大概能有几十万元。当初老刘头儿给他儿子说媳妇时，曾许诺说，除了给儿媳妇十五万现金外，另外还单给他儿子买一套不小于九十平方米的房子。老刘头儿家的占地补偿款总共才几十万元，除了结婚过礼时给儿媳妇的十五万现金，再加上给她买三金（金戒指、金镯子、金耳环，简称三金）和装修现在住的这套房子以及缴纳现在住的这套房子的房款，老刘头儿手里就剩不下多少钱了。老刘头儿除了会种地，又没别的来钱道儿，因此，手里的这俩钱就成了他养老的保命钱和过河钱。但儿媳妇不那么认为，她认为老刘头儿手里还有钱，就是不想往外拿。现在，她的孩子都四五岁了，老公公当初承诺给她买的房子，到现在也没兑现，因此，她就捅咕老刘头儿的儿子跟他爸爸分家另过。老刘头儿也同意分家，让他们搬出去单过。可是，搬出去单过没地方住啊，儿子和儿媳妇就让老头儿拿钱给他们买房子，老头儿不答应，说啥也不往外掏钱，儿子搬出去上哪儿住他也不管。就因为这个，家里头一次次闹得鸡飞狗叫、人仰马翻。我也曾上他家去给他们调解过，但不管用。儿媳妇说啥也不往外搬，还不跟公公婆婆在一处起火，儿媳妇跟公公婆婆扭头别棒，谁瞅谁都不顺眼，尤其是早晨上厕所，老刘头儿有便秘的毛病，有时候，往厕所一蹲就半个多小时，憋得儿子和儿媳妇在厕所门外一个劲儿地敲厕所门，就因为这个，儿子和儿媳妇也总是跟他吵架。老刘头儿一看见儿媳妇就来气，因此，就天天往外撵他们。儿媳妇说，不给买房子，他们就不搬，就在这屋子里粮，看谁能靠过谁。老刘头儿的这个儿子不但长得猥琐，而且还贼拉窝囊，非常怕媳妇，他夹在媳妇跟爹妈中间，就像个受气包似的。老刘头儿跟他儿媳妇都挺强势，所以，刚才老丁说他们家动刀子了，我估计可能是老刘头儿要拿刀捅他儿媳妇。

我一边开着车，一边胡思乱想，一会儿想着老刘头儿他们家的那些破事，一会儿又把思绪拐到了“9·28”的案子上，一会儿又寻思见了黄晓梅得怎么安慰安慰她，还不能让她把我们的关系往别的地方想。我就这么信马由缰地任思绪像涨了潮的海水似的，胡乱涌动着，不一会儿就到了黄晓梅他们家住的那个云水家苑小区了。

到小区门口之后，我在小区大门外给她打了个电话，告诉她我已经到了。黄晓梅让我在大门口等她，她下来接我。于是，我就把车停在了小区门口附近的一个停车位上，等候黄晓梅出来接我。

等了能有七八分钟的光景，我看见黄晓梅匆匆地从小区内走了出来。当时大门外停了那么多车，我怕她一下子找不到我，就按了按喇叭。黄晓梅就朝我停车的方向走了过来。我把车窗摇下来，大声朝她说道："晓梅，我在这儿呢。"

黄晓梅加快脚步走过来说："哎呀！我一出大门就看见你的车了。"

说着，黄晓梅拽开车门，坐在了副驾驶座上。我注意到，黄晓梅眼泡有些浮肿，好像哭过，虽然见了我显现出一点儿笑意，但她那笑也是故意装出来的。我扫了她一眼，问道："咱上哪儿去呀？上你家方便吗？"

黄晓梅说："别上我家了。上我家对你影响不好。"

我就故意装出不在意的样子说："有什么影响不好的，我又没跟你爸一起去搞腐败——你爸是不是因为腐败被人给'双规'了？"

黄晓梅点点头，顿了一下说："这附近有个咖啡馆，咱俩上咖啡馆去坐坐呀？"

我打了个哈欠，说："走吧。"

说着，我把车发动着，按照黄晓梅指引的方向，朝她们家附近的那个咖啡馆开去。

这个咖啡馆叫绿岛咖啡，估计这名字是模仿着"上岛咖啡"来的。咖啡馆坐落在小区附近一条挺窄的巷道深处。咖啡馆装修得挺别致的，整个门脸是绿树浓荫衬托着一个咖啡色的石磨。门楣上镶嵌着几颗深色的咖啡豆和一个磨咖啡的小石磨。磨的旁边是一杯冒着热气的咖啡。由于咖啡馆地处小街深处，因此显得非常幽静和静谧。此时，好像还不是喝咖啡的时间，因此，咖啡馆显得有些萧条和清冷。我和黄晓梅走进咖啡馆，咖啡馆里只有一对小青年坐在靠窗的一隅卿卿我我地在小声说着什么。

我跟黄晓梅选了一个清静的卡座，我就冲黄晓梅说："晓梅，我中午就吃了一碗凉大米饭，现在都饿得前腔贴后腔了，赶紧得吃点儿啥垫补垫补啊，你别光整两杯咖啡对付我呀。"

黄晓梅说："那就先来两杯咖啡、两盘小点心吧。"说着，她朝站在服务台的服务员摆了摆手。黄晓梅点了两杯咖啡，一杯加糖的，一杯不加糖的。黄晓梅怕自己发胖，所以，从来不吃糖。

很快，服务员就把两杯热气腾腾的咖啡端了上来，之后又送来两盘小点心。这两盘小点心非常可我口，我几乎风卷残云般，三口两口就把两盘点心给消灭进去了。吃完点心，这才感觉肚子里有点儿底了，我跟黄晓梅聊了几句无关痛痒的闲话，这才把话题转移到她爸被"双规"这上边来。

由于我怕刺激黄晓梅，所以，我问得很含蓄。我说："晓梅，到底咋回事啊？"

黄晓梅没等说话，眼泪就流出来了，她说："牛海，我这辈子怕是要让我爸给毁了！"

我就故意装出不在意的样子说："啥玩意儿你这辈子让你爸给毁了呀？你爸到底是咋回事啊？"

黄晓梅抹了抹眼泪说："今早上班的时候，我不是跟你说，我爸失踪了吗？其实，我爸他不是失踪，他是被检察院的反贪局给'双规'了。当时，反贪局为了照顾我爸的面子，怕上我爸他们单位去抓他影响不好，就让他们检察院一个跟我爸关系挺不错的副检察长给我爸打电话，让我爸上他们那儿去核实几个问题。当时我爸可能也没往别处想，撂下电话就上他那儿去了。没想到，到那儿之后就被扣在那儿了，这一关就是两天。今天下午，反贪局那边来了几个人，拿着搜查证，把我家给抄了。整个过程就是这么个过程。”

听黄晓梅说完，我问道：“他们在你家都搜出什么来了？”

黄晓梅说：“我回家的时候，来抄家的那些人都走了。听我妈说，就搜走了几个存折和银行卡，钱倒不多，一共能有一百多万块钱。还有几根金条，都是我爸当年在非洲开金矿时攒下的，也有过年过节别人送的。除此之外，可能还有几幅字画吧，听我妈说，他们搜走的那些东西和存折，连钱带物加在一起差不多能有二百来万吧。”

按说，像黄利德这种级别的领导，家里存个二百来万，要是从正路来的，也不算多。特别是像黄利德这种有过经商经历的人，就更不算多了。于是，我问道：“晓梅，你刚才说什么？你爸在非洲开金矿？”

黄晓梅点头说：“嗯。我听我妈说，我爸年轻时，曾在非洲待过一段时间，跟几个非洲土著开金矿。还做过别的生意，但具体都做啥生意，他从不说，我也从没问过。”

我就又问道：“你知不知道，当年你爸在国外待了多长时间？”

黄晓梅皱着眉头，想了想说：“好像有个七八年、十来年吧？但具体多长时间，我真不知道。他从国外回来时，我都上中学了。”

说到这儿，黄晓梅又说：“我爸好像挺避讳他在国外的那段历史，他从不跟我们说，记得有一次，我好奇地问他：‘爸，我听人家说你曾在国外做过大买卖，你到底做过什么大买卖呀？’当时，我爸听我这么问他，有些不高兴地说：‘别听外面的人胡说八道，做什么大买卖呀做大买卖？往后不要听别人在背后对我的胡乱议论。’说心里话，那次我也觉得挺奇怪的。本来，那次是我们家亲戚之间的一次聚会，当时大伙儿都挺高兴的，不知怎么话题就转到了做生意这方面来了，我就随口问了这么一句，谁知，竟然把我爸惹得不高兴了。”

听黄晓梅说完，我也觉得她爸挺奇怪的。在国外开矿做生意这种经历也不是什么见不得人的事，有啥怕对人说的呀？于是，我就又小心翼翼地说道：“晓梅，我说句话你别不高兴啊。你爸他这个人，外面的口碑不是很好，也不知道你知不知道？”

黄晓梅说：“我怎么会不知道呢？我又不聋不瞎。人家给我爸起个外号叫黄大搂，说他见啥都搂。说实话，他到底搂不搂，我也不知道，但有一点我是知道的，我爸那个人吧，在单位挺霸道的，尤其当的还是城管局的局长，手里有执法权，平时，找他办事的人肯定不少，过年过节，送点儿礼物，送点儿烟酒，这都是有的。说实话，这些年，我爸也没少给别人送。我记得有一次咱们市里的哪个副市长的姑娘结婚，我爸一次就给人家随礼十好几万块钱。当时我还问他，为什么要给他随这么多钱，我爸说：‘咱欠人家人情，趁他女儿结婚这不就还上了吗？你要是平时给他送这么多钱，这不就是行贿受贿吗？这结婚随礼，就是正常的人情往来了，不犯说道。’”

听了黄晓梅的这番话，我挺吃惊。我问道：“啥人情一下子就还过去十好几万哪？”

黄晓梅说：“啥人情，我也不知道。反正，类似这种情况，有过好几回。”

于是，我就说道：“晓梅，有人说，你爸的局长这个官，是花钱买的，你相信吗？”

黄晓梅皱着眉头，说：“具体我也不清楚，但我笨寻思，他要想当官，除了得干出让人看得见瞧得着的政绩，花钱肯定是得花点儿钱的。因为你不花钱，别人也得花钱去跟你竞争，但到底是不是花钱买的，花了多少钱，这我真不知道。”

我听黄晓梅这么说，我就问道：“那你觉得，你爸是不是真的因为腐败才被抓的呢？”

黄晓梅用银匙轻轻搅动着杯里的咖啡，小声说：“可能是吧。但是，反贪局在我家就搜走不到两百万块钱的东西，这些东西还不一定都是受贿和贪污来的，牛海，你说，这种情况，他们能给我爸定罪吗？”

为了安慰黄晓梅，我就说道：“如果你爸仅仅受贿这两百万，就算犯罪，也不算很严重的。晓梅，你别因为你爸这事背上什么包袱，就算你爸真的贪污了腐败了，跟你这个当女儿的有啥关系呀？”

黄晓梅听我这么说，眼泪就流出来了。黄晓梅说：“牛海，你不会因为我爸犯了罪，就瞧不起我吧？”

听黄晓梅说这么傻的话，我就笑了，当时我也不知道自己怎么了，看她梨花带雨的小脸上那种悲伤的样子，真就有点儿心疼了。于是，我故意伸出手去，给她擦了擦挂在脸上的泪水，说：“晓梅，你说啥呢？我怎么会因为这事瞧不起你呢？不会的，啥时候你都是我的小师妹、好战友。好了，别胡思乱想了。”

这时，黄晓梅忽然一下把我的手给紧紧地攥住了，几乎哽咽失声地说道：“牛海你知道吗，我现在最怕的就是失去你呀。”

我一看黄晓梅竟然这么痴情于我，我也有点儿害怕了，心想，我别一时把控不住自己，再跟她弄假成真了，那对她的伤害就更大了。于是，我假装不介意的样子，轻轻地把手从她的手里抽了出来，接着给她擦了擦脸上的泪水，说：“好了，晓梅，别瞎寻思了。时间也不早了，我也得回去了。我从昨天早晨出门上班，一直到现在还没回家呢，我妈还在家等我回去吃饭呢。好了，我走了。我走后，你不许胡思乱想，晚上做个好梦啊！”

说着，我站了起来，跟黄晓梅一前一后走出了这个绿岛咖啡馆。我开车把黄晓梅送到她家小区门口，然后回家了。

12 死者是谁

晚上我到家的时候，都快8点了。我妈靠在沙发上，闭着眼睛，已经睡过去了。电视机开着，也不知那是什么频道，正在上演一出谍战题材的电视剧。我妈现在有个毛病，不看电视睡不着觉，一看电视就眼睛发茶。因此，我家电视几乎半宿半宿地开着。我一开门，一下就把我妈给惊醒了。我妈睁开眼睛，瞥了我一眼说："你这孩子，我还寻思你爸回来了呢！你咋这么晚才回来呢？"

我一边脱外衣一边说道："所里事多呗，下班后，又出去办了点儿事，所以回来晚了。"

我妈说："吃饭没有呢？"

我就问我妈说："厨房还有饭了吗？"

我妈说："有。晚上做了一锅饭，还有菜，我就吃了不两口，你要是没吃，我再去给你热热。"

说着，我妈就要上厨房去给我热饭。

我赶忙拦住她说："妈，你接着看你的电视吧，我要吃我自己去弄。"说着，我挨着我妈坐下了。我妈说："这些日子，你那儿一直没你爸的信儿吧？"

我说："嗯，没有。最近一直没有他的消息。"

我妈说："你说你爸在国外执行任务，能不能有啥危险呀？会不会出啥事啊？你爸是警察，干的活儿都是有危险的活儿呀。"

我就安慰我妈说："干警察也不一定有危险，我还是警察呢，你看我一天天的有啥危险啊？妈，我跟你说，我爸真要是出啥事，组织上肯定会及时通知咱们的，你就放心吧。这两天我抽出时间，通过组织再跟我爸联系联系，看能不能联系上。"

我妈听我这么说，就说："那你可得当个事啊，别说完就拉倒了。这些日子我这右眼皮咋老跳呢？都说是左眼跳财，右眼跳祸，我真担心你爸一个人在国外出点儿啥事啊！"

我抱着我妈亲了一口说："妈，不能，我爸不会出事的，你就放心吧，你儿子啥时骗过你呀？"

说着，我上厨房把我妈做的剩菜剩饭又热了热，然后又从冰箱里拿出一瓶啤酒，自己边喝边吃了起来。吃完饭，我上客厅一看，我妈靠在沙发上又睡着了。我怕惊醒她，就悄悄进里屋拿了条毛毯，搭在了她的身上，然后把电视关了，这才回我的房间去睡觉。

由于这两天太累了，再加上我也没有休息好，所以，躺在床上不一会儿我就睡过去了。这一觉睡得我是昏天黑地，酣畅淋漓，到底睡了多长时间，我自己都蒙了。这时候，我也不知道自己是怎么回事，忽然发现自己正置身在一条黑漆漆的小巷深处，模模糊糊看见一个浑身上下血淋淋的人影踉踉跄跄地朝我扑了过来，嘴里边不知说着什么。把我吓得一个劲儿往后躲。但那人就像我的影子似的，一直跟在我的身边，不离不弃，嘴里边嘟嘟囔囔地不知在说着什么。我吓得惊慌失措，跌跌撞撞地想跑又迈不动腿，只能一点儿一点儿往后躲，一直躲到了一个墙角处，再没地方可躲了，这时我已经被他给吓得真魂出窍，身不由己了。我直直地看那个浑身是血的人，看他想干啥。

这时我才看清，原来那个人是我爸。只听我爸说："牛海，牛海，我是你爸呀，见了我你躲什么呀牛海？咋的，你不认识我了？我是你爸呀，你真不认得我了吗？我现在这个样子是不是很吓人？但是我告诉你，我真的是你爸呀！我是被人给暗害死的，你作为我的儿子，作为一个警察，你得给我报仇啊！"

此时我已经不知道什么叫害怕了，我一下扑了上去，一把抱住我爸，大声喊道："爸，爸——你告诉我，你告诉我，你是被什么人给暗害的？"但这时我爸已经大口吐血，说不出话来了，我抱住我爸，大声喊着："爸——爸——"

就在这时，客厅里传来了一声闷响，一下子把我给惊醒了，我忽地一下从床上坐了起来，直到这时我这才知道，原来是个噩梦。

与此同时，我的房间门也开了，我妈手里端着一杯牛奶，悄手悄脚地走了进来。我妈看我满脸大汗、满脸惊恐的样子，不由得疑惑地问道："牛海，你咋的了？你喊啥呢？"

我妈这一问，我才彻底从这个噩梦中醒了过来，我揉揉眼睛，看看我妈，嘘了口气说："啊，没啥，刚才我做了个梦。"然后拽过床头柜上的小闹钟，自言自语地说道："妈，几点了？"

我妈说："都6点多了呗。牛奶都给你热好了，赶紧趁热喝了吧。"

我这才知道，我这一觉整整睡了八九个小时，整整睡了一宿。这一下可算歇过来了。

我接过我妈手里端着的牛奶，说："妈，你刚才把啥整掉地上了咣啷一声？"

我妈说："啊，我把一个破水缸子给碰掉了。咋的？"

我说："不咋的。"

说着，我咕嘟咕嘟把一杯牛奶喝下去了。

我妈看我喝完牛奶，没再跟我唠叨啥，接过我的空牛奶杯，上厨房整饭去了。我看我妈出去了，就把身子往后一仰，又懒懒地躺在了床上，寻思起了刚才做的这个噩梦。这个梦真是太奇怪了，我怎么会在这种时候做这种梦呢？难道是冥冥中我爸已经知道了我参与刑警队他们的破案工作，因此专门给我托梦，让我给他报仇？我爸都死了那么多年了，我从来没有做过这种跟他的死有关的梦。可现在我怎么会突然梦见他呢？而且梦见的还是他当年被人害死的场景，这真是太奇怪了。

早上我赶到单位时，黄晓梅已经到班上了，正在她的那台电脑上看着什么。我发现，只一宿的工夫，她就憔悴了不少，平时眼睛里的那种清纯的光泽似乎黯淡下去了，平时她是抹一点儿淡淡的口红的，但是，今天没有抹，嘴唇显得有些干裂。有些浮肿的眼泡下面，颧骨似乎也凸了起来。她看我进来，就瞥了我一眼，没有说话。我随口问了一句："小廖来了吗？"

黄晓梅说："来了。在他办公室呢。"

我站在她跟前，有些心疼地说："别有啥压力，你爸的事跟你有啥关系呀？"

黄晓梅听我这么说，没有吱声，只是用感激的眼神瞅着我，我就又接着说道："昨天下午我跟老丁商量了，最近这一段时间，你跟小廖暂时先配合我，跑跑'9·28'案子的事。户籍这面的工作，暂时先放一放。一会儿你在咱们所门口贴一张告示，如果有来办户口、身份证的居民，集中在每周的一、三、五上午来办。其余的时间你都跟我跑'9·28'案子的事。"

黄晓梅点点头说："知道了。"

我看她心事重重的样子，也不知道得怎么安慰她才能让她的心情好起来。我觉得，让她把全部心思都集中在所里的工作上，不让她想她爸和她家的那些闹心事，兴许能缓解她内心的那种巨大的压力。于是我说："一会儿你跟小廖都上我办公室来，咱们开个小会儿，商量一下'9·28'的案子。"

她"嗯"了一声，就又把眼睛挪向了她面前的那台电脑显示屏上。

我回到办公室，正琢磨着"9·28"案子的事，老丁忽然走了进来。老丁说："黄晓梅咋的了？咋一下子瘦成那样了呢？"

我说："她爸爸被反贪局给抓进去了。"

老丁大吃一惊，说："啥？她爸爸被反贪局给抓进去了？啥时候的事啊？我咋不知道呢？"

"就是前天的事。昨天下午检察院反贪局把她家都给抄了。"

老丁听我这么说，更加吃惊了："啊？家都给抄了？"

说着，老丁一屁股坐在了我对面的椅子上，说："我跟你说，牛海，我就知道，这个黄大搂他不是好嘚瑟吗，早晚有一天他得进去。没想到，这么快就进去了。——搁他家都搜出啥东西了？"

"听黄晓梅说，还真没搜出什么太值钱的东西，连存折和银行卡再加上金条、字画什么的，加在一起价值还不到两百万呢。"

老丁就摇了摇头说："黄大搂这些年搂的钱，绝不止两百万。他肯定还有藏钱的地方。"

我一听老丁说得这么肯定，就说："你怎么知道？"

老丁说："我不是知道，我是估计。像他那种贪得无厌的人，你想想，两百万能够他搂的吗？"

我有些疑惑地说："那除了他家，他还能把钱藏哪儿啊？"

老丁就说："哎呀！那些贪官藏钱的地方多了去了，只有你想不到的，没有他们做不到的——好了，不跟你说她家的事了，从今天开始，你不是参与‘9·28’专案组的工作了吗？那所里你负责的那摊活儿，我就先接过来了。你跟小廖，还有黄晓梅，你们抓紧排查‘9·28’死者身份的事。弄清楚之后，赶紧从专案组撤出来，咱们所里这一大摊子工作，你都压在我一个人身上，我受得了吗！”

我点头说：“好。”说到这儿，我忽然想起昨晚他上老刘头儿家去调解的事，就问他：“你昨晚上老刘头儿家，给他们调解得咋样啊？”

老丁说：“嗨！别提了，我到他们家那时候，老刘头儿已经被送到医院去了，家里造得乱码七糟的。我听他们社区的头头儿说，昨晚他们家打架的起因是这样的，老刘头儿他儿媳让老刘头儿跟他老伴儿搬出去，上敬老院去住，住敬老院的钱，她给花。但老刘头儿不干。老刘头儿说，这房子是他的，要分家，往外搬的也得是他们。儿媳妇就说，当初跟他儿子结婚时，他曾答应给他们买一套不小于九十平米的房子，他没有兑现承诺，他就得搬出去，她还把老刘头儿的行李给扔了出去。老刘头儿气得不行，跑到厨房抄起一把菜刀就要跟他儿媳妇拼命，儿子就拼命阻拦，结果，老刘头儿没砍着他儿媳妇，反倒把自己气得血压升高，心脏病还犯了，扑通一下摔倒在门口，昏过去了。我到他家那时候，老刘头儿已经被120急救车给拉走了。他儿媳妇也抱着孩子回娘家了。他老伴儿上医院去护理老头儿去了，只有他儿子在家哭呢。我问了他半天，他也没说明白。社区的领导和调解员分别去做老刘头儿和他儿媳妇的工作去了。我看我也说不上话呀，就回来了。”

老丁说完，我问道：“那老刘头儿咋样啊？有生命危险没有啊？”

老丁说：“好像没啥大危险，已经抢救过来了。”

我跟老丁聊了一会儿，小廖和黄晓梅过来了。老丁说：“你们赶紧开会商量事吧。抓紧把‘9·28’案子的事了结了，完了好干咱们自己的活儿。”

说完，老丁匆匆地走了。

我跟小廖、黄晓梅分了一下工，落实了我们各自摸排的区域范围。我主要负责我们长阳区南部这几个社区和街道，小廖负责北部的那几个社区和街道，黄晓梅负责东部的社区和街道。因为我们长阳区西边是锁龙河，过了锁龙河就不属于我们长阳区管辖的区域了，因此，西部除了锁龙河自然公园和开发区园区内的几个大的企业，再没有社区和街道了。长阳区东部的临河街是我们区比较繁华的地段，万嘉广场和几个大的商业中心都坐落在这个区域，所以，我除了负责南部几个社区和街道，还得配合黄晓梅摸排她负责的东部区域。

分工完毕之后，我们就分头行动了。

在接下来的几天里，我们三人在各自负责的社区内，走访排查、询问、张贴寻人启事，能用的方法几乎都用到了，能去的地方也几乎都去了，但是，一点儿线索都没有。吕枫还不停地打电话，催问我们排查得咋样了。其实他打的那些电话根本就没用，问的都是废话，我们这边要是有线索，不早就跟他汇报了吗？还能等到他来催问吗？我们这边就三个人，负责着这么大的一片区域，我们从早晨出去，一跑就是一天，晚上经常要干到八九点钟才能收工回家。虽然一天天累得要死，但是，工作效率非常低，跑了七八天，一点儿线索都没找到。

我们这么一忙乎，对黄晓梅倒是挺好的一件事，她似乎暂时忘了她爸被“双规”的那些烦心事，每天早晨一上班，到所里点个卯，然后就开着她的那辆小车，下到她负责摸排的社区和街道摸排查找。晚上回来之前，总会给我打电话跟我汇报她得到的情况，然后我们和小廖在所里集合，各自把兜上来的情况说一说，然后才下班回家。

时间如风，嗖嗖而过，眨眼之间，七八天过去了，我们仍没有找到死者的真实身份。在我们摸排的过程中，也发现了一些走失和莫名失踪的人员，但都跟死者的身份、形象对不上，在那些走失、失踪的人员中，有老人，有孩子，也有一个较年轻的女人，但那个女人也已经二十大多了，是个精神病患者，已经走失了好几年了。跟万嘉广场的那个死者，一点儿都不相符。

这天早晨，我刚上班，所里办公桌上的那台电话忽然响了。我抓起话筒一听，说话的是个女的："喂，长阳区派出所吗？"

我说道："对，这里是长阳区派出所，请问，您找谁呀？"

那女的就说："我是长阳社区的林姐，你们丁所长在吗？"

我一听是社区主任林姐，急忙说道："林姐你好，我是牛海呀。丁所长不在，你没打他手机吗？"

林姐说："原来是牛所长啊。我给丁所长打电话，他电话咋打不通呢？不是手机不在服务区，就是占线，怎么都打不通啊。"

我就问道："林姐，你找丁所有啥事吗？如果不介意的话，你跟我说也行，一会儿他回来我转告他。"

林姐说："是这么回事，我们社区那个要跟儿子、儿媳分家的老刘头儿，从医院出来了。我们想请丁所过来，和我们一起做做老刘头儿的工作，把他家的家庭矛盾彻底给他解决得了，要不，隔三岔五就打得鸡飞狗跳的。"

听林姐这么一说，我说道："林姐，丁所不在，你看我过去配合你们做做他的工作行不行，我跟老刘头儿也挺熟悉的。正好我今天还想上你们社区那边去办事去呢。"

林姐就说："哎呀！那太好了。牛所长，那你就赶紧过来吧。"

撂下电话后，我一琢磨，既然我答应林姐去做老刘头儿的工作，身旁最好有个女孩儿说话比较方便，于是我就跟黄晓梅说："晓梅，你那边要是没啥进展，不忙的话，干脆今儿个你跟我跑吧？"

黄晓梅说："我咋的都行。"

我说："那好，那咱俩现在就走吧。顺便上长虹小区去做做老刘头儿跟他儿媳妇的工作。"

我又跟小廖交代了一下，然后就领着黄晓梅走了。

我跟黄晓梅先到了他们社区，跟林姐会合，然后由她和她们社区的一个民事调解员领着我们，来到了老刘头儿家。

我们进屋的时候，家里就老刘头儿和他老伴儿在家。儿子和儿媳妇还有他的小孙女都不在。老刘头儿一看林姐和我们来了，显得挺热情的。林姐问他："刘大爷你这几天医院住得咋样啊？"

老刘头儿说："还能咋样？没死就算命大。"

林姐指着我介绍说："这是咱们派出所的牛海牛所长，这是咱们派出所的小黄黄晓梅……"

老刘头儿就接过林姐的话茬儿说："牛所长我认识，以前上我家来过。小黄姑娘我也认识。你们都是好人哪！不像我家那个王八犊子那么牲口啊，一见着媳妇就浑身发软，就跟他妈的儿辈子说不上媳妇了似的。"

说着说着，老刘头儿就生上气了，气得呼呼直喘。

我急忙安慰他说："刘大爷，你这是何苦呢？你儿子他再不好，不也是你自己的儿子吗？不也是从你们老两口儿身上掉下来的肉吗？羊肉贴不到狗身上，跟自己的亲生儿子有必要生那么大的气吗？"

老刘头儿气呼呼地说："我没他这么个儿子！他不是我的儿子！我现在就跟你们宣布，我跟刘木根从此断绝父子关系。"

老刘头儿说的这个刘木根，就是他的儿子。

我一听老刘头儿这么说，我就笑了。我说："刘大爷，你说的这都是气话。你再宣布你跟刘木根断绝父子关系，他不也是你的儿子吗？你眼瞅着就扔下七十往八十上奔了，说句不好听话，可劲儿让你活，你还能活几年哪？等你百年之后，这房子，还有这家产，你还能带进棺材里去呀？这不都是你儿子的吗？”

我刚一说完，老刘头儿就气呼呼地说：“我带不进棺材我也不给他。将来我找个能养我老的干儿子，谁能伺候我，我这家产就给谁。”

林姐笑着说：“刘大爷你净说傻话，你自己亲儿子都伺候不好你，你还想指着干儿子呀？你儿子他再不好，他也是接续你们老刘家香火的人，你的家产不给他，你给谁呀？”

林姐的话音一落，我接着她的话茬儿说：“刘大爷，咱不看别人，就看在你儿媳妇给你生的那个小孙女的面子上，你也不能跟你儿子、儿媳妇闹成这样啊？当初你儿子跟你儿媳妇结婚时，你曾亲口答应要给人家买一套不低于九十平方米的房子，现在是你没有兑现承诺，能怪人家跟你要房子吗？当初你要是不答应他们，不就没今天这事了吗？”

老刘头儿听我这么说，就不吱声了。

我看他不说话，就知道有门儿。我接着说道：“既然咱当初答应人家了，咱就得话符前言，不能坐蜡，你都这么大岁数了，说话不算数，让别人咋看你呀？”

老刘头儿听我这么说，就有些为难地说：“牛所长，你不知道，我不是那种说话不算数的人，我那儿媳妇实在是太气人了，一点儿尊老爱幼的基本道德都没有，我跟你说，他们两口子跟我们在一起生活，吃的用的，甚至连他们孩子上幼儿园的费用，都不用他们掏，我那儿媳妇懒成啥样你都不知道，早晨太阳不照屁股不起床，起床后吃口饭，饭碗一推，就出去跟人玩麻将，一玩就是一天，接孩子送孩子，都是我们老两口儿的事。你说气人不气人吧？”

不等老刘头儿说完，我就说道：“既然这样，那就让他们搬出去呗。非得都糗在一起干啥呀？你看我不顺眼，我看你不顺眼的。让他们小两口儿搬出去，愿意咋过咋过呗，眼不见心不烦，他们搬出去了，你们老两口儿不就没这烦恼了吗？”

老刘头儿说：“我不是不让他们搬出去呀。我同意他们搬出去，可是，他们搬出去，得让我给他们买房子，我上哪儿去整钱给他们买房子去呀？”

我接着老刘头儿的话说道：“要不你这么办，干脆把你们现在住的这套房子卖了，你们老两口儿再买一套小一点儿的，有个三四十平就够住了。然后再添俩钱单给他们买一套稍大一点儿的，装修啥的就不用你管了。这样，你儿子、儿媳妇也能高兴，你们老两口儿也省着看他们闹心。不是有那么句话嘛，说是亲戚远了香，等过个一两年，他们寻思过味儿来了，就主动领着孩子来看你们了，你看这有多好啊！”

我刚一说完，老刘头儿他老伴儿就接着我的话茬儿说：“他爹，我觉得牛所长说得挺有道理的，干脆咱就按着牛所长说的办吧，抓紧卖房子，咱这一百三十多平方米的大房子，咋的也能卖个百十来万吧？然后咱俩上偏远一点儿的小区，买一套三十多平方米的就够咱俩住了。让他们买一套八九十平的，缺多少，咱再给他们补上，这也算咱养一回儿子啊！都说养儿防老，防什么老啊防老？现在养儿就是添堵，就是自己给自己找麻烦啊！”

老太太说完，老刘头儿没吱声，看来是认可了这个方案。林姐趁热打铁说：“刘大爷，你看牛所长说的这方案咋样？你要是没意见，我们社区张罗帮你卖卖房子？你想买啥样的房子，我们也帮你踅摸。你看咋样？”

老刘头儿叹了口气，说：“唉！那就卖吧！卖完了赶紧让他们滚犊子，也省得我看他们生气。”

我看事情解决得差不多了，我自己这一摊子事还不知道咋办呢，于是就对老刘头儿说："刘大爷，既然您心里的疙瘩解开了，我们也得赶紧走了。剩下的买房子卖房子的事，就让社区林主任他们帮你们张罗好不好？我手里还有一个案子等着我们去破呢。"

老刘头儿好奇地问道："什么案子呀？"

我就说："杀人案。"

老刘头儿随口问道："杀人案？哪儿的杀人案哪？"

于是，我就让黄晓梅把我们随身带的"9・28"案的那个死者的照片复印件拿了出来，让林姐还有刘大爷以及刘大爷的老伴儿辨认，看他们认不认识照片上的这个女孩儿。

老刘头儿跟他老伴儿，还有林姐和她领来的那个民事调解员，他们几个拿着照片轮流看了半天，都说不认识。林姐说："我们社区没见过这么个女孩子。"

在他们辨认照片的过程中，我又把这个案子的简单经过跟他们说了说，但他们都说不认识照片上的这个女孩儿，也没见过这个女孩儿在他们小区和社区出现过。

我说："现在最关键的是得找到这女孩儿是谁家的，姓甚名谁，或者咱们社区谁家有走失的女孩子，只有找到这死者是谁，我们才能接着破案哪，否则的话，连死者是谁都不知道，这案子怎么破呀？无从下手啊！"

老刘头儿听我说完，忽然说道："哎，我想起来了，我在医院住院这几天，我们隔壁那个病房有个肝癌晚期患者，说他姑娘走了好几天了，不知上哪儿去了，到处求人帮他找姑娘，听他说那口气，他那姑娘应该跟照片上的这个姑娘年岁相仿，不知道照片上这个女的，能不能是他的姑娘？"

我一听这是个线索呀，就急忙问道："刘大爷，这几天你是在哪个医院住院来着？”

老刘头儿说：“我就在咱们临河街中医院住的院哪。”

我又问道：“你说的那个肝癌晚期患者叫啥名啊？”

老刘头儿寻思了半天说：“叫啥名我也不知道，光听我们病房那些住院的人议论说，癌症疗区有个肝癌晚期患者，姑娘丢了，不知道上哪儿去了，这个患者眼瞅着就不行了，到处托人帮他找姑娘。我昨天出院，听说那个人又昏过去了，他能不能活到今天还不好说呢。”

听老刘头儿这么一说，我就更加着急了。这人真要是死了，这条线索不就又断了吗！于是，我跟林姐说：“林姐，刘大爷卖房子的事，你们社区就帮着多张罗张罗吧，我们得赶紧走了。得赶紧上医院看看刘大爷说的那个肝癌晚期患者咋样了，问问他照片上的这个女孩儿是不是他女儿。”

林姐就说：“那你们赶紧走吧牛所长。刘大爷他家的事，你们就放心吧，我们社区全权负责了。”

13 沈学兵的讲述

破案这活儿就是这样，有时候山重水复，无路可走，但不知道在什么裉节上，可能忽然间就会峰回路转，柳暗花明。虽然我现在还不能确定老刘头儿说的这个女孩儿就是我们要找的人，但起码给我们提供了一个抓手。因此，我跟黄晓梅从老刘头儿家出来，就直奔临河街中医院。好在这家医院离长虹小区不算太远，也就是十多分钟的车程。到医院之后，我跟黄晓梅直接去了癌症疗区，很快就找到了这个患者。这个患者名字叫沈学兵，是一个在城里四处打零工的农民工。他家是高台泥鳅泡子的。他已经在医院住了一个多月了，由于已经是晚期了，眼瞅着就要不行了。我们去的时候，他正处于半昏迷的状态，医生们正在给他抢救呢。我跟黄晓梅守候在抢救室的门口，一直等到下午3点多，这个沈学兵才从半昏迷中苏醒过来，他听说我们是派出所的，灰暗的眼睛一下子亮了，似乎看到了某种希望。我们是在抢救他的病房里跟他聊的。下面就是我跟他的对话——

“你叫沈学兵，对吧？”

“对。我是叫沈学兵。”

“你今年多大岁数了？”

“三十九。”

“你家是哪儿的？”

“高台泥鳅泡子村的。”

“听说你有个女儿走丢了，是吗？”

“是。”

“你女儿多大了？”

“二十一岁了。”

“她是怎么走丢的？”

“是这么回事，警察同志。我是一个在城里打零工的农民工。一个多月前，忽然总是觉得恶心，浑身没劲儿，前胸和后胸也总是疼，尤其是这个位置（他用手按着自己的肝部位置）疼得更是厉害。啥都不想吃，也吃不下去。由于没钱，也不敢轻易上医院来检查呀，就这么挺着。后来实在挺不住了，这才跑到这个医院做了一个CT检查，这一检查不要紧，诊断结果竟然是肝癌，而且已经到了晚期了。

刚开始检查完的时候，医生还不告诉我得的是啥病，就是一个劲儿地问我家是哪儿的，家里还有啥人。我跟他们说，我家里现在除了一个七十多岁的老母亲，还有一个二十一岁的女儿。除此之外，啥人都没有了。医生这才跟我说了实话，他们跟我说，我得的是肝癌，而且已经晚期了，我得住院，不住院随时都会有生命危险。说心里话，当时我已经绝望了，没心思再治了。但医生说，他们中医还是有治疗这种病的办法的，这样，我就抱着一线希望，住进了这家医院。当时，医生让我通知我家里人来照顾我，但我家里已经没啥人了。家里就一个老母亲，身体也不是很好，她连自己都照顾不了，怎么能来照顾我呀？虽然家里还有个女儿，可是，我要是让我女儿来照顾我，我老妈咋办哪？她那么大岁数，身体还不好，家里没个人照顾也不行啊！另外，我家里还有点儿地，也得有个人经管，整个家里的那些活儿，基本上都得靠着我女儿，她根本就不能来照顾我呀。医生听我这么说，就不再坚持让我家来人照顾我了。我就这么在医院住着，把这些年攒的这俩钱，都给了医院了，这病不但没治好，反而越来越重了。半个月前，医院给我下达了病危通知，说我随时都会有生命危险，家里必须得来个人来照顾我，我这才托人捎信儿，把我女儿整来了。前些日子，都是我女儿在这儿照顾我。我女儿名叫沈秀秀，今年才刚刚二十一岁。我们农村孩子上学都比较晚，我家秀秀上学时都已经十多岁了。当初她学习还是挺好的，但是，由于我家的情况，她中学毕业后，我就不让她念了。”

沈学兵说到这儿，我就把他的话打断了。我问他说：“你为什么不让你女儿念书了？”

沈学兵说：“我家情况你们不了解。我家秀秀没有妈，她念书那会儿，我正好跟我的第三个女人刚结婚不久。那个女人挺霸道的，她看我女儿念书得花钱，就跟我说，一个女孩子念什么书呀念书，书念得再好，过几年不也得嫁人吗？咱这日子本来就挺紧巴，再供她念书，不就更紧张了吗？说心里话，我已经有过两次失败的婚姻了，这次我不想再失败了。所以，我就听从了这个女人的建议，我家秀秀中学毕业后，我就不让她念了。但是，我的这次婚姻也没维持多长时间，不到两年，这个女人又跟我离了。女人走了，日子还得过下去呀，这样我就跑到城里打工来了。家里的那些事就都交给我母亲和我女儿照管了。”

沈学兵说到这儿，我就把我们复印的死者的照片拿出来，请他辨认。他接过照片，刚看了一眼，一下子就认出了。他有些激动地说：“对，这就是我女儿，这就是我女儿。我女儿在哪儿呢？警察同志，你们知道我女儿在哪儿吗？你们赶紧让我女儿回来吧。我现在这病是有今儿个，没明儿个，眼瞅着就不行了，我还有很多事，要跟我女儿交代呢。”

沈学兵说到这儿，我就问他：“沈学兵，你女儿是怎么从医院走失的？”

沈学兵说：“我女儿不是走失的，是我让她去找她亲妈，也不知道她找没找到她亲妈呀？从打离开医院那天，就没她消息了。”

听沈学兵这么一说，我就问道：“沈学兵你说什么？你让你女儿去找她亲妈？”

沈学兵说：“对呀。这些天我总是寻思，我现在都已经病成这样了，说不上啥时候就俩眼一闭完犊子了，我死了倒是利索了，将来秀秀可咋办哪，将来她奶奶要是再一死，这孩子在这个世界上不就连个亲人都没有了吗？所以，前些日子我思来想去，最后决定，还是让她去找她亲妈去吧。就这样，我就把孩子的身世告诉了她，并让她去找她亲妈。也不知这孩子这亲妈找没找到啊，她出去找妈，这一翅子就没影儿了，我这病又是有今儿个没明儿个，我得赶紧把她找回来，把后事跟她交代交代呀。”

说到这儿，沈学兵呜呜地哭泣起来。

我一看沈学兵哭了，就急忙安慰他，劝他不要哭。他哭了一会儿，情绪终于平稳下来了。我接着问道：“沈学兵，你女儿的亲妈是谁呀？”

沈学兵说：“我女儿的亲妈叫董晓凤。”

“董晓凤？”

沈学兵点点头说：“对。”

“那你女儿这些年跟她亲妈一直都没有联系吗？”

沈学兵摇摇头，没有吱声。

“那你跟董晓凤是怎么回事？咋的，你们俩离婚了？”

沈学兵重重地叹了一口气说：“我跟她压根儿就没结过婚，怎么能谈得上离婚呢？唉，啥都别说了，这都是我年轻那时候一时荒唐落下的结果呀！”

我听沈学兵这么一说，就知道他跟董晓凤之间肯定有一段难以启齿的荒唐故事。我倒不是对男女风月之事多么感兴趣，但是要想弄清沈学兵以及沈秀秀跟董晓凤的真实关系，我就必须得追问下去。于是，我又接着问道：“那你跟董晓凤到底是怎么回事啊？”

沈学兵吁了口气，这才慢慢说起了他跟董晓凤的事：

“我家秀秀她亲妈董晓凤也是我们泥鳅泡的人，年轻那会儿，她家跟我家住前后院。那时候我俩青梅竹马两小无猜，念书在一个学校念书，放学一起回家，回家后在一起做作业，一来二去我俩就有了感情。但在十五六岁之前，我俩对男女之事懵懵懂懂也不咋明白，那时候我俩就是互有好感。一直到上了高中，我俩才真正有了男女间的那种接触。因为我们两家都在农村，庄稼地、小树林，都是我俩约会的好地方。那时候，对男女之事特别着迷，只要有时间就在一起起腻。

由于整天都想着这事，我们俩这书念得越来越差，对念书也越来越没兴趣了，双方的父母看我们俩都不爱读书，就让我们辍学了。这时，我们两家老人也都默认了我们俩的这种关系，我们俩就算是订婚了。辍学后，我俩一起进城打工。我跟我们村一个包工头在一个工地上，给人当小工。董晓凤上一家发廊去学美发。但我俩在城里干了不到半年，觉得干得没啥意思，我俩就又回村里了。那时候，董晓凤张罗着要在村里开一个发廊。可是，开发廊得租房子，还得买点儿简单的设备，怎么着也得个万八千的。因为我俩已经有了这种关系了，她要开发廊，就让我给她投资。我就用我在城里挣的那俩钱，再加上家里又掏了几千块钱，终于把她这个发廊给开起来了。可是，发廊开起来之后，我们农村人都不怎么认董晓凤整的头发，都说她手艺不行，所以几乎没什么人上她这发廊来做头发，就这样，发廊坚持了不长时间就黄了。这时候，董晓凤才知道自己怀孕了。当她知道自己怀孕的时候，肚子里的孩子都已经四五个月了，想做下去根本就不可能了。于是，我们两家老人就坐在了一起，商量这事得怎么办，最后决定把孩子生下来，等生下孩子之后，就让我们结婚。几个月之后，孩子终于生下来了，是个女孩儿。虽然我爸我妈不怎么高兴，但是，既然孩子扑奔我们来了，也不能捏死啊，于是，我家就张罗给我们结婚。没想到，孩子满月之后，董晓凤竟然后悔了，说啥也不跟我结婚了。她当时的借口，就是我家彩礼钱给得不够，也没给她买三金，再加上嫌我家的房子太旧，非让我家在城里给她买一套楼房不可。可当时在城里买一套房子最便宜的也得几万、十几万元哪，我家上哪儿给她整十几万元去呀？其实，这些都是她不想跟我结婚的借口，她就是找各种理由想跟我悔婚。后来，她就干脆不辞而别了，就连她家也不知道她跑哪儿去了。

“董晓凤跑了，我跟她的婚事自然而然就黄了。但是，这还有个孩子呢，这孩子是我种下的种儿，她家不养，我家得养啊，因此这孩子就抱我家来了。这就是我女儿沈秀秀。我家秀秀从小到大，是我娘一手带大的。一小时没有奶水，我娘就天天上我家羊圈去给她接新鲜羊奶喂她。大一点儿之后，我娘就喂她米汤，就这么一点儿一点儿把她拉扯大的。但说实话，在农村像我这样的，要钱没钱，要势没势，而且还带着个孩子，再找对象就很困难了。所以，董晓凤走了之后，虽然给我介绍对象的人不少，但真正能成的几乎没有。一直到我家秀秀都六七岁了，我才跟一个寡妇结婚了。但那个寡妇不是正经过日子人，好吃懒做，游手好闲，这我们也都能容忍，最让我们不能容忍的是，她到我家之后，不但对我父母不好，而且还虐待我家秀秀。她一虐待秀秀，我娘就看不下眼去，就跟她吵架，几乎三天一小吵，五天一大吵。一吵架她就往娘家跑，我还得低三下四地上她娘家去接她。我跟这个寡妇的婚姻坚持了不到两年，我俩就散伙了。

“跟这个女人黄了之后，我就一直在城里打工，家里的那些事，整个儿就都扔给了我父母。后来，我父亲去世了，家里就剩下我娘和我女儿秀秀了，我一看秀秀一天比一天大了，总把她跟我娘扔家也不行啊，这样，我就又回到了村里，主要靠我家那点儿地维持生活。一直到秀秀上初中了，我这才又找了个女人。这个女人也是个寡妇，比我大四岁，她男人得病死了。有一个小小子，岁数跟我家秀秀差不多。她跟我结婚时，人家男方家不让她把孩子带过来，虽然她有些不舍，但因为拗不过人家男方，她只好把孩子扔给男方家了。她跟我结婚之后，头一年还挺热心过日子的，后来，跟我们村几个好玩麻将的混子混在了一起，整天黏在麻将桌上，家里的啥活儿她都不干。因为这个我俩总是打架。后来，她竟然还跟一个麻友搞上了婚外恋，给我戴绿帽子，我实在不能容忍了，最后只好跟她离了。虽然我跟她离了，但把我家秀秀给耽误了，当初我要是不听她的，我能让我家秀秀念中学时辍学吗？

“——哎呀！警察同志，我是不是说远了？刚才你让我说啥来？你让我说我跟董晓凤是咋回事，对吧？我跟你说，警察同志，董晓凤跑了之后，这么多年我再没跟她联系过，我也没有把我跟董晓凤的实情告诉过我的女儿，每当她问起她妈的时候，我就会生气地说：‘你妈跟人跑了，往后别老跟我提你妈。’我家秀秀是个懂事的孩子，我不让她问，她真就不问了。所以，这些年，我从不跟她说她妈的事。虽然我嘴上不说，但我心里对董晓凤还是有些挂念的。我不是挂念别的，我早就对她没有非分之想了，我挂念她主要是因为她是我家秀秀的亲妈，所以，每当别人说起她，我都会认真去听。这些年我一直不断地听我们村里人说，董晓凤这些年混得不错，说她发大财了，不但在咱们江陵有买卖，而且在省城也有她的生意。虽然这些消息都是我们村里人传的，但有一点我是知道的，那就是她家已经不在我们泥鳅泡住了。好多年前她就把她爸她妈还有她哥和她嫂子都整到省城去住去了。听我们村的人说，她在省城的买卖做得也挺大的，现在她在省城的一些买卖，都是她哥和她嫂子在帮着她打理呢。至于她做的是什么买卖，村里人都不清楚，说啥的都有，有的说，她傍上大款了，还有的说她嫁给了一个当官的，靠着那个当官的势力，所以才鸡犬升天发了大财了。

“这些天我躺在病床上一直寻思，我现在已经是个快要死的人了，我娘也已经七十大多了，可劲儿让她活，她还能活几年？我跟我娘要是一死，将来我家秀秀可咋整啊？我思来想去，最后觉得，我必须得把我跟董晓凤的事跟我家秀秀说了，我得让她知道她的亲妈是谁呀，我要是不在了，她在这个世界上起码还有个亲妈呢。所以，我必须得让她去找她亲妈，看看能不能收留她。我就寻思啊，董晓凤她就是再恨我，可秀秀毕竟是她身上掉下的肉啊，她总不会连自己的亲生女儿都不认吧。就这样，前些日子，我给秀秀拿了五十块钱，让她去找她亲妈。哪承想啊，这一去就没了影儿了。也不知道是她妈把她留下了，还是那孩子遇着啥事了？警察同志，你们刚才给我看的那张照片那就是我女儿秀秀，你们是从哪儿整来的？我家秀秀是不是出啥事了？她真要是再出点儿啥事，我、我、我可真就彻底没活路了……”

说到这儿，沈学兵呜呜地哭泣起来。哭着哭着，竟然昏死过去了。我跟黄晓梅一看，吓得够呛，急忙喊医生过来抢救，一直到我们离开医院，医生们对沈学兵的抢救仍在进行中。

14 沈学兵死了

我跟黄晓梅回到所里的时候，都已经8点多钟了。小廖正在所里等我要跟我汇报他今天摸排查访得到的讯息。我告诉他，不用汇报了，这个女孩儿的身份已经查清了。于是，我就把今天我跟黄晓梅在医院见到沈学兵的经过简单跟他说了一下，并决定立刻跟吕枫汇报。我当即给吕枫打了个电话，把查找到死者身份的事跟他汇报了。他一听非常高兴，让我立刻赶到局里，当面跟他汇报。我一看都已经8点多了，我们都整整忙乎了一天了，于是我就试探着说：“吕队，今天太晚了，明天我们去跟你汇报行不行？”

吕枫一听，急了，高声大嗓地叫道：“牛海，你啰唆什么呀啰唆？为啥要等到明天啊？让你们过来就赶紧过来得了，哪那么多废话呀！”说完啪地就把电话挂了。

我知道吕枫这个人脾气不好，再加上他又是长我们一辈的老公安，而且还是我们的领导，虽然在这个专案组里我俩都是副组长，但他毕竟是专业干刑警的出身，又是刑警队的副队长，所以我就不敢太跟他拔犟眼子，他说让我们过去，那就赶紧过去吧。

于是，撂下电话后，我让小廖开车，直接上他们刑警队去了。因为我们三个都没吃饭呢，因此，路上我们在一家小饭馆买了三个盒饭，在车里垫补垫补就算是吃晚饭了。

我们到刑警队的时候，已经快9点了。吕枫正在办公室等我们呢。进到他办公室之后，我几乎一句废话都没说，就直接把今天找到沈学兵的整个经过跟他汇报了。他听完之后，立刻用电话请示了我们专案组的负责人冷梅副局长，他说他要连夜再去跟沈学兵见一面，想再详细了解一下这个董晓凤的情况。因为只有找到董晓凤，才能了解清楚死者沈秀秀是否跟她见过面，见面之后都干什么了。冷副局长未置可否，只是说：“沈学兵是个危重患者，你们要看他的身体情况允不允许，千万不要因为这个案子使得患者的病情更加严重了。”

撂下电话后，吕枫把冷局的指示跟我们传达了一下，然后就带着我们直接上临河街中医院去找沈学兵，打算进一步了解董晓凤的情况。但令我们意外的是，我们到医院的时候，沈学兵已经死了。

沈学兵一死，这就意味着了解董晓凤的这唯一的线索又断了。吕枫非常沮丧，从医院出来，他跟我抱怨了一句：“牛海，你应该早点儿把这个情况告诉我，我要是早点儿知道——”

我有些不高兴地说：“吕队，你想知道的那些情况，我不是都已经问清楚并跟你汇报了吗？你还想问啥呀？”

吕枫也不高兴地说：“我想问的东西多了，董晓凤的很多情况你就没有问清。我跟你说，牛海，破案并不像你想象的那么简单！这里面的学问大了去了。虽然你现在已经是副所长了，但年轻人得学着谦虚点儿，虚心使人进步，知道不？”

吕枫那种居高临下的样子，我很是看不惯。其实，他在我的印象里，还是当年跟我爸搭班子当副所长时的形象，那时候我觉得他挺威严的，不怎么爱跟人说话。自从我上警院念书，毕业后又回到江陵，上派出所当警察，一直到现在当了派出所的副所长，这些年我几乎没跟他直接打过交道，即便是打交道，也是非常简单，我见面叫他一声吕叔，他哼哈地敷衍我一句，仅此而已。现在我终于近距离地跟他接触并成了他的属下，这才知道他的脾气竟然这么大，这么不好说话。现在既然他这么教训我，说虚心使人进步，那我就虚点儿心吧。因此，他教训完我之后，我就没再吱声。他也没再说什么，让我们下班回家了。

15 黄晓梅让我帮她询问她父亲的案情

回来的路上，我去送黄晓梅。在车上，黄晓梅忽然问我说：“牛海，你是不是有个同学在反贪局？”

黄晓梅这么一问，我心里本能地有了一种防范的意识，心想，她怎么连这个都打听出来了？我的人际关系和社会上的一些人脉，我很少对别人说，这倒不是我怕别人求我干啥，关键是，我作为一个警察，不可以随便暴露自己的这些关系，因为在这些人当中，有的是我的朋友，有的是我的亲人，还有的表面上是朋友是亲人，但实际上是我的线人。如果我把这些关系都暴露给别人，对我的工作肯定是不利的。所以，我从不跟所里的其他人暴露我的社会关系，就连所长老丁也很少知道我的一些社会关系。现在，黄晓梅上来就问我是不是有个同学在反贪局，她是不是想利用跟我的关系给她爸爸通风报信里勾外连，以便达到某种目的呀？但这也就是我瞬间的一点儿本能的想法。既然黄晓梅这么问我，这就说明她已经知道了我在反贪局里有一个同学。如果我要跟她说没有，那她对我肯定就心存芥蒂了。所以，我觉得也没有必要瞒她，想到这儿，我就瞅了她一眼，说："对呀。我是有个同学在反贪局呀。"

黄晓梅很直接地说："那你能不能问问你那个同学，我爸的案子怎么样了？到现在，我们一点儿信息都得不到。"

黄晓梅说完，我没有吱声，琢磨着该怎么回答她。

黄晓梅看我不吱声，就又说道："要是不方便，那就算了。"

我知道黄晓梅误会我了，以为我不想去给她打听，所以才这么说。因此，我给她解释说："晓梅你别误会。这不是什么方便不方便的事。他们反贪局办案子就跟咱们办案子差不多，也是有很多规矩的。有些事情是不能乱打听的，但只要不破坏他们的规矩，问问情况我觉得还是没问题的。"

说到这儿，我顿了一下，我不想让黄晓梅对我产生一种不讲人情、没有人情味儿的感觉，因此我就说道："这样，晓梅，我现在就给我那同学打个电话问问你爸的情况，你在旁边听着。行不行？"

黄晓梅有些不好意思地说："牛海，这好吗？"

我就说："这有啥不好的，我也不问什么敏感的问题。"

说着，我就拨通了我那同学的电话："喂，宝亮吗？"我那同学叫梁宝亮，是我从中学到高中时的同学。现在他在反贪局纪检科当科长呢。正好管着黄晓梅她爸的案子。

很快梁宝亮就把电话接起来了，因为我跟梁宝亮好长时间都没有联系了，所以，他那边一接起电话就高兴地说道：“哎哟喂！这不是牛大所长吗？牛大所长怎么有时间给我打上电话了？”

我跟梁宝亮从中学时就是同学，一直到上高中，我俩都在一个班。后来，他考上了政法大学，我则报考了警察学院。毕业后，他通过公务员考试，直接考上了公务员，被分到了检察院。后来又去了反贪局，在反贪局一干就是这么多年。现在他在纪检科当科长，听说很快就要被提拔为反贪局的副局长了。由于我们是从小的朋友，所以说话从来都是没脑袋没屁股，逮啥说啥。

我一听梁宝亮用“牛大所长”来讽刺我，就反唇相讥道：“梁副局长，少跟我扯没用的啊！我可跟你有正事啊！”

梁宝亮一听我要跟他说正事，就不再开玩笑了，而是很认真地说：“什么正事啊？你不会是找我来给别人说情了吧？”

我急忙解释说：“不是说情，是想打听一个人。”

梁宝亮就问：“打听谁呀？”

“城管局的黄利德黄局长，他现在在你们那儿呢吧？”

梁宝亮有些警觉地问道：“你打听他干啥呀？”

我就如实说道：“是这样的宝亮，黄利德他是我们所户籍员黄晓梅的父亲，黄晓梅又是我的小学妹，我想问问他的问题严重不？你要是方便说，就跟我透露一点儿信息，不方便那就算了，咱别因为这事再犯错误。”

梁宝亮说：“那还用问吗？不严重我们能抓他吗？我跟你说，牛海，黄利德的问题不但严重，而且非常严重，他现在的态度又非常恶劣。不管他女儿跟你是什么关系，你都不要去蹚这浑水，听见没有？”

梁宝亮的话还没等说完，我就故意用挺不高兴的口吻说道："我蹚什么浑水呀我蹚浑水，我这不就是随便跟你问问他的情况吗，这怎么是蹚浑水呢？我告诉你呀，宝亮，别一当上个小破官就跟我打官腔。"

梁宝亮倒没怎么介意我的态度，在电话里只是非常一本正经地嘱咐我说："牛海，我真不是跟你开玩笑。凭咱俩的关系，我能糊弄你吗？黄利德的问题真的很严重，他这个官是怎么来的，他当了这个官之后，又贿赂了多少人，又利用手中的权力贪了多少钱，很多问题他都不交代，这里面的问题非常复杂，牵扯到现在在位和不在位的一些领导。所以，我才让你不要掺和到他的这个案子里边来。听明白没有？"

梁宝亮说完，我故意用一种不屑的口气说道："好了好了，你别啰唆了，我不跟你打听了还不行吗？我挂了。"

说着，我就把电话挂断了。其实，我刚才打的这个电话就是让黄晓梅听的，因此，我在跟梁宝亮说话时，故意把手机的免提打开了，一直让黄晓梅听着我跟梁宝亮的通话。

电话挂断之后，我对黄晓梅说："晓梅，你都听见了吧？你爸的问题挺严重的，也挺复杂的。不过，他就是再严重、再复杂，跟你有啥关系呀？你千万不要背什么包袱，该咋上班咋上班，该咋工作咋工作。别往心里去。"

这时，我忽然发现，黄晓梅竟然流泪了。我急忙劝她说："你哭什么呀？你哭就能把你爸的罪过给哭没呀？你用眼泪就能把你爸的罪恶洗刷干净啊？他犯下的罪行让他自己去承担，你一个做子女的，没必要跟他一起承担这么大的压力。"

说着，我从纸抽里拽出几张纸巾递给她，黄晓梅接过纸巾，擦了擦眼泪，用感激的眼光看了我一眼，低声说："谢谢你，牛海。"

“哎呀！谢什么谢呀？你是我的同事，又是我的好朋友，还是我的小学妹，这么点儿事不就是举手之劳吗！咱这种关系这还用谢吗？只要你没有思想包袱，不给自己制造压力，好好工作，帮我把沈秀秀的这个案子查清楚，这就是对我最好的感谢了。”

我说完之后，黄晓梅没说什么，只是低着头呆呆地想着心事。我把黄晓梅送到她家小区门口，就在她刚要下车的时候，她忽然一下趴在我的肩头嘤嘤地哭泣起来。我看她哭得那个伤心的样子，也不好再劝什么，任她趴在我的肩头上，鼻涕眼泪蹭了我一肩膀头，一直到她哭够了，我才轻轻地拍了拍她的头发，小声说：“好了好了。我不是跟你说了吗，不要有什么压力，你怎么还这样呢？”

黄晓梅忽然说：“牛海，你不会因为我爸的事，看不起我吧？”

我笑着说：“这怎么可能呢？你爸是你爸，你是你！我怎么会因为你爸爸的事瞧不起你呢？好了，赶紧回去吧。你妈还在家等你呢。”

说到这儿，我忽然想起来，她今天一直跟着我查案子，她的车还在我们所门前扔着呢，于是，我就又说了一句：“晓梅，你把车扔在咱们所门口了吧？明天早晨上班你咋走啊？这样吧，我明儿个早晨过来接你吧？”

黄晓梅用感激的眼光看了我一眼，没有吱声。看她情绪有些缓过来了，我就开车走了。

我开着车，不疾不徐地沿着她家小区门口的那条马路，朝我家的方向走着。就在街心花园一拐弯的时候，这时候我都走出挺老远了，我扭过头透过车窗一看，黄晓梅还站在小区的门口，呆呆地看着我呢。那一瞬间，我突然觉得鼻子有些发酸。我这才知道，我已经爱上黄晓梅这个姑娘了。

16 寻找董晓凤引起的风波

在接下来的几天里，黄晓梅和小廖一直跟着我在“9·28”专案组这边上班，查找沈学兵说的那个董晓凤。由于沈学兵说，董晓凤的老家也是他们泥鳅泡的，所以，我们先到他们乡里去查找她当年一些信息，但是由于年头久远，她在泥鳅泡几乎没留下什么有价值的信息，她家的户口也早就迁走了，迁到城里去了。我们顺着她家户口迁移的线索，又找到了城里，结果，她家的户口已经不在她当初落户的那个派出所了，早已经迁到胜利街道去了。我们就又到胜利街道派出所去查找，结果，董晓凤的户口确实还在胜利街派出所，但人已经不在那儿住了，至于家搬到哪儿去了，谁都说不清。

就在查找董晓凤的过程中，我忽然想起来，沈学兵在跟我讲述他跟董晓凤的关系时曾说，董晓凤家早已经搬到省城去住了，而且她把她父母还有她哥哥嫂子等人也都接到省城去了。于是，我就跟吕枫汇报说，能不能通过省厅请省城的公安局帮着查一查。

吕枫把我的建议跟冷梅副局长汇报了。冷局就通过省厅的关系，找到省城公安局，很快就把叫董晓凤的信息全部找到了。他们一共找到了三百多个叫董晓凤的，但经过排查，跟沈学兵说的那个董晓凤的情况全不相符，都不是我们要找的那个董晓凤。

本来，我们认为查找董晓凤是一件很轻松、很容易的事，但没想到，竟然这么麻烦，于是，我就又仔细回忆了我跟沈学兵谈话的过程，我把他跟我说的那些话，反复听了好多次。在沈学兵跟我的谈话中，他反复强调，董晓凤现在混得不错，买卖做得很大，不但在江陵有买卖，而且省城也有她的生意，她现在已经是一个有钱人了。我觉得这是一条很有价值的线索，我们何不先从江陵的女生意人查起呢？于是，我就把我的这个思路跟吕枫说了。

开始，吕枫干脆就没把我的建议当回事，他说：“省城和江陵做买卖的女生意人那么多，怎么查呀？”

我就说：“咱就找叫董晓凤的女人呗。”

吕枫就反问我：“她要是改名了呢？她现在要是不叫董晓凤了呢？如果她在工商部门的登记用的是别人的名字呢？你怎么查？”

我就说道：“如果咱们从做买卖的女生意人查起，可以缩小查找的范围，容易找。不然的话，大海捞针，太费劲。”

吕枫说：“查案子本来就是大海捞针，这就是个费劲的活儿，你以为你们派出所呢，跟那些社区居委会大妈打打交道，帮他们调解调解矛盾，抓个小偷吓唬吓唬那些小流氓呢？这是破案，是要动脑子的，不像你想的那么简单。”

我一听吕枫用这种教训的口吻跟我说话，我就来气。我知道他资格老、阅历多，但你就是再尿性，你也不能老是板着一副教师爷的面孔来教训我们哪！我们就是再嫩，再不行，我们这也是在工作呢，在跟你提建议呢吗，你干啥老是摆出一副盛气凌人的样子呀？所以，吕枫说完，我就故意呛着他说道：“抓小偷吓唬小流氓咋的？帮居委会大妈调解矛盾咋的？比你们这破案工作低气吗？这不也是咱当警察的工作吗？不也是在为人民服务呢吗？干咱们这警察工作，没有高低贵贱之分，只有认真不认真的区别。我只要认真了，哪怕能帮助老百姓解决一点儿实际的困难，我觉得我的这身警服就没有白穿。我就是老百姓的一块砖，哪里需要哪里搬。以前老百姓需要我去帮他们调解矛盾，解决困难，我就去帮他们调解矛盾，解决困难；现在他们需要我来帮他们破案，我就来破案了，至于这个案子能破啥样，那是我的能力问题，如果我不提建议，不说话，那就是我的态度问题。所以，您没必要老是摆出一副长辈的面孔、教师爷的架势来领导我们、教训我们。”

我的这一番话说得吕枫的脸色红一阵白一阵，我的话还没等说完，他就猛一拍桌子，大声吼道：“牛海，你个小兔崽子，你竟然教训起我来了，老子跟你爸干公安时，你他妈的还穿开裆裤呢，老子跟那些杀人不眨眼的恶魔周旋的时候，你毛还没长全呢，这刚当上几天副所长，就教训起我来了。你摸摸你下巴上的毛长齐了吗？等你下巴上的毛长齐了再来教训我！”

吕枫气得呼呼直喘粗气，一时间，屋子里的那些人都把眼光转向了我们。我一看吕枫真的生气了，我倒没气了，我故意笑着说道：“吕队，我从来都没想要教训你，不像你，整整就想教训人。我这下巴子上的毛是没长齐呢，可是，等我下巴上的毛长齐了再来跟您学破案，恐怕黄花菜都馊了。再说，我参加专案组也并不是我自己要来的，这不是组织让我来的吗？咱这公安局刑警队又不是你家开的，这要是你家开的，你请我来我都不会来的。我这是在给组织工作呢，不是给你个人工作呢。我请示你、问你、帮你出主意，那是因为你是我的领导，是我们这个专案组的负责人，我做的这些都是组织程序内必须要走的一个过程，我给你提建议，你不同意拉倒，但我不能不说。就算我说得不对，您也没有必要讽刺我挖苦我。是不是吕队？”

说完，我刚要转身离开，猛然间吕枫气得抓起桌子上的一个玻璃茶杯，“啪”地摔在了地上。茶杯摔在地上的破裂声刺人耳膜。一时间，屋子里静得跟深山古墓似的那么可怕，只见吕枫气得哆哆嗦嗦地用手指着我说道："牛、牛海，你再给我说一遍？你他妈的再给我说一遍？你说我讽刺你、挖苦你？我怎么讽刺你、挖苦你了？我就说说破案不像你们派出所的工作那么简单，就引出你这么一大堆屁话？我他妈再好赖不济，也是跟你爸爸一个辈分上的人吧，咱不说现在我还是你的领导呢，咱就单从传统美德尊老敬老这方面来讲，你也不应该对我是这个态度呀！"

我看吕枫气得那个样子，真不忍心再跟他犟犟了，但是他一口一个"他妈的"，让我听着非常刺耳，你就是再是我的长辈吧，你也不能总是跟我们妈了妈了的吧？我们就是再年轻，对我们起码的尊重应该有吧？你让我们尊敬你，但是尊敬是相互的，你一口一个"他妈的"，你让我咋尊敬你呀？

于是，我就接着吕枫的话茬儿说道："吕队，我是想尊敬你，可是，您得做出让我尊敬你的事来呀！就你现在这样，你让我咋尊敬你呀？"

吕枫说："我没让你尊敬我，我也不敢让你尊敬我，你现在已经是派出所副所长了，我怎么敢让你尊敬我呢？我尊敬你没尊敬好，还惹出你这么多话来呢，我哪还敢让你尊敬我呀？牛海，你别以为你那点儿小心眼儿我看不出来，当初你削尖了脑袋想往专案组里钻，不就是想借着这个台阶进刑警队当刑警，好找出二十年前暗害你爸的那个凶手吗？从一开始，你进专案组的动机就不纯，假公济私，我告诉你，牛海，只要我老吕在刑警队一天，你就甭想进刑警队来。"

听吕枫这么说，我就急了，我冲着他大声质问道："我为什么就不能进刑警队当刑警？这刑警队是你们老吕家开的？"

吕枫说："虽然这刑警队不是我家开的，但是，只要我还在这儿当这个副队长，你就甭想进来！"

我大声喊道："为啥？你为啥那么害怕我上刑警队来？"

吕枫说："我不是怕，因为我根本就领导不了你这么个牛气哄哄的派出所所长。你太牛了，我领导不了你！"

就在我跟吕枫大声吵吵的时候，专案组的门忽然开了，副局长冷梅突然出现在我们专案组的门口。

屋子里一下子静了下来。

冷梅扫视了大伙儿一眼，问道："吵吵啥呢，怎么啦？"

我跟吕枫谁都没有吱声。

冷梅就又问了一句："不是，你们俩吵吵啥呢？"

吕枫就气囔囔地说道："冷局，你还是让我回队里去吧。'9·28'专案组这活儿我干不了啦。"

冷梅有些不高兴地说："不是，怎么了？"

吕枫就说："牛海比我牛，比我有办法，这个专案组，你还是让他挑头吧，我干不了。"

冷梅冷冷地看了我一眼，问道："牛海，咋回事啊？"

我就把我跟吕枫吵嘴的起因从头至尾说了一遍。说到最后，我说："我也没说啥呀，我就跟他提个建议，说能不能先从江陵做生意的女商人查起，吕队他就说我不尊敬他了，还说我进专案组动机不纯，假公济私，说我是想借着专案组这个台阶，上刑警队来当刑警，好找出二十年前暗害我爸的凶手。别说我没有这种想法，就算我有这种想法，这种想法能算错吗？二十年前，正在长阳区派出所当所长的我爸，莫名其妙地被人给害死了，这案子到现在也没有破，这么多年一直就这么挂着，吕队他就是当事人，当时他是长阳区派出所的副所长，我爸被人给暗害之后，他接替我爸当了所长，按理说，他应该比我更积极去寻找当年的真相才对，可是他现在竟然说这种话，真是不可思议！"

我话音还没等落，吕枫就红头涨脸地冲我叫道："牛海你说这话你他妈的丧良心，你咋知道我没去寻找二十年前的真相呢？为了查找二十年前暗杀你爸的凶手，这些年我吃不好睡不好，都成了我的心病了。这么些年，为了查你爸的这个案子，我放了多少眼线，想了多少办法，这些你都知道吗？我跟你说，牛海，自从二十年前那个月黑头的晚上你爸遇害，这些年，我连做梦都在寻找那个凶手。你知道吗？现在竟然当着局长的面，昧着良心说我没有积极去寻找暗害你爸的凶手！你这话太让人寒心了！”

吕枫刚一说完，我就问道：“你说你这么多年一直在寻找杀害我爸的那个凶手，那我怎么不知道呢？”

吕枫不屑地说：“你不知道的事多了去了，啥事都非得让你知道知道啊？你就好好当你的所长得了！就你这样的，还想破案？恐怕作案分子就在你眼前你都认不出来！”

这时候，冷梅打断了我们的争论，冷梅说：“好了好了，别犟犟了！咱们现在不是在查‘9·28’案子吗？怎么说到二十年前的案子上去了？”

冷梅这么一说，我跟吕枫就都不好再说什么了。

冷梅又接着说道：“让牛海同志参加专案组，是局长办公会上决定的，并不是他个人要求进来的。当时调他进专案组，主要是他对长阳区那片比较熟悉，因为‘9·28’案就发生在他们长阳区内，让他进专案组，便于查找死者的身份。现在也证明，当初局里调他进专案组的决定也是正确的，死者的真实身份不正是牛海他们查找出来的吗？不过，牛海，我也得说你几句，吕枫是老同志、老刑警，不要说他还是你父亲当年的老搭档，就凭他的年龄和经验，你也应该尊重他呀，是不是？咱们这些人，谁都不是圣人，就连圣人都有错呢，何况咱们这些凡夫俗子呢？有啥事商量着来，意见不合，可以正常地争辩，但不能动不动就发火，气大伤身，火大伤情，我们都是为了一个共同的目的才走到一起来的，不能因为工作上的意见不合，就伤了感情。”

冷梅的一番话，说得我有些无地自容。所以，她刚一说完，我就真诚地冲着吕枫说道：“吕叔，对不起，我刚才不应该那么对你！都是我不好。我诚恳地跟你道歉！”

吕枫黑着脸没有吱声。

冷梅就说道：“好了，牛海也跟你道歉了，你是他的长辈，又是他爸当年的老搭档，他毕竟年轻，你一个老同志就别跟他一般见识了，好吗？来，我们接着商量工作吧。刚才你们是怎么商量的？”

于是，吕枫便把我们相互间的查案思路跟冷梅汇报了一下。但由于吕枫的思路并没有形成一个很完整的查案方法，相反，我的思路比较完整，商量来商量去，最后决定采用我说的那个方法，先从我们江陵的女生意人查起。我们兵分两路，一路由我领着小廖和黄晓梅上市工商局去查找以女人为法人代表的公司登记状况，另外一路由吕枫领着他们刑警队的人，上各个区的工商分局去查找以女人为法人代表的公司状况。

由于我提出的建议被冷局采纳了，所以，吕枫显得很不高兴，但他又不好说什么。散会之后，我就领着小廖和黄晓梅回所里了。

17 老丁想让我撤出专案组

我也不知道老丁是怎么知道我跟吕枫争吵的事的。我刚一回到所里，老丁就给我打电话，把我叫到他办公室去了，一进屋，他就冲着我笑。我就问他：“你笑啥呀？”

老丁说：“咋的？听说你跟吕枫还吵起来了？”

他这么一问，我也笑了，我看着他反问道：“你怎么知道的？”

老丁笑着说：“你甭管我怎么知道的，你就说有没有这回事吧？”

于是，我就把我跟吕枫争吵的整个过程跟他学了一遍。

老丁就说：“当初我就不让你参加他们那个专案组，你偏不信嘛，咋样？这回领教了吕枫的手段了吧？我跟你说，牛海，你跟在他屁股后，不会捡着好粪的。赶紧找个由头，撤出来吧，把手头的活儿跟他们交接交接，还是回所里来吧，咱们所这么一大摊工作，我一个人真忙不过来呀！”

我笑着说：“丁所，你也不是不知道，参加‘9·28’专案组这个活儿不是我非要去的，这不是冷局点名非让我参加的吗？再说了，‘9·28’的案子还发生在咱们所的辖区内，我要是拒绝，冷局得咋想啊？”

老丁说：“人家吕枫说你参加专案组动机不纯，想借此机会调进刑警队去查找二十年前暗害你爸的凶手，我看人家吕枫说的不是没有道理。”

说到这儿，老丁用他那双鹰隼般的眼睛盯着我问道：“你跟我说实话，牛海，你是不是想通过这个案子，就不回所里来了？”

我就赶紧给老丁解释说：“丁所，咱俩都这么多年了，我也不想瞒你，你要说我一点儿没有这种想法，那肯定是不现实的。你想想，我爸二十年前被人给暗害，到现在凶手仍然逍遥法外，我作为他的儿子，而且还是个警察，你说我不想查明当年的真相，不想找到凶手给我爸报仇，那肯定是不现实的。但话又说回来了，我爸被害致死的案子毕竟都过去二十年了，二十年，这是多么漫长的光阴啊？多少事都被这光阴给湮没了，何况我爸的这个案子了。再说了，我爸又不是什么大人物，他就是派出所的一个小所长，谁会认真去给他破这么个已经湮没了二十年的案子呀？我就是真有这种想法，能不能实现那都是未知数呢，我怎么可能就因为参加了一个'9·28'的案子，就想调进刑警队去破我爸的案子呢？再说了，就是我想去，人家能不能要我还是个问题呢。人家吕枫都说了，只要他姓吕的在刑警队一天，我就别想进刑警队的那个大门。大门早都让他给我封死了，我怎么可能还有机会调进刑警队呢？丁所你就放心，我领着小廖和黄晓梅把这个案子弄完，立刻就回所里工作，这几天你就多受点儿累吧，谁让你是这个所的所长呢！"

老丁就笑着说："你小子就跟我忽悠吧，啥时候把我忽悠蒙圈了，啥时候拉倒是不是？"

我也笑着说："丁所，我真不是忽悠你，我说的都是心里话。我估摸着，'9·28'的这个案子顶多再有半个月，肯定能水落石出。"

老丁见我没有撤出来的意思，也就不说啥了。我们俩又聊了一会儿所里的工作，我就回到了我的办公室，把小廖和黄晓梅叫了过来，商量如何查找董晓凤的事。由于冷局让我们这组负责市工商局这块的登记情况，因此，我们就决定，从明天早晨上班，就直接去市工商局摸排以四十岁左右的女人登记为法人代表的注册公司。为了到那儿不用现联系，我们仨商量完之后，我就通过我的一个朋友，跟市工商局一个主管注册的副局长取得了联系，把情况跟他说了。他说："没问题，你们明天来，直接找于敏于科长联系就行了。"

一切都落实完之后，就已经到了下班的时间了。

下班之后，小廖和黄晓梅是先走的，我又上老丁的办公室去跟他说了一些所里工作上的事。我临出来的时候，老丁忽然问我："牛海，你跟黄晓梅的关系到底确定下来没有？”

我明知故问地说：“什么关系呀？”

老丁有点儿不高兴：“你说什么关系？你们俩还能有什么关系呀？”

我就笑嘻嘻地说：“我们俩还有工作关系呀。”

老丁说：“你小子少跟我贫呀！你明明知道我指的是你们的恋爱关系。”

我笑着说：“你问这个干啥呀？”

老丁说：“现在是敏感时期，黄晓梅她父亲被‘双规’，而且据说问题还挺严重的，再加上黄利德这个人他本来就口碑不好，他最后的结果就可想而知了。你要把你跟黄晓梅的关系处理好了，在这种时候，别整出啥说道来。”

我一听老丁这话里有话，就问他说：“咋的？有人跟你说啥了？”

老丁说：“那倒没有。是我自个儿瞎寻思的。你现在是人民警察，还是个副所长，而且正是往上走的时期，别因为处理不好自己的感情问题，影响你的个人前途，那就划不来了。”

我就笑着说：“丁所，谢谢你对我的关心，但我跟你的观点有点儿不一样，我觉得黄晓梅是黄晓梅，她爸是她爸，就算黄晓梅她父亲是王八蛋，是十恶不赦的大混蛋，跟黄晓梅有啥关系呀？难道就因为黄晓梅是他的女儿，难道就因为她爸是贪污腐败分子，我就不能跟她谈恋爱了？”

虽然我这番话是笑着说的，但是，话语里充满了激愤的情绪。老丁一看我这样，笑了。老丁说：“谁说你不能跟黄晓梅谈恋爱了？我就是那么一问。来不来你自己就承认你跟黄晓梅的关系了吧？我的意思是，在这个敏感时期，你要处理好你跟她的关系，没说不让你们谈恋爱。”

我这才觉出自己的情绪有些失控了。我缓和了一下情绪，说：“丁所，我跟你说实在的，我从心里往外是有点儿喜欢上黄晓梅了。可我跟你说实话吧，我曾经在心里暗暗地发过誓，不把二十年前我爸被人暗害的案子查清楚，不把我爸的这个仇给报了，这辈子我是不会结婚的。所以，我跟黄晓梅的关系，到目前为止，只是有那么点儿意思而已，还真没到卿卿我我、你恩我爱、谈婚论嫁、夫妻双双把家还的那种程度。”

老丁听我这么一说，就瞪圆了他那双鹰隼般的眼睛，很不高兴地说：“咋样，这回你自己承认了吧？”

我也知道自己说漏嘴了。我这么一说，就把我想上刑警队的这件事给说漏了，但我还是嘴硬地反问道：“啥玩意儿我自己承认了？”

老丁说：“当初你削尖了脑袋想参加‘9·28’专案组，就是想借这个台阶上刑警队。还怪人家吕枫说你，从打一开始你接触这个案子，你这动机就不纯。这么说，咱这派出所搁不下你了呗？”

我一看老丁把我的心里所想彻底给揭开了，我也就不好说啥了，我只能嗫嚅着解释说：“丁所，这只是我自己的一厢情愿，就算我一门心思地想上刑警队，现在有吕枫在那儿横着，刑警队那种地方，那是我想进就能进去的吗？”

老丁无奈地摇了摇头说：“我跟你说，牛海，从打我接触你的第一天，我就知道你小子是个做警察的好料子。我跟你说实话吧，我在咱们派出所也不会太长时间了，我寻思等我把所长这个位子空出来，就让你来干。没想到你的心思压根儿就没在咱们所里。”

我一听老丁要走，就急忙问道：“丁所，你要上哪儿去呀？”

老丁说：“我都这么大岁数了，总不能一辈子老在咱们长阳区这个派出所里窝着呀。我总得挪动挪动吧？”

我就吃惊地看着他，问道："你想往哪儿挪动呀？"

老丁寻思了一会儿，说："目前这事还处在保密阶段，现在既然咱俩聊到这儿了，我也就不瞒你了。最近局里找我谈了，我的工作可能要变动一下，很可能要调到分局去当副局长。我寻思我走了，你顺理成章地接替我的位子，这不是挺好的一件事吗？咱俩已经配合了这么多年，工作上还挺合手的。没想到你小子野心不小，眼睛竟然瞄上了刑警队，想往那个高枝上奔。不过也好，不是有人说过嘛，不当刑警不算真正当过警察，你小子既然想当刑警，那就往那儿上悟吧。我要是能帮上你忙，我肯定会帮忙的。不过，我还是得提醒你一句，一定要处理好跟黄晓梅的关系，别因为感情问题耽误了自己的大好前途。"

我感激地看着老丁，有些动情地说："你放心吧丁所，我进入到警察队伍这么些年，一直是您在提携我、帮助我，我不会辜负您的。放心，我会处理好我跟黄晓梅的关系的。我也会干好咱们所的工作的，至于我能不能借着参加'9·28'专案组这个机会进入到刑警队，那就是人家组织上考虑的事了，我现在就不寻思了。"

说到这儿，我抬脸往外一看，这才发现，此时外面都已经黑天了，我对老丁说："丁所，外面的天都黑了，早都该下班了，咱们走吧。"

老丁说："你先走吧，我今晚值班，我就不回去了，要不还得来回折腾。"

18 力洋酒店巧遇梁宝亮

我从老丁办公室出来，来到外面，这时天色已经彻底黑下来了。有很冷的夜风吹刮着已经快要落光了叶子的树，发出一阵阵哗啦啦、哗啦啦的响声。夜空上没有星星，也没有月亮，整个世界除了路灯发出那惨白的光之外，一切都显得那么黑暗和阴冷。看样子这天要下雨。我在停车场找到我的车，用遥控钥匙打开车门，走到车跟前，拽开车门刚要上车，忽然发现有个人影走了过来。我借着旁边的路灯的光亮定睛一看，竟然是黄晓梅。我有些奇怪，问道："晓梅，你怎么还没走呢？"

黄晓梅说："这不等你呢吗。"

"等我？咋的？等我有事啊？"

黄晓梅就噘着嘴，用有些委屈的口气说："没事就不能等你了？"

我赶忙解释说："我不是那个意思，我的意思是说，这都下班这半天了，你怎么还没回家呢？冷呵呵地在这儿等我干啥呀？怎么不在屋里等着呢？"

黄晓梅就说："在屋里等你，不是怕影响你吗？"

"影响我什么呀？你呀，这么聪明伶俐的一个小丫头，怎么净干虎事呢？我跟你又没怎么着，有什么好影响的呀？赶紧上车吧。"

说着话，我俩上了我的车。我问她："你的车呢？你怎么没开车呢？"

黄晓梅说："牛海你这一天天净寻思啥呢？我都好几天没开车了，难道你没发现哪？"

我这才恍然想起来，可不是咋的，这都连着好几天了，黄晓梅一直跟着我和小廖跑案子，根本就没开车上班。于是我就问她说："不是，虎了吧唧的，你怎么不开车了呢？"

黄晓梅说："我爸摊上了那么大的事，我要是再开着那辆车到处招摇，那不就更是没病找病了吗？"

我一听她说得也对，就说："那我送你回家吧？"

黄晓梅说："都7点多了，咱俩找个地方坐坐呗？"

我有点儿犹豫，一下子就想起了刚才老丁跟我说的那番话。但是，在这种时候，我又不好拒绝黄晓梅的约请。如果我拒绝她，她肯定会往别的地方想的。就在我犹犹豫豫想着怎么回绝她的时候，黄晓梅看我不吱声，就以为我已经答应了她的约请了呢，就说："那你说咱俩上哪儿去好？正好咱俩都没吃饭呢，坐一起聊会儿天，吃口饭，然后再回家，这不会影响你什么吧？"

黄晓梅这么一将我，我就更不好拒绝了。于是我尴尬地笑了一下说："我得给我妈打个电话，得告诉她一声啊，要不她又该惦念我了。"说着，我一边把车发动着，一边给我妈拨了个电话，告诉她我晚回去一会儿，我妈跟我说话，她除了问我啥时候回去，再就是问我有我爸的消息没有，我编了几句瞎话把她糊弄过去之后，就把电话挂了。然后看着黄晓梅问道："咱上哪儿去，还是你定吧，这附近哪儿有肃静的好的吃饭的地方？"

黄晓梅说："你喜欢吃烤串吗？"

我摇摇头说："不喜欢。我不喜欢吃那玩意儿。另外，街头那些烤肉串的摊贩们整的那肉也不准成呀。万一吃坏了肚子，花着钱遭着罪，就更犯不上了。”

黄晓梅说：“吃烤串也不能在街头的小摊上吃啊，那得上好一点儿的饭店去吃。既然你不喜欢吃，那就算了。要不咱俩上力洋吧，力洋楼下的那个餐厅还是不错的，不但干净，而且还挺肃静的。”

其实，我不太想上力洋那种地方去吃饭的。因为力洋酒店就在我们派出所的辖区内。它是一家集洗浴、宾馆、餐饮、娱乐于一体的综合性的大酒店，光客房就有三百多间，他们的演艺广场和洗浴中心也挺有规模的，是我们江陵数一数二的五星级酒店。老板韩力洋从上世纪80年代末就开始做酒店生意，据说，他有个舅舅在香港就是做酒店的，在做酒店方面很有经验。上世纪90年代初，因为这边的房地产业还没怎么成熟，对土地的需求还不像现在这么紧张，韩力洋的那个舅舅就把眼光瞄准了这里的市场，他当时投资几个亿要在我们江陵盖一幢地标式的大酒店。那时，我们江陵还没有一家像点儿样的五星级大酒店呢，猛然来了这么一个财神爷投资，那不得把他当祖宗一样供起来呀？因此，韩力洋他那个舅舅几乎没花几个钱，就把位于锁龙河边上的一块地拿下来了。那时候，我们临河街这片还归长阳镇管呢，还是一个没开发的小乡镇呢，韩力洋他舅舅选的这块地方更是荆棘丛生，蚊虫遍地。特别是一到雨季，锁龙河涨水的时候，这条平时像个大水泡子似的小河沟，竟然泥沙俱下，浊浪滔天，岸两边的那些人家几乎都是老旧的破房子，挨淹的挨淹，漏雨的漏雨，家家户户苦不堪言。当时，不要说在锁龙河边上盖大楼了，就是周边的那些附属设施，就得花点儿好钱。但没想到，仅仅几年的工夫，随着城镇化的强力推进，以及棚户区的改造，城市以摊大饼式的扩张不断往周边发展，很快，长阳镇就升格为江陵市的长阳区了。由于锁龙河横贯整个长阳区域，有了这条河，就有了加大改造的资源，几年来，各级政府加大了对锁龙河改造的力度，再加上外资的引入，原来的那条破破烂烂的街道也被命名为临河街了，而且临河街很快就成了我们江陵的一条有名的商业街了，国内外有名的地产商和商业大亨带着他们享誉全球的大品牌商品，像蚊子逐血般纷纷涌进了这条日渐繁华的商业街。随着临河街的知名度越来越大，锁龙河边的力洋大酒店名气也随着这条街的繁华越来越大。据说，现在力洋正在扩建，想往七星级酒店的规模上发展呢。

但据我知道，当年我爸在长阳派出所当所长那时候，这家酒店曾因“藏污纳垢”而闻名，里面有很多漂亮姑娘。后来，曾被警察端过几次。但因为当时的市领导强调招商引资的大方向，因此，虽然警察曾针对这家酒店的不法活动打击过几次，但最后都不了了之。就是现在，这家酒店也仍是我们重点监控的对象。他们这家酒店的老总韩力洋，我也认识。所以，我不怎么喜欢上他们这儿来吃饭。平时，如果没有公务需求，我从不上他们这儿来。我开着车，正想着该怎么说服黄晓梅换个地方去吃饭的时候，这才发觉，车已经到了力洋的楼下了。当时我心想，既然来了，那就悄悄地在楼下找个肃静的卡座跟她聊一会儿，吃口饭就赶紧走人。

我把车在停车场停好，与黄晓梅一前一后刚走进餐厅，忽然发现一张熟悉的面孔正在靠窗户的一个座位上吃饭。我一看，那不是我的同学、市反贪局的副局长梁宝亮吗？梁宝亮担任副局长的任职公示早已经结束，组织部的任命也已经下来了，现在已经正式走马上任了，前几天我还说要给他张罗个饭局庆贺一下呢，没想到竟然在这儿碰见他了。跟他在一起吃饭的，还有两个人，一男一女，年纪都在四十岁左右的样子。

就在我想要退出去不想让他看见我跟黄晓梅在一起的时候，他已经发现我了。他从座位上站起来，朝我摆了一下手。我一看躲不过去了，只好小声对黄晓梅说：“我同学梁宝亮。”

此时，黄晓梅还懵懵懂懂不知咋回事呢，我就又小声提醒了她一句：“我同学梁宝亮，他就是负责你爸案子的反贪局副局长。”

黄晓梅这才明白是怎么回事，但此时明白已经晚了，因为梁宝亮已经从他的座位上出来，朝我们走过来了。

我急忙迎上去，梁宝亮一把握住我的手，说：“怎么这么巧啊？你小子怎么上这儿来了？”

我打着哈哈说道：“我还想问你呢，你怎么跑这儿来吃饭来了？”

梁宝亮说：“省局来了两个同事，他们住在这儿了，我过来看看他们，顺便在这楼下吃口饭。”

说着，梁宝亮把眼光转向了黄晓梅，用玩笑的口吻说：“咋的？有女朋友了？这么漂亮的大美女怎么不给我介绍一下呢？”

我故意笑着说：“我怕你小子给我撬走。”

梁宝亮就说：“不许瞎说啊！我都是有家有口有孩子的大老爷们儿了，就是有那贼心也没那贼胆了，哪还敢去撬你这大所长的女朋友啊。”

我一看躲不过去了，只好硬着头皮给他介绍说：“这是我们所的优秀民警，负责户籍工作的黄晓梅同志。你要是想补办身份证什么的，找她正好。另外她也是我的小师妹。我俩今天过来是来查一个案子的，这不赶上饭口了嘛，也想顺便在这儿吃几口饭。没想到在这儿遇上你了。你看，你是跟我们一起吃呢，还是接着跟你们的上级领导吃呢？”

其实，当我介绍完黄晓梅的那一瞬间我就看出来了，梁宝亮的脸色一下子就变了，但他并没说啥，只是跟黄晓梅简单地握了一下手，寒暄了一句：“你好。”黄晓梅也没说啥，跟宝亮点了点头，也说了句“你好”。当时场面显得挺尴尬的。介绍完之后，梁宝亮再没跟黄晓梅说话，跟我说了几句不着边际的闲嗑儿，就说：“那咱们就各吃各的吧，我也就不上你们的二人世界里去当那个电灯泡了。”

我赶忙更正说：“梁宝亮你别胡说八道啊，我跟黄晓梅就是普通的工作关系，没你想的那么复杂呀。你赶紧去应酬你的那些上级领导去吧。”

说着，我就推了他一下，然后领着黄晓梅走进了一个屏风隔断的小卡座里去了。

19 不开心的饭局

我跟黄晓梅的那顿饭吃得一点儿都不开心。我们俩刚坐那儿，黄晓梅就说：“我看你那同学挺不高兴的？我也没说啥呀，他怎么不高兴了呢？”

我故意装傻地说：“他怎么不高兴了？我怎么没看出来呢？我看他挺正常的呀，你是不是太敏感了？”

黄晓梅说：“你介绍完我之后，我看他的脸色立刻阴下来了。是不是他不高兴我跟你在一起呀？还是我爸的案子有什么变化了？”

我就安慰黄晓梅说：“你爸的案子有没有变化，我跟不跟你在一起，这跟他有什么关系呀？我不是一再跟你说，你是你，你爸是你爸，你老把自己跟你爸联系到一起干啥呀？”

黄晓梅就吁了口气说：“我能不联系吗，他毕竟是我爸呀！我看你同学那阴呼啦的脸色，我爸的事肯定小不了。”

说到这儿，我有些不高兴，我说：“晓梅，咱能不能不说你爸？咱俩吃饭就是吃饭，说点儿开心的事，干吗老说那些让人闹心的事呢？”

这时候，有一个女服务员走进了我们的屏风内，问道：“二位晚上好，需要吃点儿什么？请点单。”

我拽过菜单，看了看，然后又推给黄晓梅说：“你喜欢吃什么？你点吧。”

黄晓梅阴着脸子，也没看菜单，说：“还是你点吧。我吃啥都行。”

我看黄晓梅不高兴，我这心里也让她给弄得挺堵得慌的，我随便点了四个小菜，也没要酒，要了两杯果汁，稀里糊涂就把这顿饭吃完了。

吃饭的时候，我跟黄晓梅再没说话。我们俩就那么闷着头各吃各的，气氛弄得挺压抑的。

本来我想说两句笑话稀释稀释我们之间的压抑气氛，但是，我一看黄晓梅那阴郁的脸色，就什么心情都没有了。我心想，你这女孩儿咋这样呢？平时我看你的脾气挺好的啊，挺懂事的呀，今儿个咋变得这样了呢？本来是你约我出来吃饭的，这地方也是你选的，我哪知道会在这里遇上梁宝亮呀？再说了，你也不能因为遇上梁宝亮，就跟我甩脸子、使性子，我是你啥人啊，你跟我这样？我越这么想，心里就越不高兴。稀里糊涂地把这顿饭吃完之后，我俩来到了外面，看着外面那阴黑的夜空，我说：“晓梅，你不没别的事了吗？我送你回家吧？”

黄晓梅面无表情地说：“算了，都这么晚了，大老远的，你就别往我家那边折腾了。我打个车回去算了。”

就在这时候，一辆出租车正好在她的身边停下了。我想要阻止她不让她打车，但她已经拉开车门坐进车里去了。

她把手伸出车窗，跟我摆了摆手，出租车唰地一下就开走了。

20 梁宝亮讲述黄利德的案子

这时我才发现，天已经阴下来了，黑漆漆的夜空，有点儿要下雨的态势。我茫然站在力洋酒店门口那高高的台阶上，看着宾馆门前那条马路上来往不断的车流，大脑一片空白。我也不知道我今天这是怎么了，心情怎么这么沮丧呢？难道是因为黄晓梅的情绪影响了我？还是我把自己跟黄晓梅的位置摆错了，我真的把她当成自己的恋人了？我承认，我是挺喜欢她的，甚至在心灵的深处，已经爱上她了。但是，我自己曾经发过誓，我爸被杀的案子不破，不抓住暗杀我爸的凶手，这辈子我是不会谈恋爱和结婚的。难道就因为遇到了黄晓梅，我就把自己曾经发过的誓给背叛了？

正在我思绪纷乱、茫然、木然、颓然的时候，忽然，有人在我的身后拍了我的肩膀一下，我回头一看，竟然是梁宝亮。

梁宝亮笑嘻嘻地看着我，问道：“牛海，一个人呆呆地在这儿寻思啥呢？你的那位大美女小学妹呢？”

我这才从愣怔中缓过神儿来，我用埋怨的口吻说：“都怪你，净瞎说，我跟黄晓梅根本就没有那种关系。你这么一整，整得黄晓梅非常尴尬，黄晓梅还一个劲儿地抱怨我没把我们俩的关系跟你介绍清楚，整得我们这顿饭都没吃好。”

听我这么一说，梁宝亮就笑得更厉害了。梁宝亮说：“你可拉倒吧，牛海！咱俩都多少年了？从中学到高中，你心里的那点儿小九九我还看不出来吗？你一撅尾巴，我就能知道你拉几个粪蛋儿，你别以为我看不出来，你跟这个黄晓梅的关系肯定不一般，我从你的眼神里就能看出来，你已经深陷情海里了。还整个你跟她根本就没那种关系？”

梁宝亮说完，我就急赤白脸地跟他解释说：“宝亮你咋不信呢？我跟黄晓梅真的没那种关系。我现在顶多就是对她有那么点儿感觉，离谈恋爱还有十万八千里那么遥远呢！”

梁宝亮不屑地撇撇嘴说：“行啦行啦！你跟她谈没谈恋爱，那是你们的事，我作为你的朋友，只是提醒你，别让她给利用了就行。”

梁宝亮这么一说，我有点儿不高兴，我说：“宝亮你说啥呢？她怎么能利用我呢？我就是一个派出所的小所长，她能利用我啥呀？”

梁宝亮说：“前些日子，她不是曾利用你找我打听过她爸的案子吗？”

我赶忙解释说：“宝亮，你别误会，她让我找你打听她爸的案子，也没有别的意思，就是想问问，她爸的问题到底有多严重，能不能判刑。没想通过你达到什么目的。”

梁宝亮看了看表，说：“这冷呵呵的天，咱俩别傻呆呆地站这儿唠了，找个地方喝点儿茶说会儿话再回去行吗？你家我婶儿不是挺好的吗？”

我就说：“啊，我妈身体啥的还都挺好的，就是让我爸当年的死给折磨出精神病来了，硬说我爸没死，总打听我爸什么时候能回来。”

梁宝亮说：“你在派出所干了这么多年了，你爸当年被害的线索一点儿须子都没摸着？”

我摇摇头说：“没有。我现在正在参加侦破‘9·28’案的专案组呢。我想借这个机会调进刑警队去，如果我真能借此机会调进刑警队，这以后可能就能有机会寻找到当年我爸被害的线索了。”

我俩一边聊天，一边转身又走回了力洋酒店的大堂，找了个肃静的卡座，要了一壶茶，边喝边聊了起来。

说实话，我跟梁宝亮都好长时间没有这么在一起喝茶聊天了，平时他工作忙，我工作也忙，甚至好长时间都想不起通个电话。现在能有这么个机会坐在一起喝茶聊天，真是挺好的。

说了几句闲话，宝亮问我：“你刚才说的‘9·28’案子是怎么个案子呀？”

于是，我就把9月28号发生在万嘉广场门前的那个无名女尸案的过程跟他说了一遍。

说完之后，梁宝亮又问道：“现在案子进行到什么程度了？”

我就又把寻找女尸沈秀秀的真实身份以及寻找董晓凤这前后的经过跟他说了一遍。

宝亮听完说：“这案子应该好查，没有你们想象的那么复杂吧？只要找到那个女孩儿沈秀秀的亲妈董晓凤，顺着她这条线一查，应该很容易就能找出凶手是谁的。”

聊了一会儿“9·28”案，我就又把话题转移到了黄晓梅她爸的案子上了。我问宝亮说：“黄利德的案子你们弄到什么程度了？”

梁宝亮喝了一口茶说：“他的案子可挺复杂的。”

我不解地问道：“不就是一个贪污腐败案吗？有什么好复杂的？查他贪了多少钱，受贿了多少钱，这案子还不简单吗？”

梁宝亮摇摇头说："要是像你说的那么简单，我们能费这么大劲儿地去查？"

我看着梁宝亮问道："那黄利德他到底是啥问题呀？"

梁宝亮说："他除了贪污、行贿受贿、买官卖官、生活作风腐化之外，最重要的是他有一段历史说不清楚。"

我就问梁宝亮："什么历史啊？"

梁宝亮说："就是在他出国前的那段历史。"

我不解地问道："你们查他腐败就查他腐败呗，他腐不腐败跟他历史有啥关系呀？"

梁宝亮跟我解释说："因为他的这桩案子，牵扯到从咱们市调出去的原副市长苗壮。那时候正是长阳区刚开发的初期阶段。那时候，长阳区曾发生过几起大案要案，一直到现在都没有破。你像银行行长薛桂明家的灭门案、石油大亨钱动力的莫名失踪案等等，这其中也包括你父亲牛碧仁的被杀案。这么些大案要案，最后都随着开发区的建设和长阳区的经济崛起，以及苗壮的升迁，不了了之了。"

梁宝亮说到这儿，我这心里不由得一动，我问道："宝亮你说啥？我爸也是在那个阶段被杀的？"

梁宝亮说："对呀。你自己算算呀，二十年前，那时候不正是力洋酒店这幢大楼刚刚建成开业不长时间吗？不正是长阳区如火如荼大肆招商引资并大力开发建设的时候吗？苗壮不正是靠这些政绩一步步提拔起来的吗？"

梁宝亮说完，我仔细算了一下时间，可不是，那时候长阳区正是开发最火的时候。但是，我还是有些摸不着头脑，我就问梁宝亮说："宝亮，黄利德又不是江洋大盗，我不信他还能去杀人灭口？"

梁宝亮说："他是不是江洋大盗，会不会杀人灭口，这谁都不好说。但是，他的那段历史说不清楚，我们就很难查清他的合法的和不合法的财产来源。他是贪污受贿了不少钱，但是他的原始积累是怎么来的？这我们得查清呀。现在已经证明，他的这个官是花钱买来的，而且还价格不菲。他当上局长之后，之所以要大肆搂钱，疯狂敛财，就是想把他投资到官场上的那些钱成倍地搂回来。但是我们必须得查清，他花钱买官的这笔钱是哪儿来的，而且，他曾经有过出国的历史，他在出国前，到底是干什么的，他自己交代说，他当时在社会上打零工，在工地上扛过水泥袋子，还给人家当保安。但是，他说的这些工作，又拿不出什么证据来，也没有人给他证明。他说他当初进入到城管局并当上了城管执法大队的大队长，后来又当上城管局的副局长，这都是他花钱行贿苗壮也就是现在的省发改委副主任买来的。但苗副主任说他跟黄利德根本就不熟悉不认识，他不可能收受黄利德的钱财，黄利德进入到城管局的时候，他已经调到省发改委来了，怎么可能收受他的钱财让他当上江陵市的城管局局长呢？苗副主任这么一否认，黄利德是怎么当上局长的悬案就更加难查了。从当时市委办公会上的记录上看，黄利德从城管大队长到当上副局长，又从副局长到当上局长，在组织程序上，并没有什么纰漏。而且，直到现在，我们在他家搜出来的现金、存折、银行卡以及其他一些金银、古玩、字画等，加在一起价值也不过二三百万元。我们认为，他绝不会就贪了这么点儿钱。但是，他不交代，我们又找不到他藏钱的地方，他这案子就很难落到实处。所以我说，他这案子比较复杂，看样子还得弄一阵子才能结案。”

说到这儿，宝亮忽然看着我说道：“牛海，我今天跟你说的这些，你千万不要对你的那个小学妹说，千万千万，如果你把我今天跟你说的这些都透露出去，那可是要犯纪律的。听见没有？”

我有些不耐烦地说：“哎呀！这不用你嘱咐啊，我当一回警察，这点儿组织纪律性还是有的。”

梁宝亮说：“我正是因为相信你，才跟你说这些的。不过，我还得提醒你，你跟你的这个小学妹得保持点儿距离，别整得太黏糊了。”

我就有些不高兴地说：“梁宝亮你啥意思啊？啥玩意儿我不能跟她整得太黏糊了呀？难道就因为她爸爸腐败，我就不能跟她谈恋爱了？”

梁宝亮说：“没人说你不能跟她谈恋爱，我的意思是说，在此期间，你还是跟她保持一点儿距离比较好。别因为感情上的事，影响了你的工作。你刚才不是跟我说，想借着参加‘9·28’专案组的机会，往刑警队调吗？如果你真想上刑警队，跟你的这个小学妹的关系还真得理顺好了。”

我不解地看着梁宝亮，问道：“为什么？”

梁宝亮说：“你说为什么？你也不想想，刑警队那是什么地方？谁敢把一个身负重案的腐败分子的姑爷弄进去查案呀？”

梁宝亮这么一说，还真把我给说住了。是啊，我真得处理好我跟黄晓梅的关系了，不然的话，真会坏了我的大事的。可是，感情上的事，有时候真是说不明、理不清的。说心里话，我心里也想跟黄晓梅疏远点儿，可是，只要一看见她，不由自主地就想跟她亲近，就想帮她做点儿啥。只要她有一点儿委屈，我这心里也跟着不好受。我知道这就是爱情。人一旦掉进爱情的这个陷阱里，是很难自拔的。

正在我胡思乱想的时候，梁宝亮忽然问我：“哎，牛海，当年长阳区这边有个叫仇奉和的大款你知道吧？”

“仇奉和？”我摇摇头说，“没听说过。”

梁宝亮说：“你回去给我打听打听，当年你们长阳区临河街这边有没有过这么一个人？”

我不解地问道：“你打听这个人干啥呀？”

梁宝亮说："我这边有个案子牵扯到这么一个人，但是，对这个人谁都不怎么了解，我们现在又腾不出手来专门去调查了解他。你在公安那边，要是方便的话，就给我问问。"

我点头说："好吧。要是能问着这个人，我就告诉你。"

那天晚上，我跟梁宝亮一直聊到快子夜了才离开力洋酒店。我到家的时候，都快1点了。我家客厅的电视机还在开着，正在演着一出谍战剧。电视屏幕上两个分别暗藏在两个阵营里的恋人正在卿卿我我、恋恋不舍地说着什么。我妈则靠在沙发上睡得正香，呼噜声忽高忽低。我一进屋，她忽地一下就醒了，睁开蒙胧的睡眼看着我，怔怔地看了半天，才说："你咋这么晚才回来？"

我敷衍她说："我在外面查了一个案子。跟同事们吃口饭，这才回来晚了。"

我妈就问："你那儿这些天有你爸的消息吗？"

我糊弄她说："我不是跟你说了吗？我爸他们这些日子已经转移了，已经不在原来的那个国家了，联络不上。妈你放心，一有我爸的消息，我立刻就会告诉你的。"

我妈叹了口气，没再说什么。

我扶着我妈进了她的房间，把她安顿好，我这才回到我的屋子里，躺在床上，却怎么也睡不着了。我估计是喝茶喝的。这一晚上脑子里尽是黄晓梅的影子和梁宝亮跟我说的那些话。看来，我真得理智些了，可不能让感情坏了我的大事。可是，感情这玩意儿有时候不是自己的意志就能够控制得了的。说心里话，从黄晓梅打车离开我，一直到现在，我这心里一直不得劲，总觉得今天晚上我不应该让她生气。她现在因为她爸被"双规"，本来就心情不好，在这种时候，我不能帮她什么也就算了，但也不能再惹她不高兴啊！她一个小女孩儿，哪经过这种打击呀，在这种时候，我作为她的男朋友，她的学长，她的领导，应该安慰她、哄她，能帮她就尽量帮帮她，就算不能帮，也不应该惹她不高兴呀。

我躺在床上，一边自责，一边想着该怎么处理好跟她的这种关系，既不能伤害她，又不能因为她而坏了我的计划。我必须得抓住目前的这个机会，借着“9·28”案的这个台阶进入到刑警队去，因为只有这样，我才能完成我的夙愿，找到二十年前杀害我爸的凶手，为我爸报仇。

我不知道我是什么时候睡着的。我妈进来喊我吃早饭的时候，我才发现外面的天已经大亮了。

21 踏破铁鞋无觅处，得来全靠于科长

早晨我上班，一进所里的接待大厅，就看到黄晓梅头不抬眼不睁地正在往电脑里输入着什么，她的窗口前站着两个人，我进屋时，她也没抬头看我一眼，估计是太专注了，可能没看见我进去。我发现她的脸色很憔悴，眼窝深陷，把她那双本来就挺大的大眼睛显得更大了。我瞄了她一眼，见她没瞅我，我就直接上我办公室了。我刚进屋，小廖就跟了进来。小廖说：“牛所，咱们今天的工作得怎么进行啊？”

我说：“你看看黄晓梅忙啥呢？一会儿咱们仨一起上工商局。”

小廖答应了一声，走了出去。

不一会儿，小廖又走了回来，小廖说：“晓梅她正忙着给两个落户口的居民办理落户的事呢。马上就完了。”

小廖刚说完，黄晓梅就进来了。黄晓梅瞅了我一眼，没吱声。我说了一下我们三个人的分工，然后我们就上工商局了。

由于昨天我已经跟他们主管公司注册的副局长联系过了，所以，到工商局之后，我直接就找到了具体分管注册的于敏于科长。她很热情地接待了我们，把所有在他们那儿登记注册公司和买卖家的原始资料，都给我们翻腾出来了。

说实话，要想在那些浩如烟海的原始档案里去查找四十岁左右女人为法人代表的注册登记，不是一件很容易的事。我跟小廖、黄晓梅，我们三人每人搬出了厚厚的一大摞登记材料，一个一个地翻看。找了一上午，只找到了五六个跟董晓凤相似的女法人代表。但是，这几个女的又都不是我们想要找的董晓凤。

快到中午的时候，那个于敏看我们找得太累太吃力，就随口问了一句：“你们到底想找谁呀？她是一个什么样的女人呀？叫啥名啊？”

我就说：“我们想找一个叫董晓凤的女法人代表。”

于敏就说：“那你就说找董晓凤不就完了吗？何必费这么大劲儿呢？我还寻思你们这玩意儿保密呢，没敢打听。你们要找的董晓凤是不是就是咱们江陵挺有名的那个女企业家、凤飞广告公司的老总董晓凤啊？”

我一听她说的这个董晓凤跟我们要找的挺对撇子，于是急忙问道：“你慢点儿说于科长，你说的这个董晓凤是什么公司的？”

于敏就说：“凤飞广告公司呀。”

我又问：“你说的这个董晓凤多大岁数？”

于敏回答说：“她能有三十八九岁吧。”

听于敏这么一说，我简直大喜过望，急切地问道："于科长，你知道这个董晓凤她们的公司在哪儿吗？"

于敏笑着说："早知道你们找董晓凤，直接问我不就完了吗？何必费这么大劲儿啊。我跟你说牛所长，你们要找的这个董晓凤，那可不是一般人物，她是咱们江陵市的人大代表，著名的女企业家。她的凤飞广告公司不但在咱们江陵，就是在省城，也是很有名气的。你们平时可能都不怎么看广告。电视上整天播出的那个由著名笑星冯然给代言的'吃它，男人才有自信'的广告，那就是董晓凤她们公司拍的。她们公司在咱们江陵的具体地址是——我给你看看她们注册时怎么填写的。"

说着，于敏找出了凤飞广告公司的注册登记表格，看了看说："在胜利大街1834号的火炬大厦十三层。整个一层楼都是她们公司的。你们去吧。"

当时我激动得都不知道该怎么感谢于科长了，我一个劲儿地跟她抱拳施礼说："于科长，太谢谢你了，太谢谢你了！这真是踏破铁鞋无觅处，得来全靠于科长啊！于科长你放心，等我找到董晓凤，把事办完之后，我请你吃饭。"

于科长笑着说："吃饭就不用了。这不过是举手之劳，算不了什么的。往后，再有这样的事，你就直接问我就行，咱们江陵的这些大老板和他们的公司，几乎都在我心里装着呢。"

我跟小廖、黄晓梅从市工商局出来时，都中午了。我们三人找了一家小饭馆，简单吃了口饭，就直奔胜利大街而去。

胜利大街是我们江陵的老街区，原先是江陵比较繁华和热闹的路段，这些年随着城市的扩建和开发，胜利大街这边就显得非常落后了。马路上的沥青路面坑坑洼洼，残破不堪，道两旁的绿化也不怎么好，尤其是那些楼房，几乎都是几十年前修建的老楼，显得很破旧。

虽然这些年通过城市美化工程，有的大楼外面重新贴了瓷砖，有的刷上了红红绿绿的涂料，但是，再怎么弄，也掩盖不了它的衰败和落后。

由于路远，再加上堵车，我们跑了几乎一个小时，才跑到火炬大厦。

这个火炬大厦，还是上世纪80年代初期，我们江陵搞火炬工程时修建的呢，当年的所谓火炬工程，就是一些有创新意识的发明创造，只要项目好，政府就以低廉的价格让发明者进入到这个大楼来办公和找合作对象。后来，这个所谓的火炬工程无疾而终，这幢大厦也被一个私人企业家给买走了。经过简单的改造，这里就变成了往外出租的写字楼了。

我们进入大厦之后，按着于敏跟我们说的楼层，坐电梯直接上了十三楼，但是，到十三楼一看，我们不由得傻眼了，十三楼根本就不是什么凤飞广告公司，而是有四五家公司在这层楼上办公呢。我们跟他们打听凤飞公司，他们都说不知道。于是，我就跟大楼的出租方联络，他们只知道凤飞广告公司已经搬走了，已经搬走两年多了。至于搬到哪儿去了，他们也不知道。

这刚刚找到的一点儿线索，一下子又断了。从火炬大厦里出来，站在大厦的门口，一时间我有点儿沮丧，这咋这么不顺呢，处处是坎儿，真应了那句俗话了，横垄地拉磙子——一步一个坎儿。

这时小廖说："牛所，要不咱们先回所里吧？只要知道董晓凤的公司叫凤飞广告公司，找她们公司的地址还是比较容易的。一会儿回所里我跟电视台我那管广告的同学打听打听，他经常跟各家广告公司有联系。我问问他兴许能找到他们。"

看来也只好这样了。于是，我们仨就直接从火炬大厦回所里了。

回到所里之后，小廖就跟他那个在电视台负责广告业务的同学联系，很快就联系上了。不一会儿，小廖就兴冲冲地跑到我办公室，跟我说："牛所，凤飞广告公司的位置找到了。离咱们所不远，就在离临河街万嘉广场不远的广德大厦里。"

说着，小廖说出了凤飞广告公司的具体位置。

小廖说完，我一看时间还来得及，还没到下班时间，就对小廖说："你去把黄晓梅叫上，咱这就上董晓凤她们广告公司去，看能不能找到她。"

说着，我们三个就出发了。

说实在的，我早就应该想到董晓凤的广告公司或者她住的地方不会离我们派出所太远的，因为"9·28"那天的案发现场就在万嘉广场西门那儿，沈秀秀明明是去找她妈的，她妈要是住得远，她怎么会死在万嘉广场那儿呢？我们呼哧呼哧费了好大的劲儿跑到火炬大厦，这不是徒劳吗？单从这一点上看，我就不是一个合格的刑侦警察。

很快我们就找到了凤飞广告公司的地址。原来她们公司在飞云路的广德大厦里，跟万嘉广场就隔着一条街，非常近。那也是一幢十多层的写字楼。我们到那儿一问，门口的保安就把凤飞广告公司所在的楼层告诉了我们。我们按着保安的指点，乘电梯上了八楼。凤飞广告公司在八楼租了四间办公室。其中一间是老板的办公室，一间是接待客户谈业务的会客室，还有一间是员工们的办公室，另外一间比较大的是他们的会议室。

我们敲开了老板的办公室。进去一看，坐在老板椅上的竟然是一个戴眼镜的中年男士，穿得西装革履，一副文质彬彬的样子。那男子看我们进去，就欠了欠屁股，跟我们点了点头，然后问："你们找谁？"

这些日子，为了工作方便，我们仨都没有穿警服，穿的都是便装，所以我就把警官证掏了出来，递给了那男子，让他看了一下我的证件。

那男人看了看我的警官证，把证件还给我，然后说："哦，牛警官你好，三位请坐。"

我们三个坐在了他办公桌一侧的一张长沙发上。那个男人很客气地对我们说："请问，你们有什么事吗？"

我单刀直入地问道："你们公司的老板董晓凤在吗？"

那男人"哦"了一声，说："你们找董总啊？你们事先跟她约了吗？"

他这么一问，我就确定了，董晓凤果然是这家公司的老板。于是，我说道："没有。我们事先没有跟她约。"

那男人就说："董总一般不在这边上班。你们要想找她，必须得事先跟她约好了。"

我问那男子说："您怎么称呼？"

那男的说："啊，我姓凌，我叫凌子义，凤飞广告公司业务总监。如果你们要谈业务上的事，可以跟我谈。"

我就说："不，我们找董晓凤有要事要跟她了解一下。我们怎么才能联系上她？"

那个叫凌子义的业务总监就说："是这样的牛警官，我们董总一般不在江陵这边上班。她的业务范围主要在省里。如果没有特殊的业务，她一般很少来我们这边的。要不，我把她的电话给你，你用电话跟她联系一下呀？"

真没想到，找这个董晓凤会这么麻烦。但是，既然他说董晓凤不在江陵这边上班，我们也只好用电话跟她联系了。但是，我又担心这样会打草惊蛇。怎么才能稳住董晓凤，不让她起疑心呢？这我真得好好斟酌斟酌。

想了片刻，我就对那个凌子义说："是这样的凌总监，我是咱们长阳区派出所的副所长。你们公司的董总是咱们区选出来的市人大代表。现在人大给了我们所一个任务，让我们调查一下选自咱们区的人大代表的自然状况，所以我们必须得找到董总，跟她个人来了解。”

那个凌子义摘下眼镜，有些习惯性地擦了擦镜片，然后骨碌着小眼睛看着我说道：“这样吧，要不，我打个电话，问问她啥时候过来？”

凌子义这么一说，我就有些犹豫，我不是犹豫别的，我担心这个叫凌子义的男子可能已经看出了他们的董总有麻烦了，如果他在电话里一给董晓凤某种暗示，很容易会引起董晓凤的疑心的，尽管现在我们还不能确定沈秀秀的死是否和董晓凤有关，但她毕竟是最重要的嫌疑人。如果真和她有关，她要是跑了，我们再去找她，那可就更麻烦了。

想到这儿，我就对那个凌子义说：“算了吧，还是我们跟她联系吧。你把她的电话和其他的联系方式给我吧。”

凌子义说：“好的。”

说着，他从办公桌上的一个笔记本上撕下一张纸，唰唰唰给我写了几个电话号码，然后递给我。我接过那张纸看了看，正想告辞，这时办公室的门忽然从外面被拽开了，从门外走进来一个挺漂亮的中年女人，她一看屋里有生人，就在门口站住了。她扫了我们一眼，刚要开口跟那个凌子义说什么，我就发现凌子义有些慌乱地从他的老板椅上站了起来，忙不迭地跟站在门口的那个女人说：“哦，董总，你什么时候过来的？你过来咋不提前给我们个知会呢？”

他一边说还一边给站在门口的女人使眼色。当时我一下子就确定了，站在门口的这个女人肯定就是董晓凤了。

于是，我毫不犹豫地站起来，走过去，对她说道：“您是董总吧？我是咱们长阳区派出所的副所长牛海。”

那一瞬间，我发现这个女人的神色有些慌乱，但她很快就把慌乱的情绪稳定下来了。她不卑不亢地看着我，说："你们是来找我的吗？"

我点点头说："对。您是叫董晓凤吧？"

她说："是，我是叫董晓凤。"

我就说道："咱能找个方便的地方聊聊吗？"

董晓凤问道："这儿不方便吗？"

我看了一眼愣在那里的那个叫凌子义的人。凌子义见我看他，就尴尬地解释说："我们董总刚从省里过来，我、我不知道她今天能过来。所以……不好意思啊，牛所长，刚才，我真不是故意要隐瞒什么。你们想跟董总调查什么，就直接跟我们董总说吧。"

董晓凤说："你们找我想调查什么呀？有什么事，咱就在这儿说，好吗？"

我看了看那个凌子义，说："也好。"

这时，那个叫凌子义的男人就谦卑地跟我点点头说："你们谈吧。"然后就很知趣地走出去了。

他一走，董晓凤就毫不客气地直接坐在了他刚才坐的那个老板椅上。董晓凤说："牛所长，你们想调查什么？说吧。"

我看了一眼小廖和黄晓梅，然后把脸转向董晓凤，说道："您有个女儿叫沈秀秀，对吧？"

董晓凤听我这么一问，不由得笑了，董晓凤说："警察同志，你们是不是搞错了？我还没结婚呢，怎么会有女儿呢？"

我看着她毫不客气地说道："不是我们搞错了，可能是你记错了吧？当年你家在泥鳅泡的时候，你是不是跟一个叫沈学兵的人谈过恋爱？当年你未婚先孕，生了一个女儿，这才过去二十来年，难道你就忘了吗？"

听我这么一说，董晓凤的脸色唰地一下就变了。她有些慌乱地把眼睛转向了别的地方，避开了我对她的盯视。她不住地游移着眼神，好半天才把情绪稳定下来，然后说道："哦，你问的是那个女孩儿啊？"

说到这儿，董晓凤清了清嗓子，稳定了一下情绪，这才缓缓地说道："是这样的，牛警官，由于当时我跟姓沈的那个男的还没有结婚，因为是未婚先孕，当时我怕砢碜，所以那个女孩儿生下来之后，我根本就没有要，当时就直接给了男方了，至于男方是把那女孩儿抚养活了，还是送人了，我一概都不知道。这事一晃都已经过去二十来年了，我早都把这块由于当年的年轻无知而留下的感情和心灵上的伤疤抹平了，没想到今天又让你们给我揭开了。我跟你说牛警官，我当年生下的那个女孩儿，长什么样我都不知道，这些年，我跟我当年处的那个所谓的对象，一直没有联系过，也不知道那个女孩儿是否活下来了。我到现在还没有结婚，还是个单身女人呢，我怎么会有女儿呢？所以你刚才那么一问，说我有个叫什么秀的女儿，一下子就把我问蒙了。"

应该说，董晓凤为自己辩解的这番话，说得还是有一定的道理的。她说完之后，我就接着说道："董总，那个女孩儿毕竟是从你身上掉下来的肉，毕竟是你的骨血，无论你抚养过还是没抚养过她，她都是你的亲生女儿对吧？不能因为你没有抚养过她，就不承认她是你的女儿。你没有抚养过她，那是你没有尽到一个做母亲的责任。"

我这么一说，董晓凤就显得有些不耐烦。她用眼睛直直地盯着我，说道："牛警官，你就不用绕圈子了，你就直说吧，你们找我到底有啥事？"

既然她问得这么直接，我也就只好直接回答她提出的问题了。我说："你的那个叫沈秀秀的女儿，已经死了。"

董晓凤脸上没有任何表情。我说完之后，她冷漠地说："死了？

她死了你们找我有啥用啊？你们应该去找她的监护人啊。我刚才不是都已经跟你们说明白了吗，我跟那个女孩儿除了有骨血上的联系，其他没有一点儿关系。那个女孩儿如果还活着的话，她只能证明我年轻时不明事理，被人诱惑，跟一个自己不爱的男人发生了关系，一不小心孕育了她。这些年我跟她既没有感情上的联络，也没有生活中的来往，这个女孩儿早已从我的生命中消失了。我不明白你们现在为什么要为这个女孩儿的死来找我？”

看着董晓凤这么振振有词地反问，一时我倒不知道该说什么好了。我沉吟了片刻，瞅着董晓凤问道：“你9月28号都干什么了？”

董晓凤眯着眼睛，寻思了一会儿，然后说道：“9月28号？9月28号我在省里跟我的一个客户签约呀。牛警官，你为什么要问我9月28号干啥了呢？9月28号怎么啦？”

我没有回答董晓凤的反问，而是接着又问了她一句：“你再好好想想，9月28号，你到底在哪儿了？你能肯定你在省里跟客户签约吗？”

董晓凤又想了想，然后再次肯定地说道：“我能肯定。9月28号我就是在省里跟我的一个大客户在签约。这我不会记错的。签约仪式是在省宾馆二楼的会议厅进行的。签约仪式结束之后，我们是在楼下餐厅用的餐。参加签约仪式的除了我们公司负责业务的副总之外，还有省工商局的副局长沈沉同志。这都是有案可查的，如果你们不相信我说的，可以去查嘛。你们直接找沈副局长或者我们公司的副总，他们之中的任何一个人都可以证明我那天的整个行踪。”

如果董晓凤的这番话是真的话，那么9月28号沈秀秀的死可能真就跟她没什么大关系了，因为她不具备作案时间。但是，谁能证明董晓凤说的这番话是真的呢？而且她还搬出了省工商局的副局长来给她证明，这事情就更复杂了。

董晓凤见我不吱声，又接着说道："牛警官，要不这样吧，我现在就给沈副局长打个电话，你亲自问问他可以吗？"

董晓凤说完，就拿起手机拨打电话，当时我还没想好，要不要跟那个沈副局长通话，可是，董晓凤已经把电话拨通了。就听董晓凤说："沈局长您好，我是晓凤。嗯，我现在在江陵呢。我在这边摊上点儿事，你得给我证明一下呀！具体什么事我回去再跟你说。你就给我证明一下，9月28号那天，咱是不是在省宾馆跟华商集团签约来着？我没记错吧？好的，现在他们江陵派出所的一个姓牛的副所长正在跟我调查，你亲自跟他说呀？"

董晓凤又跟那个沈副局长说了几句什么，然后把电话递给了我。

说心里话，当时我挺犹豫的。因为我还不能肯定电话里的这个人是否真的就是省工商局的副局长。如果董晓凤随便找个什么人假冒沈副局长，我怎么能知道呢？我跟这个沈副局长又不认识。但是，董晓凤已经把电话接通了，我要是不接，还显得我小气、不成熟。而且对方毕竟是一个有身份、有地位的副厅级领导，我要是不接，还显得没礼貌，对领导不尊敬。我犹豫了一下，还是把电话从董晓凤手里接过来了："喂，局长您好。我是江陵市长阳区派出所副所长牛海。"

电话里立刻传过来一个很有磁性的男人的声音："你好牛副所长，我是省工商局的沈沉，刚才董总让我给她证实一下9月28号她是否在省宾馆参加一个签约仪式，这个我可以给她证实。因为那天的那个活动，我也参加了。"

这个叫沈沉的人这么一说，我就不好说啥了。我只能"嗯嗯"地答应着。还没等我继续说话，电话那边又传来了他那磁性的声音："牛副所长，别的不没什么事了吗？我这儿还忙着给省里写一份报告，我就不跟你说了。"

说完，他那边就把电话挂断了。

我把电话递给了董晓凤。董晓凤接过电话，看了看手机屏幕，一看对方已经挂断了，就把电话放在了她办公桌上。然后把脸扭过来，瞅着我问道："牛所长，别的你们还有什么要问的？"

我没想到会是这么个结果。该问的基本上我都已经问了，她该回答的也基本都回答了。她是市人大代表，我们还不能随便带她回所里讯问。事情到了这个份儿上，我也只好告辞。

于是，我对她说道："董总，你女儿沈秀秀9月28号那天在我们辖区内的临河街万嘉广场附近莫名死亡。因为人命关天，她死亡之后，我们很快就找到了她的父亲，也就是你当年的那个对象沈学兵。沈学兵对我们说，沈秀秀死亡之前，他曾让沈秀秀来找过你，因此，我们怀疑——只是怀疑呀，沈秀秀死前，很可能与你见过面。我们希望你这两天不要离开江陵，配合我们把这件案子调查清楚了，因为只有查清了案子，才能洗清别人对你的怀疑，这样无论对于死者，还是对于你，都是有好处的。所以，我们希望等我们查清了这件案子，你再离开江陵，你看这样好吗？沈秀秀毕竟是你的女儿嘛，我相信你也不希望你的女儿就这么莫名其妙地死了而不闻不问吧？"

董晓凤听我这么一说，就正色说道："牛警官，我再强调一下，你说的那个沈秀秀并不是我的女儿，我除了把她生下来这一点能证明我跟她有关系之外，别的一切我都跟她没有任何关系。直到现在，我根本就不认识她，我跟她也从未见过面。所以，我不希望你总是称呼她为我的女儿。我到现在还是一个没有结过婚的单身女子，我有自己的生活，我还要谈婚论嫁，我不想因为这件事给别人造成我曾结过婚的误会，这样会影响我今后的生活的，所以，我再一次提醒你，不要总是称呼沈秀秀是我的女儿。"

我没想到董晓凤对她自己身上掉下来的骨肉竟然如此无情。既然她这么一再强调沈秀秀不是她的女儿，那我也只好改口说："那好，那我就不说沈秀秀是你的女儿。但沈秀秀毕竟跟你有血缘关系，而且在莫名死亡之前，她父亲说她曾来找过你，所以，我们希望你能配合我们把这件事调查清楚。”

我话音一落，董晓凤就说：“对不起牛警官，我没有责任也没有义务要配合你们查这件案子。你们问我的那些事，我都已经如实地回答了你们。至于你说那个沈秀秀的父亲曾跟你们说，沈秀秀死亡之前曾来找过我，那只是他的一面之词。我再强调一下，我从来没有见过沈秀秀这么个人，我也不认识她。你希望我这两天能留在江陵配合你们查案，对不起，我不能答应你们的这个要求。省城那边我还有那么多事要做，今晚我连夜就要赶回省里去。你们不是再没别的事了吗？没别的事的话，我就要开始跟我的员工们商量我们的工作了。你们可以走了。”

董晓凤的话音一落，那个叫凌子义的男人，就领着一男一女两个员工走了进来。凌子义说：“董总，人都在会议室等您呢。咱们现在开始呀？”

我一看这个女人已经给我们下逐客令了，只好起身告辞。

22 吕枫嘴里的仇奉和

我们从凤飞广告公司所在的那栋大楼里出来的时候，外面的天早已经黑透了。我这才知道，不知不觉，我们在董晓凤这儿已经待了三个多小时了。此时早已经过了下班的时间了，我有些抱歉地对小廖和黄晓梅说："让二位跟着我辛苦了，二位饿了吧？要不咱们先找个地方吃口饭吧？"

小廖就提醒我说："牛所，找到董晓凤这事，你跟吕队汇报了吗？"

我这才恍然大悟，说："还没跟他汇报呢！"

小廖说："你咋还不跟他汇报呢？说不定他们的人还在各个工商分局忙乎着找董晓凤这个人呢？他要是知道咱们已经找到董晓凤不跟他汇报，他不还得找你的麻烦吗？"

我一听小廖说得有道理，就急忙拿出手机给吕枫拨了个电话，把找到董晓凤的事跟他汇报了。果然如小廖所说，吕枫一听我们已经找到董晓凤了，就不高兴地问我："你们什么时候找到她的？"

我撒谎说："我们也是刚刚找到，刚刚跟她见过面。"

吕枫就急了，说："这么大的事，你不跟我汇报，就私自去跟她见面，你还有没有一点儿组织性纪律性了？你怎么连搞侦破的起码的原则都不懂呢？"说到这儿，吕枫停顿了一下，说："你们在哪儿跟她见的面，见面都说什么了？"

于是，我把跟董晓凤见面的过程如实地跟他汇报了一下。

吕枫听罢，勃然大怒，在电话里大声吼道："牛海，你胆子也忒大了，这么大的事，你不跟我汇报，就敢直接去面对犯罪嫌疑人，你现在已经打草惊蛇了你知道吗？你这么做是违反侦破纪律的你知道吗？你小子是不是觉得自己翅膀硬了不把我们放在眼里了？"

这时我就想跟他解释解释我为啥没及时跟他汇报的原因，可是，他也不容我说话呀，在电话里就急赤白脸地跟我吼道："算啦，算啦，你甭跟我解释啦，你们赶紧过来，把整个情况详细跟我说一下。"

说实在的，我没想到吕枫会发这么大的火。从我们发现董晓凤的线索，一直到找到董晓凤这个人，这中间几经周折，我之所以要急三火四地去见她，不也是怕好不容易找到的线索断了吗？我有什么错呀，值得吕枫他这么大呼小叫地跟我吵嚷，还说我违反侦破纪律了？我怎么就违反侦破纪律了？我做的哪一条违反侦破纪律了？

当时我那脸色肯定很不好看，黄晓梅和小廖一看我脸色那么难看，他俩就你一言我一语地给我出主意。小廖说：“牛所，要不你还是给冷局打个电话，把咱们找到董晓梅的事跟她汇报一下吧？”

黄晓梅说：“直接跟冷局汇报怕是不好吧？”

小廖说：“怎么不好？”

黄晓梅说：“吕队长要是知道牛所隔着锅台上炕，越过他直接去跟冷局汇报，他不更得跟牛所发火吗？”

小廖说：“这也算不上隔着锅台上炕吧？牛所毕竟已经跟吕队长汇报过了。如果让冷局在中间给缓冲一下，吕枫可能就不会挑牛所的礼了？”

黄晓梅听小廖这么一说，就不吱声了。

就在黄晓梅和小廖犟犟的过程中，我也琢磨了一下小廖给我出的主意。我觉得他这主意还是可行的，如果让冷局也知道我们已经找到了董晓凤，并且已经跟她见过面了，冷局肯定不会像吕枫那样跟我大吵大嚷。而且，冷局非常有破案经验，她要是知道了我们已经找到了董晓凤，肯定会给我们部署下一步该怎么进行的。

想到这儿，我就急忙用手机拨通了冷局的电话，把找到董晓凤的过程以及我跟吕枫汇报、吕枫批评我的事一股脑儿地都跟她汇报了。

冷局好像正跟什么人在一起，在我跟她汇报的过程中，她只是“嗯嗯”地听着，始终没说一句话。一直到我说完了，才淡然说道：“你就按吕队长说的，现在马上去专案组吧，我这就赶过去。”

撂下电话，我终于长出了一口气。

黄晓梅用她那好看的大眼睛有些担心地看着我，问道："冷局都跟你说啥了？"

我说："没说啥。让咱们抓紧上专案组，她一会儿就到。"

这时我才感觉肚子饿得已经有点儿挺不住了，我就问小廖和黄晓梅："你们俩饿不？"

小廖说："废话。都啥时候了？能不饿吗！"

我一看表，都已经8点多了。于是，我对他俩说："冷局和吕队都让咱们抓紧过他们那边去，咱要是再上饭店吃饭，就更得耽误时间了，干脆买几个面包几瓶水垫补垫补得了，你们说行吗？"

黄晓梅没吱声。

小廖有些无奈地说："不行咋整？事情赶到这儿了。要买面包就赶紧去买去吧。"

于是，小廖开着车，拉着我们往局里赶去。由于交通的高峰期还没过去，路上有些拥堵，因此，车怎么跑都跑不起来。在路过一家小超市的时候，我让黄晓梅下去买了几个面包和矿泉水，我们在车上大一口小一口地总算把肚子塞饱了。

我们赶到局里的时候，冷局已经在吕枫他们那里等我们了。我一进屋就赶忙跟冷局和吕枫道歉："对不起了，局长、吕队，路上塞车，我们紧赶慢赶，还是来晚了。"

吕枫瞪了我一眼，没说什么。冷局也没说什么。很显然，冷局已经因为我没及时跟吕枫汇报找到董晓凤的事为我开脱过了。不然的话，吕枫绝不会这么轻易地放过我的。

冷局对吕枫说："吕队，你把你们的人也都叫过来吧，咱们上会议室去开个会，商量一下'9·28'案的下一步工作。"

吕枫应了一声，我们就跟着冷局上会议室了。

很快，吕枫领着他们队的那两个专案组的成员也过来了。冷梅先让我把找到董晓凤以及跟董晓凤见面的过程跟大家讲述了一遍。在讲述的过程中，我首先强调说："董晓凤否认9月28号那天她人在江陵，更不可能跟沈秀秀见面，并找了人证，而且我还跟她的证明人通了电话。最主要的是，证明人的身份还不一般，是省工商局的副局长。如果真的像董晓凤所说，她9月28号人不在江陵，那么沈秀秀的死可能就跟她没什么大关系了，那我们就得另外去寻找犯罪嫌疑人了。另外还有一点，董晓凤是我们江陵市的人大代表，我们是不能随便拘留她的。所以，在没有确凿的证据下，我们是不能把她带回来讯问的，我们只能在她办公的地方跟她见面并了解情况。"

我汇报完之后，吕枫就生气地质问我说："你们找到董晓凤之后，为什么不在第一时间跟冷局和我汇报。你一个小生荒子你懂什么呀？你这么一整，不是打草惊蛇了吗？董晓凤现在就否认了她9月28号身在江陵的事实，而且还拿出了证据，你让我们怎么整？这不一下就使得我们陷入被动的状态之中了吗？"

一听吕枫还是电话里说的那番话，我就心平气和地跟他解释说："吕队，我之所以没有在第一时间跟冷局和您汇报，主要是当时的时间太紧迫了，当我们得到董晓凤是凤飞广告公司老总的信息，跑到她在工商局登记的地址去找她时，才知道她们公司的所在地址已经变更了，而且火炬大厦的人谁都不知道搬到什么地方去了。况且，当时我们也不能确定这个董晓凤是不是我们要找的那个董晓凤。后来，我们回到所里，小廖又跟他在电视台负责广告的同学打探，这才知道凤飞广告公司搬到我们临河街这边的广德大厦来了。因为当时我们也不能确定这个董晓凤就是我们要找的那个嫌疑人呀，同时还又担心这条线索再断了就不好找了，所以，我们才急匆匆地跑到小廖他同学提供的这个地址去找她。没想到，到那儿她竟然不在，她们公司的一个副总还说她人不在江陵。就在我们失望要离开那里的时候，这个董晓凤突然又出现了，而且经过我跟她直接的正面接触，这才肯定她就是我们要找的那个董晓凤。到了这个份儿上，我不可能在她们公司当着她的面跟你和冷局汇报呀！所以，我就直接找她了解情况了。我们从董晓凤的凤飞公司出来之后，我第一时间就跟您做了汇报，然后又跟冷局汇的报。整个过程就是这么个过程。如果真是因为我没有及时汇报，而造成了打草惊蛇的后果，影响了我们的破案工作，我愿意承担责任。”

我说到这儿，冷局就朝我摆了摆手，说：“责任的事，咱今天就不说了。咱还是商量商量下一步的工作如何进行吧！”

说着，冷局冲着吕枫说道：“老吕，说说你的想法吧？”

吕枫说：“现在既然已经确定了这个董晓凤就是我们要找的那个董晓凤，是沈秀秀的亲生母亲，我觉得，我们下一步应该着重调查9月28号她到底在没在江陵、是否跟沈秀秀见过面，这是最关键的一步。如果事情真的像董晓凤所说，9月28号她人不在江陵，而是身在省城，并在参加一个签约活动，而且还能拿出她不在江陵的证据，那我们恐怕就得另外去找犯罪嫌疑人了。”

吕枫说完，冷局又瞅着我问：“牛海，你的想法呢？你觉得我们下一步应该如何进行？”

我说：“我同意吕队长的意见。现在最重要的是要把董晓凤9月28号是否在江陵的这个事查清楚。只有查清了这个事，我们才能接着往下进行。”

冷梅听完之后，又把脸转向吕枫问道：“老吕，董晓凤的身份有些特殊，她是市人大代表，我们得怎么查才能在不违规的情况下，把她9月28号的行踪查清楚呢？”

吕枫说：“我觉得，首先，我们在不惊动她的情况下，应该先到省宾馆去查一下，9月28号，他们那里是不是真的有这么一个签约活动。第二，即便有她说的这个活动，董晓凤是否真的参加了。如果省宾馆没有这么个活动或者有这么个活动但董晓凤并没有参加，那就说明董晓凤在撒谎。只要我们能找到董晓凤撒谎的证据，那就说明她心里有鬼。这样我们就好查她了。”

吕枫说完，冷局问我说：“牛海，你有什么想法？”

我看了吕枫一眼，然后说：“我同意吕队的意见，另外，我觉得还应该查一下董晓凤她们凤飞公司所在的广德大厦那幢大楼里的9月28号的监控录像，这或许也是能够查清她9月28号人是否在江陵的一个重要的手段。”

冷梅就问：“凤飞广告公司所在的那幢大楼里有监控吗？”

我回答说：“这我还不清楚，但我觉得应该有吧。那么大的一幢写字楼，怎么会没有监控呢？”

冷梅就说：“那好，从明天开始，吕枫你领着你们的人赶赴省城，上省宾馆去查一下，9月28号他们宾馆是否有那么一个签约活动。之后再通过省厅的关系，找一下给董晓凤提供证据的那个省工商局副局长。”说到这儿，冷局又转过头来问我说：“牛海，董晓凤跟你说的那个副局长叫啥名？”

我就回答说：“叫沈沉。”

冷梅皱着眉头想了一下说：“沈沉？省工商局的副局长？”

说到这儿，她又对吕枫说：“你这样，老吕，你在省宾馆查完之后，上省厅去找办公室的李主任，让他给你开一张介绍信，你就说是我说的，然后拿着省厅的介绍信去找这个沈沉。毕竟是副厅级领导，咱们得尊重点儿，别让他再有别的想法，那样就不好了。”

吕枫说：“明白。”

把大的侦破方向确定下来之后，冷局又领着我们商量了一些具体的查案的细节，这才散会。

那天晚上，我跟黄晓梅和小廖从市局出来的时候，都已经子夜11点多了。临出来的时候，我忽然想起了反贪局我那同学梁宝亮让我打听的那个当年在临河街叫仇奉和的人。他说当年的一些老人儿都能知道这个人，吕枫当年曾在我们派出所当过所长，跟他打听一下或许能知道。于是，我就随口问道："吕队，当年临河街这边有个叫仇奉和的人，你知道吗？"

当时吕枫正要往外走，听我这么一问，就站住了，他瞪着眼珠子瞅着我问道："你打听他干啥呀？"

我说："不干啥，我一个同学在反贪局当副局长呢，说有个案子涉及这个叫仇奉和的人，他问我认不认识这个人。他说临河街这边的老人儿一般都知道这个人，您当年不是在这边的派出所当过副所长嘛，所以我才问问您。"

吕枫就说："你那同学净瞎扯淡，仇奉和都枪毙多少年了，啥案子还能涉及他呀？涉及他也得上阎王爷那儿去找他了。"

吕枫的话音一落，他手下的那两个人就都笑了起来。

我一听吕枫说仇奉和已经被枪毙了，就又问了一句："吕队，那这个仇奉和是因为啥被枪毙的呀？"

吕枫说："他犯那罪可多了去了，私藏枪支、杀人越货、非法集资、冒名骗贷、涉黄涉黑……他犯的那些罪哪一条都够枪毙几个来回的了。那是一个罪大恶极的黑社会头子，早都死了。"

说完，吕枫就领着他们队里的那几个人走了。

我跟黄晓梅、小廖来到外面，我看看表，都已经11点40多分了，我就对小廖说："小廖，你开车去送晓梅吧，我在这儿打个车就直接回家了。"

小廖是何等聪明之人哪，他一看我不肯送黄晓梅，就猜到我跟黄晓梅可能有什么隔膜了，为了让我跟晓梅能有点儿独处的时间，就故意不去送她，还振振有词地说：“牛所，还是你开车送晓梅回家吧，我家离这儿近，一个起步价就到家了。你家那么远，打车得多少钱哪？咱还是给所里省两个吧。”

说着，小廖也不管我同不同意，把车钥匙扔给我就走了。

小廖一走，只好我去送黄晓梅了。我对黄晓梅说：“上车吧。咋的都得我去送你，想躲也躲不过了。”

黄晓梅就阴着脸子说：“你要不想送就拉倒，我也打车回去。”

我一看黄晓梅不高兴，就想哄她开心，说：“咋的？不高兴了？我刚才跟小廖就是那么一说，小廖能不知道咱俩这关系吗？他能不让我送你吗？别挑礼了，赶紧上车吧。”

黄晓梅嘟囔着说：“谁挑你礼了？”

黄晓梅一边嘟囔着一边上了车。我看她上了车，我就拽开车门，坐在了驾驶座上。刚把车发动着，忽然发现有个人影朝我们车这边走了过来，我就按下车窗，问道：“谁呀？”

传来的竟然是吕枫的声音：“我。”

我有些惊讶，看着走过来的吕枫说：“吕队？您还没走呢？”

吕枫应了一声，然后说道：“牛海，我想问你一下，那会儿你说，是谁让你跟我打听仇奉和的？”

我说：“是我的一个同学，在反贪局当副局长呢。”

吕枫说：“不是，你那同学，他让你打听仇奉和干啥呀？”

我说：“他说有个什么案子涉及这个人。”

吕枫问：“什么案子呀？”

我说：“我那同学没说，我也没问。怎么着，吕队，这个人你认识吗？”

吕枫说：“怎么不认识。不但认识，而且还非常熟呢。当年，他跟你爸还有我，都没少打过交道，当年他是咱们临河街这边有名的大款企业家。后来因为涉黑犯事，被枪毙了。”

我一听吕枫说这个人当年跟我爸挺熟的，又是什么企业家、大款，心里不由得一动。那一瞬间，我脑子里忽然想到，这个人会不会跟我爸的死有关呢？但这种想法，只在一瞬间，就被吕枫的话给打断了。吕枫说：“那你们赶紧走吧，我没事，也就是随便这么一问。”

说着，吕枫走到旁边去找他的车去了，我就开车拉着黄晓梅走了。

23 黄晓梅的眼泪

路上，黄晓梅问我说：“牛海，你刚才跟吕队说的那个你在反贪局当副局长的同学，是不是就是昨晚上咱俩在力洋酒店碰见的那个人哪？”

我说：“对呀，就是他，梁宝亮。昨晚我不是都给你们介绍了吗？”

黄晓梅“哦”了一声，也没说什么。

我接着说道：“昨晚上在饭店我把你送走后，宝亮又把我叫回去了，我们俩又聊了会儿天。闲聊时，他让我帮他打听打听咱们所的老同志有没有认识仇奉和这个人的。因为仇奉和都死了好多年了，现在的年轻人大多都不认识他。而宝亮他们有一个案子涉及这个人，所以他让我帮他问问。”

黄晓梅就问我说：“什么案子啊？不会是我爸的案子吧？”

黄晓梅这么一问，我就故意笑了起来。我说：“仇奉和这个人都被枪毙那么多年了，他怎么会跟你爸的案子联系在一起呢？你别瞎寻思了，宝亮让我打听他是因为别的案子，跟你爸的案子没关系。”

黄晓梅沉默了一会儿，又说道：“牛海，也许我不该问啊，但我还是想问。我问了你也别介意，行吗？”

我就说：“你想问啥呀？是不是还是想问你爸的案子呀？”

黄晓梅点头说：“嗯。我爸的案子都这么长时间了，到现在也没个说法，你说我能不往心里去吗？他的案子现在到底到啥程度了？”

这时我就想起了昨晚梁宝亮嘱咐我的那些话，我含糊其词地说：“昨晚我跟宝亮聊天，没怎么涉及你爸案子的事。他就说你爸的案子挺复杂的，牵扯到不少人，还在调查阶段。别的没说啥。”

黄晓梅见我不说，叹了口气，好半天才幽幽地说道：“我知道你不肯说，不说就不说吧，我身为警察，我也知道他们办案子是有纪律的，特别我还是案犯的家属，这种话题真是挺敏感的。”

我就赶忙安慰黄晓梅说：“晓梅，我不是一再跟你说吗，你不要因为你爸的案子有什么压力。你爸是你爸，你是你。你爸腐败，你爸犯法，你又没腐败没犯法，你老背这么大的包袱干啥呀？”

黄晓梅怅然地吁了口气，说：“牛海，我从小活到这么大，一直都挺顺的，在人生的这个大舞台上，真没受过什么挫折，从小就是集万千宠爱于一身，哪经过这种事啊？这冷不丁一下子从那样的一个家庭里跌落到人生的谷底，跌落成一个腐败分子的女儿，你说我没压力没包袱这可能吗？”

说着说着，黄晓梅的眼泪不由自主地就流了出来。

我最看不得黄晓梅流眼泪，她这么一哭，弄得我这心里也挺不得劲的。我赶忙安慰她说："晓梅你哭什么玩意儿啊？我又没说啥。你自己凭良心说说，自从你爸出事，我另眼看待过你吗？我小瞧过你吗？我对你的感情变了吗？你自己说说，我是不是比以前更体贴你了？"

黄晓梅听我这么说，也不吱声，就是一个劲儿地抹眼泪。她越是这样，我就越心烦。我说："黄晓梅你这孩子咋这样呢？你这样跟我哭哭唧唧的，你说我这心里能好受吗？你爸爸腐败了、犯法了，你应该正确地去面对，你老是背着这么沉重的包袱，就能减轻你爸犯罪的程度吗？再说了，你老是这么压力重重的，这对你有什么好处啊？这不但不能减轻你爸犯罪的程度，反而还会影响你的工作。你好好琢磨琢磨，哪头轻哪头重？你老这么背着沉重的思想包袱，对谁都不好，知道不？好了好了别哭了，你这么梨花带雨满脸泪痕的，让别人看见好像我咋的你了似的。"

说着，我就腾出一只手来，去给她擦眼泪。我这一擦不要紧，她竟然把我的手死死地攥住了，而且还把半拉脸贴在了我的肩膀上，嘤嘤地哭出声来了。她冷不丁这么一拽我，我那把着方向盘的一只手，猛地一动，差点儿把车开到马路牙子上去。得回这是晚上，路上没有车，否则真容易出事啊。

24 老丁嘴里的仇奉和

那天晚上我哄了黄晓梅一路，到她家小区门口时，都已经零点多了。我好不容易把她哄好了，看着她走进了小区的大门，我这才掉过头回家。这一路上我也不知道我都想了些啥。反正脑袋里乱糟糟的就像一盆糨子似的，几件事在我的脑子里交织着涌现，怎么都理不出个头绪来。

第二天上班，我到所里一看，黄晓梅竟然没有来。我问小廖："黄晓梅怎么没来上班呢？"

小廖说："我不知道啊。你给她打个电话问一下不就知道咋回事了吗？"

于是，我给黄晓梅拨了个电话，但电话竟然关机。

我有些奇怪。昨晚上我送她回家，她下车的时候，那种悲苦的情绪基本上已经转过来了，已经不像先前那么愁眉苦脸的了。而且在临下车之前，她还吻了我一下，吻得我这心脏狂跳不止，幸福了老半天呢。这怎么一夜之间，她竟然不来上班而且还把手机关了呢。她会不会出啥事啊？

我坐在办公室里胡思乱想了一会儿，也想不出个子午卯酉来，这时，老丁过来了。老丁说："黄晓梅咋没来上班呢？跟你请假了吗？"

我说："我刚给她打完电话，她电话关机。我也不知道咋回事。"

老丁说："是不是你们俩闹别扭了？"

我强挤出一丝笑说："我们俩又没怎么的，闹什么别扭呀！"

老丁就说："牛海，我不是跟你开玩笑。黄晓梅这小丫头不错，你得珍惜。她现在摊上点儿事，她爸爸给'双规'进去了，在这种时候，你得多给她点儿温暖，给她点儿鼓励。可别因为她爸爸的事，影响了你们俩的感情。"

我说："丁所你别开玩笑了。我跟黄晓梅还没到那种程度呢。"

因为我不想跟老丁再继续这个话题了，我就故意转移话题，问他说："哎，丁所，我跟你打听个人呀？"

老丁就说："打听什么人哪？"

我说："二十几年前，咱们临河街这边有个叫仇奉和的，据说是个大款，你知道吗？"

老丁说："知道啊，早都被枪毙了。你打听他干啥呀？"

于是，我就把梁宝亮让我打听这个人的事，跟老丁说了。并把昨晚我跟吕枫也打听过这个人的事，也一并跟他说了。

老丁听我这么一说，就用一种挺不屑的口气说："你跟吕枫打听，他能跟你说实话吗？当年仇奉和红火的时候，老吕是他的座上客，那时候老吕在咱们这个派出所当副所长，整天跟那些大款大官们打恋恋。这是仇奉和倒霉给枪毙了，如果不枪毙，老吕说不定现在还跟着他混上了呢。"

老丁说完，我这心里就有一种说不出来的感觉，我又问了一句："丁所，吕枫昨天跟我说，他跟我爸当年都没少跟这个叫仇奉和的人打交道。我爸跟他们的关系咋样？"

老丁说："你爸当年是咱们派出所的所长，老吕是副所长，有一次老吕喝酒喝高了，和仇奉和磕头拜把子，被你爸给知道了。你爸把老吕好顿批评，而且还把这事给捅到分局去了，分局差点儿把老吕的副所长给拿掉。老吕就是因为这个跟你爸结的梁子。其实，这些陈芝麻烂谷子的事我不应该跟你说，今天咱们是聊天聊到这儿了，再加上仇奉和那个人又被枪毙了这么多年了，所以我才跟你说。我告诉你，牛海，当年你爸肯定没少跟他们打交道。那仇奉和是什么人哪？那是临河街这一片儿的大混子，好人坏人都做，黑白两道通吃。他要是好人，能被枪毙吗？你爸是派出所所长，他能少了跟这种人打交道吗？”

我又问道：“丁所，你说我爸能不能陷入仇奉和他们那条道上去最后黑吃黑被人给灭了？”

老丁就摇了摇头说：“这好像不大可能吧？你爸毕竟是咱们派出所的所长，他跟仇奉和那些人接触，是职业需要，是为了了解他们的犯罪事实，不大可能陷入他们的恩怨仇杀里去。但你爸的死，也真挺奇怪，毫无征兆，那天晚上也不是他值班，他都已经下班回家了。后来不知道咋回事，又出来了。那时候临河街这边非常乱，治安特别不好，你爸是警察，又是派出所所长，平时肯定会得罪不少人，再加上那天晚上又是月黑头，能见度不好，到现在也不知道是什么人从后面给了他一棒子。那小子当时下手挺狠，一棒子就把你爸给撂那儿了，当时就打死了。因为我是后来的，这些事我都是听那些老警察们讲的，具体咋回事，我也不太清楚。反正你爸这案子是一件无头案，这么多年来，局里所里都没少下功夫，但一直也没有找到线索。”

说到这儿，老丁忽然问我：“哎，牛海，你小子是不是怀疑你爸的死跟仇奉和他们黑道有关呀？”

我就说：“这我倒没想过，我也是刚刚听说仇奉和这么个人。要不是我同学让我打听他，我连仇奉和这个名字都没听说过。”

说到这儿，当时也是话赶话赶到那儿了，我就问老丁：“丁所，这个仇奉和到底是干啥的？”

老丁说：“干啥的？他干的事可多了。据说，他最早是临河街这边的一个老混子，后来因为强奸判了几年，从里面出来后，正好赶上临河街这边大开发，他就纠集了一些小兄弟成立了一个拆迁队，专门用各种损招和极端手段对付那些所谓的钉子户，最早的原始积累就是从那时候开始的。后来他又把赚来的钱投到了房地产上，跟一些早期的开发商开发房地产，赚了不少钱。有钱之后，他就成立了一个和顺金融投资有限公司，找各种项目给人投资，但他后来投资的那些项目没有太赚钱的。之后他听说投资石油业能赚大钱。于是，他就通过各种关系，在咱们省油田买了几口油井，干起了倒卖原油的生意。后来不知是谁给他出主意，让他投资炼油厂，说炼油厂是一个赚大钱的项目，国家还有资金支持。当时他也是为了套取国家的资金支持，就把钱都集中起来，投资办炼油厂了。投资炼油厂可不是扒房子盖房子那么简单，那可是一项大工程，可不是投几个钱就能完成的。但是，仇奉和鬼迷心窍，非要投资炼油厂，为了募集资金，他以承诺高额利息的方式集资，三个月、半年为周期，当时募集了能有一两个亿的资金。但是，庞大的利息很快就让他的资金链断条了。国家说的那些扶持资金也没到位，后来实在没招了，他就打银行的主意，想从银行贷款来偿还外欠的庞大的利息。但那时候银行正是紧缩银根的时候，再加上他的企业没什么利润，仅有的几口油井都抵押出去了，哪家银行敢给他贷款啊？后来，他不知怎么忽悠了一家外资，那家外资给他投了一笔钱，但这笔钱投给他之后，就如石沉大海，杳无音信了，投资方不但看不到回报，而且连本金都扔里拿不回来了，于是那家外资企业就以诈骗罪把他告上了法庭。为了还上外资的欠款，他又设局，使用美人计把银行的一个管贷款的行长给抓了。完了他又去捞人家，捞出来后，让人家给他贷款，那个行长实在是没路走了，就找了另外一伙流氓跟仇奉和谈判，想把事摆平了。不知道他们怎么在谈判桌上就谈崩了，仇奉和就一枪把那个小流氓给打死了。这一出人命，事就大了，私藏枪支，故意杀人，再加上他拆迁时曾有几条人命，新账老账这么一算，就把他给推上了断头台了。他这么一死，树倒猢狲散，手下的那些大小喽啰们也都作鸟兽散了。仇奉和在临河街创造的劳改犯变大款变企业家的神话，很快就烟消云散了。”

老丁一口气给我讲了这么多他所知道的有关仇奉和的事。老丁说：“这些事我都是听那些当年办这个案子的老警察们给我讲的，我来咱们所那时候，这个仇奉和都已经被枪毙好几年了，你爸也已经死了。但吕枫还没走，还在咱们所当所长，我来这儿差不多快一年了，吕枫才调到刑警队去的。当时，吕枫好像挺有往上走的步儿的，据说能提拔到市公安局副局长的位置，但后来不知什么原因，一直没提起来，就这么窝在刑警队了，连个队长的职位都没混上，一直在副队长的这个位置上，再没挪窝。”

说到这儿，老丁忽然说：“这一早晨光顾着跟你白话了，差点儿把正事给耽误了。你们‘9·28’的案子整到啥程度了？啥时候能整完哪？完了赶紧回所里上班吧。”

老丁这么一问，我就把这两天我们的进展情况跟他说了一下。

老丁看了看手机屏幕上的时间，说：“赶紧问问黄晓梅咋回事，我得干我的活儿去了。”

说着，老丁就匆匆走了。

25 走访泥鳅泡

老丁走后，我就又给黄晓梅打了一个电话，但电话仍然关机，怎么打都打不通。我一看都快8点半了，就把小廖叫了过来。我俩简单商量了一下，就按着昨晚冷局给我们的部署，上董晓凤她们凤飞广告公司所在的那幢写字楼去查看监控录像去了。

到那儿之后，我们先没惊动董晓凤，直接去找了这幢写字楼的管理方，他们的物业经理姓白，是一个四十多岁的中年人。我跟他出示了我们的证件，并说明了我们的来意。

但白经理说，他们大楼里的监控录像资料只能保留一周，现在已经过了保留时效，早就把之前的监控录像给删除了。

他怕我们不相信，就又把我们领到监控室，让负责监控的那两个小年轻的给我们调看了一下这一周的监控回放。看了半天也看不出啥来。我们只好无奈地离开了监控室。

这时已经快到中午了，我在监控室门口想了想，觉得我还得去跟董晓凤见一面。因为只有跟她见面，在调查询问的过程中，才能找出她的漏洞。我把我的想法跟小廖说了一下，小廖也同意我的意见，于是，我俩又乘电梯来到了凤飞广告公司所在的八楼。我们首先还是去了昨天去的那间经理办公室。我们敲了一下门，却发现门是锁着的，屋里面没人。于是我们就又上他们员工的那间办公室，办公室里七八个人，每人都在自己的电脑前忙着什么，一个个头不抬眼不睁地盯着电脑屏幕。我轻轻敲了一下门，屋里边也没有人应声，我就把门开开，冲一个挨着门口戴眼镜的女孩儿打了声招呼："你好。"

那女孩儿抬起头来，冷漠地瞄了我一眼说："你找谁？"

我问："我想问一下，你们经理室咋没人呢？"

那女孩儿就说："你找谁呀？"

我说："你们公司的董总在吗？我找你们公司的董总。"

女孩儿有些茫然："董总？哪个董总？"

我就说："你们公司一共有几个董总啊？不就一个叫董晓凤的老总吗？"

那女孩儿说："啊，你说的是我们董事长啊？董事长回省里了。她平时不在我们这边上班。"

"回省里了？她什么时候走的？"我有些不相信地问道。

那女孩儿说："这我也不太清楚。"

我就又问："你们那个叫凌子义的凌总在吗？"

那女孩儿说："凌子义？我不知道。你上他办公室去看看吧。我们就是管干活儿的，头头儿们的事，我也不清楚。"

说着，那女孩儿又把头低下去，把眼睛瞄在了电脑上了。

我一看跟她也说不明白啥呀，就把门给她关上了。然后又走到他们的经理办公室，站在门口，看能不能把那个叫凌子义的业务总监给等回来。

但是，我跟小廖在门口等了能有一个多小时，他也没回来。这时候都已经12点多了。无奈，我们俩只好离开那儿，回到了所里。

找不到董晓凤，工作就没法往下进行。一时我也不知该怎么办好了。于是，我就给冷局打了个电话，把我们上午的情况跟她汇报了一下。

冷局听完我的汇报，沉吟了一会儿说："你这样，牛海，既然看不到监控又找不到董晓凤，你们就先不要在这上面浪费时间了。吕队已经领人上省里去了，一会儿我让吕队他们在省里那边想办法再跟她接触一下。你现在的主要任务就是先从董晓凤的历史查起，你不是说董晓凤的老家是泥鳅泡的吗？下午你们就上她老家那边查一下，找她的亲戚朋友详细了解一下，她是怎么跟那个叫沈学兵的人分手的，又是怎么从泥鳅泡出来的，她的第一桶金是怎么得到的，她是怎么从一个农村的柴火妞成了今天的广告大亨的。先把这个查清楚了，这对我们破这个案子非常重要。我说的这些你听明白了吗？"

冷局的这一番话，让我茅塞顿开，冷局不愧是从英国进修回来的，不愧是在英国皇家的苏格兰场实习过，确实有道。于是我说："冷局我听明白了。我们马上就上泥鳅泡。"

撂下电话后，我心里还在惦念着黄晓梅，她今天莫名其妙地没有来上班，而且还把手机给关了，也不跟我打声招呼，到底咋回事呢？于是，我跟小廖在所里吃完午饭，我就又给她打了个电话。

这回电话打通了。很快就听见一个像小猫似的声音说道："牛海，对不起……"

我一听她这声音不对劲啊，黄晓梅的声音咋这样了呢？于是我急忙问道："晓梅你怎么了？你声音咋这样呢？"

黄晓梅说："我生病了，现在在医院打吊针呢。"

我一听黄晓梅病了，有些着急，说："你昨晚不还好好的吗，这怎么还病了呢？啥病啊？"

黄晓梅说："急性肺炎。昨晚回家后，从后半夜就开始发烧，我还以为是感冒了呢，就吃了几片退烧药。可是，退烧药不起作用，今早晨起床时，已经高烧到四十一度多了，我妈吓坏了，就赶忙领我打车上医院，到医院一检查，医生说是急性大叶性肺炎，必须得住院，就这么住进医院了。我想给你打电话请假，可是手机没电了。这才充上电，你是第一个打进来电话的人。牛海，现在咱们工作那么忙，在这节骨眼儿上，我还生病了，真对不起。”

说着，黄晓梅的声音里出现了要哭的声音。

我就急忙安慰她说：“晓梅，你就安心养病治病吧，咱这工作再忙，也不差你一个人哪。你好好把身体养好了比啥都强，你先打吊针吧，刚才冷局给我们布置了新任务，我跟小廖马上就得出发。晚上我回来再去看你。好了我不跟你说了，你好好养病吧。”

我话还没说完，就听见电话里黄晓梅用蚊子般的声音说道：“谢谢你牛海。我想你。”

她这一个“我想你”，说得我这心里既热乎乎的又酸溜溜的，热乎的是难得有这么一个女孩儿，这么爱我，心疼我；酸的则是，她竟然是黄利德的女儿，而且黄利德此时还因为贪污腐败被“双规”进去了，使得这个女孩儿承受了那么大的思想压力，而我却无能为力。

打完电话我呆呆地想了一会儿，这时小廖过来跟我说：“牛所，咱啥时候出发？”

我说：“咱这就走吧。”

于是，我跟小廖就上泥鳅泡了。

泥鳅泡其实离我们这儿并不太远，原先也是归属长阳镇管辖的。后来长阳镇升格为长阳区，行政区域重新规划后，泥鳅泡才划归到现在的幸福乡去。我们在路上跑了不到四十分钟，就到了幸福乡的乡政府。当地的派出所所长也是我警院的一个同学，我们很长时间都没见面了，这一见面，那种亲热劲儿就甭说了。我跟他说明了来意，但是，派出所的几个民警都不知道泥鳅泡曾经有过董晓凤这么一个人。他们户籍员还把过去的老户籍底子也给我们翻腾出来了，找了半天，也没找到我们想要的东西。

在他们所里查了一会儿资料，我那同学又亲自领着我们上泥鳅泡村里去了解情况。泥鳅泡村的村主任是个四十多岁的中年男子。他说他家也是后搬到泥鳅泡的，泥鳅泡以前的情况，他也不太清楚。于是，他就领着我们在村里找他们泥鳅泡村的一些老人儿了解董晓凤的情况。由于这些年村子里变化挺大，当年董晓凤家的老邻居不少都搬走了。有几个跟她家挺熟悉的老户，但知道的都是一些皮毛的东西。他们说，董晓凤年轻的时候长得非常漂亮，也确实跟他们邻居老沈家的大小子搞过一段对象，但后来不知什么原因没有结婚。董晓凤后来就走了，离开村子上城里打工去了。但谁都不知道她在外面到底是打啥工的，后来就听说她在外面发财了，不两年，就把她家还有她哥哥嫂子都搬到城里去了。她家搬走之后，跟村里几乎就没什么联系了。

我们在村里走访了跟董晓凤家比较熟悉的几个老户，但没有得到什么有价值的线索。后来，我们又去沈学兵家看了看，沈学兵家已经没啥人了，家里就剩一个老母亲，由于无人照管，前不久被村里给送到养老院去了。我们到养老院去看望那老太太，那老太太已经糊涂了。我们跟她打听她儿子当年跟董晓凤搞对象未婚先孕的事，她根本就说不清楚了，嘟嘟囔囔前言不搭后语。我一看也问不出啥来呀，只好给那老太太扔下了二百块钱，我们就告辞了。

离开泥鳅泡都已经5点多了，天色基本上已经黑了。我那个当所长的老同学死活要留我们在他们那儿吃饭，可我跟小廖还有事，另外我心里还惦念着躺在医院里的黄晓梅，哪有心思跟他们在这儿吃饭哪？但又不能伤了同行们的一片好心，因此，好说歹说，费了好多口舌，好不容易才把这场饭局推掉。

我们回到城里的时候，都快8点了。我跟小廖说，我要上医院去看看黄晓梅，问他去不去。小廖那小子贼鬼，他眨巴眨巴眼睛，说：“我就不去了吧？你们俩见面我去不太好。再说，跑了一天了，我也怪累的，我要去还耽误你们俩互诉衷情，今儿个我就不去当这个电灯泡了，你代表我好好问候问候晓梅，你就说等她病好了，我再好好慰劳慰劳她。”

说着，小廖就下车打车回家了。

26 医院探望黄晓梅

我去医院之前，先给黄晓梅打了个电话，问明了她所在的疗区和病房号，然后又顺路给她买了一些水果。我到她病房的时候，她已经打完吊针了，正躺在床上闭着眼睛不知是在睡觉还是在假寐。因为她这是女病房，我怕我一个大老爷们儿贸然闯进去不好，所以，就让一个女护士领着我过去的。

还好，她这间病房就住了两个人，还有一张床上躺着的是一个中年妇女，得的好像也是黄晓梅的这个病。那女的病床前坐着一个秃顶的男子，正在给那女子削苹果。黄晓梅的病床前则没人，就她自己一个人孤零零地躺在病床上不知道寻思啥呢。那个女护士领着我一进屋，临床的那个秃顶男子就转过脸来瞅了我一眼，但没吱声。领我进来的那个女护士轻轻地扒拉了一下黄晓梅，小声说：“黄晓梅，你睡着了吗？有人来看你。”

黄晓梅一下就睁开了眼睛，因为之前我已经给她打过电话，她知道是我，但看到我之后，眼睛里还是流出了泪水。嘴里轻轻说着：

“你来了牛海？”

那女护士似乎猜到了我跟晓梅的关系，就说：“牛警官，你们聊吧，时间不要太长，病人需要休息。”

我点头说：“明白。”

那女护士就退出去了。我拽过一张闲在那里的塑料凳，在黄晓梅的病床前坐了下来。摸了一下她的额头，已经不怎么热了。我刚要把手抽回来，黄晓梅就把我摸她额头的那只手给攥住了，然后轻轻地贴在了她的脸上，啜泣着说：“牛海，我想你。”说着，无声地哭了起来。

我就哄她说：“想我你哭什么呀？你这么一哭，好像咱俩咋的了似的，整得我这心里也挺不得劲的。”

说到这儿，我故意用一种平时大大咧咧的口气问她说：“不是，咋整的呀？昨晚上我送你回家，下车那会儿你还好好的呢，这怎么才半宿工夫就得了这么一个大病呢？”

黄晓梅就说：“这也算不了什么大病，医生说就是感冒高烧引起的大叶性肺炎，打点儿消炎针就好了。”

我就说：“你可拉倒吧，大叶性肺炎还不算大病？这病要是治疗得不及时，很容易出人命的。你得重视起来。好好在医院住几天，一定要等病好了才能出院。”

说着，我把手轻轻地从黄晓梅的手里抽出来，我怕有外人进来，看见我跟她这样黏黏糊糊的不好。我随意扫视了她这病房一眼，问道：“怎么就你自己呢？你家里没人过来陪床吗？”

黄晓梅说：“我妈在这儿陪我呢，另外我还有一个表姐，也在这儿陪了我一天。”

我就问：“你妈跟你表姐呢？”

黄晓梅说：“我表姐家有孩子，她得回去照顾孩子，先回去了。

我妈刚才还在这儿来着，谁知道她干啥去了。”

正说着话，病房的门就开了，一个四十多岁的女人拎着两个盒饭走了进来。我从她那脸面上一下子就猜到她是黄晓梅的母亲，因为黄晓梅跟她长得太像了。

还没等我说话，黄晓梅就把脸扭过去对她妈说：“妈，这就是我经常跟你说的我们所的那个牛海副所长。”

我就赶忙站起来说：“阿姨你好。”

黄晓梅她妈端详了我一眼，说：“啊，你就是晓梅她们的领导啊？我们晓梅回家总是说起你。谢谢你能来看望我家晓梅，给你添麻烦了啊。”

我急忙说道：“添什么麻烦呀，这都是我应该做的。”我看了看她手里拎着的盒饭，就说：“晓梅，你们是不是还没吃晚饭呢？那就赶紧吃饭吧。我得走了。”

黄晓梅就说：“我吃不下，一点儿食欲都没有。牛海你再坐会儿呗。”

因为我怕黄晓梅跟我唠嗑再感情失控，让她妈看出我跟她有别的意思来，再产生什么误会就不好了。于是，我就告辞说：“晓梅，你好好养病吧，我明天再过来看你还不行吗？”

这时，黄晓梅就挣扎着坐了起来，非要下地送我，我就赶忙按住她的肩膀让她不要动。我说：“晓梅，你千万不要动，不要下地，你要这样客气，我明天还咋来了？你好好休息，赶紧吃饭。吃完饭好好发发汗，早点儿把病养好了比啥都强。所里那边还挺忙的，明天还有一大堆事等着我呢，我得赶紧走了。”

说着，我就匆忙告辞了。

27 冷场的案情分析会

连着两三天，我们把了解董晓凤底细和跟她有关系的人，能找到的几乎都找了，但是一直也没有查到9月28号董晓凤身在江陵的线索。她的历史关系和她是怎么捞到的第一桶金，也没有找到很有力的证据。了解她的人都说，她早年就出来打工，干过不少职业，当过服务员，还在一些发廊里当过美发师。但她当年所在的那些发廊，现在早都没影了，那些房子早都已经拆迁了，连跟她在一起的那些人都是谁也找不到了。

这期间，吕枫他们也从省里回来了。冷局召集我们开了一个会，听吕枫在会上汇报说，9月28号省宾馆确实如董晓凤所说有那么一个签约仪式，董晓凤她们公司租的是他们宾馆的一个会议室。至于董晓凤参没参加那个活动，还有什么别的人参加，宾馆方面说，他们并不清楚。

之后，吕枫他们又去找了给董晓凤做证的那个沈沉。沈沉说："9月28号我确实参加了董晓凤她们凤飞广告公司和华商集团的签约活动。因为华商集团委托董晓凤她们的凤飞广告公司代理他们集团全年的广告业务这件事，是我在中间给牵的线，所以那天那个活动我必须得参加。"

吕枫说："沈沉的这个证据一下子就把董晓凤9月28号身在江陵的

事给否定了，既然她人不在江陵，她怎么可能来谋害人在江陵的沈秀秀呢？后来我们又去找董晓凤，但董晓凤出差了，不在省城，啥时候回来也说不准。”

吕枫最后说：“现在基本上可以排除董晓凤是杀害沈秀秀的凶手了。因为她9月28号不在江陵的证据很充分。我们现在必须得另辟蹊径，另找凶手。我们还得从沈秀秀周边的人查起，看沈秀秀在医院伺候她父亲的那些日子，她还跟什么人接触过，什么人最可能有杀害她的动机。”

吕枫说完，冷局没吱声。好半天才冲着我说道：“牛海，你也说说你们组的情况吧。”

于是我就把这两天我跟小廖在董晓凤她们凤飞公司调看监控录像的情况和上泥鳅泡的情况详细地跟冷局和吕队做了汇报。我说：“由于凤飞公司所在的写字楼里的监控录像资料只能保存一周，所以9月28号前后的那些监控录像都已经被删除了，找不到可以证明在那些日子里董晓凤出入于那幢写字楼的录影资料。另外，我跟小廖又去了董晓凤的老家泥鳅泡村，走访了董晓凤当年的老邻居和跟她家比较熟悉的一些老人儿。但是，由于年代久远，村里的不少老户都已经搬走了。有一些跟她家比较熟悉的邻居，也都不太清楚董晓凤这些年在外面的情况。所以，董晓凤是怎么捞到的第一桶金、她是如何从一个农村的柴火妞变成今天的广告大亨的，这都有待于进一步的调查。”

我汇报完之后，冷局和吕队谁都没有吱声。过了好半天，吕枫才说道：“听了牛海刚才汇报的情况，更加坚定了我要另辟蹊径、另外寻找嫌疑人的想法，案发的那天，我一到现场，就觉得不对劲，现场被破坏得很严重，死者沈秀秀的呕吐物基本上已经被附近围观看热闹的人给踩没了。牛海曾经说，临河街万嘉广场西门的那张供游客休息的长椅不是案发第一现场，当时我是不同意他的这种说法的，现在我收回我过去的那个意见，经过这些天的思考和查访，现在我同意牛海的这个说法，那个地方应该不是案发第一现场。沈秀秀很可能是在别的地方被人下毒之后，走到万嘉广场那儿毒性发作，才导致她死亡的。所以，如果我们排除沈秀秀是自杀的话，那么，‘9·28’致死沈秀秀的凶手肯定另有其人，由于现场被破坏，我们先前的侦查方向肯定有误，因此，我希望我们能重新调整侦破思路，改变侦破方向，另外寻找犯罪嫌疑人。”

吕枫说完了他的观点之后，冷局没有表态。她把脸转向我，看着我问道：“牛海，说说你的意见？”

我看了一眼吕枫，他正在用一种冷漠的眼光瞅着我。说心里话，我真不想得罪他，但我跟他的观点又恰恰相反。我得怎么说，才能让他觉得我不是故意跟他作对而且还挺尊敬他呢？这确实是一个挺让人头疼的事。我觉得，我们先前的侦查思路和侦破大方向并没有错。如果现在撇开董晓凤，另辟蹊径，另找凶手，肯定还要走一段很大的弯路的。现在已经确定的是，董晓凤是沈秀秀没有相认的亲生母亲，而且沈秀秀还是董晓凤和沈学兵年轻时未婚先孕生出来的女儿，在当年农村那种淳朴的风气中，这绝对是一桩丑闻——用农村话说，沈秀秀就是个“野种”。以董晓凤现在的身份，有这么一段丑闻，对她来说，无论如何都不是一件好事。对这个二十多年没有任何联系又毫无感情的女儿的突然出现，动了某种杀机也是有可能的。现在虽然还没有找到董晓凤在现场的证据，但不能因此就排除她是嫌疑人的可能。

冷局见我不吱声，就又问了一句：“牛海，你寻思啥呢？我说话你没听见哪？我让你说说你的意见。”

被冷局逼到这个份儿上，我就不得不说了，于是，我清了一下嗓子，看了一眼冷局和吕队，说道：“二位领导，我说说我的想法，不一定对呀。我认为，我们前一段的侦破大方向并没有错。尽管目前我们还没有确定董晓凤的犯罪动机和身在现场的证据，但这不能说明她就不是犯罪嫌疑人。当年她跟沈学兵的那段恋情应该说是她这一生的一个悲剧和耻辱，特别是她跟沈学兵还未婚先孕生下了一个女儿，她就是为了不让别人知道她的这段历史，所以她才彻底割断了她跟泥鳅泡的联系，割断了她跟女儿以及她年轻时的恋人沈学兵的联系。现在，突然有这么一个女儿找上门来，这对于她来说，肯定不是一件什么好事。出于某种想法或者是出于一时的愤怒，导致她对亲生女儿下了毒手，也是非常有可能的。因此，我觉得，我们还是应该沿着董晓凤这条线索查下去，如果另辟蹊径，另找凶手，说不定还要走弯路的。这就是我的一点儿不成熟的想法。”

我说完之后，我发现吕枫的脸色非常不好看。但是他没有像前几次那样立刻站起来反驳我，而是故意把头低了下去，摆弄着手里的手机，做出了一种对我的意见不屑一顾的样子。

冷局扫视了一下会场上的几个人，问道：“别的同志还有什么想法，咱们现在开的是诸葛亮会，三个臭皮匠，顶个诸葛亮，都发表发表意见。”

但是，开会的除了吕枫他们刑警队的那几个人，再就是我跟小廖，他们谁都不会说什么的。如果同意我的看法，就会得罪吕队长，如果同意吕枫的意见，就会得罪我。他们谁都不想得罪人，因此，这个会就显得有些冷场。

冷局一看谁都不说，她只好自己说了。

冷局说：“我谈谈我的看法。我觉得，牛海同志说的还是有一定的道理的。如果我们现在重新调整侦破方向，一个是找不到什么方向，你们说说，我们应该怎么调整？往哪个方向调整？还有什么线索能够证明致死沈秀秀的另有其人？找不到，所以，现在我们发现的唯一的线索，只有这个董晓凤。牛海刚才分析得非常有道理，从某种意义上说，董晓凤还是有作案动机的。我们在没有找到别的线索之前，只有抓住董晓凤这条线索一查到底。”

冷局这么一表态，吕枫就不好说什么了。他既不表示同意冷局的意见，也不表示反对的意见，坐在那里就是不说话。

冷局说完之后，重新给我们分配了任务，我们这两个组都把力量用在查找董晓凤发财的历史和她的社会关系上。

在市工商局的企业法人注册登记表上显示，董晓凤的凤飞广告公司注册于2004年。注册资金是二百万元。2004年，二百万元也不是一个小数目，作为一家民营广告公司，能有二百万的注册资金，在江陵这个地方来说，当年的董晓凤就已经进入了富豪的行列了。

但是，市工商局的企业法人注册登记，非常简单，那上面并不能真实地反映出董晓凤公司的收益情况。我们上税务去查他们公司的缴税情况，在公司注册的头几年里，他们公司缴税的额度并不是很大，而且有好几年都处于亏损状态。一直到近几年，他们公司才成了纳税大户，最多的一年缴税竟然有近千万元。也就是在那一年，董晓凤被选为了市人大代表。再后来，凤飞广告就和另外一家广告公司合并成为了股份公司，凤飞公司占有百分之五十一的股份。虽然他们控股，但是公司的主要业务已经转移到省城去了。

经过几天的走访、调查，没有更新鲜的东西能证明董晓凤9月28号曾现身在江陵，关于她的发家史，也没找出什么违法的记录。“9·28”案就这样悄无声息地进入了一条死胡同里了。

28 “9·28”专案组把我踢出来了

黄晓梅从医院出院回所里来上班这天，我跟小廖正要出去办事。黄晓梅从外面一进来，我就发现她明显地瘦了，那张瓜子般的娃娃脸瘦得都有些塌腮了。两个好看的大眼睛也深陷眼窝之内，脸上呈现出一种病态的疲惫。我故意用一种开玩笑的口吻说：“小师妹，这几天医院住得咋样啊？”

黄晓梅就说：“你没看见吗？就这样。”说着，还故意装出一种调皮的样子，在我跟小廖面前转了一圈，让我们看看她的腰围和后身瘦了没有。

小廖那小子贼拉鬼道，一看黄晓梅来了，他故意找了个借口说：“牛所，你跟晓梅先交代交代这几天的工作吧，我得赶紧去把这些日子咱们搜集上来的材料整理整理。”

说着，他就回他的办公室去了。

我心里非常明白，小廖这是故意在给我和晓梅制造单独在一起的机会呢。于是我就看了一眼脸色有些绯红的黄晓梅说：“来，上我屋里坐一会儿吧。”

黄晓梅跟着我进了我的办公室。一进屋，她一下子就扑进了我的怀里，无声地抽泣起来。当时我怕办公室再忽然闯进别的人，那样就不好了，于是，我赶紧拽开晓梅，低声说：“别这样。”

黄晓梅擦擦眼泪，说：“我也不知我咋的了，这些天特别想你，一闭上眼睛眼前就是你的影子，一闭上眼睛眼前就是你的影子。你又不去看我，我爸还被抓起来了，家里除了我妈，连个疼我的人都没有，你说我这心里能好受吗？”

说着说着，她的眼圈就又红了，又要哭的样子。

我急忙哄她说：“别这样晓梅。我这两天之所以没去看你，是因为这两天烂眼子事实在是太多了。‘9·28’案迟迟没有进展，所里这边有一大摊子工作等着我去处理，丁所还老催促我快点儿回所里上班，冷局那边还拽着不让我走，我现在是耗子吊在房梁上，上不着天，下不着地，你得理解我呀。”

黄晓梅听我这么一说，就把头低下了，小声说：“牛海，对不起，我不应该对你这样。可是，我自己也控制不了自己呀。我就是想你。”

我一看她这样，就赶忙转移话题，我说：“你现在是不是已经出院了？”

黄晓梅点头说：“嗯。医生让我在家休息几天，可我一个人在家没意思，我妈因为我爸的事，整天愁眉苦脸唉声叹气的，我一看她那张抽抽巴巴苦瓜脸，心里就更堵得慌了，我还不如上单位来上班呢，能跟你在一起，起码能免去我的相思之苦。”

我就笑着说：“咋的，因为我这么个老光棍子，你还得了相思病了？”

我俩正说着话，手机铃声忽然响了，我一看是老丁的电话，就急忙接起来问道：“丁所，有啥指示？”

老丁说：“你跟小廖你们俩走没有呢？”

我说：“还没有呢。黄晓梅今天上班来了，在我办公室呢。咋的，丁所，你有事啊？”

老丁就说："没走正好，你赶紧上我这屋里来一趟，我这儿找你有急事。马上就过来。"

我一听老丁说得这么急，肯定不是一般的事，就急忙对黄晓梅说："晓梅，你先去忙你的去吧，我得赶紧上丁所那屋看看他找我啥事。"

说着，我就跟黄晓梅匆忙地从我办公室里出来了。

我走进老丁的办公室时，老丁正在接电话。他一看我进来了，朝我摆摆手示意我坐下，然后就一直拿着手机，不知在接听谁的电话。一直到最后，他才说了一句："好的好的，我知道了。嗯，就这样。我挂了。"

老丁把电话挂了，这才瞅着我说道："得亏你跟小廖你俩没走。刚才冷局给我打了个电话，说'9·28'专案组现在暂时用不了那么多人，让你先撤出来，回所里这边来上班。她这个决定太好啦。咱所里这边工作这么忙，现在是一个人顶俩人用啊，你回来的太是时候了。正好，我现在手头正有个事，你赶紧去帮我办这个事去吧。"

我一听让我从"9·28"案专案组撤出来，心里猛然就"咯噔"了一下，我这正干得挺来劲儿呢，冷局怎么让我撤出来了呢？她让我撤出来是啥意思啊？自从我参加"9·28"专案组以来，冷局一直对我的侦破思路比较欣赏也比较重视的呀？为什么突然让我撤出来了呢？难道是吕枫在背后给我使绊子了？那一刻我真是有点儿想不明白。从"9·28"案撤出来，这就意味着我想上刑警队的这个想法很难实现了。去不了刑警队，我爸二十年前被人暗害致死的案子就永远破解不了，我心里的这块伤疤就永远难以抹平。我知道，这肯定是吕枫在背后动的手脚。吕枫不是当我面跟我放话说，有他在，我就甭想迈进刑警队的大门吗？这还真打他这话来了。我真是想不明白，吕枫他为啥对我这样啊？论起来他还是我叔叔辈的呢，平时我一口一个吕叔吕叔地叫他，当年他跟我爸还在这个派出所里搭过班子。难道真的像丁所说的，因为当年他跟我爸结过梁子，才对我这样的吗？可那不是他们上一代人的恩怨吗？他不应该把他对我爸的怨气撒在我身上啊？按理说，他应该比别人更积极地去破二十年前的那宗谜案才对，因为这样可以证明他是一个合格的刑警。他跟我爸就是再有矛盾，他们毕竟都是警察啊，都穿着同样的警服，戴着同样的警徽，无论如何他都不应该对我这个后辈警察横挑鼻子竖挑眼啊？可是，自从我参加“9·28”专案组以来，他处处找我的别扭，处处看我不顺眼。难道他当年跟我爸的那个过节儿，真的是解不开的疙瘩吗？如果不是解不开的疙瘩，他为什么要对我这样呢？自从我回到江陵当上警察，我从没得罪过他呀？现在，冷局突然让我撤出“9·28”案，让我回所里来上班，这背后肯定是他使的绊子。我坐在老丁办公桌面前的椅子上，越想越觉得不对劲，怎么都想不明白我到底哪儿得罪吕枫了。

老丁看我不吱声，就笑着问道：“咋的了？这脸咋还阴上来了呢？”

我瞅着老丁问道：“冷局没说因为啥让我撤出‘9·28’案的呀？”

老丁说：“是我让你撤出来的。”

我有些不解地看着老丁说：“你让我撤出来的？”

老丁说：“对呀。‘9·28’案现在迟迟没有进展，你成天东跑西跑的，也跑不出什么子午卯酉来，跟在吕枫的屁股后还老受他气，咱所里这边工作又这么忙，干脆回来帮我忙乎这边的工作吧。”

虽然老丁这番话说得挺推心置腹的，但我从他的表情上和口气里却听出了别的意思。到底是啥意思，一时我还没琢磨透。于是我看着他说道：“丁所，你别看‘9·28’案表面上没啥进展，可是，我已经基本上找到了一些有价值的线索了，你再给我半个月的时间，我保证把这个案子给他破了。”

老丁就说：“这个案子破不破你那么上心干啥呀？你是派出所的所长，又不是刑警队的队长。你跟他们操那个心干啥呀？他吕枫不是能耐大吗？他能耐大你让他破去，你跟在他屁股后能捡着啥好粪是咋的？我跟你说牛海，案子破了是人家吕枫他们刑警队的功劳，破不了是你跟着瞎掺和的结果，明白不？”

说到这儿，老丁忽然不往下说了，挺别有用意地跟我摆摆手，说：“行啦行啦，‘9·28’这个事暂时你就别寻思啦。赶紧去办我这个事去。”

我问他说：“你让我帮你办啥事去呀？”

老丁说：“长虹小区的那个老刘头儿你还记不记得了？”

我有些懵懂地问他说：“老刘头儿？哪个老刘头儿啊？”

老丁说：“就是拿菜刀要砍他儿媳妇的那个老刘头儿。咋的，你忘了？你不是还上他家去给他调解过吗？”

老丁这么一说，我一下就想起了那个被儿媳妇气得住院的那个老头儿了。当初，我能找到沈秀秀这个线索，还是他给提供的呢。于是我说：“我想起来了，我想起来了。老刘头儿咋的了？”

老丁说：“你上次跟社区的林姐上他家去给他调解，不是劝他让他把现在住的这套房子卖了，然后再添俩钱给他儿子和儿媳单买一套大一点儿的房子，然后她跟老伴儿搬出来单过吗？”

我就说：“对呀。当时他答应了。”

老丁说：“不但答应了，而且房子也给儿子儿媳妇买了，都已经装修得差不多了。可是他儿子和儿媳不知怎么又寻思过滋味来了，说啥也不想单过了，还想跟老头儿老太太他们在一起过。这回老头儿不干了，说啥也不跟他们在一起过。早晨上班那会儿，他们社区的主任林姐，特意给我打个电话，问我能不能抽出时间再跟她上老刘头儿家去做做他的工作。林姐说老刘头儿挺信咱们警察的话的，上次不就是听了你的劝，才答应给儿子买房子的吗？我寻思，既然儿子儿媳都不想搬出来单过，那还是劝他们一家人和和美美地在一起过得了。老刘头儿现在这身板儿还行，再过个几年，动弹不了了，谁伺候他呀？光说上养老院，上养老院不也是个麻烦事吗？所以，林姐让咱们去帮她做做工作。我马上就得上分局那边去汇报前一段分局开展的‘百姓利益无小事’百日走访活动的情况，老刘头儿这儿你就替我跑一趟行不？”

我就点头说：“好吧。既然专案组已经把我踢出来了，那我就老老实实回所里上班吧。我这就去。”

接着我又问他说：“是不是得先上他们社区去找社区的林姐跟她一起走啊？”

老丁说：“我这就给林姐打电话。哎，你刚才跟我说，黄晓梅来上班来了？”

我答应说：“是啊。”

老丁说：“那正好，你领着黄晓梅你们俩一起去。有个警花跟着，到老刘头儿那儿还好说话。”

说着，老丁就给林姐打了个电话，约好她在社区等我们，我去找她，然后一起上老刘头儿家。

我从老丁的办公室出来，刚进屋，小廖就过来说：“咱们啥时候走啊？”

我冲他说：“还走啥了走啊？刚才冷局给丁所来电话了，让你、我还有黄晓梅咱们仨从‘9·28’案撤出来了。清泔水，咱仨让人给撇了。”

小廖一听，有些吃惊说：“啊？这么说，咱们让人给踢出来了？”

我苦笑着说："那你寻思啥呢？'9·28'案子咱就甭寻思了。从现在起，咱们该干啥干啥吧。"

小廖说："那我今儿个干啥呀？"

我想了想说："要不，你也跟我上老刘头儿那儿跑一趟吧？"

小廖问："哪个老刘头儿啊？"

我说："去了你就知道了。"然后我又跟他说："去，把黄晓梅也叫上，咱仨一起去。"

29 意外得来的重要线索

我领着小廖和黄晓梅先到他们社区找的社区主任林姐，然后由她带着我们来到了老刘头儿家。由于老刘头儿先头那个房子已经卖出去了，新房子还没有装完，他现在住的这个房子是临时在他们小区租的一个一室一厅的小房子。他儿子和儿媳妇这些日子则一直在媳妇的娘家暂住呢。由于我们的到来，不大的小屋里给挤得满满登登的。老刘头儿坐在客厅的单人沙发上，他老伴儿屋里屋外忙乎着给我们烧水沏茶。我跟林姐坐在那张长沙发上，把小廖和黄晓梅挤得只好进到里屋的床上坐着去了。

老刘头儿一见着我跟黄晓梅，那个热情劲儿就甭说了。又是让他老伴儿给我们拿糖果，又是给我们烧水沏茶。他还看出了黄晓梅瘦了，问黄晓梅是不是得啥病了，咋瘦成这样呢。黄晓梅就笑着说，她没得啥病，她这是减肥减的。老刘头儿就说好好的小丫头减什么肥，胖乎乎的好看。说得一屋子人都笑了起来。

由于老头儿的儿子儿媳都没在，因此说起话来也就没有那么多的顾忌。聊了一会儿闲话，话题渐渐就转移到儿子儿媳要搬回来跟他们在一起过的话题上来。老刘头儿说，儿子和儿媳之所以又不想分家了，是因为看上了他手里的那俩钱了。因为老刘头儿卖完房子，除了加俩钱给儿子他们买了一套房子之外，手里还剩下个四五十万块钱。老刘头儿想给自己买一套小一点儿的，儿子儿媳却把眼珠子盯在了他这四五十万块钱上了，所以就不想跟他们分家了。

老刘头儿说，就他那个儿媳妇，干啥啥不行，吃啥啥没够，又懒又馋，他掐半拉眼珠都看不上她。跟他们在一起住，气也得把他气死。所以，说啥他也不想跟他们在一起过了。

一说这个话题，老刘头儿就气不打一处来，气得呼呼直喘。

我一看老头儿气成这个样子，就赶忙劝他说："大爷，咱这不闲唠嗑呢吗？你生什么气呀？儿子儿媳妇再不好，那不也是你自己的亲人吗？"

老刘头儿就气呼呼地说："什么亲人哪？你看谁家的亲人这么气他的父母啊？他们就是我前世的仇人！我这条老命差点儿没搭在他们身上，还亲人呢！牛警官，上次我听你的话，给他们买了一套大房子，也算是我养活一回儿子，尽到了一个当爹的义务了。把他们打发出去，我跟我老伴儿就过我们自己的日子了。想让我再跟他们归伙？绝不可能了。"

我一看老头儿把话说得这么死，就笑着说："大爷，你这话也不能说得这么绝对。我觉得儿子儿媳要回来跟你们一起过，也是好事。管咋的他们是你的亲骨肉啊？再不好，也比别人强啊是不是？你跟我大娘这年岁一年比一年大，身子骨一年不如一年，身边没个人伺候能行吗？都说老了上养老院，养老院再好那毕竟不是家呀？对不对？这回咱这样，你儿子和你儿媳妇不是想回来跟你们一起过吗？回来可以，你答应他们，但必须得立个规矩了，这个家谁干啥谁不干啥，得有个明确分工。可不能像过去那样，儿媳妇天天睡到太阳照屁股才起来，起来也不做饭，也不送孩子，天天出去打麻将，那可不行。这回必须得有个规矩了，没有规矩不成方圆。这两天咱把你儿子儿媳也都叫回来，社区林主任这不是在这儿呢吗？咱们当着社区主任的面，当着我们几个人的面，把这规矩定下来。大伙儿都认可这个规矩了，那才能让他们搬回来跟你们一起过。"

这时，老太太就说："牛所长这主意是不错，就怕我们那牲口玩意儿跟他媳妇一个鼻眼儿出气，趸趸摸摸地惦记我们手里这俩钱啊？我都不怕你们笑话啊牛所长，我那儿子贼拉完犊子，他媳妇说啥他听啥，媳妇说东他不敢往西，媳妇说撵狗他不敢撵鸡。他媳妇一立眼睛，吓得他骨头都软了。你说，我们咋养了这么一个不争气的儿子呢？"

老太太说着说着就要掉眼泪。

这时，黄晓梅就劝老太太说："大娘，刚才我们所长不是说了吗，他们要想回来跟你们一起过，那就必须得立个规矩了。只要立好规矩，你儿子就不能怕媳妇了。谁要是破坏立好的规矩，必须得有个说法。毕竟这房子都是您二老掏钱给他们买的，立规矩时，必须得写上这么一条，老人随时都有收回房子的权利，谁要是破坏规矩，就把谁撵出去。"

黄晓梅本来就长得好看，再加上她说话的声音还好听，这几句话说得他们老两口儿喜笑颜开的。老太太就说："你看看人家黄姑娘多好，又温柔又会说话，哪个小伙子要是有福，能娶上这么个好媳妇，那可真是前世修来的福气呀！"

老刘头儿也说："就是啊。我们那儿媳妇要是能赶上人家黄姑娘的一个小脚指甲我们也不会往外撵他们啊！那两口子实在太让我们伤心了。"

这老两口儿你一句我一句，说得黄晓梅和我都挺不自在的。黄晓梅被他们老两口儿给说得脸都红了。

后来社区主任林姐也说了她的想法，大伙儿好说歹说，总算把老两口儿给说服了，决定等新房装修好之后，还是这几个人上他家来，把他们的儿子和儿媳都召到一起，立几条规矩，往后过日子就得按规矩来。

说到这儿，老刘头儿忽然问我说："牛警官，你上次来不是说要破个什么案子吗？那个案子破了没有啊？"

我就说："刘大爷，上次得亏您给我提供的那条线索了。我们根据您提供的线索，很快就查到了死在万嘉广场的那个女孩儿的真实身份。我还得好好谢谢您呢。"

老刘头儿就随口问道："那女孩儿是哪儿的呀？咋还死在街里了呢？"

我回答他说："那女孩儿是泥鳅泡的。她上医院是来伺候她那个得肝癌晚期的父亲来了。"

老刘头儿就惊讶地说："泥鳅泡的？"

我说："对呀。"

老刘头儿就说："泥鳅泡的？姓啥呀？"

我就说："姓沈，叫沈秀秀，她父亲叫沈学兵……那女孩儿……"

我话还没等说完，老刘头儿就打断了我的话，说："牛警官你说啥？你说死的那个小丫头是泥鳅泡老沈家的？"

我赶忙问道："咋的大爷？你认识啊？"

老刘头儿说：“我家原先就是泥鳅泡的。那小丫头不是老沈家大小子跟老董家那姑娘没结婚生的私生女吗？是不是那个老沈家呀？”

老刘头儿这一句话，一下子说得我头皮都发麻了。我真没想到，费了这么大的劲儿，到处打听董晓凤的消息，没承想在这儿无意间得到了。这真应了老警察们的一句话——说不上哪块云彩有雨啊！于是，我急忙问老刘头儿说：“刘大爷，你跟这个老沈家还有老董家熟吗？”

老刘头儿说：“怎么不熟呢？都一个屯子住着，能不熟吗？以前我们泥鳅泡不也是归长阳镇这边管吗？后来，长阳镇划到江陵市这边来了，就把泥鳅泡给划出去了。那时候临河街这边还是一片稻田地呢。我就是长阳镇划到江陵的时候，跑过来包地的。在这边弄了几垧地，后来地都给占了，要不我们上哪儿整钱买房子去？这不都是当年占地给的补偿款吗？”

我怕老刘头儿把话题给说远了，急忙往回拽话题说：“刘大爷，老董家有个姑娘叫董晓凤，你知道吗？”

老刘头儿说：“怎么不知道呢？不就是她跟老沈家的大小子在学校搞对象，后来给搞出孩子来了，俩人就都不念了。这我咋不知道呢。”

说到这儿，老刘头儿就问他老伴儿：“哎，老董家的那个董晓凤比咱们家木根大几岁来着？”

老太太就说：“大个四五岁吧？”

老刘头儿就说：“对。也就大个四五岁、五六岁的样子。后来，这个董晓凤被老沈家的大小子把肚子给搞大了，他们两家曾经张罗过要给两个孩子把婚事办了，后来不知因为什么，老董家的那个董晓凤又不干了，把孩子生下来扔给老沈家她自己跑了。听说生的是个小丫头，就是你刚才说的那个沈秀秀。”

老刘头儿是个急性子，说到这儿，他就有些迫不及待地问道："牛警官，这案子你们破了没有呢？老沈家那小丫头咋还死在大街上了？"

我跟老刘头儿说："案子目前还没破呢。沈秀秀到底是怎么死的，到现在还没弄清呢。"

说到这儿，我就问老刘头儿说："刘大爷，那个董晓凤后来从村里跑出去干啥去了，你知道吗？"

老刘头儿说："具体干啥，这咱可不知道。有一阵子村里人都哄哄嚷嚷说，老董家那凤丫头在城里当小姐呢。但到底咋回事咱也不知道啊，说这话都已经是二十多年前的事了。"

老刘头儿这句话说得我这心里头简直就像开了两扇门似的。如果董晓凤真像老刘头儿说的，当年真的当过小姐的话，那么，她当初能快速积累财富就都有根据了。她用当小姐赚来的钱再投资别的，再加上当小姐又可以接触到各色人等，如果沿着这条线索查下去，说不定会有意想不到的收获呢。

我真没想到，就在我被"9·28"专案组给踢出来的当口，竟然意外地得到了这么一条重要的线索。我看坐在里屋床上的小廖脸上也显出了掩饰不住的狂喜。

30 老丁的好意和冷局的电话

我们从老刘头儿家出来的时候，都已经中午了。社区的林姐说啥也不让我们走，非要留我们吃饭。我们怎么推辞都不行，只好在社区的食堂吃了口饭，林姐还特意让食堂给我们多加了两个菜。在她们那儿吃完午饭，这才回到所里。

我刚一走进办公室，小廖就鬼头鬼脑地跟着我的屁股后进来了。小廖说："咋整啊，牛所？"

我知道他指的是"9·28"案子的事，但我还是明知故问地说："啥玩意儿咋整啊？"

小廖不高兴地说："你说啥玩意儿咋整？'9·28'案子啊？现在又有新的线索了，咱不能就这么稀里糊涂地放下呀！"

我就说："咱都已经撤出来了，还咋插手啊？局里不让咱干，咱要是硬干，那不是目无组织、目无领导吗？"

小廖故作神秘地小声说："牛所，你把今天咱们在老刘头儿家得到的这个线索，跟冷局说一声呗，看看她是个啥想法？"

其实，小廖就是不跟我说，我也要给冷局打电话的。面对这么重要的一条线索，我不可能无动于衷。但开始我本不想让小廖跟着掺和，我怕让老丁知道，他再有别的想法。所里本来就人手紧张，我再拉着小廖跟我去办案，这不明摆着拆人家老丁的台吗？但现在既然小廖热情这么高，他又把这事跟我说破了，那我就索性拉着他跟我一起干得了。

想到这儿，我就对他说："你这样小廖，这件事先别声张，也别让丁所知道，你等我跟冷局汇报完了看看冷局是啥意思再说。"

小廖点点头，没说啥就出去了。

小廖出去之后，我给冷局发了条微信。我在微信里说："冷局，我找到了一条有关董晓凤的重要线索，想亲自跟您汇报一下，您能有时间吗？"

微信发出去之后，好半天她也没给我回。我这心里急得火烧火燎，坐立不安，屁股下面就跟着了火似的。我想直接给冷局打电话，可是我又怕冷局正在开会或者跟别的局长商量什么重要的事，我贸然打电话显得不好。正在我抓耳挠腮着急的时候，老丁忽然走了进来。老丁进屋就笑着说："牛海，这一上午，你们跟老刘头儿他们老两口儿谈得咋样啊？"

我就把上老刘头儿家的整个情况跟老丁汇报了一下。但我故意把老刘头儿给我讲述的关于董晓凤年轻时当过小姐的那个信息给漏掉了。我不想跟老丁说是怕老丁再阻止我参与"9·28"专案组。

老丁听完，有些神秘地笑着说："帮助社区给老百姓做调解工作，这是咱们派出所的分内工作，也是咱们分局前一段开展'百姓利益无小事'百日走访活动的一项重要内容。我刚从分局回来，局长跟我说，我的任职令已经下来了，上分局去当副局长，这几天就要公布。我走之后，这个派出所所长的位置就是你的了。咱这派出所这些年一直是先进派出所，到你这儿，你小子可别给我整掉链子了。听见没？别成天总是琢磨着上刑警队去了，好好在这儿干，照样能干出名堂来的。你有学历，脑瓜还聪明，又年轻，将来的前途一定不可限量的。别好高骛远，从基层一点儿一点儿做起，一点儿一点儿积累经验。干工作这玩意儿就跟盖房子似的，基础打不好，到啥时候都不会好的。明白我的意思吗？”

我站起来用感激的口吻说道：“丁所，你对我一片苦心，我能不知道吗？你放心吧，我一定不会给你掉链子的，我会好好干的，我一定不会往你辛辛苦苦打造的这面旗帜上抹黑的。”

老丁就拍了拍我的肩膀，语重心长地说：“好好干。这个派出所也是你爸当年当过所长的派出所，你们爷儿俩父一辈子一辈都在咱们长阳区派出所流过血洒过汗，不容易呀。”

说到这儿，老丁吁了口气说：“好了，不说了，你忙你的吧。”

偏偏不如偏偏，就在老丁说完刚要转身往外走的时候，我的电话铃响了，我一看来电显示，竟然是冷局打给我的电话。这肯定是冷局看见我刚才发给她的那条微信后给我的回电。但这个电话我接不接呢？接吧，老丁要是知道我背着他给冷局发微信汇报“9·28”案子的事，他肯定会不高兴的。我要是不接呢，这是冷局给我打的电话，而且还是我先给她发微信后她给我的回电，这电话我要不接，这不但对上级领导不礼貌，而且还容易耽误事。

正在我两下为难犹豫不决想等老丁出去后再接的时候，老丁却站住了，回过头看着我说：“哎，你小子咋不接电话呢？”

我就讪笑着说：“这个电话号有点儿陌生，我这不正在这儿寻思接不接呢吗？”

老丁就用玩笑的口气说：“是不是有啥秘密怕我听见啊？”

我急忙说：“丁所你真能开玩笑，在你跟前，我能有啥秘密呀。”

说着，我就拿起了桌子上的电话，磨磨蹭蹭假装看屏幕上的来电显示，做出了要接电话的样子。

老丁就说：“不想让我听，我就不听了。走了。”

说着，老丁就推门出去了。

老丁出去之后，我这才把电话接起来。

冷局劈头问道：“牛海，你咋这半天才接电话呢？”

我急忙给她解释说：“我跟我们丁所汇报工作来着，刚把他送出去，这不就急忙回来接来了吗？”

冷局就说：“你发给我的那条信息我看了，下班后咱俩找个地方坐坐。至于上哪儿，你等我电话就行了。”

我一听冷局要跟我单独出去坐坐，心里猛然一阵狂喜。看来，冷局对我发现的这个新线索，显然是感兴趣了。她甚至问都没问是什么线索，就要跟我单独坐坐，这说明冷局对我还是挺重视的。

正在我想跟冷局说几句什么的时候，冷局那边已经把电话挂了。

31 黄晓梅又来打探她父亲的案子

整个下午，我都是在一种焦急的等待中度过的。说心里话，能不能当上这个派出所的所长，我并不在乎，但我必须想办法进入刑警队，因为只有当上刑警，才有可能碰上各种各样的案子，说不定哪个案子就能把我爸当年的那个案子给带出来了呢。我爸当年就跟我说过，不当刑警算不上真正的警察。虽然这话说得有点儿绝对，但我觉得还是有一定的道理的。现在，我已经走到警队的大门口了，虽然大门口有个吕枫在那儿挡着我，但是，我相信，只要我能在“9・28”这个案子的侦破过程中展露我的才华，冷局肯定会把我调到刑警队的。吕枫他就是想阻挡我，有冷局的支持，我想他也阻挡不住的。

等待是一种漫长的过程，这一个下午，我就感觉这时间过得特别慢似的，这表针和手机上的时间就跟不走似的，看了一会儿，才3点多，再看一会儿，还是3点多。把我急得在办公室里坐立不安，就跟火燎屁股了似的。

正在我在屋里团团乱转等着冷局的电话的时候，有人敲门了，我随口说道："谁呀？进来吧。"

当时我还以为是小廖呢，没想到，进来的竟然是黄晓梅。

黄晓梅回身把门关上，然后瞅着我问道："牛海你忙啥呢？"

我说："没忙啥呀！咋的，晓梅，你有事啊？"

黄晓梅说："没事就不能进你这屋来了？"

我开玩笑地说："我这屋是副所长办公室，没事老往我这屋出溜啥呀？"

黄晓梅有些不屑地说："谁老往你这屋出溜了？我来跟你说个事。你有时间吗？"

我就问她："啥事？"

黄晓梅说："师哥，你能不能抽出点儿时间，再跟你那个在反贪局当副局长的同学约约？我想跟他见一面，再问一下我爸的情况到底咋样了。"

我一看黄晓梅又提起她爸的事了，我这心里就有些不高兴，梁宝亮曾嘱咐过我，别让黄晓梅利用我跟他的关系，掺和到她爸的案子里。这种话我又不能跟黄晓梅说。现在她又来跟我提她爸案子的事，我这心里就有点儿不得劲。但我还不能表露出来，因为她刚从医院出来，我要是把话说得太直白，怕刺激她。为了安慰她一下，我就斟酌着说："是这样的，晓梅，前几天我跟宝亮见了一面，说起过你爸的案子，他说他们正在根据你爸交代的那些问题一个一个地核实呢，很快就会有结果的。你不要太着急了。”

黄晓梅一听我跟梁宝亮见过面了，就急不可耐地问道：“牛海你说的这是真的吗？我爸的事真的快要出头了吗？”

我一看黄晓梅已经相信了，索性就把这谎言继续编下去了。我就说：“这种事我能糊弄你吗？真的。你今天才来上班，我还没倒出工夫来跟你说呢，你自己就找上门来问了。情况就是这么个情况。你也不要着急，有结果我自然会告诉你的。”

黄晓梅竟然没有听出来我说的这番话是我编造的假话，感激得就跟什么似的。她猛然走过来，抱住我的脑袋，在我的脸蛋儿上就亲了一口，嘴里含混不清地说：“谢谢你牛海，谢谢你牛海。”她这一口亲得不要紧，把我这颗处男的心整得怦怦乱跳。我急忙推开她说：“晓梅你干啥呀？这是办公室！”

黄晓梅就红着脸说：“办公室怎么了？办公室不没别人吗？这屋里就咱俩你怕啥呀？”

话刚说到这儿，门就被人从外面给推开了，只见小廖走了进来。小廖一看我跟黄晓梅那样，就猜出了八九分，有些不好意思地想退出去，边退边说：“哎，牛所，我可啥都没看见哪，你们俩该干啥干啥。我没啥事。”

我就故意用一种愠怒的口气说：“小廖你说啥呢？我跟黄晓梅干啥了你没看见哪？就算看见了，我俩也没干啥呀！”

小廖就笑着说：“干没干啥你们自己还不知道吗？” 说到这儿，他又故意问了一句：“你们完事没有啊？”

这时，黄晓梅红着脸走到小廖跟前，亲昵地揪着他的脸蛋子上的肉说：“小廖，你要是再胡说八道，看我撕你的嘴不。”

小廖夸张地叫着说：“干啥呀、干啥呀？你仗着有所长帮你，就这么欺负人哪！”

我冲着小廖低声吼道：“小廖，这是办公室，别瞎闹！”

听我这么一说，黄晓梅就赶忙把揪着小廖脸蛋子的手松开了。黄晓梅说：“小廖你要是再敢瞎说，你看我非把你脸蛋子上的肉给你揪掉不可！”

说着，黄晓梅就红着脸走出去了。

黄晓梅一走，小廖就走过来，看着我压低声音问道：“咋样，你跟冷局长联系上没有啊？”

我就把冷局刚才给我打电话的事跟他说了。

小廖兴奋地说：“太好了。这回咱就让吕枫他们瞅瞅，虽然咱不是刑警队的，照样能破案会破案。”

我小声叮嘱小廖说：“这事先别声张，千万不要让丁所知道。咱们所本来就人手紧张警力不足，咱俩要是再抽出去帮他们破案，丁所得咋想啊。”

小廖说：“我明白。”

我跟小廖说：“你该干啥干啥去吧。我在这儿等冷局的电话呢。我这边有啥消息，立刻告诉你。”

其实，我早就知道小廖那点儿鬼心眼子了，他这些年也一直踅踅摸摸地想往刑警队里调，但一直找不到机会。现在有了这么个机会，他岂能放过？

32 锁龙山庄密会冷局

一直到下班，冷局仍没有给我打电话。我又不好催她。因为事先已经说好了让我等她电话，因此，她不来电话，我就不能走。我把自己关在办公室里，假装在电脑上办公，眼睛一直盯着手机屏幕。

这时，老丁忽然过来问我说：“你咋还不走呢？今儿个你值班咋的？”

我说：“今儿个不是我值班，是大陈他们值班。”

老丁说：“大陈值班，你还跟这儿磨蹭啥呀？赶紧回家吧。你看看都啥时候了？”

我就指着电脑说：“我手头这儿还有点儿活儿。你先走吧丁所，我把这弄完了我就走。”

老丁瞅了我一眼，没说什么，走了。他刚走不一会儿，小廖又过来了。小廖神神秘秘地瞅着我问道：“冷局那边有信儿没有啊？”

我说：“没有。一直没来电话呢。你先走吧，就别在这儿等着了。我估计冷局那边说不定有什么事给绊住了。”

小廖有些失望地走了。

小廖走后，我实在等得太心焦了，我就给冷局发了一条信息：“冷局，我一直在办公室等你电话呢，还得多半天哪？”

信息刚发过去，冷局就给我回复了。冷局也是用微信发的信息：

“牛海，你现在就上锁龙山庄的1号楼266包房去等我。我马上就过去。”

看到这个信息，我这心里一下就敞亮了。我不敢怠慢，马上穿上外衣，急忙朝外走去。刚走到门口，忽然看见黄晓梅还没走呢。我站住了，瞅了她一眼说：“你咋还没走呢？”

黄晓梅说：“我这不等你呢吗？”

我奇怪地看着她说：“等我？下班你不回家你等我干啥呀？”

黄晓梅说：“我等你，是想跟你出去坐一会儿。我都多少天没有单独跟你在一起好好聊会儿天了。”

我就说：“今天不行。今天我有事。”

黄晓梅有些不相信，说：“啥事啊？”

我看看旁边没人，就小声说：“冷局找我。我马上就得过去。你赶紧回家吧。”

说着，我就匆忙走了出去。来到外面，我才知道，天已经彻底黑下来了。有很阴冷的风从锁龙河那边吹刮过来，给人一种冷彻骨髓的感觉。这才刚刚十月下旬，天就已经冷成这样了。今年冬天说不定得咋冷呢。由于我里面没穿毛衫，冷不丁来到外面，被飕飕的冷风一吹，猛然打了个冷噤。

我在我们所房后的停车场上找到我的车，我把车门开开，刚要坐进去，忽然发现黄晓梅急匆匆地朝我跑了过来，边跑边说：“牛海，等我一会儿。”

我停住了，看着她问道：“你还有事啊晓梅？”

黄晓梅说：“牛海你能捎我一段吗？”

我拒绝说：“不行，不顺路。你赶紧上路边打个车走吧。”

黄晓梅一看我这么毫不留情地拒绝她，就有些不高兴，说：“牛海，你今天怎么了？”

我因为心里有事，不想再跟她啰唆了，就说："晓梅你赶紧走吧，冷局正等着我呢。我没时间跟你闲聊了，有啥事咱明天再说好吗？"

说着，我就坐进了车里，按了一下喇叭，然后就开车走了。把黄晓梅一个人扔在了那里。

锁龙山庄离我们所这儿并不怎么太远，就在锁龙河边一片水草丰茂的小岛上。岛上的面积也不怎么太大，加上后填的面积，整个岛子似乎也不到一平方公里。这个山庄是台湾的一个老板投资兴建的，前前后后一共建了七八年。山庄建成之后，这个老板又把靠近岸边的沟渠水汊都用石头回填上了，这样，这个小岛就跟陆地连成一片了。他把后来回填的这块地建成了一个古色古香的古典小园林，跟一二期工程建造的庄园形成了一个整体。人们要想上岛，必须得经过这片古典园林，然后才能到达岛上的各个小景点和用餐休闲的地方。可以说，锁龙山庄是我们江陵一个标志性的建筑。

我不知为什么冷局会把跟我见面的地方选在了这里。这里离市局非常远，离我们所倒是挺近的。难道冷局是为了我来这里方便，才把见面的地方选在了这里？我一个派出所的小副所长，也不值得她一个局长这么照顾我呀？

我开着车路过力洋酒店的时候，灯火辉煌的力洋酒店正是上人的时候，我看见有不少私家车在他们门前停泊，保安吹着哨子，指挥着一辆辆的各种豪车在泊位上停靠。

就在我打着方向盘要拐弯的时候，忽然发现他们酒店门口有两个我熟悉的人，一个是力洋酒店的老板韩力洋，还有一个人，竟然是我的同学梁宝亮。当时我心里非常奇怪，梁宝亮怎么跟韩力洋凑到一起去了？其实，我跟韩力洋就是一般的认识，没什么深交。由于他是这家酒店的老板，而他们酒店又在我们的辖区内，是我们所监管的对象，也就是由于这个原因，我才认识的他。平时我很少跟这个人打交道，在我的印象里，他表面挺憨厚、挺讲究的，其实骨子里还是一个挺油滑的商人，见什么人说什么话，一切都从趋利避害的商业眼光去看问题和处理问题。

由于当时我急着去见冷局，所以我也没有停车去跟宝亮他们打招呼，一脚油门就把车开过去了。

来到锁龙山庄之后，我找了个车位把车停好，这才在车里给梁宝亮发了个微信问他说："宝亮你怎么又跑到力洋来了？刚才你身边的那个人是酒店的老板韩力洋吧？你怎么跟他凑合到一起去了？"

发完微信，我才下车，朝山庄的1号楼走去。我刚走到1号楼的门口，就听见手机的微信铃声响了一下，我一看，是梁宝亮回复给我的："牛海你在哪儿看见的我呀？你也在力洋呢吗？"

我就在1号楼门口站住了，又给梁宝亮回了一个信息，我说："我刚才路过力洋酒店，看见你和韩力洋在门口站着。我这边有事，晚上回家我跟你通话。"之后，我就把手机关上了。

我来到二楼，让服务员领着我找到了266包房。推开门一看，冷局一个人拿着手机，一边看着手机屏幕，一边在悠闲地喝茶呢。她一看我，就指着她对面的沙发说："坐吧。"

我就在她的对面坐下了。

冷局说："饿了吧？"

我笑着说："还行。"

冷局说："我简单地安排了两个小菜，酒你就别喝了。你是想吃米饭还是想吃面和饺子什么的，你说，我让他们赶紧去做。"

我说："那我就来盘饺子吧。"

冷局就跟服务员说："除了我刚才要的那两盘小菜，你再给我们这位同志上一盘饺子，尽量快点儿，我们这位同志饿坏了。"

服务员应了一声就出去了。

我看了看这屋的环境，装修得还不错，有点儿古色古香的味道。窗户是那种古典式的花格子窗户，窗外就是锁龙河水，山庄里那五颜六色的灯光把黑夜中的锁龙河给映照得波光潋滟，犹如仙境。河里的荷花都已经败落了，残荷败柳跟河岸上的苇荡稗草相互映衬，让人觉得一个残酷的季节很快就要到来了。

我把目光从窗外收回来，看着冷局说："冷局，你怎么选了这么一个地方呢？"

冷局笑着说："这不是你们管辖的地盘吗？"

我也笑着说："虽然是我们管辖的地盘，但我分到这个派出所这么多年了，很少上这儿来。"

冷局说："今儿个一下午我一直在这儿。省厅的于副厅长过来了，寻思这边不是肃静吗，冯局就让我把他安排到这儿了。这一下午，我和咱们冯局一直在这儿跟于副厅长汇报工作了。汇报完，我连饭都没陪他们吃，这不就过来接待你来了嘛。"

我就赶忙跟冷局抱拳打拱地说："局长您可千万别这么说。我一个小小的派出所副所长，可不敢这么惊动您来接待我。"

冷局说："好了，不开玩笑了。言归正传，你先把你们得到董晓凤线索的事跟我说说吧！"

于是，我就把今天在老刘头儿家听老刘头儿说董晓凤年轻时曾当过小姐的那番话跟冷局说了一遍。

冷局听完，沉吟着说："别的呢？别的还有什么？"

我一看冷局对这条线索好像不感兴趣似的，我就揣摩着她的神情说："别的就没什么了。但我觉得这就是一条非常重要的线索。如果从董晓凤当年当过小姐这条线索查下去，我觉得就有可能查到她当年曾经接触过的一些人，通过那些人就可以查清董晓凤是怎么挖掘到她人生的第一桶金的了。由此作为突破口，就可以进一步查找她毒杀亲生女儿的作案动机和证据了。”

冷局听我说完，沉吟了好一会儿没有吱声。我一看冷局不说话，心里就有点儿发毛，不知道她对我的这条线索是否感兴趣。于是我看着冷局问道：“冷局，你觉得我这思路有问题吗？”

冷局皱着眉头寻思了一会儿，这才缓缓说道：“是这样的，牛海，这两天你们所的丁所长不断给冯局打电话抱怨说，你们所警力紧张，现在你们分局正在开展‘百姓利益无小事·走千家进万户’的百日走访活动，再加上所里还要负责那么大一片辖区的治安维护工作，晚上还要值班巡逻，一个个忙得疲惫不堪。而咱们‘9·28’案又迟迟没有进展，所以，在丁所长的一再要求下，冯局就答应了他的请求，把你和你们所的另外两个同志都从‘9·28’案里撤出来，暂时先回你们所去工作。‘9·28’案就让吕枫他们先查着。因为冯局已经答应丁所了，所以我就不好再说什么了。但我没想到你刚从这个案子撤出来的头一天，就又发现了新线索，这是我没有想到的。”

说到这儿，冷局忽然话题一转，看着我问道：“牛海，自从你参加‘9·28’专案组以来，吕枫一直跟你别着一股劲儿，我想这你已经看出来了。当初我为啥让你参与‘9·28’案的专案组，因为这个案子发生在你们长阳区派出所的管辖之内，你要是参加，有些工作做起来比较方便。但我没想到吕枫会这么激烈地反对。有些事我也不想瞒你，你知道了也不要有啥想法，这毕竟都是为了工作嘛。吕枫跟我说，你参加‘9·28’案动机不纯，是想借此案进入刑警队，寻找二十年前暗杀你父亲的凶手，给你那莫名其妙死去的父亲报仇。因为我是后到你们局来的，以前的很多事我都不太清楚。当年你父亲被害死的事，我也是隐约听一些老同志们讲起过。但具体怎么回事，一直也没有弄清。今天趁这个机会，你能不能详细给我说说你父亲当年是怎么被人给害死的？”

我没想到冷局把我找过来，是想听我讲述二十年前我父亲是怎么死的这件事。我还以为她要见我是想让我给她汇报董晓凤线索的呢。刚才她说，把我从专案组撤出来是冯局应我们所长老丁的要求做出的。要是冯局都表态了，我再重新回到专案组这事恐怕就有麻烦了。因为冯局毕竟是一把手，冷局她就是再想让我回去，她也得考虑考虑冯局的意见哪！所以，刚才冷局一跟我说我从专案组撤出来的原因，我这心里就凉了半截。现在她突然又要听我爸当年遇害的事，她到底是什么意思呢？

但这也就是我心里当时一闪而过的想法。很快我就调整好了心态，把二十年前我爸遇害的那桩旧案详详细细地给冷局讲述了一遍。

讲完，我跟冷局说：“冷局，那时候我都已经上初中了。当年我爸躺在太平间的停尸床上，身上盖着一块肮脏的白布单。当抢救我爸那个医生掀开苫在我爸尸体上的那块肮脏不堪的白布单，让我和我妈最后再看一眼我爸的面容的时候，我清楚地看见，我爸的后脑勺都已经被打得塌陷进去了。医生们在抢救他的时候，显然把他伤口旁边的头发都给剃掉了，我看见，我爸的头盖骨都被打得支棱起来了，白森森的骨头支出了头皮，脑浆和已经变黑的血把周遭的头发粘连得一绺一绺的。我爸当时肯定疼得都已经忍受不住了，因为我看到他的脸上因为疼痛都已经变形和扭曲了。他的眼睛大睁着，一直到送到火化炉都没有闭上，那明明就是死不瞑目啊！那个画面从那个寒冷的晚上就已经深深地镌刻在我的灵魂里了。也就是从那个时候开始，我暗暗发誓，我这辈子什么都不做了，就做一件事，查清我爸被人暗杀的原因，找出暗杀我爸的凶手，给我爸报仇雪恨。这辈子我要是连这件事都做不成那我还算什么男人了？我在心里发誓说，我要是找不到杀害我爸的凶手，我这辈子就不结婚不找女人。就是因为这个，所以一直到现在，我连个女朋友都没有。冷局，你知道当年我念初中那时候的理想是什么吗？那时候我最大的理想是长大后当一个物理学家。我初一的时候，就在全国中学生物理大赛中拿过名次获得过大奖的，那时候，国内许多有名的物理学家都认为我是一个搞物理的好苗子。我本来是可以报考北大、清华的，但是，自从那个寒冷的夜晚，我看到我爸那扭曲的面容和死不瞑目的眼睛，我把我这个理想放弃了，最后下决心报考了警官学院。因为只有报考警官学院，我才有可能当上警察，只有当上警察我才能去寻找暗杀我爸的凶手。今天我跟您说实话吧，冷局，从警官学院毕业，当时省厅想留我，我没有去。我之所以选择回到江陵，就是因为我爸是在这个地方被害的。我原本以为江陵市局会分配我去当刑警的，可让我没想到的是，江陵公安局竟然把我分到了长阳区分局，分局又把我分到了我爸当年当过所长的这个派出所当片警来了。好在我爸当初就是在这个派出所当所长时出的事，我来这个所，也算是接了我爸的班了。”

说到这儿，我停了一会儿，我想看看冷局对我的这番话有什么表示，但是令我没想到的是，冷局脸上静如止水，毫无表情，就那么静静地坐在我的对面，听着我絮絮叨叨的讲述，偶尔会端起面前的茶杯喝一口茶水。我一看冷局没啥表示，心想，既然话已经说到这个份儿上了，我干脆就把这些年心里想要说的话都说出来得了，省得老憋在心里憋得难受。

于是，我就又接着说道：“我跟您说，冷局，这些年我一直没闲着，虽然我在长阳区派出所当的是副所长，但是，只要有可能，我就搜集有关我爸当年被害的一些线索，虽然没有找到非常有价值的，但是我一直在努力寻找。吕枫说得对，我这次参加‘9·28’案专案组，确实动机不纯。对于我来说，这次‘9·28’案确实是个挺难碰的机会，我寻思只要我在这个案子的侦破过程中有突出表现，冷局您兴许就有可能把我调进刑警队的。但我万万没有想到，半路上竟然杀出个程咬金来，吕枫他竟然横在了我的前面，成为阻挡我进入刑警队的拦路虎。我不知道他为什么这么看不上我，为什么这么不愿意让我上刑警队。说实话，这些年我一直是把他当成我的长辈来看待的，在这以前，无论是啥时候啥场合，只要我一见到他，我都会亲热地管他叫一声吕叔的。因为他当年曾和我爸在长阳区派出所搭过班子，那时候我爸是这个所的所长，吕枫是副所长。一直到我爸死后，他才被扶正，成为所长。他在长阳区派出所当所长的那几年，对我家也一直挺好的，逢年过节都会上我家去看看我妈。我妈因为我爸的死，已经半疯了，到现在她都不相信我爸已经死了，她就认为我爸是被组织上秘密地给派出去执行特殊任务去了。所以，每次吕枫上我家去，我妈都会不厌其烦地跟他打听我爸的消息，吕枫也会编造一些谎言来敷衍我妈。冷局，我真没想到啊，这次我协助他侦破‘9·28’案，我寻思我们爷儿俩肯定会心有灵犀，他会顺势把我整到刑警队去的。没想到，他不但不想让我参加这个专案组，我竟然还成了他的眼中钉、肉中刺了。”

我一口气跟冷局又说了这么多。这期间，冷局依旧没有说话，就那么一直默默地听着我说。一直到我说完，她也没有表示什么。

这时候，服务员端着一盘热气腾腾的饺子和两盘小菜上来了。直到这时冷局才开口说话。冷局说：“牛海，你饿坏了吧？赶紧趁热吃了吧。”

我瞅着冷局说：“冷局您不吃吗？”

冷局说：“三楼那边还有一桌客人呢，省厅的于副厅长是我的老领导，这大冷天人家上咱们这儿来检查工作，怎么着我也得过去陪他们吃口饭哪。”

说到这儿，冷局突然把话锋一转说：“牛海，今天咱俩见面的这件事，有别人知道吗？”

冷局这么一问，我有点儿茫然，我不知道她问这话是啥意思，所以我就没有把我已经跟黄晓梅和小廖透露过的事告诉她。我只是很肯定地摇摇头说：“没有。”

冷局就“嗯”了一声，然后接着说道：“今天咱俩单独见面这件事，你跟谁都不要说。从现在开始，在不耽误你正常工作的情况下，你还可以秘密调查跟‘9·28’案相关的一些线索，这是我单独秘密给你的任务，千万不要声张。至于以后怎么办，看案子的进展情况。对于你个人的一些要求，将来我会有安排的。不过你一定要记住我刚才嘱咐你的话，不要跟任何人说咱俩曾单独见过面，也不要让任何人知道你在秘密地调查‘9·28’的案子。丁所那边我会用另外一种方式跟他打招呼的，让他给你提供一些时间和方便条件。我说的意思你明白吗？”

说实话，那一刻我实在是太激动了。我不知道冷局为什么要这样安排我，为什么要让我秘密地去调查“9·28”的案子，难道这里边还有什么难以言说的苦衷吗？为什么要秘密地调查呀？她是主管刑侦的局长，她说一句话，调我上专案组参与侦破“9·28”案，谁还能说出别的吗？谁还能反驳她吗？可是，现在她竟然单独给我布置任务。让我秘密地去调查。我想，这里边一定是有她的道理的，至于什么道理，我也揣摩不透。反正冷局说完之后，我很庄严地站了起来，给她敬了个礼，说：“放心吧，冷局，我一定会完成任务的。”

冷局也站了起来，她握住我的手说：“好，那你自己就慢慢在这儿吃吧。我得赶紧走了，吃完饭你就直接走吧，我就不再跟你见面了。账我都给你结完了。”

说完，她就走了。

冷局走出去之后，我看着那一盘热气腾腾的饺子，心里不知都想了些啥，那一刻我竟然不觉得饿了。我一个人静静地坐在那里，一口一口慢慢地吃着饺子和那两盘可口的小菜，看着包房窗外那波光粼粼的锁龙河，一时间心里边酸甜苦辣五味杂陈，眼睛竟然不由自主地溢出了几滴眼泪来。

33 宝亮夜谈韩力洋

我离开锁龙山庄的时候，都已经晚上7点多快8点了。我从1号楼的正门走出来，刚要上停车场去找我的车，忽然发现刑警队的队长何大壮和副队长吕枫急匆匆地走了过来。我忽然就想起了刚才冷局嘱咐我的那些话，不能让任何人知道我单独跟她见面的事。如果让何队和吕枫发现我在这里，他们肯定会想到我上这里是来见冷局的。因为省厅的于副厅长就是主管刑侦的副厅长，何队和吕枫这时候过来，这肯定是我们冯局和冷局让他们过来跟于副厅长来汇报前一阶段工作的。

想到这儿，我就急忙闪到附近的一丛灌木丛的后边去了。我用眼睛的余光瞟着他俩，一直到他们走进1号楼的大门，我才从灌木丛中走出来，上停车场去取我的车。

路上，我一边开车一边想着今天晚上发生的这些事情，既感觉奇怪，又觉得挺有意思。首先，我没想到冷局会把我约到锁龙山庄这个地方来听我汇报发现董晓凤新线索的事。到这儿之后，她忽然又对二十年前我父亲被暗害的凶杀案产生了兴趣，又听我絮絮叨叨地说了半天我父亲是怎么被害的事。说完了这件事，她忽然又非常神秘地嘱咐我，不要让外人知道她今天晚上曾单独约我在锁龙山庄见过面，并单独给了我一个任务，让我秘密地调查“9·28”案，而且她还说她要用另外一种方式让我们丁所给我提供方便。她会用什么方式跟我们丁所打招呼呢？丁所要是知道了我身在曹营心在汉，竟然秘密地去帮助刑警队破案，他会怎么想呢？更何况他很快就要上分局去当副局长去了，而且还是他提议推荐我当长阳区派出所所长的。我现在竟然如此辜负他对我的厚爱，我是不是有点儿太对不起人家了？

一路上我就这么胡思乱想，开了将近一个小时，才到家。

我进屋时，我妈还没睡呢，正在客厅里看电视。她看我回来了，就随口问我吃饭了没有，我跟她说我已经吃过了，于是我妈就上厨房把给我留的饭菜放进冰箱里去了。

这时候已经9点多了，我让我妈回她房间去睡觉，我妈今天的表现还真挺好的，没有唠唠叨叨地跟我打听我爸的事。每天我晚上回来，我妈都要问问我爸的情况，有没有什么消息什么的。今天还挺好，什么都没问，我让她回屋睡觉她就回去睡了。我把我妈安顿好之后，我又回到客厅，把电视机关了。这才拿出手机看了一眼。这一看不要紧，竟然有黄晓梅发来的好几条微信。其中有两条问我在哪儿呢，还有一条问我为什么不理她了，最后一条发的是一个小图，一个女孩儿在伤心地流泪。

今天晚上我去见冷局的路上，路过力洋酒店的时候，不是跟梁宝亮通了个电话嘛，打完那个电话后，我怕影响和冷局的谈话，所以在进入到锁龙山庄的1号楼之前就把电话关了。后来一直想着今天晚上发生的那些事，就忘了开机了，没想到黄晓梅竟然给我发了这么多条微信。看样子她是误会我了。我得怎么跟她解释才能消除她的误会呢？

正在我想着怎么给她回电话时，梁宝亮的电话打进来了。因为之前我曾跟宝亮有约，晚上回家跟他通电话。这没等我给他打呢，他的电话倒先打过来了。于是我接起电话说道："宝亮，还没睡呢？"

梁宝亮说："这不等你电话呢吗？你小子怎么把电话给关机了？给你打了那么多电话，一直打不通。你一个当警察的，你关机干什么呀？"

我赶忙给他道歉说："对不起呀宝亮，我今晚有点儿特殊事，所以把手机给关了。真对不起呀。"

梁宝亮说："这得亏没啥事，这要是真有啥急事，你这不耽误事吗！"

说了几句闲话，我就问梁宝亮："宝亮，你今天怎么又上力洋去了？你们反贪局在那儿设点儿了咋的？"

梁宝亮就说："设什么点儿设点儿。我就跟你说实话吧，前些日子咱俩在力洋见面，我不是跟你说，省检来人了我去接待客人了吗？其实，不是那么回事。省检上次来人，是因为从咱们江陵调到省里的某领导有一件案子涉及力洋酒店，上一次他们就是来查那件案子来了。我那次是协助他们调查的。"

我就问他说："那你今天怎么跟他们酒店的老板韩力洋混到一起去了？"

宝亮就跟我解释说："那个案子已经查清了，跟韩老板没啥关系。我今天过来是跟他解释解释，让他不要有啥想法。他留我在他们那儿吃饭我没吃，你看见他跟我在一起那会儿，他正往外送我呢。"

我就笑着说："我还以为你跟他混到一块儿去了呢。"

梁宝亮也笑着说："混到一块儿也没啥了不起的呀，他又不是什么不能交往的恶人坏人。这个人还是挺圆滑的。今天他跟我聊天时，还提起你了呢。原来你跟他们都挺熟的呀？"

我就说："他们的酒店在我们所管辖的地面上，是我们所的监管单位，能不熟吗？不过我很少上他们那儿去。”

宝亮就说：“韩力洋还跟我说，他跟你是父一辈子一辈了。当年你父亲在长阳区派出所当所长时，他跟你父亲就挺熟的，听他那口气，当年他跟你父亲那关系相当不错了。”

也不知道是怎么回事，宝亮跟我说到这句话时，我的心忽然一跳，就好像有点儿什么事似的，但也就是瞬间的一种心动，一种感应，转瞬即逝了。然后我接着他的话茬儿问了他一句，说：“韩力洋都跟你说我爸啥了？”

梁宝亮说：“也没说啥，东一句西一句的。就说当年他们酒店刚开始营业时的一些事，还说你爸对他们酒店的生意挺照顾的。他还特别提到，当年锁龙河和临河街这边社会治安如何如何不好，要不是你爸他们派出所给他们保驾护航，他们这生意都不一定能做到今天什么的。反正说了不少你爸的好话。”

我跟宝亮聊了一会儿韩力洋的事，之后我又问了一下黄晓梅她爸黄利德案子的事。宝亮说：“黄利德的事挺复杂也挺严重的。我们现在正在查他经济方面贪腐的一些事，等把他经济上的问题都查清了，兴许还得请你们过来帮我们查一下他刑事犯罪的事。”

我一听这话，有点儿发蒙，我问宝亮说：“黄利德他一个城管局的局长，难不成他还能杀人越货放火强奸不成？”

梁宝亮就说：“这个人有一段历史特别不清楚。尤其是他出国之前的那一段时间，他到底都干什么了，现在没有人能说得请。他自己交代说，他那一段就是给人打零工，后来认识了一个在非洲开矿的侨领，把他领到非洲了。但我们去找他说的那个侨领核实他交代的是否属实，那个侨领已经死了。所以，现在没有人能证实黄利德说的这些话是否属实。可是，只有查清他的那段历史，才能查清他当初花钱买官的那些钱都是从哪儿来的。查清他的第一桶金的来源，对于他这个案子是非常重要的一环。”

宝亮这么一说，我一下子就想起了我们现在正在查的董晓凤的案子，董晓凤的案子也是这样，必须得查清她是怎么由一个农村既没有什么文化又没有什么背景的柴火妞经过十几二十年没有来由的所谓“奋斗”突然就变成了广告大亨的。查清这个，或许是侦破“9·28”案的关键。

梁宝亮那边见我不说话，就问道：“哎，牛海，你怎么不说话呢？”

我这才醒过神儿来说：“哦，没有。我正在想我们这个案子的事呢。”

说到这儿，我就把话题一转说：“宝亮，黄利德是我们所黄晓梅的父亲，黄晓梅又是我的小学妹……”

我刚把话说到这儿，梁宝亮立刻敏感地问道：“牛海你啥意思啊？你是不是想利用我们的关系来给你这位小师妹的父亲说情啊？”

我赶忙否认说：“宝亮你别误会呀！我绝没那个意思。我现在想跟你说的是，黄晓梅跟我个人的关系也一直不错的。我就把实话跟你说了吧，她现在正在追求我，我对她也挺有好感的，我不想因为这件事而伤害了她。她父亲腐败、犯法那是她父亲的事，跟她有啥关系呀，是不是？”

梁宝亮听到这儿就有点儿不耐烦，说：“牛海你支支吾吾的，你到底想说啥呀？”

梁宝亮这么一说，我也有点儿急，我说：“我的意思就是，我不想因为黄晓梅她父亲的事而伤害了她。如果我有时候需要点儿善意的谎言来安慰她时，你能配合我的话，尽量配合一下。这还不行吗？”

梁宝亮就说：“那得看是什么样的善意谎言了。牛海，你不明白，有时候善意的谎言一旦被揭开真相，会变得更残酷。”

这个电话我跟宝亮聊了差不多能有一个小时，挂电话时都已经10点多了。这时候我就犹豫着是否应该给黄晓梅挂一个电话，跟她说几句什么，安慰安慰她。前几天因为生病，她住了几天院，这刚从医院出来，由于她爸爸因为贪污腐败被抓了进去，她上了一股急火，要不然也不能病。这种时候，她是需要温暖需要安慰的。

想到这儿，我就把电话给她打过去了，但她的电话竟然关机了。那一刻我有点儿失望，我不知道黄晓梅为什么要把手机给关了。按理说不应该呀，我们所有规定，没有特殊情况，手机必须得二十四小时随时保持开机状态，万一有什么事必须得随叫随到。像黄晓梅这样把手机关了的情况是不允许的，除非你有什么特殊情况。

34 谎言引起的误会

第二天早晨我醒来的时候，都已经6点多了。我醒来的第一件事就是给黄晓梅打电话。我刚把电话拨过去，她那边就接起来了。但声音显得有气无力的："牛海，早晨好。"

我没跟她客气，劈头就问道："你昨晚怎么把电话关了？"

黄晓梅说："你昨晚给我打电话了吗？"

我就故意不客气地说："废话！不给你打电话，我怎么能知道你手机关机了呢？咱们不是有规定吗？二十四小时随时保持开机状态。你怎么违反纪律呢？"

黄晓梅就解释说："是这样的，牛海，昨晚，我不是给你发了几条微信吗？你也没理我，也没给我回呀。但当时我没注意，我给你发微信那时，我的手机就已经快没电了。后来我又跟几个同学打了一会儿电话。打完电话，我就把手机放到床头柜上，竟然忘记充电了。我躺在床上等你给我回复微信或者给我打电话，但等着等着就躺在床上睡过去了。这一睡就是一宿，一睁眼睛都已经快6点了，醒过来的第一件事，就是去拿手机，结果拿起手机一看，不但没有你给我的回复，而且手机还彻底没电了，已经自动关机了。我赶忙把充电器插上。这不，刚充了一会儿，你这电话就打过来了。"

黄晓梅这么一解释，我也就不好说啥了，我只是嘱咐了她一句说："往后可不要再出现这种状况了，昨晚要是丁所给你打电话，他可就不是我这个态度了。明白吗？"

黄晓梅说："明白。以后不会发生这种事情了。"

说到这儿，黄晓梅忽然问道："牛海，昨晚下班时你不是跟我说你去见冷局吗，你见到冷局了吗？"

我一听黄晓梅问这个，我就急忙否认说："昨晚我也没去见冷局呀。我啥时候跟你说我去见冷局了？"

黄晓梅就有些不高兴地说："哎，昨晚下班，我让你捎我一段，你不是说冷局正在等你，你急着要去见冷局吗？这怎么又说没去见冷局呀？牛海，你现在怎么跟我还撒起谎来了？你要是不想捎我你就直接说不捎我就完了，干啥拿冷局当挡箭牌，跟我撒这个谎有啥意思啊？"

我一听黄晓梅这口气，这是真生气了，我就赶忙给她解释说："晓梅，你别生气，你听我说……"

我话还没说完，黄晓梅就说："我不想听你说了。"

说着，她就把电话给挂断了。

我拿着被挂断了的电话，心里有点儿不是滋味，这到底是我错了呢，还是黄晓梅故意跟我使小性子啊？我是不是这一段时间太惯着她了？我现在还没有承认她是我的女朋友呢，她就这么跟我使小性子，这要是真跟她处上了，备不住还得让她给拿捏住呢。

这时，我妈端着一杯牛奶进来了。我妈说："都这时候了，咋还不起来呢，你今天不上班了？"

我就从我妈手里接过那杯牛奶，趁热喝了。

喝完牛奶，我又靠在枕头上寻思了一会儿，我也不知都寻思了些啥。后来我妈喊我吃饭，我这才起床洗脸刷牙。匆匆忙忙喝了碗稀粥，我就上班了。

35 小廖给我当搭档

因为我已经被正式通知从"9·28"案里撤出来了，所以，表面上我就得把工作的重点放到我们所里的工作上来了。现在，所里正在开展"百姓利益无小事·走千家进万户"的走访活动，我得先拟定我们先上哪个社区去开展走访活动，另外都谁跟我在一个组走访。

就在这时，小廖回头回脑地走了进来，他看后面没人跟着，就把我办公室的门给关上了，然后瞅着我问道："昨晚见着冷局了？"

冷局昨晚嘱咐又嘱咐我，让我保守秘密，千万不要让别人知道她跟我见过面的事，但是，昨天我去见她之前，就已经把这个信息透露给小廖和黄晓梅了。现在他们俩都问我这个事，今早晨因为没跟黄晓梅说实话，还惹得她跟我生了气，现在小廖又来问我，我得怎么跟他说呢。

小廖看我不吱声，就又问了一句："冷局都跟你说啥了？"

说心里话，当时我心里挺矛盾的，我跟不跟小廖说实话呢？我要是跟他说了实话，那不等于我把冷局嘱咐我的话当耳旁风了吗？万一出点儿啥事，我能对得起冷局吗？如果不说实话，随便编个理由也能把小廖敷衍过去。但我又想，破案这种活儿毕竟不是一个人能干得了的，我必须得有个帮手，而小廖就是我最好的帮手。我要让小廖帮我，那我就不能瞒他，必须得跟他说实话。我权衡了一下利弊关系，觉得，还是得把昨晚见冷局的事告诉他。于是，我就抻悠着说道："是这样的小廖，本来我是不想告诉你的，但我考虑了一下，我还是得把真实情况告诉你。昨晚，我去见冷局了。冷局跟我谈完话之后，特意嘱咐我，昨晚我跟她见面的这件事，不要让任何人知道。我们从'9·28'专案组撤出来的这个决定，是咱们丁所通过跟冯局沟通后才做出来的。既然冯局都表态了，冷局也不好说啥了。但冷局说，她通过另外一种方式，可以让我秘密地去调查'9·28'的案子。我寻思我自己毕竟人手单薄，我想拉上你跟我一起介入到这个案子里边去。但你必须得向我做出保证，不能把我刚才跟你说的这番话，跟任何人说，必须得严格保密。"

小廖有点儿不解地问我说："不就是一个普通的人命案子吗，有必要整得这么神秘吗？"

我给他解释说："既然冷局让我这么做，我觉得，这肯定有她的道理。虽然表面上这是一起普通的人命案子，但这案子背后的那些事，谁知道能有多复杂呀？反正我把话都给你撂在这儿了，你要是答应我跟你说的这些条件，你就跟我一起干，你要是不答应，就当我啥都没说。不过，你要是敢把我刚才跟你说的这番话透露出去，后果是什么，不用我说，我想你会清楚的。”

小廖听我这么一说，“扑哧”一下笑了。小廖说：“牛所，你放心，我都跟你这么多年了，你还不了解我吗？我这人别的不敢吹，要说嘴巴，我这嘴巴是最严的了，啥话只要到我这儿，基本就算是进了最保险的保险箱里了，不是它的主人，任谁也掏不出来的。保密这事你就放心，我决不会给你走漏半点儿风声的。另外，你想怎么做，只要你一个眼神，我就明白咋回事。咱俩配合，那就是绝配。你放心好了，这件事我指定跟你干到底了。”

我一看小廖表态表得这么彻底，我基本上也就放心了。说起来，自从我来到这个所，小廖就一直跟着我，虽然他比我大几岁，但在我跟前，从不以老大哥自居。按理说他也算是老警察了，之所以一直没干上去，一个是他不安心在派出所干，老想着上刑警队去干刑警，一个是他是警校毕业的，是大专生，学历上有点儿吃亏，再一个就是他个人在感情上曾出过点儿事。当初他处的第一个女朋友跟他的好哥们儿搞到一起去了，给他戴了绿帽子。小廖当时也是年轻气盛，就使了点儿手段，把他那哥们儿和女朋友正在干那种事的时候，给抓对儿了。当时他没有出面，而是让我们所的一个辅警出的面，以扫黄的名义给抓到了派出所，好一顿给暴打，把那哥们儿的肋条都给打折了。打完之后又给扔进拘留所，让那些犯人好一顿祸害。那小子也是有点儿背景的，出来之后就把他给告了。那个辅警一看事不好，就把小廖给咬出来了。后来因为事出有因，再加上他那个朋友确实忒不地道了，所以很多人给小廖说情，最后给了小廖一个警告处分，那个辅警被开除，这事才平息下来。小廖从那之后，往上走的路基本上就给堵死了。但是，小廖自己似乎对当官也不感什么兴趣，他一心就想当个中国的福尔摩斯，对当刑警痴迷般狂热。

“9·28”案发生在我们辖区之后，他甚至比我还兴奋，一直跟着我任劳任怨地东跑西颠。所以，有他这么个助手，对于我秘密调查这个案子来说，也是一件非常好的事。

就在我跟小廖商量该怎么往下进行的时候，老丁忽然闯了进来。老丁一看我跟小廖嘁嘁喳喳神神秘秘的样子，就说：“你俩鬼鬼祟祟地嘀咕啥呢？”

小廖这家伙反应得挺快，急忙抬起身子对老丁说：“牛所正在跟我研究走访的事呢。他说先走访长虹社区，我的意思是先走访龙水家园那边比较好。因为那边比较远，我觉得由远及近比较合理。”

老丁对小廖的这番话似乎有些不太相信，他瞅了我一眼，又瞅了小廖一眼，似乎想从我们脸上瞅出点儿什么来。

小廖让老丁给瞅得有些不自在起来，他讪笑着说：“丁所，你怎么用这种眼神瞅我呢？得亏我没犯啥事，这要真犯点儿啥事，还让你给瞅蒙了呢。”

老丁就说：“你小子肯定心里有鬼。”

说到这儿，老丁把眼光转向我说：“牛海，一会儿你上我屋里来一趟，我有事要跟你说。”

说完，老丁又意味深长地瞅了小廖一眼，这才走了出去。

36 耐人寻味的丁所长

老丁出去之后，小廖就跟我说："丁所是不是看出点儿啥来了？要不他咋用那种眼神看我呢？"

我笑着说："这就说明你心里有鬼。人家丁所还没说啥呢，来不来你自己就先露怯了。"

我跟小廖又简单地说了几句别的事，我就上老丁办公室去了。我一进屋，老丁就瞅着我笑了一下。

我说："丁所你笑啥？"

老丁说："你跟我说实话，你刚才跟小廖你们俩嘀嘀咕咕地商量啥呢？"

我就很正式地跟他说："没说啥呀？小廖不是说了吗，商量走访路线的事。怎么啦？"

老丁就撇了一下嘴说："好啊，牛海，你跟我也撒起谎来了，长能耐了是不是？你跟了我这么多年，你一撅尾巴拉几个粪蛋儿我都知道，跟我还玩这个呢。"

老丁这么一说，我就猜出来了，他肯定知道了昨晚我去见冷局的事，或许冷局给他打电话说什么了，否则他不会这么跟我说话的。但我还是装糊涂说："丁所你什么意思啊？我跟你玩啥了？你还真把我给整蒙圈了。"

老丁摆摆手说："算了，既然你不想说，那咱就不说这个了。下一步工作我想这样安排。我在离开咱们所去分局上班之前，'百姓利益无小事'走访的这个活儿我就主抓了，你在所里主抓全面，处理日常工作和维持辖区内的治安工作。辖区巡逻这个事，你要好好抓一抓，这也便于你熟悉咱们所的全面工作，为你下一步的工作打好基础。你看咋样？"

老丁一说，我心里就明白了。这指定是冷局给他打电话了。他让我在所里主抓全面工作，重点抓辖区的巡逻，其实，这就是故意给我时间，让我去调查"9·28"案。因为所里的全面工作也就是抓一些事务性的工作。所里的工作大家都有明确分工，个人都有个人的那一摊工作，用不着我抓什么。而巡逻就更方便我的调查工作了，我可以借着下去巡逻的由头，去干我自己想干的事，而且还合理合法合规矩，谁都说不出啥来。但我不知道冷局是怎么跟他交代的。从他刚才看我跟小廖那眼神和刚才跟我说的那一番话来看，说明他已经知道我的底牌了。但既然他刚才问我我都没跟他说，现在他不问我了，我就更没必要跟他说了。因此，他跟我交代完之后，我就说："丁所你就安排吧，你咋安排咋是，我没意见。"

老丁跟我交代完工作，又说了点儿别的事，我就从他办公室出来了。路过黄晓梅办户口的窗口时，我故意停顿了一下，我想跟她说句话，但她没理我，眼睛依然盯在电脑的屏幕上。我看她不理我，我也赌气没理她，停顿了一下就回我的办公室去了。

回到办公室，我一个人静静地坐在那里想了一会儿，琢磨着该怎么进行下一步的调查工作。假设董晓凤年轻时真的当过小姐，既然当小姐，那肯定就是在当年能够给小姐们提供卖淫场所和食宿的洗浴中心或者大宾馆、大饭店，但也不排除那些小的洗头房和推拿按摩中心。但以董晓凤现在能干出这么大的事业来分析，她不会在那些小的洗头房和按摩房做的，她肯定得在一些够档次的宾馆饭店做。这么一分析，我猛然就想起了昨晚梁宝亮给我打电话的事。梁宝亮昨晚在电话里说，力洋酒店的老板韩力洋跟他说，他跟我爸挺熟的，还说当年临河街这边的治安比较混乱，要不是我爸他们派出所给他们保驾护航，他们也不会干到今天。我曾听人隐约说起过，力洋酒店当年就是一个藏污纳垢的地方。那时候，长阳镇刚刚升格为经济开发特区，直接划归到了市里，临河街这边正是大拆大建的开发时期。当时市里某领导曾放话说，为了招商引资，适当地放开点儿也没什么了不起的，打开窗户肯定会有苍蝇蚊子飞进来，不要怕。就这样，刚刚开业不久的力洋酒店不但增加了演艺广场，还有洗浴中心、按摩中心、餐饮中心，据说韩力洋他的那个在香港做酒店业的舅舅还专门从泰国和韩国以及俄罗斯引进了一些小姐，专门进行泰式和韩式按摩，他们所说的按摩，其实就是卖淫嫖娼的代名词。后来，许多外地有钱的大老板都慕名上这儿来。我爸活着那时候，曾针对他们这家酒店，专门进行过整治行动。但是，由于那时候的大环境以及市里的某位领导总是出面说情，给他们充当保护伞，最后也就都不了了之了。

我现在当然还不能肯定董晓凤当年曾在这家酒店里做过小姐，但这家酒店毕竟离我们所最近，又是我们的重点监控单位，我必须得先上这家酒店去查查。这家酒店的老板不但跟我挺熟，而且跟我爸也认识，我要是去调查董晓凤当年是否在他们这儿做过小姐，我相信他肯定会提供一些方便的。

想到这儿，我决定先从力洋酒店查起。正在我要出去喊小廖的时候，小廖却自己敲门进来了。我就跟他说："走，咱俩先上力洋去转转去。"

小廖就抽抽着脸子说："不行啊，牛所，丁所让我跟他上长虹社区那边去进行'走千家进万户'的走访活动去，我是不是得跟他走啊。”

我一听小廖这么说，心里一下子凉了半截，但我又不好去跟丁所说。我想了一下说：“既然丁所让你跟他走，那今天你就先跟他去，我想想办法，看怎么能把你从他身边拽过来。”

小廖有些失望地说：“那我今天就不能跟你走了？”

我说：“你跟丁所去吧。”

小廖说：“那你一个人能行吗？”

我说：“你去你的吧。实在不行的话，我让黄晓梅跟我去。”

小廖有些不放心地说：“你别一带上黄晓梅就把我撇了。你带着黄晓梅，是不是想整个中国版的007呀？”

我一看小廖竟然想到这上面来了，不由得笑了，我说：“你一天天地净寻思啥呢？啥玩意儿中国版的007呀？我这不是临时抱佛脚吗？你赶紧走吧，一会儿让老丁看见你老往我这屋跑，他又该寻思别的了。”

小廖听我这么一说，就赶忙出去了。

小廖跟老丁他们走后，我就走出去跟黄晓梅说：“晓梅，你忙不忙？”

黄晓梅抬起脸，有些冰冷地看着我说：“干啥？”

我说：“你要是不忙的话，跟我出去一趟。”

黄晓梅说：“跟你出去干啥呀？”

我说：“去执行个任务。”

黄晓梅一听去执行任务，就不说啥了。她把电脑关上，就跟我出去了。

37 韩氏父子

路上黄晓梅嘟着嘴也不吱声，看样子还在生我的气呢。我一看她脸色还不开晴，我就问她说：“咋的？还生我气呢？”

黄晓梅耷拉着脑袋说：“谁敢生你的气呀？你是所长，我一个小警察，哪敢跟你这个大所长生气呀？”

我一听黄晓梅说的净是小孩子说的话，忍不住乐了。我说：“我这个所长在你面前不也得低眉顺眼的吗，就因为昨晚没给你当司机，就把你给惹成这样了。咱俩到底是你厉害还是我厉害呀！”

黄晓梅看我乐了，她也乐了。黄晓梅说：“你厉害呗。跟我说谎连眼皮都不眨，这要是把我卖了，我兴许还得帮你数钱呢。”

我就说：“倒卖妇女儿童的事，我从来不干。再说了，你这么漂亮个女孩儿我还想留着自个儿用呢，哪能往外卖呢。”

我这么一说，一下子把黄晓梅给说笑了。她亲昵地打了我一下，说：“讨厌！把人家气成这样，你还有心思说笑话呢。”

我看黄晓梅的气已经消了，我就很正式地跟她说道：“晓梅，昨晚的事你千万不要往心里去。那绝对是事出有因，我不说你也不要问了。咱们当警察的就是这样，这工作性质就已经决定了我们必须得服从命令，严守秘密。有些事情，就是自己的亲爹亲妈亲老婆，不该说的也绝对不能说，不该问的也绝对不能问。”

黄晓梅一听我唠唠叨叨说这些，就有些不耐烦地说道：“好了好了，这些道理我在警院当学生时就已经学过了，用不着你再来教我了。”

我看黄晓梅的情绪已经缓过来了，我这一直纠结着的心也松快了不少。接着我又把上力洋酒店去调查董晓凤的事，简单跟她交代了一下。

黄晓梅有些不解地看着我问道：“咱不是已经从‘9·28’案撤出来了吗？你还调查董晓凤干啥呀？”

我就板着脸说：“看吧，来不来又问上了，我刚才不是跟你说了吗，不该你问的别瞎问，不该你知道的，就不要知道，知道多了对你对我都没啥好处。你就配合我去调查就行了，别的不该你知道的，就不要问了。好不好？”

我这一番话说得黄晓梅不吱声了，似乎有些不高兴，脸色瞬间又阴沉下来了，但还好，没有跟我使小性子。我不让她问，她就不吱声了，但是脸上充满了疑惑。

我们来到力洋酒店时，都已经将近10点了。我领着黄晓梅坐电梯直接上到了十一楼。因为老板韩力洋的办公室就在十一楼。我们来到他的总经理室门口，敲了敲门。里边没有动静，看样子是屋子里没人。但我不甘心，又敲了几下，仍然没有人应声。我就走到旁边的一间办公室把门敲开了，一个岁数不大的女孩儿正在电脑上敲着什么。我问她说：“你们韩总呢？”

那女孩儿有些茫然地看着我，说：“韩总？哪个韩总啊？”

我说：“你们这儿有几个韩总啊？”

那女孩儿说：“我们这儿有好几个韩总呢，你想找哪个韩总？”

我说：“韩力洋，你们这酒店最大的大老板。”

那女孩儿说：“啊，你找我们董事长啊？董事长好像是飞香港了吧？我不太清楚啊。你问问我们韩总吧。”

我就问她说：“哪个韩总啊？”

那女孩儿说：“就是我们董事长他儿子，韩冰韩总经理。”

我这才知道，韩力洋已经把他儿子整到他这个酒店当老板来了，他自己当上太上皇了。我又问道：“我得上哪儿去找韩冰总经理去呀？”

那女孩儿说：“左手第三个屋就是他办公室。”

这正是我刚才敲门的那间办公室。我就说：“那屋里没有人啊？”

那女孩儿说：“那我就不知道了。”说到这儿，那女孩儿又说：“要不我把韩总的电话告诉你，你给他打电话吧？”

我就说：“那好吧，你把他电话给我吧。”

说着，那女孩儿就在一张打印纸上写下了一串号码递给了我。我按着她给我的电话号，把电话拨打了过去。很快，电话就接通了。电话里是一个哑着嗓子的男子：“哎，你谁呀？”

我就说：“您是韩冰韩总经理吧？”

那哑嗓子又问：“你谁呀？”

我自报家门说：“我是长阳区派出所副所长牛海。您是韩总吧？”

电话那头一听我是派出所的，马上就热情地说：“哦哦哦，原来是派出所的牛所长啊。我是韩冰，牛所长找我有事吗？”

我就说：“我现在就在你办公室门口呢，你在哪儿呢？”

那哑嗓子就说：“我就在办公室里呢。”

说着话，我刚才敲门的那间办公室的门便打开了。一个脸上长满了粉刺的男子从屋里走了出来。他一眼就看见了我，然后很热情地迎过来握着我的手说：“你好你好，牛所长你好。我就是韩冰。我刚才在里屋戴着耳机听歌，没听见你敲门。对不起，对不起呀！”

说着，就把我跟黄晓梅让进了他的办公室里。这是一间有着里外屋、装修又很阔气的大办公室。里屋肯定是这办公室的主人休息的地方，外屋则是会客和办公的地方，有一张很大的老板台，大落地窗的里侧摆着一圈沙发。我一进屋就看见，在里外屋隔断的门口，站着一个年纪不大的小女子，小女子头发凌乱，衣衫不整。我一看她这样我就明白我刚才敲门为啥敲不开了。

这个叫韩冰的哑嗓子男人非常热情地把我跟黄晓梅让进他的办公室，他一看站在套间门口的那个小女子手足无措的样子，就瞪着眼睛说：“你像个木头橛子似的还在那儿杵着干啥呢？客人来了，赶紧沏茶倒水呀？”然后又不好意思笑笑说：“牛所长，不好意思啊，这是我刚招来的秘书，不太懂事。牛所长不要介意呀。”

落座之后，我又把黄晓梅给他介绍了一下。韩冰故意装作很矜持的样子跟黄晓梅点了点头，然后跟我说道：“牛所长，我爸经常跟我说起你，说你办事干练，年轻有为。”

我笑笑说：“哎呀！董事长夸我的那些话你别信，我就是一派出所的小副所长，我哪有他说的那么好啊！”

说到这儿，韩冰问道：“牛所长今天上我们这儿来，是不是有什么事啊？”

我说：“我想找你父亲了解点儿情况。”

韩冰说：“你找我父亲？那你怎么不给他打电话呢？”

我说：“我这儿没你父亲的电话。另外，我要跟他了解的那事电话里也说不清楚。”

韩冰说：“那你来得正好，你要是再晚来一会儿，他兴许就走了。”

我问：“韩董事长要上哪儿去呀？”

韩冰说："他要去香港跟总部汇报上半年的工作去。"

我问："那你父亲现在在哪儿呢？在他离开江陵之前，我必须得见他一面啊。"

韩冰说："你稍等牛所长，我这就给他打电话。"

说着，韩冰拿起手机给他父亲拨了个电话。韩冰说："爸，长阳派出所的牛所长在我这儿呢，嗯，他说他要见你。"

不知道韩力洋在电话里都跟韩冰说了些什么，只听韩冰"哦哦哦"地应了几声，然后就把电话挂了。

韩冰转过脸来对我说："我爸这就过来。他让你稍等一会儿。"

我就客气地说："谢谢韩总经理呀。"

韩冰说："来，喝茶，喝茶呀！这茶不错，你尝尝，这还是春天新茶刚下来那会儿，福建的一个朋友给我寄过来的呢。"

因为我心里有事，哪有心思跟他在这里品茶聊天啊，但我又不能不敷衍他几句，我就喝了一口，说："嗯，这茶确实不错。"

韩冰就又瞪着眼睛冲着站在一旁的那个小女子说："倒水呀！咋一点儿眼力见儿都没有呢。"

那小女子让韩冰给说得有点儿不知所措了，拿起茶壶竟然忘了往公道杯里倒了，直接就把茶水倒进了我的杯子里了。

韩冰一看就生气了，说："你猪脑子啊？你往哪儿倒呢？这茶不过滤能喝吗？"

那小女子被韩冰给骂得一个劲儿地跟我道歉。我就赶忙说："没事没事。这茶不用过滤也挺好喝的。"

黄晓梅看我这样，有点儿憋不住乐，但又不好意思笑出声来，就抿着嘴把脸转过去了。

这时，我为了打破尴尬，就问韩冰说："董事长现在在哪儿呢？得多半天能过来呀？要不我上他那儿去找他也行。"

韩冰说："他就在这个楼里呢，很快就会过来的。牛所长你稍等一会儿。"

正说着话，韩力洋走了进来。一进屋他就热情地伸出手来跟我握手说："哎呀牛海，你可是稀客呀！你都多长时间没上我们这儿来了？今天这是哪股风把你给吹来了？"

我打着哈哈说："我想董事长了，就过来看看你，咋的，不欢迎啊？"

韩力洋就说："哎呀！你这样的客人，我们想请都请不来呀！"

说到这儿，他指着韩冰说："你们认识了吧？这是我儿子韩冰，在我们酒店当总经理呢。现在我们酒店的一些个日常的琐碎事，我就让他管了。我这年纪毕竟一天比一天大了，该撒手的就得撒手了。"

接着他又指着我对他儿子韩冰说："我可跟你说呀韩冰，牛所长跟咱们家的关系，那可不是一般的关系。他父亲牛碧仁当年在长阳派出所当所长时，就是我的好朋友。现在他儿子又上这个所来当所长来了，你说咱们两家是不是父一辈子一辈？"

韩冰听他爸这么一说，就站起来很热情地说："牛所长，那要是像我爸这么说的话，我还得管你叫一声哥呢！"

韩力洋就说："对，这就是你牛哥。这比你亲哥还要亲的哥呀，知道吗小子？"

寒暄了一会儿，韩力洋就问我："牛海，你今天上我这儿来不会是光来看我这么简单吧？你一定还有别的事吧？"

我说："韩叔，我找你确实想了解点儿事。但刚才韩冰说，你今天要去香港？"

韩力洋说："去不成了。"

我问："怎么去不成了呢？"

韩力洋说："我们香港的大老板，也就是当初给咱们酒店投资的我的那个舅舅的三夫人，今天上美国。她不在，我去了也没用。所以那边就不让我去了，机票都已经让我退了。你想了解啥，说吧。”

我一看韩冰这办公室也不是说话的地方啊，我就说：“韩叔，咱能不能找个肃静点儿的地方聊啊？”

韩力洋一下子就明白我的意思了。他皱着眉寻思了一下，说：“走，咱上我那屋去吧。”

说到这儿，他就自嘲地笑着解释说：“这屋原来就是我的办公室，因为我现在已经不怎么管事了，所以，就把这个办公室倒出来给我儿子用了，一般没啥重要事的人来找我，我就不亲自接待了。日常的事务性工作，就都让韩冰他们接待处理了。为了避免一些散乱杂人找我，我就把我的办公室挪到楼顶上去了，那里肃静。平时有重要客人来访，我一般都在顶楼的那个总统套间里接待。走，咱们上那个房间去聊去。”

说着，韩力洋站了起来，引着我和黄晓梅走了出去。

38 韩力洋的异常

我没想到我今天的运气会这么好，韩力洋本来已经打算飞香港了，机票都订好了，就因为香港那边的安排有变动，他今天走不了了，正好有时间接待我。如果他真要走了，说不定得几天能回来呢，俗话说，兵贵神速，谁知道耽误那几天时间，会有多少变化呀。我总觉得冥冥中这是老天在助我呢。

我跟黄晓梅在韩力洋的引领下，乘坐他们自己员工的内部电梯上了顶楼。力洋酒店这幢大楼一共有三十八层。当年设计的时候，就把它作为我们江陵地标性的建筑来设计的，这些年来，随着城市建设的发展和扩张，虽然高层建筑如雨后春笋般一幢一幢地在锁龙河两岸拔地而起，但能超过力洋这幢大楼的，还没有几个。力洋酒店背靠锁龙河，面朝临河街，站在三十八楼顶层，可以鸟瞰到整个城市的风貌。

从我跟韩力洋见面，一直到他领着我们进入他接待客人的总统套间，我一直也没有给他介绍黄晓梅。我之所以没介绍，我是故意给韩力洋留一个悬念，让他在心里猜这个女孩儿跟在我身边到底是什么角色。因为只有给对方留有悬念，在接下来的询问中，对我才会更有利。

总统套房几乎占了三十八层楼的一多半。整个套房一共有八个房间，除了主卧、大会客厅、随从人员的住处，还有洗澡间、卫生间、小厨房、小餐厅等。反正生活中需要的和不需要的，几乎这个套房里全有了。站在总统套房的大会客厅的落地窗前，俯瞰着楼下的锁龙河和远处的城市建筑群，真有一种可上九天揽月的感觉。

韩力洋领着我和黄晓梅参观了一会儿总统套房，这才请我们在大沙发上落座。他亲自给我们沏了茶水，直到这时我才把黄晓梅介绍给他："韩总，从打在韩冰那屋跟你见面，忙忙乎乎这半天，我都忘了给你介绍了，这是我们所的户籍警小黄，黄晓梅。"

韩力洋把眼睛转向了黄晓梅，有些疑惑地说："黄晓梅？我怎么看着这么眼熟呢？我好像在哪儿见过黄姑娘？"

黄晓梅就笑了。黄晓梅说："韩董事长，您是不是记错人了？我这可是头一次见您。"

韩力洋就说："黄姑娘老家是咱们江陵的吗？"

黄晓梅说："是啊。我是地地道道、土生土长的江陵人。除了在警院念书那几年，我一直没离开过江陵这块土地。"

我接过黄晓梅的话茬儿说："黄晓梅她父亲说不定您还能认识呢。"

韩力洋一听，就更感兴趣了，看着我问道："哦？她父亲是谁呀？"

我当时也没寻思别的，就脱口而出说道："城管局的黄利德黄局长您不认识吗？那就是她父亲！"

这时黄晓梅就狠狠地用眼睛瞪着我，想阻止我说出她父亲的名字，但已经来不及了，我已经把黄利德的名字说出来了。

直到这时我才恍然明白，晓梅现在不想让别人知道她是黄利德的女儿。由于现在她父亲因腐败进去了，她觉得自己都跟着他丢人，所以，自从她爸出事之后，她除了我之外，不跟任何人提她爸是谁。她之所以跟我说她爸的事，是因为她没把我当外人，而且还想让我通过梁宝亮的关系帮她打听她爸的消息。但现在我的话已经说出口了，想收回也来不及了。

但让我意外的是，韩力洋一听黄晓梅是黄利德的女儿，脸色骤然间就变了，说话也变得吞吞吐吐的了。看样子他是想转移话题，但又怕话题转得太快太急让我生疑，因此就显得有些尴尬又有些语焉不详："哦哦哦，原来是黄局长的女儿啊。哦哦哦，当然是老熟人了黄局长……"

说到这儿，他忽然拿起手机，看着我说："牛海，中午你们就别走了，我让韩冰安排点儿饭，吃了中午饭再走好不好？"

我赶忙阻止说："不行不行，我们规定，要是没有特殊任务，中午是不能随便在外面吃饭的。韩叔咱们赶紧聊，聊完了我们好走。"

韩力洋成功地转移了话题，这才吁了口气，拿着手机看着我，有些尴尬地笑着说："上韩叔这儿来，哪那么多说道啊。"

我就解释说："我们真不能随便在外面吃饭的。韩叔，咱们言归正传，还是赶紧说正事吧。"

韩力洋的脸色这才一点儿一点儿正常起来。他给我和黄晓梅分别倒了茶，然后说道："牛海，你们想了解啥，说吧？"

我就开门见山地问道："韩叔，我想跟你打听个人，这个人你肯定能认识。你一定要实话实说。"

韩力洋眨巴着眼睛说："你想打听谁呀？"

我加重了语气，说："二十多年前，是不是有一个叫董晓凤的女孩儿在你们这儿当过小姐？"

韩力洋一听我问董晓凤，脸色一下子又变了，而且神色还略显慌张，他有些磕磕巴巴地说："董、董晓凤……董、董晓凤？牛海，你说的这个董晓凤，她是干啥的？"

我就说："我不是跟你说了吗，韩叔，她是个小姐。"

韩力洋就含含糊糊地说："小姐……小姐……？说实在的，牛海，看在我跟你父亲这么多年的关系上，我也就不瞒你了。在当年那种大环境下，为了招揽客人和留住那些大投资商，我们酒店确实养了一些小姐。不过，那些小姐有的在这儿做得时间长，有的在这儿做得时间短，流动性很大，再加上我在酒店不分管这方面的工作，那些小姐长什么样我都不太记得，所以，你说的这个董晓凤，我真就有点儿想不起来了。"

其实，我从韩力洋的神色上已经看出来了，他肯定认识董晓凤这个人，不然的话，他的神色不会变化得那么突然。而且我还怀疑，这个董晓凤可能跟他有某种关联，他可能是迫于某种压力才不想跟我说的。

想到这儿，我就看着韩力洋问道："韩叔，您好好想想，别着急，慢慢想。您一定能想起来的。”

韩力洋就皱着眉头假装回想往事的样子，然后摇摇头说：“时间太久了，真想不起来了。”

我一看韩力洋支支吾吾不想跟我说实话，就想给他点儿压力。于是，我故意加重了口气说：“韩叔，你先别忙着跟我说想不起来呀！您再好好想想，很多人都跟我说过，这个董晓凤当年曾在你们酒店做过小姐。如果你了解这个女人，不跟我们说实话的话，那有很多后果就不好预测了，弄不好您都得跟着她吃挂落。韩叔我这也是为你好，你再好好想想，当年你们酒店是不是有这么个叫董晓凤的小姐？”

我这么一给他施压，韩力洋的口气果然有些变化了。他皱着眉头努力做出回忆的样子，好半天才小心翼翼地斟酌着说：“牛海，你们怎么忽然想起打听起董晓凤这个人了呢？”

我为了给他施加压力，故意一字一句地说道：“现在有一桩命案牵扯到董晓凤这个人。我们正在查她。”

韩力洋一听有命案牵扯到董晓凤，立刻就显得更紧张了。韩力洋说：“董晓凤现在可不是一般人物啊。她现在是人大代表，是出名的女企业家，而且背后的关系复杂，有很硬的靠山，她这样的一个女人，怎么会有人命官司牵扯到她呢？”

我一听这话，立刻就意识到，韩力洋不但认识董晓凤，而且对董晓凤的了解不是一般的了解呀。他肯定对董晓凤的过去、现在都有着非常透彻的了解。那一刻我心花怒放，心想，我今天找他算是找对了。为了让韩力洋把他知道的有关董晓凤的情况都告诉我，我必须不断地给他施压。于是我就接着他的话茬儿说道：“韩叔，你应该明白，人命关天，她董晓凤就是有再硬的靠山，只要她犯了法，那就是天王老子也救不了她了。我们了解到，董晓凤这个人当年曾在你们酒店当过小姐，我们为了找出她犯罪的心理因素和犯罪动机，才来找您调查她当年当过小姐的那段历史的。所以，您一定要把您知道的有关她的那些情况都告诉我们。我们并不是想追究你们酒店养没养过小姐的陈年旧账，我们想了解的是董晓凤的犯罪心理和犯罪动机。”

话说到这儿，我注意到，韩力洋的紧张情绪一点儿一点儿有些缓解了。我说完之后，他好一会儿也没有吱声，坐在那里低着头，也不知在想什么。后来，他抬起头来，意味深长地瞅了黄晓梅一眼。黄晓梅被他瞅得有些发蒙，不知道韩力洋用那种眼神瞅她是什么意思。但她又不能问，就避开了韩力洋的眼光，把脸转向了我。

韩力洋见黄晓梅不瞅他，这才把眼光转向我，沉吟着说道：“牛海，既然你把话都说到这个份儿上了，那我也就不瞒你了。董晓凤这个女人当年确实在我们酒店当过小姐，但那都是很久远的事情了，离现在差不多都有二十年了。那时候她还是一个不到二十岁的小姑娘呢。她在我们酒店当小姐那时候，我们酒店的经营权主要由我舅舅他们香港的那个团队管理，引进小姐这种事，是不用我们来管的，所以，我跟这个董晓凤并不是很熟。我之所以知道她，是因为有一段时间她在我们酒店挺火、挺出名的，别人才给我介绍认识了她，也就是一般的认识，我估摸着，她出来当小姐，也是迫于生计才不得不走这条路的吧，否则像她那么漂亮的小女孩儿，怎么可能出来当小姐呢，你说是不是？”

说到这儿，韩力洋就不说了。很显然，他这番话是给董晓凤开脱的。

我一看他不说了，就又问道：“韩叔，董晓凤在你们这儿当小姐，干了能有多长时间？”

韩力洋说：“多长时间，这我可就说不好了。我估计怎么也能有个两三年的时间吧？”

我有些不相信地说道：“两三年的时间？两三年的时间她怎么可

能挣得了现在这么大的一个产业呢？”

我这么一问，韩力洋急忙解释说：“她现在的产业也不是当年当小姐挣来的。当小姐就是挣钱再多，怎么可能挣得了那么大的一个大产业呢？”

我就问：“那她现在这个产业是怎么来的呢？”

韩力洋说：“那肯定是有人帮她呗。没人帮她她怎么可能会把企业做得那么好呢？更何况她现在还是市人大代表、省广告协会副会长，脑瓜上顶了好多光环呢。”

说到这儿，韩力洋加重了口气强调说：“我跟你说，牛海，现在的董晓凤可不是当年在我们酒店当小姐的那个董晓凤了。人嘛，哪有不犯错的，年轻时的一时孟浪和为生活所迫，谁都可能有走错路的时候，但我们不能老拿老眼光去看人。你说对不对？”

韩力洋的这番话又是明显地在为董晓凤开脱。我不明白他为什么一个劲儿地给董晓凤说好话呢？难道他跟董晓凤还有什么说不清的关系吗？

想到这儿，我就跟他解释说：“韩叔，我们没有拿老眼光看人。我不是跟您说了吗，我们现在跟您调查董晓凤过去的那段历史，是为了找出董晓凤犯罪的心理因素和作案动机。”

韩力洋就说：“你们现在能肯定董晓凤杀人了吗？”

其实，这时候我也不能肯定沈秀秀到底是不是董晓凤给毒死的，但为了让韩力洋跟我说实话，我还是用肯定的口气说：“能肯定。”

韩力洋说：“那你们抓到她了吗？”

我说：“还没有。”

韩力洋就说：“你们现在连抓都没抓到人家，你凭什么说人家杀人了犯法了？”

为了打消韩力洋的顾虑，不要有太大的心理压力，我必须得把我们为什么没有抓董晓凤的原因跟他说清楚。于是，我就用非常肯定的口气说："韩叔，现在我们已经掌握了充足的证据，证明董晓凤杀人了。至于我们为什么没有抓她，一个是她现在还是市人大代表，抓她需要走程序，再一个就是，她现在人没在江陵，也没在省城。但你放心韩叔，天网恢恢疏而不漏，她跑不掉的。"

韩力洋听我这么一说，又是好半天没有吱声，坐在那里一个劲儿地喝水。

过了一会儿，韩力洋说："别的我就不知道啥了。"

虽然韩力洋说他不知道啥了，但是我从他的神色中还是能够看得出来，他心里肯定还隐藏着好多秘密不想跟我说。至于他为什么不肯跟我说，我猜想，可能是迫于某种压力，也可能是不想得罪董晓凤。但是，我今天上他们这里来的目的基本上已经达到了。他只要承认董晓凤当年在他们酒店当过小姐，这就够了。至于其他的事，我得一点儿一点儿往外抠，毕竟有很多事情都已经过去二十多年了，韩力洋他不可能一下子都想起来，就算有些事他能够想起来，作为一个八面玲珑的商人，他会权衡利弊，考虑到各种关系，他不可能啥都跟我说的，所以，我不可能一下子把他心里的秘密都抠出来的。

想到这儿，我就对他说："韩叔，既然你不想说了，那咱们今天就先聊到这儿吧。你再慢慢想想，还有什么事漏掉了。如果还有啥事想跟我们说的，你随时跟我联系。我这就把我的电话给你。韩叔，你要知道，我这么做，这是为你好。"

韩力洋就说："我知道我知道。就凭我跟你爸的关系，你坑谁也不能坑我呀是不是？"

说着，我就把我的电话打给了他，让他存在他的手机里。

为了给韩力洋造成更大的心理压力，我必须得让他知道，他们酒店现在干的一些违法的事，别以为我们不知道。我们随时都可以拿到证据整治他们的。于是我就站起来告辞说："韩叔，时候也不早了，都已经中午了，我们得回去啦。我们有规定，是不能随便在外面吃饭的。另外，你得跟韩冰说说呀，你们酒店得加大整治力度啊，有些黄赌毒的事，别以为我们不知道。我们是考虑到各种关系和你们酒店的信誉，才没有对你们进行突击检查的。但你们如果因为我们不来查就以为我们什么都不知道，那可就大错特错了。好了，我就不多说了，韩叔，那我们走了。"

韩力洋就说："好的好的，我一定把你的话转告韩冰。既然你们有纪律、有规定，那我就不强留你们了。"

说着，韩力洋非常殷勤地一直把我跟黄晓梅送到电梯门口，看着我们上了电梯，他才回去。

39 黄晓梅的疑惑

我真的没想到这次上力洋来会这么顺利。韩力洋今天跟我们说的这番话，一下子就坐实了老刘头儿说董晓凤当年当过小姐的话。只要有这一条，接着再往下查就好办了。

路上，黄晓梅问我："韩力洋为什么说在哪儿见过我？我从没跟韩力洋见过面呀，韩力洋他怎么会有这种面熟的感觉呢？"

我笑着说："这我也不知道。"说到这儿，我故意用一种开玩笑的口气说："也兴许他以前上你们家给你爸送过礼，在你家看过你，你忘记了也不好说。”

黄晓梅就不高兴地说：“他那么大的一个酒店的大老板，怎么会上我家去送礼呢？”然后黄晓梅就用警告的口气说：“我告诉你呀牛海，以后当着外人，不许说我是黄利德的女儿啊！我没有黄利德那么个父亲。你老在别人面前提他干啥呀？你是不是生怕别人不知道我是黄利德的女儿啊？你让我在别人面前丢丑，你能得到啥好处咋的？”

黄晓梅越说越生气，说着说着，竟然委屈地要哭了。

我一看黄晓梅这样，就急忙哄她说：“晓梅你咋这样呢？我也没说啥呀？我这不是跟你开玩笑呢吗？”

黄晓梅生气地说：“开玩笑有你这么开的吗？”

我就一本正经地跟她说道：“晓梅，我不知你看出来没有，反正我是看出来了，在我说到你是黄利德的女儿的时候，韩力洋的神情表现得很特别，而且说话还支支吾吾的，并且迫不及待地想转移话题，后来他借着要给他儿子打电话留咱俩在他们那儿吃饭，才成功地转移掉了这个话题。从这一点上看，韩力洋跟你爸的关系绝对不是一般的关系。他不但认识你爸，而且跟你爸肯定还有过交往。至于他们之间到底有过什么来往，这我可就不敢妄加猜测了。”

我这么一说，黄晓梅也觉得我说得有道理，黄晓梅说：“你这么一说，我也觉察出来了。在你刚介绍完我的那一刻，我注意到，韩力洋看我的眼神很特别。那眼神里包含的东西我说不出来，但正像你说的那样，他肯定跟我或者跟我爸曾有过什么交往。”

说到这儿，我很认真也很严肃地对黄晓梅说：“晓梅，今天咱俩上力洋酒店调查董晓凤的事，你跟谁都不要说，别人要是问你，你就说跟我去搞社会调查去了。”

黄晓梅就睁着好看的大眼睛瞅着我说：“为什么呀？”

我说：“别问为什么。你就按着我告诉你的这么说就行。”

黄晓梅又问："牛海，咱们不是已经从'9·28'案撤出来了吗，你为啥还要这么偷偷摸摸地调查董晓凤啊？这要是让吕队长他们知道，让冷局知道，他们得咋想啊？你这么费劲地调查董晓凤，对你有啥好处啊？你是不是真像吕队长他们说的，想借着这个机会找出当年杀害你爸的凶手给你爸报仇啊？"

黄晓梅这么一问，我还真就不好回答她。但为了让她帮我，我还必须得给她一个合理的解释。于是我说："晓梅，你应该相信我。我既然冒着这么大的风险要干这件事，那肯定有我的道理。有些事，暂时我还不能告诉你。但我需要你的时候，你一定要配合我，就像今天这样。很多事不要问为什么，到揭开真相的时候，我自然会把一切真相都告诉你的。"

黄晓梅听我这么一说，就不吱声了。

40 冷局的电话

我跟黄晓梅回到所里的时候，已经过了饭时了，食堂的大师傅已经下班回家了。我跟黄晓梅在食堂简单吃了口剩饭，黄晓梅就去忙乎她那一摊子事去了，我也回我的办公室了。

回到办公室，我把门关好，然后斟酌着给冷局发了条微信："冷局，董晓凤当年确实在力洋酒店当过小姐，而且还很是火了一阵子。现在最重要的是要找到董晓凤，把她监控起来。另外，力洋酒店的老板韩力洋是一重要证人，对他也要重点监控。万一他走了，我们找不到他，就麻烦了。”

微信发出去之后，好半天冷局也没有给我回，我又不敢贸然给她打电话，于是我就焦急地在办公室里等她的回复。一直等到下班，也没有什么动静。我不知道冷局是忙啊还是没有把我的这条信息当回事。

正在我心焦地等冷局的消息的时候，外面忽然有人敲门。我就走过去把门开开了。原来是小廖。

小廖瞅着我诡秘地笑了，说：“这怎么还把门给锁上了？”

说着，就跟着我走了进来。小廖回身把门又给关上了，这才一本正经地问我说：“牛所，今天都有啥收获呀？”

我就说：“收获大大的。”

小廖有些不相信地说：“都什么大大的收获啊？”

于是，我就把韩力洋证明董晓凤当年曾在他们酒店当过小姐的事跟小廖说了。小廖一听，也十分高兴，不住地说：“哎呀！太好了！这可是重大突破！只要坐实了这条，接着咱就查她当年的那些嫖客，都有哪些人跟她有过来往。查清了这些，就可以查清她的第一桶金是怎么来的了。接着，突破她的心理防线，就可以一步一步追问她和她亲生女儿的事情了。”

小廖说的这些，也正是我想好的步骤。但我觉得事情并不像小廖想得这么简单，你光说调查董晓凤当年的那些嫖客，都这么多年了，你怎么调查呀？再说，那些嫖客来嫖娼也不会用真名实姓啊！除非有什么人曾包过她，如果能找到这个人，那可就找到突破口了。

想到这儿，我就对小廖说：“小廖，既然你已经知道了冷局秘密交给我的任务是怎么回事了，接下来你必须得配合我，把董晓凤的事调查清楚。在接下来的值班过程中，你要重点监控好韩力洋。本来他今天打算上香港去了，后来因为香港那边临时变动，他才没有走成。这几天咱先不能让他走，必须把他肚子里的干货都掏出来之后，才能放他走。另外就是，还得继续找‘9·28’那天董晓凤出现在现场的证据。我从一开始就不相信她那天没在现场的鬼话，这里面她一定做了什么手脚。我现在正在等冷局的回复。我已经把今天韩力洋给我证实董晓凤曾当过小姐的线索告诉冷局了。”

小廖听我说完，兴奋得手舞足蹈，一个劲儿地说：“太好了！太好了！你放心吧，牛所，你就说让我干啥吧，只要是你交给我的任务，我保证百分之百地完成。”

我就说：“我现在不需要你干别的，你就把韩力洋给我监视住了就行。在没有调查清楚董晓凤的那些事情之前，说啥也不能让他离开江陵。”

小廖说：“监视住他，这没问题，可是咱没有权力不让人家走啊！他真要想走，咱有啥理由不让人家走啊？”

小廖说的这个问题确实是个问题。韩力洋并没有犯罪，他只是一个我们想要找的证人，我们没有理由不让人家离开江陵。所以，要想留住韩力洋，我们必须得有一个合理合法的理由。

于是我就对小廖说：“我现在正在等冷局的电话。你等我把这件事跟她汇报完了再说。”

说到这儿，我忽然问道：“今晚上是不是又轮到你值班了？”

小廖点头说：“是。”

我就说：“那好，你从今天开始，重点在力洋酒店附近监控韩力洋的行踪，看看他都跟哪些人有接触。”

小廖点头说：“明白。”

正说着话，我的手机铃声忽然响了。我一看来电显示，是冷局，就急忙对小廖做了个手势，示意他不要吱声。然后我接起电话，说道："冷局。"

冷局那边说道："你那儿说话方便吗？"

我说："方便。我一直在办公室等您给我回复信息呢。"

冷局说："你今天得到的这条线索和证人非常重要。没想到你这么快就有了突破。我已经跟你们丁所打过招呼了。你先不要声张，该怎么做，你心里有个数就行了。现在最主要的，一个是'9·28'案的案发现场到底是不是第一现场，这很关键，如果临河街万嘉广场西门的商业街不是第一现场，那么第一现场在哪儿？这对于破解这个案子非常重要。再就是必须得找到董晓凤在案发现场出现过的证据，如果她没在案发现场出现，那么出现在案发现场的是什么人？他们到底是怎么给沈秀秀下的毒？只有把这些证据都找到了，我们才能认定董晓凤是否是'9·28'案的犯罪嫌疑人。现在你们虽然坐实了董晓凤当年曾当过小姐这件事，但她当年当过小姐跟她是不是'9·28'案的杀人凶手，这没有必然的联系。所以，抓紧查清9月28日董晓凤是否在现场是第一要紧的事。至于你说的韩力洋这个证人，他只能证明董晓凤的过去，不过这对于判断董晓凤毒杀自己的亲生女儿的犯罪心理或许有些帮助，但前提是必须找到董晓凤是犯罪嫌疑人的证据。"

冷局说完，我就说道："我明白，冷局。您放心，'9·28'案不管是不是牵扯到董晓凤，我都会尽快找到证据的。如果能够证明她没事，我也会尽快把她排除掉去找另外的嫌疑人。"

冷局听我说完，又接着说道："牛海，你还要注意一点，董晓凤是我们江陵的人大代表、女企业家，而且还是省里的什么广告协会的副会长，也是一个有一定影响的公众人物，你一定要把握好政策。不要案子破不了，再闹出别的事来，那就不好了。"

我就说："您放心，冷局，我会把握好分寸的。"

说到这儿，冷局忽然说："牛海你自己孤身一个人调查这么复杂的案子，你能行吗？”

我一听冷局既然这么说了，那我就把我的困难直接跟她说了吧。于是，我就跟她说道：“冷局，我自己一个人确实身单力孤不得施展，我想让我们所的小廖帮我，您看能不能跟我们丁所说说？”

冷局听我这么一说，笑了。冷局说：“你不是已经把他拽进来了吗？还有那个黄晓梅，不都在帮你查这个事呢吗？”

我一看冷局什么都知道，不由得有点儿发蒙，我说：“冷局，您怎么知道的？”

冷局笑着说：“就你那点儿小九九，早让你们丁所看得透透的了，还用我说吗？放心吧，你的一切丁所长都已经跟我说了。他会给你提供方便的。但你们一定要秘密行事，不要大事张扬。至于为什么要让你们秘密调查，以后我会告诉你的。好了，我这边还有个会，我得赶紧开会去了。有什么事，随时跟我联系。不要打电话，就发微信就行。”

说完，冷局就把电话挂了。

当时，小廖在旁边听得都激动得不行了。我刚一挂完电话，他一下子就把我抱住了，说：“牛所，这回咱哥们儿一定要大显身手，好好跟他们比画比画。别看咱不是干刑警的，照样能破案会破案。”

我就急忙用手指头做了一个住口的手势，让他小点儿声。小廖这才控制住了自己的激动情绪。我跟小廖又简单地商量了一下下一步该怎么弄，由于晚上小廖还要值班，我看看天不早了，我就让他回去了。

41 黄晓梅下班没回家

小廖走了之后，我把自己关在屋子里，又把上午我跟韩力洋见面和谈话的整个过程仔细地梳理了一下。他给我印象最深的是，当我问到他认不认识董晓凤这个人的时候，他先是支支吾吾说不认识，后来在我的一再逼问下，他终于承认了他认识董晓凤。但他处处为董晓凤开脱，替董晓凤说话，并跟我强调说，董晓凤现在已经不是当年在他们酒店做小姐的那个董晓凤了，现在的董晓凤是人大代表、女企业家，是一个有背景的人物了。从他的这番话里就可以推断出，他对董晓凤还是比较熟悉的，他不但知道董晓凤的过去，也知道她现在的状况。再有一点让我生疑的是，他对黄晓梅的态度。当我给他介绍黄晓梅的时候，他为什么说，好像在哪里见过她呢？以我对他们的了解，他们不会有过交集呀？而且黄晓梅也否认曾见过韩力洋，那为什么韩力洋会有这种感觉呢？另外，当我说到黄晓梅是黄利德的女儿的时候，他的神色明显有了变化，赶紧以给他儿子打电话留我们吃饭为借口，把这个话题转移了。他为什么这么避讳这个话题呢？我觉得，这都是有待于我去厘清的问题。

想完了我跟韩力洋见面和谈话的过程，我又把刚才跟冷局通话的内容仔细回忆了一下。冷局刚才跟我说的主要是这么两点，一个是，董晓凤当年是否当过小姐，跟她是否是“9·28”案的犯罪嫌疑人，没有必然的联系，我应尽快确定“9·28”案那天，董晓凤是否在案发现场出现过。这是第一条。另外，无论她是否在案发现场出现过，一定得把“9·28”案的第一现场确定下来。现在她怀疑，临河街万嘉广场的商业街不是第一现场。如果我们怀疑董晓凤是犯罪嫌疑人的话，那就必须得先找到董晓凤在“9·28”案现场出现过的证据。

其实，我何尝不知道这两条的重要性。当初我就怀疑过临河街万嘉广场西门外的商业街不是第一现场，为此我还跟吕枫发生过不愉快的争吵。但那也只是我的怀疑而已，并没有证据。现在，据沈秀秀的父亲说，他让他女儿去找她母亲董晓凤，说明他知道董晓凤在哪儿工作。而董晓凤在“9·28”那天出现过的地点，据我现在掌握的情况，她只能在她们凤飞公司所在那幢大厦——也就是广德大厦里出现过。但是，那个大厦的监控录像已经被删除了。而董晓凤又否认“9·28”那天她身在江陵，并且还提供了相当有力的证据。因此，要想找到案发第一现场，查明董晓凤“9·28”那天到底在不在江陵，就成了破解这个案子的关键所在。如果董晓凤提供的那些证据是真实的，那真就得排除董晓凤是“9·28”案的犯罪嫌疑人的这个推断了，就得另外去找犯罪嫌疑人了。

怎么才能查清董晓凤“9·28”那天是否身在江陵呢？我想了又想，最后觉得还得从董晓凤他们广告公司所在的广德大厦和省宾馆那天到底是否有董晓凤她们公司和另外一家公司签约的活动查起。

我好像曾听一个懂电脑的人说过，电脑硬盘里存的东西，即便删除了，如果有高手的话，还是可以恢复的。那么，凤飞广告公司所在的广德大厦里被删掉的那些监控录像，能不能恢复呢？想到这儿，我就给梁宝亮打了个电话。他对电脑比较内行。

电话刚打过去，宝亮就说：“怎么？这么晚了给我打电话，是不是想请我吃饭哪？”

我就说："这才几点哪，就让我请吃饭？"

宝亮就用讥讽的口气说："咋的，你这个派出所的大所长忙得连现在几点都不知道了？"

我这才想起来看表，这一看不要紧，这才知道，都已经7点多了。外面的天都已经黑透透的了。我就"哎呀"了一声，说："都这时候了？那你在哪儿呢宝亮？"

梁宝亮说："我还能在哪儿，这不在单位上班呢吗？"

我说："那好吧，既然你想勒我大脖子，那我今天就豁出去了，伸长脖子让你宰一刀，你说上哪儿吧？我请你，正好有件事还想要咨询咨询你呢。"

梁宝亮就说："我说你是无利不起早嘛，不然的话，你怎么会想起请我吃饭。"

我笑着骂他说："宝亮你太损了，我好心好意请你吃饭，你反倒说我无利不起早。"

梁宝亮哈哈大笑，说："说到你的痛处了吧？说，在哪儿请我？我现在正好饿得已经快不行了。"

因为当时天都已经挺晚了，我不想再把宝亮折腾到我们这边来了，于是我就说："这样吧，你在你们单位附近找个清静点儿的饭店吧。我这就开车过去。"

说完，我就把电话挂了。收拾收拾东西，刚走出办公室，忽然发现黄晓梅还没走。我有些奇怪地问："晓梅，都这时候了，你怎么还没走呢？"

黄晓梅就说："你不也没走呢吗？我等你呢。"

我说："你等我干啥呀？有事咋的？"

黄晓梅听我这么问她，不高兴地说道："牛海，我发现你这人真没劲，非得有事我才能等你吗？"

我就赶忙跟她解释说："晓梅你别误会，我没别的意思。我的意思是说，下班都这么半天了，你怎么还不下班回家呢？我这儿乱事这么多，你等我得等到啥时候啊？"

黄晓梅就说："晚上我想单独跟你吃个饭。"

我一口回绝说："今儿晚上不行！我今晚有事。我这就要去见个人，都已经跟人家约好了。你赶紧回家吧。"

黄晓梅一看我拒绝了她，脸上就满布了失望的神色，无奈地说："真不给面子哦，那好吧，既然你忙，那就算了。"

说着就背起她的那个小包，一个人有些落寞地朝外走。

我一看黄晓梅这样，心里就有点儿不落忍。外面的天都这么黑了，人家为了等我，下了班连家都没回，更何况她为了帮我查"9·28"案，中午回来连口热乎饭都没吃上。我现在就这么把人家打发走了，实在有点儿太不讲究了。想到这儿，我就把她喊住了。我说："晓梅，我去见我那同学梁宝亮，要不你也跟我一起去？吃完饭我再送你回家。"

黄晓梅就说："你去见梁宝亮，我跟着你，方便吗？"

我就说："也没啥不方便的吧？我今天找他是想跟他咨询点儿事，咱到那儿一句都不提你爸的事，我就问我想要问的问题。吃完咱就撤，这还不行吗？"

黄晓梅说："你要是觉得没问题，那我就跟你去。完了你好送我回家。"

我就说："那好，走吧。"于是，我就拉着黄晓梅上梁宝亮那儿去了。

42 黄晓梅参加了我跟宝亮的饭局

我是在路上接到宝亮发给我的微信的。宝亮把吃饭的饭店名和具体位置发给了我，我就按着他发给我的地址，直接奔饭店去了。

梁宝亮是在他们单位附近找的一家饭店，那家饭店名叫“咱们屯子的大锅菜”，是一家以东北乡村风味为主要菜品的饭馆。

我和黄晓梅到那儿的时候，都快8点了。梁宝亮一看我把黄晓梅领来了，虽然嘴上挺热情的，什么美女长美女短的，什么男女搭配、喝酒不醉之类的屁嗑儿说了一大套，但我看出来了，他心里其实挺不高兴的。因为一有黄晓梅在场，我们之间有好多话就不好说了。在等着上菜的过程中，我就把我想跟他咨询的问题跟他说了。

我说：“宝亮，我有个问题想咨询一下，就是保存在硬盘里的监控录像，如果删除掉了，还有办法恢复没有？”

梁宝亮说：“你怎么想起问这个来了？咋的？你又研究上电脑了？”

于是，我就把我想查找董晓凤的事，跟他详细说了一下。因为冷局已经答应我让我带着小廖和黄晓梅查这件案子，既然我都带她来了，因此我也就没必要再跟她隐瞒这件事了，所以我才敢当着黄晓梅的面这么咨询梁宝亮。

梁宝亮听完我的解释，这才跟我说：“按理说应该能恢复。但是，那得看删除多长时间了，另外还得看这电脑硬盘的存储量有多大。如果存储量不大，后面存进来的东西肯定会把前面储存的东西挤没的。”

一看梁宝亮说得挺笼统，我就说：“像广德大厦那样的建筑，它们的监控设备能怎么样？删除掉的东西能不能恢复起来？”

梁宝亮就说：“这我就不太清楚了，你只能找广德大厦负责这方面的技术人员去了解了。”

这时，黄晓梅就说：“我有个同学，就是专门研究电脑的，对电脑软件和网络系统设计都有着非常精深的研究，好多银行和大企业的内部网络系统都是他给设计的。如果你能信得过我，我明天把我那同学叫来，你跟他咨询咨询或许会对你有所帮助的。”

听黄晓梅这么一说，梁宝亮就开玩笑地说：“牛海，咋样，我说的没错吧？有美人相助，必能成功，你今天这顿饭请我是白请了，最后助你成功的，还得是你的这位小女朋友。”

梁宝亮的这几句话说得黄晓梅脸都红了。她非常不好意思地说：“梁大哥你说啥呢？你可不要瞎说啊！我可不是他的女朋友啊！”

梁宝亮就哈哈大笑说：“欲盖弥彰啊，欲盖弥彰啊！不是他的女朋友，你会跟他这么腻歪？不是他的女朋友，他会走到哪儿把你领到哪儿？你说死我都不带相信的。”

不等梁宝亮把话说完，我也反击他说：“宝亮你胡说八道些什么呀？从打我带着黄晓梅跟你第一次见面，我不就给你正式说明了吗，我跟晓梅我们俩就是师兄妹关系，她是我们所的户籍警，是我的部下，我是主管她的副所长。仅此而已，哪有你想的那么复杂的关系呀？我警告你呀梁宝亮，你可不要给我们胡乱造谣无事生非呀！”

我这一反击，梁宝亮笑得就更厉害了。梁宝亮说：“看看，看看，你们这俩人一起来对付我，这就更证实了你们俩绝非你们说的那样简单。”

说到这儿，宝亮故意用息事宁人的口气说：“好了好了，都是大男大女的，就是男女朋友，那不也正常吗？干吗这么激烈地否认哪？”

其实，我看出来了，黄晓梅虽然被梁宝亮给说得挺不好意思的，但她还是非常喜欢听这种话的。她不想否认她是我女朋友的这层关系，只是因为我从来都没有正式跟她确定过这种关系，她是怕我不高兴，所以才不敢承认我们之间的这种关系的。现在既然被梁宝亮给说开了，她也就无所谓了，看着我和梁宝亮你一句我一句的斗口，她却在一旁抿着嘴乐。

这顿饭我们吃了两个多小时才散局。一直到快散了的时候，梁宝亮才对黄晓梅说：“晓梅，你父亲的案子，我们还在查着，也没什么新的进展。因为我跟牛海的关系，有很多事反而更不好说了。所以，请你谅解。”

虽然宝亮只说了这么短短的几句，但我看得出来，晓梅还是非常感动。她毕竟也是一个警察，她懂得干我们这行的规矩。所以，宝亮说完，她就很感激地说道：“梁大哥你不用多说了，我懂。非常感谢你还能惦记着我父亲的事。我父亲犯罪他是罪有应得，我作为他的女儿，我是我，他是他，我不可能没有原则地去为他开脱。我也不会为我父亲的事，让您做违反原则的事的。”

梁宝亮说：“咱们都是国家公职人员，绝不会拿国家和党的原则去做交易的。但在法律允许的范围内，我能帮上忙的，你放心，我绝不会袖手旁观的，我肯定会帮忙的。”

梁宝亮的这几句话，差点儿把黄晓梅给说哭了。

我一看黄晓梅那样，就想岔开话题，这时，我就忽然想起了梁宝亮曾让我打听过的那个仇奉和的事，于是，我跟他说道：“哎，宝亮，你不是让我给你打听一个叫仇奉和的人吗？我给你打听了，这个人十几年前就已经被枪毙了……”

我话还没等说完，忽然觉得，下面的一只脚的脚尖有点儿疼，好像被什么压了一下，我低头一看，竟然是梁宝亮正在用他的脚使劲在踩我。这才恍然大悟，原来宝亮不想让我在黄晓梅面前提这件事和这个人。但那一刻我有点儿疑惑，宝亮他为什么不让我提仇奉和呀？不是他让我给他打听的吗？我在跟吕枫他们打听仇奉和这个人的时候，黄晓梅也曾在场啊，她并没有什么特别的表现呀？今天梁宝亮为什么不让我说呢？但我这种疑惑只是一瞬间的事。我看梁宝亮的脸上并没有什么变化，依然谈笑风生地跟我们笑着说：“我可告诉你呀牛海，你有了这么一个漂亮的小美女朋友，可别重色轻友把我们这些老朋友都给忘了呀！今天这顿不算，哪天你还得单请我们几个老同学一顿，听见没有？”

我一看宝亮这样，就停止了想跟他说仇奉和的话题，也跟他打着哈哈说：“咋的？你还想宰我一顿呀？妄想！今天吃好没吃好就这样了，没有下顿了。”

后来，我们又说了一些无关紧要无伤大雅的笑话，这才把这顿马拉松式的晚饭吃完。

43 黄晓梅与仇奉和的关系

我们和梁宝亮分手的时候，都已经晚上10点多了。从梁宝亮踩我脚那一刻起，我心里一直想不明白，他为啥不让我说仇奉和这个话题呢？他是怕黄晓梅知道什么呢，还是黄晓梅跟这个叫仇奉和的人有什么关系呢？以我的观察，黄晓梅并不知道仇奉和这个人哪，那天我跟吕枫打听这个人的时候，当时她也在场呀，她并没有什么特别的反应啊，宝亮为什么不让我说呢？我越想越想不明白，于是，为了试探黄晓梅跟仇奉和这个人到底有什么关系，我故意没话找话地试探着问：“哎，晓梅，有一个叫仇奉和的人你听说过吗？”

黄晓梅用她那好看的大眼睛瞅着我说：“听说过呀。”

我问：“你听谁说过？”

黄晓梅说：“我听你说过呀。”

我就故意说：“什么？听我说过？你什么时候听我说过？”

黄晓梅就说：“刚才咱们跟梁宝亮吃饭，你不是还跟他说起这个人了吗？后来让梁宝亮拿话给岔过去了。”

我这才知道，原来，刚才在饭桌上我跟宝亮的那点儿事已经被黄晓梅给看出来了。于是我就说：“我不是说刚才，我是说以前，以前你听没听别人说起过仇奉和这个人？”

黄晓梅说：“我就听你说过。还有一次你好像跟吕枫也打听过这个人。”

我有些不甘心，就又问道：“你除了听我说过这个人，听没听别人说起过仇奉和这个人？”

黄晓梅轻轻摇摇头说：“没有。”

我就又问：“你没听你爸说过这个人吗？”

这时黄晓梅有些不耐烦，说：“牛海你到底什么意思啊？你磨磨叽叽地一个劲儿问我认不认识仇奉和，你到底想干啥呀？仇奉和不是都已经死了吗？你都知道了你还老问我干啥呀？”

我一听黄晓梅说仇奉和已经死了，不知哪根神经搭错了弦，竟然脱口问道：“你怎么知道仇奉和已经死了呢？”

黄晓梅一听这话，就火了，说：“这不是吕枫说的吗？有一次你跟吕枫打听这个人，我不是就在你旁边吗？今儿个你老问我这个话题你到底啥意思啊？你是不是觉得我跟这个叫仇奉和的人有什么关系呀？仇奉和被政府枪毙那会儿大概还没我呢，我怎么会跟他有关系呢？你老问我这个话题到底是什么意思啊？”

我一看黄晓梅火了，急忙赔着笑脸说道：“晓梅你急什么呀？我不就是随口这么一问吗？”

黄晓梅就说：“你这可不是随口一问这么简单，你肯定有什么目的的，不然的话，你不会这么磨磨叽叽地一遍又一遍地问我这个话题。”

说到这儿，黄晓梅忽然用很哀伤的口吻说：“我真没想到啊，牛海，我把我的这颗心都掏给你了，你还对我这样，竟然还怀疑上我了……”

我一看黄晓梅要哭的样子，就急忙哄她说：“晓梅你咋这样呢？我怀疑你什么了我怀疑你？我要是怀疑你，我还能带你出来吗？我要是怀疑你，我能这么跟你交往吗？我怀疑你我能对你这样吗？还整个我怀疑你了？”

黄晓梅就抹着眼泪说：“你不怀疑我，你干吗总问我仇奉和跟我啥关系呀？他一个已经被政府枪毙了那么多年的黑社会头子跟我能有什么关系呀？你一个劲儿地这么问我你有意思吗？”

此时，黄晓梅已经泪流满面了。我得怎么能让她相信我不是怀疑她呢？想来想去，我只好把刚才发生在饭桌上梁宝亮用脚踩我的那件事说了出来。我这么一说，黄晓梅果然不哭了。她用含着眼泪的大眼睛惊讶地看着我说：“啊，刚才你跟梁宝亮在桌子底下还有这么一出戏呢？我还真没看出来。但我挺奇怪的是，当你说到仇奉和这个人的时候，为什么梁宝亮强行中断了这个话题，把话题转移到别处去了。原来是他不让你说的？这么说，他也在怀疑我跟这个叫仇奉和的人有某种关联了？”

为了哄住黄晓梅不让她往别处瞎想，我就给她解释说：“晓梅你别瞎想，也可能是梁宝亮有别的想法。你等我问问他再说。他在刚才咱们三个吃饭的那种场合不让我说仇奉和这个话题肯定有他的用意。至于他什么用意，你等我问明白了再说行不？”

一直到这时，黄晓梅才从那种哀伤和委屈的情绪中缓过来。我送她到她家小区大门口的时候，正好晚上11点整。我看着她走进她们小区的大门，这才掉转车头回家。一路上，脑袋里一直挥之不去的，仍是梁宝亮为什么不让我当着黄晓梅的面说仇奉和的这件事。本来，路上我想给宝亮打个电话来着，问问他到底是啥意思。但后来一想，都这时候了，宝亮说不定已经睡下了，于是，就放弃了这个念头，一切都等到明天早晨上班再说吧。

44 任职公示名单上竟有吕枫的名字

早上我上班的时候，小廖还没走呢，他昨晚值班，看样子后半夜也没咋睡，我注意到他的俩眼珠子通红的。我看了他一眼，随口问道：“昨晚没啥事吧？”他说没啥事。然后我就上我办公室了。不一会儿，他也跟着我走了进来。一进屋他就说：“牛所，昨晚我一直在力洋附近转悠来，没发现有什么特殊情况。”

我问他：“你看见韩力洋从酒店里出来了吗？”

小廖说：“没有。”

我看他挺疲劳的样子，就跟他说：“你赶紧回去休息去吧。有啥事我随时通知你。”

小廖似乎想说什么，但眨巴眨巴眼睛又把要说的话咽回去了，然后就走出去了。

小廖走后，我给梁宝亮发了个微信，把我昨晚的疑惑跟他说了。我微信是这么写的：“宝亮，昨晚你为啥不让我说仇奉和的事呢？不是你让我打听这个人的吗？难道这个人跟黄晓梅有什么关系吗？”

我之所以没给宝亮打电话问这件事，我是怕他旁边再有别的人或者正在开会什么的，他不方便说，所以才用微信问的他。

很快，宝亮的电话就打过来了。宝亮在电话里说：“是这样的牛海，我上次让你打听仇奉和这个人是因为黄晓梅她父亲的案子牵扯到这个人，但我们对这个人了解得比较少，所以我让你帮我打听打听。现在这个人我们已经了解清楚了，这个人跟黄晓梅的父亲黄利德的关系非常复杂，牵扯到许多事和许多人，因为昨晚黄晓梅在场，这个话题又牵扯到她父亲，所以我才没让你说。”

宝亮这么一说，我才明白是怎么回事，这也跟我猜测的差不多，于是我就问：“她父亲的案子都查清了吗？”

宝亮说：“还没有。黄利德这个人是个死顽固，很多事他都拒不交代，这就得靠我们去查去找，因此非常麻烦。但我估计他的事快透亮了。有些事他不承认我们同样可以定他的罪。”

我跟梁宝亮正说着黄晓梅父亲的案子的时候，忽然有人敲门，还没等我说进来，门就已经开了，走进来的竟然是黄晓梅。

黄晓梅一看我打电话，就又想退出去，但站在门口没有动弹。我怕这时候让她听见我跟宝亮的通话不好，于是，我就对宝亮说：“好了好了，不说了，我这儿来人了。”

说完，我就把电话挂了。

黄晓梅这才走进来，说：“谁的电话呀？”

我就含糊其词地说：“一个朋友。”

黄晓梅看了我一眼，没再说什么。我就跟她说：“你跟你那个懂电脑的同学联系上没有啊？”

黄晓梅说：“我就是来跟你说这个事的。我跟他联系上了。你看咱们是上他那儿去，还是把他请到咱们这儿来？你看怎么好？”

我想了一下说：“你那同学好请吗？”

黄晓梅说：“我还没问他有没有时间过来呢。我也不知道能不能请来呀。”

我就又问黄晓梅说：“你那同学在什么单位上班？”

黄晓梅说：“他自己开的公司，叫什么普惠网络设计有限公司。

公司好像也在董晓凤的广告公司所在的那幢广德大厦里头。离咱这儿不远。你现在要是不忙的话，咱俩去一趟吧？开车一会儿就到。”

我就问黄晓梅说：“你那个同学叫啥名啊？”

黄晓梅说：“我那个同学姓汪，叫汪海洋。”

我一想，上午好像没啥特别忙的事，于是我就跟黄晓梅说：“那好，那咱俩现在就过去一趟。你现在就跟你那同学联系一下，看他在不在。”

黄晓梅就用手机给她那同学打了个电话。她同学跟她说，他正在来公司的路上，估计用不了半个小时就能到。黄晓梅就跟他问明了公司的地点和所在的楼层房间号，约好了时间，四十分钟后，在他办公室见。

晓梅挂了电话后，说：“那我就先忙乎我那一摊儿去了。你啥时候走，叫我一声就行。”

说着，她就出去了。

黄晓梅走后，我在屋子里绕乎了一圈，脑瓜子好像有点儿乱，一会儿是仇奉和跟黄晓梅她父亲的事，一会儿又是董晓凤的事，一会儿又是冷局让我秘密调查“9·28”案的事，脑瓜子就好像转不过弯儿似的。

这时，老丁忽然进来了。老丁手里拿着一份文件，笑呵呵地看着我说：“一个人在屋里绕乎啥呢？”

我也跟他笑了一下，说：“瞎绕乎呗。我还能绕乎啥？”

老丁就笑了。老丁说：“你小子那点儿鬼心眼儿，我早就看透了。”说着，就把手里拿的那份文件递给了我。

我接过一看，是拟任职务的公示名单。名单上有我的名字，拟任长阳区派出所所长。还有副局长冷梅，她拟任市公安局局长。我这才想起来，我们原先的冯局长调任政法委去当书记去了，冷梅接替他升任局长。另外还有现任刑警队队长何大壮的名字，他拟任市公安局副局长。让我没想到的是，这份名单上还有吕枫的名字，他拟任刑警队队长。在我的印象里，吕枫差不多快到点儿了，离退休不太远了，这怎么还把他给提起来了呢？

我扫了一眼这份拟任职的公示名单，然后看着老丁说："这上面怎么没你呢？"

老丁说："我不是已经公示完了吗？"

我这才想起来，老丁的任职公示早已经公示完了，任职令都已经下来了。他之所以还没去分局上班，是因为这边的职务他暂时还挂着呢，得我正式上任后他才能走。老丁说："我现在暂时还兼着咱们这个所的所长，等你的公示完了，没啥说道，任职命令一下来，我就彻底给你让位。不过，你小子得好好干哪。冷局已经跟我打过招呼了，你不是对'9·28'的案子感兴趣吗？那你就先按着冷局给你交代的干着。将来有啥变化再说。听明白没有？"

我就看着老丁笑着点点头，老丁也没再说啥就走了。我看看表，差不多到点了，于是，我出去叫上黄晓梅，上广德大厦去找她那同学去了。

45 董晓凤意外现身广德大厦

黄晓梅的那个同学汪海洋长得又瘦又高，冷眼一瞅，像根蜡扦似的。他一看见黄晓梅就两眼放光，笑嘻嘻地说："哎呀，黄晓梅，我都多长时间没见你了？从打高中毕业我就见过你一回。你咋还越长越漂亮了呢？高中时我还追过你呢，你发没发觉？”

黄晓梅就笑，指着我说：“汪海洋你可别胡说八道啊，我这身边可有护花使者呀，你把他整吃醋了，他可不好惹啊！”

汪海洋就用他那双精明的小眼睛看着我，对黄晓梅说：“咋的？他就是你的真命天子呀？”

黄晓梅说：“对呀！我们派出所所长。跆拳道九段，贼拉不好惹啊！”

汪海洋就说：“我的妈呀！那我可得躲远点儿了。”

说了一会儿笑话，我就把我们的来意跟他说了。汪海洋问我：“你们想查找哪幢大楼的监控录像呀？”

我就说：“就是你们广德大厦的监控录像资料。”

汪海洋又问：“你们想查找哪天的监控录像呀？”

我说：“9月28号那天的。”

汪海洋说：“这幢大厦的监控设备就是我们公司给设计和安装的。我们在他们这幢大厦里租房子是没有房租的。你们来找我算是找对了。不过，9月28号的监控可能早就删掉了，不一定能找回来了。”

我就跟他说：“海洋，这个忙你一定得帮我们。这牵扯到一桩非常重要的人命案子。我听说电脑硬盘里删除掉的东西可以找回来，你看看能不能帮我们把那天的监控录像给找回来。”

汪海洋就问：“你们想查找什么录像啊？”

黄晓梅说：“我们想查找一个人，一个女人，看她9月28号那天是否进入过你们这幢大楼。”

汪海洋就说：“哎呀！那可不好找。每天进入这幢大楼的人有成千上万，各个进出口都有监控设备，一天二十四小时，就算我能把那天的监控资料给你们找出来，谁有时间一点儿一点儿、一分钟一分钟地去给你们查找呀？”

我就跟他说：“海洋，你只要能把那天的监控给我们找出来就行，其他事情由我们自己来做。”

汪海洋有些为难地吁了口气说：“看在我当年曾追过的校花的面上，我帮你们找找看看吧。”

我着急地说：“你得什么时候能给我们找出来呀？”

汪海洋说：“这我也不好说。能不能把删除掉的东西恢复出来都两说着呢，因为时间过去太久了。这样吧，待会儿我上他们监控室去看看去，看他们有谁用过外挂硬盘没有，如果有外挂硬盘，估计9月28号那天的监控录像就不一定能删除没。如果没有外挂硬盘，让我从电脑的硬盘里去恢复那天的监控录像资料，这恐怕就非常困难了，可能性就非常小非常小了。”

汪海洋这么一说，我这颗悬着的心就又提溜起来了。我用哀求的口吻说：“海洋，你一定得帮我们这个忙。这不是一般的小事，这牵扯到人命关天的大事啊！海洋，你一定得当回事给我们办哪。至于费用，你说个数，在我们能接受的范围内，我们一定亏不了你的。”

汪海洋听我这么一说，笑了，指着黄晓梅说：“有我的这位梦中情人在这儿，我敢跟你们提钱吗？牛所长你放心吧，我一定会全力以赴的。”

我就问：“那我们什么时候听信儿呀？”

汪海洋掰着手指头说：“不管能不能查找到9月28号那天的监控录像资料，后天下午我肯定给你们准信儿。”

我感激地一把抓住汪海洋的手使劲握着说：“兄弟，我们这个案子能不能破可就全看你了。”

汪海洋就说：“牛所长，你可别这么说，你这么说我这压力就更大了。我尽力而为还不行嘛！”

跟汪海洋谈完之后，我跟黄晓梅就从他们那儿出来了。现在回头想想，有些事真就是天意呀。那天我跟黄晓梅从广德大厦出来，刚要往停车场走去找我的那辆车，忽然就发现有一个熟悉的身影走进了广德大厦的门口，当时我身子猛一拘挛——哎？这不是董晓凤吗？但在那一瞬间，我还不敢肯定我看见的这个女人就是董晓凤，于是我就对黄晓梅说："晓梅，我刚才看见一个人，非常像董晓凤。"

黄晓梅说："你看清楚了吗？"

我说："我也不敢肯定。"接着我又问她说："你对董晓凤这个人还有印象吗？"

黄晓梅说："有啊。"

我说："见了面你肯定能认出她来吧？"

黄晓梅说："肯定能认出来呀！"

说到这儿，黄晓梅有些不解地看着我说："牛海，你啥意思啊？"

我就说："你现在就上楼上的凤飞广告公司去看一眼，看看董晓凤在没在她们公司那儿，如果在，那就说明我刚才看的没错。如果真的是她，这回我们说啥也不能再让她走了。我们必须得想办法控制住她。我怕我上去她再认出我来，一旦打草惊蛇，就糟了。"

黄晓梅就说："那我穿着这身警服，她要是心里有鬼的话，一旦看见我，她能不明白吗？不同样也得打草惊蛇吗？"

黄晓梅说的还真是这么回事。怎么才能既把她辨认了，又不惊动她呢。我坐在车里脑瓜急遽地思考着。

这时黄晓梅说："要不，我现在就上这附近楼下的服装店买一套便装吧？"

看来也只能这样了。我就点头说："好吧，你赶紧去买吧。买完了把你这身警服送回来，你赶紧上去。"

黄晓梅就开玩笑地说："我可跟你说，买这套服装的钱得你出啊。"

我说："放心吧，这钱我肯定出。但你不能买太贵的呀！"

黄晓梅说："好不容易让你给我买套衣服，我能轻宰你吗？你就伸长脖子睛等着挨刀吧。"

说着，黄晓梅就急匆匆地朝附近一家叫作"衣衣不舍"的服装店走去了。

过了不到二十分钟，黄晓梅穿着新买的一套服装回来了，手里拎着一个塑料袋，塑料袋里装着她的那身警服。我一看她新买的衣服，忍不住乐了。这套衣服穿在她身上，就像刚从偏远农村出来的傻大妞似的。

黄晓梅显摆地在我跟前转了一圈，说："咋样，这身衣服还行吧？"

我就笑着说："行，太行了！你赶紧去吧。我在车里等你。"

黄晓梅把手里装警服的塑料袋扔给我，然后匆匆地朝广德大厦走去了。我就在车里等黄晓梅，等了能有半个多小时的样子，黄晓梅回来了。我急忙问她："咋样啊？刚才我看见的那个女的是不是董晓凤啊？你在广告公司发没发现她呀？"

黄晓梅说："牛海你眼睛可真好使。你看见的那个女的果然是董晓凤。她正在公司里跟那天咱们看见的那个叫凌子义的业务总监在交代着什么事情呢。"

我就问黄晓梅："你是怎么看见她的？"

黄晓梅说："我假装走错屋了，推开她们总经理办公室，看见她正坐在那张老板椅上打着手势跟那个叫凌子义的人说着什么，我推开门看了一眼，说了声对不起，就赶忙把门关上了。前后不到两秒钟。"

我就紧张地看着黄晓梅说："你敢肯定董晓凤没认出你来吗？"

黄晓梅说："她看了我一眼，认没认出来，我也不好说。"

我担心黄晓梅被董晓凤认出来，一旦打草惊蛇，董晓凤真要是再离开江陵的话，找她就更麻烦了。想到这儿，我就急忙给小廖打了个电话。小廖可能正在睡觉，电话响了好半天他才接起来。我对小廖说："董晓凤已经现身，你赶紧上广德大厦这边来，我在这儿等着你。"

小廖在电话里"嗯"一声，就把电话挂了。

我跟黄晓梅在车里等小廖，足足等了四十多分钟他才过来。他是打车过来的。用电话联系上之后，他才找到我们的车。一见面，我就把发现董晓凤的过程简单跟他说了一下。我让他在这里监视，这回说啥也不能再让董晓凤离开江陵了。

小廖就说："这个广德大厦这么多门，出出入入的人又这么多，谁知道董晓凤会从哪个门走啊？在这儿监视她肯定不行。"

我就问他："那你说得怎么监视？"

小廖就说："干脆，我化装成一个扫楼道的清洁工，进入到广告公司所在的那层楼，就在楼道里监视她，只要她从公司出来，我就能发现她。"

小廖的这个主意真是太好了。问题是，小廖得怎么化装成楼里的清洁工人呢？他上哪儿去弄清洁工的那身服装呢？

小廖就说："这你就不用管了，我自己去想办法。你们该干啥干啥去吧。我今天哪儿都不去，就在这个大楼里监视董晓凤了。"

说着，小廖就朝大楼里走去了。我跟黄晓梅则离开了那里。我刚回到所里，忽然接了一个电话，由于我的手机里没存这个电话号，因此来电显示只有一串电话号码，而没有名字。我看这个电话号挺生疏的，我就接了起来，问道："谁呀？"

电话那边竟然没有说话。我就又问了一句："喂，你好，你找谁呀？"

电话那边还是不说话，我就觉得有些奇怪，就在我犹犹豫豫想把电话挂断的时候，那边说话了："喂，牛海吗？我是你韩叔，韩力洋。"

我一听是韩力洋，心里不由得一动，我说道："韩叔，你咋不说话呢？我还以为谁打错电话了呢。韩叔你有事啊？"

韩力洋就说："你现在有时间没有啊？你要是有时间，你过来一趟呗。有些事我想跟你说说。"

我一听韩力洋想跟我说事，那肯定就是有关董晓凤的事了。于是我不敢怠慢，立刻说道："好啊。韩叔你等我吧。我安排安排，这就过去。"

韩力洋说："你一定要自己来，有些话，我只能跟你一个人说，明白不？"

当时，韩力洋要是不嘱咐我这句话，我本来是想把黄晓梅领着来着。因为警察办案最好是两个人以上，万一出点儿啥事，一个人的孤证是不算数的。但是，现在既然韩力洋强调让我一个人去，我就不好再领着黄晓梅了。好在现在的手机都有录音设备，我身上又带有录音笔，只要能把他说的都录下来，我想不会出什么事的。

挂断韩力洋的电话后，我想上老丁那屋跟他打个招呼，但是他没在，说是领着几个人下社区了。我就跟黄晓梅交代了一下，然后就上力洋酒店了。

46 单独去见韩力洋

我刚一进大堂，就发现韩力洋正在大堂吧的一个僻静的卡座里喝咖啡呢。他看我进来，就跟我摆了一下手，我就走过去了。他说：“你喝杯不？这是我让他们新磨的咖啡。一个朋友刚从国外给我捎回来的咖啡豆，绝对是极品咖啡。喝不喝一杯？”

我笑着说：“我喝不好这玩意儿。”

韩力洋就说：“那你喝茶吧，我让他们给你沏杯好茶。”

我就看了看这里的环境，说：“韩叔，咱俩就在这儿谈呀？”

韩力洋说：“先在这儿聊会儿天，我喝完咖啡，咱再上去。”

我看看表，都快11点了，这一上午眼瞅着就要过去了。我心里着急，但脸上还不能表现出来，既然他让我陪他喝茶喝咖啡，那我就陪吧。于是，我就在他对面坐下了。韩力洋摆手招呼过来一个服务员，让她给我沏了一杯茶，我就跟他在大堂那缥缥缈缈的背景音乐中闲聊起来。

韩力洋说：“牛海，你今天怎么没把你们所那个姓黄的小姑娘带来呢？”

我笑着说：“韩叔，不是你说的让我一个人过来吗？我怎么还敢领别人来呀？”

韩力洋就笑了。韩力洋说：“你瞅瞅我这脑袋，自己刚说完的话，自己就忘了。唉！老啦，记性不行了！丢三落四，糊里糊涂，也该退位了！”

我就问他说：“韩叔，你今年多大岁数了？”

韩力洋笑着说：“眼瞅着就六十三了呗。”

我故作惊讶地说：“韩叔你都六十三了吗？一点儿都不像啊？我还以为你也就是四五十岁呢。”

韩力洋就说：“四五十岁那光景早就过去了。没喽。”

我跟他闲聊了一会儿，他忽然问我说：“牛海，那天跟你来的那个女孩儿，就是黄利德他女儿，是叫黄晓梅对吧？”

我点头说：“对呀。她是叫黄晓梅。”

韩力洋就说：“我说我咋看着她这么眼熟呢？她跟她爸长得太像了。尤其是她那眼睛，那鼻子那嘴，跟黄利德是一个模子刻出来的。”

说到这儿，韩力洋问我说：“你们俩啥关系呀？”

我就笑了，说：“没啥特殊关系。她也是警察学院毕业的，我也是警察学院毕业的，她是我下几届的，我比她早毕业了几年，论起来，她就管我叫师长或者大师哥，另外她又是我们所的户籍警，我这个副所长呢，又分管户籍这摊儿，她是我的直接下属。我们俩就这么个关系。”

韩力洋听我解释完，就意味深长地笑了，有些不相信地说：“你们俩没别的特殊关系？”

我说：“肯定没别的特殊关系。”

韩力洋不相信地说：“你们俩一进屋，我就从那女孩儿的眼睛里看出来了，你们俩的关系绝不像你说的这么简单。那女孩儿肯定追你呢！你们俩是情人关系，对不对？你韩叔我这辈子什么事没经过，什么人没见过？饱经沧桑，阅人无数，如果连你们俩是什么关系这点儿小事我再看不出来，我不白活了六十多岁了吗？是不是？”

说着说着，韩力洋就笑了起来。

我一看韩力洋看出了我们的关系，我就把实话跟他说了。我说：“韩叔，不瞒您说，黄晓梅那女孩儿对我是有那么点儿意思。我对她呢，也挺有好感的。但你也知道，韩叔，我爸的案子到现在还没破呢，杀死我爸的那个凶手到现在也还没找出来，我早就暗暗地发过誓了，这辈子我要是不把杀死我爸的凶手找出来，我是坚决不会找女朋友结婚的，也就是因为这个，我跟黄晓梅的关系一直就这么不即不离不远不近地拖着呢。”

韩力洋听我这么一说，再没说啥。这时，他的咖啡也喝完了，他从纸抽里拽出一张餐巾纸，擦擦嘴，然后说：“走，咱爷儿俩上我那屋聊去。”

说着，他就站了起来。我也跟他站了起来。他领着我走到他们内部职工专用的电梯门口，乘电梯就上了三十八楼。这回他没有领我上总统套间，而是总统套间旁边的一个房间。这个房间也是一个套间，不过面积不怎么太大，里间除了一张大双人床，还有一个卫生间。外间则是一个大会客室，装修得古色古香的。大茶台是用一个千年古榕树的大树根做成的，相当有气势。围绕着这个大茶台，则都是树根做的凳子。凳子上面垫着丝织坐垫。茶台上摆放着一个红木的大茶海，茶海里有烧水的炭水壶，沏茶的紫砂小茶壶、茶杯、公道杯等等一应俱全。

落座之后，韩力洋很熟练地把炭水壶点着了，又在茶壶里续上了矿泉水，就放在炭炉上烧起水来。这期间，我早已把录音笔上的录音键按开了。录音笔就在我的上衣口袋里，非常灵敏。只要是他说的话，五六米之内，都能清晰地录下来。

韩力洋一边摆弄着炭火炉，一边跟我唠嗑。韩力洋说：“快中午了，我估计一会儿你就得饿，如果饿了，我就让人给送上点儿小点心来。咱爷儿俩今儿个在这儿就敞开心扉，好好聊聊。”

我就笑着说：“韩叔，真难得能有机会跟你这么聊天呀。这种聊天真是一种享受啊！所谓偷得浮生半日闲，说的就是这个意思吧？”

不一会儿，水烧开了。韩力洋刷壶洗杯，泡茶。忙乎了一通，这才把沏好的茶汤倒进公道杯里，然后又给我斟上。这一套程序看得我眼花缭乱，没想到喝个茶竟然这么麻烦。

直到这时候，韩力洋才慢悠悠地说道：“牛海，你知道我找你过来想跟你说什么吗？”

我摇摇头说：“不知。”

韩力洋说：“我就想跟你说说你爸爸的事。”

韩力洋的话音一落，我就觉得头皮一麻，难道韩力洋真的知道杀害我爸的凶手是谁吗？那他这么多年为什么不说呢？据我所知，我爸被杀的案子，当年也算得上是江陵市的一桩大案。省厅都派人来参与破案了，可最后也没有结果，就这么搁置着呢。难道韩力洋知道内情？

就在我脑袋急遽地想着这些事，等着韩力洋的下文的时候，他却慢悠悠地喝起茶来，不往下说了。我一看他不往下说了，我有些着急，我就说：“韩叔，你知道杀害我爸的凶手是谁吗？”

韩力洋摇摇头说：“你爸具体被谁杀的，这我不知道，但我知道的是，肯定跟一个人有关系。”

我急忙问道：“谁？”

韩力洋一字一句地说道：“就是现在跟你在一起的那个女孩儿黄晓梅的父亲黄利德。”

那一刻我简直惊呆了，我直愣愣瞅着韩力洋问道：“我爸的死怎么会跟黄晓梅她父亲有关系呢？韩叔，你详细跟我说说！”

47 韩力洋细说当年

下面，就是韩力洋跟我讲述的发生在二十多年前的那些事情的录音：

“是这样的，牛海，我跟你爸很早就认识了。你爸是‘文革’快要结束时才下乡当的知青。他下乡不到一年，知识青年就开始大规模返城了。因为你爸下乡那会儿曾在公社当过民兵排长，所以，返城之后，正好赶上公安局的交警队招人，你爸通过考试就被分配到公安局的交警队去了。我就是那时候跟你爸认识的。我那时正在江陵的粮食车队开车，有一次因为开车违章，被你爸给抓住了，但那时候违章不像现在罚得这么狠，批评几句就把我放了，我们俩就这么就认识了。后来，你爸不知因为什么，就不干交警了，上派出所当民警去了，由于干得不错，长阳镇这边大开发的时候，长阳镇升格为长阳开发区，派出所扩编，你爸就被下派到这个所来了。我呢，1984年就从粮食车队辞职下海了。先是上广州那边倒腾服装电器，后来就跟我那个在香港的舅舅联系上了，他又把我弄到香港跟他做了几年生意。几年后我又回到内地，开饭馆，开旅店，反正什么生意都干过。一直到长阳镇这边大开发，政府招商引资，我就把我舅舅给介绍过来了。我舅舅是老生意人，眼睛贼毒，他到咱这儿考察一圈后，一下子就把目光瞄准了锁龙河岸边也就是现在咱们力洋酒店所在的这个位置。当时的这个位置还是一片烂泥塘、芦苇滩呢，根本就没人会相信这块地上能盖大楼，再加上那时咱们这边还不怎么懂得土地的价值，因此，我舅舅花了很少的钱就把这块地给买下了，然后就在这片烂草滩上戳起了这么一幢大楼。这就是今天的力洋酒店。

“当年长阳镇大开发的时候，社会上各种各样的人都上这儿淘金来了。在这些人里头，有一个最出名的人物，叫仇奉和。不知道你听没听说过这个人？这个仇奉和当年在江陵曾是一个挺有名的小流氓。他有个姨父是咱们江陵城建局的副局长。八十年代严打那时候，这个仇奉和因为强奸，差点儿没被枪毙。后来他那个姨父出面，找到被他强奸的那个女孩儿的父母，给了人家一大笔钱，让人家承认他们是在搞对象，并承诺跟那个女孩儿结婚，就这样，那个女孩儿改口了，仇奉和这才没判死刑，判了个流氓罪，在里面关了五六年。出来后，他在社会上纠集了一帮小兄弟，做起买卖来了。九十年代中后期，长阳镇这边大开发，由于涉及拆迁的一些事，有些钉子户狮子大开口，让很多投资商头痛不已。那时候，仇奉和的姨父已经是市建委的副主任了，正好负责这边的规划和拆迁工作，他就给浪荡在社会上的仇奉和出了个主意，让他成立一支拆迁队，跟那些投资商联手，专门对付那些所谓的钉子户。这仇奉和本就是流氓出身，干这个活儿正好是他的强项，很快就挣了不少钱。之后他又把这些钱投到一些房地产商那里，让那些钱不断升值。等我和我舅舅把力洋酒店盖起来，投入运营的时候，仇奉和已经把自己洗白了，成了长阳区和临河街这边有名的大款和企业家了。

“那时候，他在我们酒店包了几个房间，供他的那些朋友在这儿吃喝玩乐。我们酒店确实养了一些小姐，做生意就是这样，水至清则无鱼，人至察则无友。在当时那个大环境下，我们酒店不可能独善其身。由于仇奉和的身份不一样了，所以，跟仇奉和来往的朋友，有很多都是很有身份、很有地位的人，他们长年在我们酒店吃吃喝喝。我们那个总统套房从装修完到现在，从来没有住过总统，仇奉和的一些官员和大款朋友却没少在那间房住过。仇奉和在我们这儿曾包养过一个小姐，这个小姐就是你曾跟我打听过的那个董晓凤。这回你明白我跟董晓凤的关系是咋回事了吧？

“那时候的董晓凤绝对是清水出芙蓉，不但长得漂亮，而且温柔可人。她被仇奉和包养之后，基本上就不怎么接客了，陪的全是仇奉和的那些有用的朋友和官员。但是，仇奉和手下有个亲信，跟这个董晓凤的关系很不一般。这个亲信就是你那天领来的黄晓梅的父亲黄利德。这个黄利德是个复员兵，一米八的个头儿，不胖不瘦，不高不矮，浓眉大眼，不但长得一表人才，而且心思缜密。他在部队时是一个侦察兵，练就了一身的好功夫，什么擒拿打斗，腾挪翻墙，化装蒙人，无所不能。他那时是仇奉和的专职司机和保安队队长，是仇奉和最信得过的人。因为仇奉和那个人长得獐头鼠目、尖嘴猴腮，比较猥琐，所以，董晓凤跟他鬼混，完全是冲着他的钱和他的势力去的。董晓凤被仇奉和包养之后，接送和使车用车都是黄利德的活儿，一来二去这个女人就跟黄利德勾搭上了。至于仇奉和知不知道董晓凤跟黄利德的关系，这咱就不好说了。

“后来仇奉和的生意越做越大，不但投资房地产生意，而且还在油田买了几口油井，倒卖原油。当初咱们长阳开发区的副区长是苗壮，主抓招商引资和项目开发，他正是由于在开发区建设过程中，做出了一些政绩，才提拔为江陵副市长的。因为苗壮要政绩，他才给仇奉和出了这么一个主意，说是让他整合资产，建一个炼油厂，还忽悠仇奉和说建炼油厂是赚大钱的买卖。于是，仇奉和就相信了，把所有的资金都抽出来，投到这个炼油厂上了。当时炼油厂的选址就在锁龙河下游的泥鳅泡一带，地都征完了，很多设备也都进来了。就在仇奉和志得意满想大干一番的时候，没想到苗壮调黑鱼泡当副书记去了，黑鱼泡那时候也是一个刚由县级市升格为地级市的新兴城市，苗壮上黑鱼泡去当副书记，也算是提了一格。但这样一来，有些事他在江陵这边说话就不太灵了。特别是在仇奉和的炼油厂项目上，他说话根本就不好使了。

“也就是在这时候，仇奉和的资金链出现了问题。为了资金能够接续下去，免得项目泡汤，仇奉和想了很多办法，但都无济于事。当初苗壮在江陵的时候，能跟银行说上话，没有钱，就上银行去贷款。苗壮一走，再加上当时的银行盘查呆账、紧缩银根，再想从银行往外贷款就比较艰难了。而仇奉和一贷就是几个亿，项目能做啥样还不得而知，谁敢轻易把钱贷给他呀。仇奉和没有钱，购进的一堆设备就在河滩上放着，风吹霜打，日晒雨淋，厂房迟迟盖不起来，他能不着急吗？为了能从银行贷出款来，这仇奉和就使上阴招了。

“仇奉和把目光瞄准了一家城市小银行的行长薛桂明。这个薛行长是这家银行分管贷款的二把手，掌握着放贷大权。薛桂明原先跟苗壮关系不错，当初仇奉和贷款都是苗壮在中间给做的工作。现在苗壮走了，仇奉和以前贷的款还有两三个亿没有还上呢，薛桂明就是胆子再大，也不敢再给仇奉和贷款了。仇奉和为了能从薛桂明手里贷出钱来，就使了个美人计。他知道这个薛桂明非常好色，于是就把自己包养的小姐董晓凤介绍给了他。薛桂明一看董晓凤，果然骨酥肉软，难以招架。很快就跟她打得火热，董晓凤也使出百般媚态，万种风情，迷得薛桂明五迷三道，乐不思蜀。后来这董晓凤就不断给薛行长吹枕头风、使小性子让他给仇奉和贷款。直到这时候，薛桂明才明白原来仇奉和给他使美人计是为了贷款。

“薛桂明想疏远董晓凤，但又有点儿舍不得，仇奉和一看薛桂明玩了他的女人还不给他办事，就挺生气的。为了逼薛桂明就范，有一天，他让董晓凤把薛桂明约到了我们酒店，两人吃完喝完，洗澡上床，就在他们在床上颠鸾倒凤、云雨巫山的时候，房间的门被踹开了。长阳区派出所所长——也就是你父亲牛碧仁领着几个警察闯了进来，把薛行长和董晓凤给抓了个现行。薛行长嫖娼的消息绝对是重磅新闻，这个丑闻一旦泄露出去，不但他的行长位置不保，我们酒店因为容留卖淫嫖娼人员也得进行整顿，那我们的损失就大了。

“其实，当时我们酒店养小姐的事，你父亲他们派出所是知道的，但我们从来没有让他们在扫黄时抓过现行。为什么没有抓过现行？一个是我们做得比较隐蔽，再一个就是，当时的领导有话，说为了招商引资，不要管得那么死。以前因为扫黄把一些投资商都给吓跑了，你父亲他们派出所为此还曾挨过批评，说派出所不为改革开放保驾护航，反倒给改革开放添乱。所以，在当时那种大的环境下，如果没有人报案，你父亲他们一般都是睁一只眼闭一只眼的。那天晚上之所以突然上我们酒店来扫黄，而且还抓得那么准，就是因为有人给报了案。后来我们才知道，那天晚上给派出所报案的就是仇奉和。

“薛桂明和董晓凤还有另外两对嫖宿者被带到了派出所。这时候仇奉和出面给说情保释，因为嫖娼也不是啥大罪，罚款了事。但薛桂明不是一般人，他是银行行长，这事得保密呀。你爸那个人也挺通情达理的，后来就给薛桂明跟仇奉和承诺，说这件事到此拉倒，一定会给薛行长保密。

“这事在派出所那儿就这么过去了。可派出所那儿没事了，不等于在仇奉和那儿就没事啊，仇奉和设了这么大的一个局，他的目的是为了贷款呀。所以，薛桂明被保释出来后，仇奉和就天天跟他要贷款，并威胁说，如果不给放款，就把他嫖娼这事捅出去。薛桂明这才知道，自己被仇奉和给设计了。但是，银行不是他家开的，他就是想给仇奉和贷款，他一个人也说了不算哪。但仇奉和又天天纠缠他。他为了摆脱仇奉和的纠缠，就找了另外一个叫三虎子的流氓头，请他出面给摆平这事。没想到仇奉和根本就不买三虎子的账，这两伙都带有黑社会性质的流氓团伙不知怎的就说崩了，当场就火拼上了。据说当时仇奉和身上带着一把六四手枪，就在三虎子想掏枪干仇奉和的时候，仇奉和先掏出手枪把三虎子给打死了。这下事可闹大了，仇奉和就想用钱把这事摆平，但三虎子家里不同意，这件事很快就被捅到派出所去了。就这样，仇奉和因为私藏枪支和故意杀人被判了死刑。当时这个案子正好归你爸他们派出所管。就在仇奉和被抓起来不长时间，在一个月黑头的晚上，你爸突然被人给打死了。有人说是仇奉和手下的人干的，可仇奉和和他手下的那些骨干当时都在监狱里呢，不可能出来暗杀你爸呀！再者说，你爸跟仇奉和他们并没有什么实质性的矛盾呀，他们没有理由要干掉你爸呀？还有人说，是薛桂明找人干的，可是，这也没有证据呀。就在你爸被人打死不长时间，薛桂明全家也被灭门了。这个案子到现在也一直没破呢。还有人说，是黄利德干的，黄利德为了给仇奉和报仇，杀死了你父亲。可是，经过那么多警察的调查，证明你爸死的那天晚上，黄利德正在接受你爸他们派出所的副所长吕枫的审讯呢，他不可能分身出去杀害你父亲呀？因此，你父亲的案子就成了悬案。一直到现在也没有什么结果。”

（韩力洋的录音结束）

说到这儿，韩力洋不说了。可我正听得来劲儿呢，我就看着他说：“韩叔，怎么不往下说了？接着说呀。”

韩力洋就说：“还说啥呀？该说的我这不都说了吗？”

我就说：“您不是说，我爸的死跟黄晓梅她父亲黄利德有关系吗？”

韩力洋就说：“是啊。我说了这么半天，你还没听明白吗？”

我就说：“您刚才不是说，我父亲被人暗杀的那天晚上，黄利德正在派出所接受副所长吕枫的审讯呢吗？”

韩力洋说：“是啊！”

我就说：“那他跟我爸的死也没啥关系呀？”

韩力洋就说：“你爸跟他们之间这恩恩怨怨不就是关系吗？”

说到这儿，韩力洋意味深长地说：“牛海，我一点儿都没有想要挑唆你跟那个黄姑娘关系的意思。我就是想提醒你，你父亲当年跟黄姑娘她父亲有过这么复杂的关系。现在黄姑娘她父亲又因为腐败被抓进去了。你跟她交往，还是谨慎些为好。因为我跟你爸的关系不错，我才这么提醒你。如果是别人，我是不会说这些陈芝麻烂谷子的陈年往事的。”

我就问他说：“韩叔，那董晓凤后来呢？”

韩力洋说：“仇奉和被判死刑之后，董晓凤就从我们这儿走了，至于上哪儿去了，这我就不太清楚了。”

我又问他说：“韩叔，那董晓凤是怎么发的财，怎么挣下了这么大的一块事业呢？”

韩力洋微闭着眼睛，仰着脸，缓缓说道：“至于董晓凤是怎么发的财，怎么挣下了这么大的一块产业，这我也不清楚。有人说，仇奉和临死之前，曾给了她一笔巨款，她就是靠着这笔巨款才发达起来的；还有的说，她后来又靠上另外一个大款，那个大款给她投资，她才做起来的；更有人说，董晓凤跟省里的一个高官扯上了关系，她是靠着那个高官才做起广告生意的。牛海呀，英雄不问出处，不管怎么说，董晓凤现在是女企业家，是咱们江陵市的人大代表，还是什么广告协会的副会长，头衔不少。她发达之后，曾上我这儿来看过我，虽然没说什么，但我也明白，她来的目的就是让我不要把她当年在我们酒店做过小姐这事给她说出去。牛海，每个人活在这个世界上都是不容易的，董晓凤当年之所以出来做小姐，操皮肉生意，那不也是无奈之举吗？她一个从农村出来的小女孩儿，要文化没文化，要背景没背景，要财力没财力，又没人帮她，就靠着自己的色相，能干到今天的这个位置，是非常不容易的。所以，那天你问我有关她的事情，我是非常不想说的。真的，我劝你也不要为难她，毕竟大家都很不容易呀！”

韩力洋语重心长地跟我说了这么一番话，他的心思我是明白的，我也知道董晓凤能做到今天这么辉煌很不容易。但只要她没犯罪，我也不想追究她当年是否做过小姐的往事。但我总觉得，韩力洋还有很多话没有跟我说。他既然把我找来了，为什么又吞吞吐吐地不想多说什么呢？他今天主要的目的就是让我不要跟黄晓梅交往下去了，但他又没说明我爸的死跟黄利德到底有什么关系。

说到黄利德，我不由想起梁宝亮跟我说的那番话，梁宝亮说，黄利德有一段历史说不清楚。到底哪段历史他没有说清楚，是不是就是这段历史呀？于是，我就问韩力洋说：“韩叔，仇奉和被处决之后，他的那些马仔都干啥去了？”

韩力洋说：“还能干啥去？树倒猢狲散呗。凡是参与那天晚上跟三虎子火拼的人和手上沾有鲜血的人，该抓的抓，该判的判。其他的作鸟兽散，该干啥就干啥去了呗。”

我就问：“那黄利德呢？仇奉和死后，黄利德干啥去了？”

韩力洋说：“黄利德后来不是出国了吗？听说上非洲开金矿去了。他不就是在非洲发的财吗！”

韩力洋这么一说，倒是跟梁宝亮说的对上茬儿了，可是，他到底哪段历史不清楚呢？看来，我还得跟宝亮打听打听。不管咋说，今天我终于从韩力洋这儿知道了我爸被人暗杀前后的那些事了。我爸的死很可能跟仇奉和或者被灭门的那个银行行长薛桂明有关系。但这也只是猜测，因为到现在也没有找到我爸被人暗杀的有价值的线索。当年的知情人死的死，亡的亡，就剩下这么个韩力洋也只能说到这种程度了。

48 小廖出事了

那天，我从力洋酒店往回走的时候，都已经是下午3点多了。由于一直跟韩力洋喝茶聊天，中午也没有吃饭，就在韩力洋跟我谈话的那个房间里简单吃了几块小点心，算是午饭了。

就在我开车刚离开力洋酒店不一会儿，我的手机铃声忽然响了。我一看来电显示，是黄晓梅的电话，当时我还以为是她的那个叫汪海洋的同学有“9·28”监控视频的消息了呢。我接起电话“喂”了一声，还没等我说话，黄晓梅就急促地说：“牛海，你在哪儿呢？赶紧上医院来吧，小廖出事了。”

我一听小廖出事了，脑子轰地一下，急忙问道：“小廖出什么事了？”

黄晓梅说：“小廖让人给打了，生命垂危，你赶紧过来吧！就在临河街中医院抢救呢！”

说着，黄晓梅就把电话挂了。

我急忙掉转车头，开车朝临河街中医院快速开去。由于路上堵车，我赶到医院时都已经快下午4点了。到了医院，我一看电梯门口等了不少人，可电梯还在九楼停着呢，一层一层下得非常慢，我心里着急，也没心思等电梯了，就顺着楼梯一路小跑上了五楼的外科抢救室。我一上楼，就看见我们所长老丁和黄晓梅还有我们所的另外两名同志正在抢救室门口等着抢救的消息呢。老丁一看我，脸色非常不好看。老丁说："你咋这么半天才来呢？"

我一看老丁脸色不好，就嗫嚅着说："路上堵车。"

老丁说："这一整天，你都干啥去了？"

我一看这也不是说话的地方啊，再加上旁边还有别的同志，我就小声说："一会儿回所里我再跟你汇报吧。"

说到这儿，我就问道："小廖咋样啊？"

老丁说："这不正在抢救呢吗？"

我又问道："伤得重不重啊？"

老丁吁了口气，说："挺重的。"

我就又问："凶手抓到没有啊？知不知道是谁给打的？"

老丁说："上哪儿抓凶手去呀？当时围打他的有十多个人呢。等我们知道他被打伤时，他已经被别人给送到医院来了。"

说到这儿，老丁用批评的口气说："牛海你怎么净胡整呢？你有什么权力让小廖化装侦查盯人啊？他不穿警服随便执法抓人，他不挨揍往哪儿跑啊？你呀你呀，你怎么净干这种授人以柄的小儿科勾当呢？"

面对老丁的指责，我无言以对。

这时，抢救室的门开了，一个戴着口罩的男医生走了出来。我跟老丁几个都围了上去。老丁急忙问那医生说："大夫，我们的人怎么样了？抢救过来没有啊？"

男医生摇摇头，用低沉的口音说道："伤者是被凶手用钝器击打在后脑上了，整个后脑都塌陷了。送到我们这儿来的时候，伤者就已经没有生命体征了。很遗憾，我们虽然尽力了，却没有抢救过来。"

医生说着，就闪开身子，把抢救室的门给我们让开后，瞅着老丁说道："你们谁是死者的家属和领导，进去看一眼吧。"

当我听到医生说小廖没有抢救过来，那一刻，我忽然感觉到心脏被什么给扎了一下似的。我猛然意识到，小廖这不是被我给害死的吗？我猛地一把抓住那个男医生的胳膊，大声说道：“你说什么？你们没有抢救过来？那你们医生是干什么吃的？不就是一外伤吗？怎么会死人呢？你告诉我，一个简单的外伤为什么会死人？”

当时，那医生肯定是被我的吼叫和扭曲的脸给吓着了，当我后来回忆当时的场景时，我才想起来，那个医生眼镜后面的那两只小眼睛流淌出来的是一种恐惧的光。

老丁一看我这样，猛然一下把我拽开了，大声叫道：“牛海你干什么？唵？你疯啦！”

黄晓梅也哭着说道：“牛所，牛所，你不要这样，你不要这样……”

那一刻我想我是疯了，我猛然挣开老丁抓着我的那只手，狠狠地把那个医生推到一边，然后就朝抢救室走去。抢救室里还有几个穿着深绿色手术服装的医生护士，他们一看我那凶神恶煞的样子，一个个吓得蜷缩在一旁，不敢吱声。我几步蹿到手术台旁，我注意到手术台上的小廖正安静地躺在那里，脑袋上的头发都已经给剃光了。他的脸色蜡黄，没有一点儿血色，我一步抢上去，一把抱住他就号啕大哭起来。我这一哭，黄晓梅和我们的那两个小警察也都跟着哭泣起来，一时间，整个抢救室内哭声震天。

我知道，小廖就是被我给害死的。他昨晚值夜班，为了盯韩力洋，他在力洋酒店附近转悠了一宿，今天如果不是我给他打电话，让他赶紧过来盯住董晓凤，此时的小廖恐怕还在被窝里睡觉做梦呢。可是，现在他却躺在了这冷冰冰的手术台上，永远也醒不过来了。我不是害死他的凶手谁是凶手啊？是我把小廖害死了！我不能饶恕我自己。想到这儿，我就更加抑制不住自己的哀恸和自责，我就像一匹失掉自己狼崽的老狼那样泪如狂雨号啕大哭。哭着哭着，我就什么都不知道了。

49 小廖之死

当我清醒过来的时候，我发现我躺在一间四壁洁白的屋子里，手背上扎着药针，床头上挂着吊瓶。冷梅冷局长还有老丁和黄晓梅等人正站在我的旁边看着我。黄晓梅一看我醒过来了，就悄悄地扭过脸去抹眼泪。老丁则面色阴沉，盯了我好一会儿，才用一种讥讽和批评的口气说：“你醒过来了？啼？哭够没有啊？没哭够接着哭！”

老丁这么一说，我的眼泪就又流出来了。

老丁又略略提高了声音说：“你哭啥呀？你还有脸哭啊？要不是你，小廖他能死吗？”

这时，冷局就用手势制止住了老丁对我的指责。冷局就像一个慈祥的大姐姐那样摸了摸我的额头，说：“牛海，你好好休息吧。”

我哽咽着说：“冷局，都怪我……”

冷局用手势制止住我的话头，说：“你也用不着自责。先在医院住着，等你好了咱们再说。”

我就问老丁说：“丁所，我这是怎么了？”

老丁瞪着眼睛说：“你说你怎么了？你是哭大劲儿了，还问我怎么了？你自己怎么了你自己不知道吗？”

冷局就再一次制止住了老丁对我的批评。冷局说："丁所长，你也少说两句吧。有些事等牛海从医院出来再说。"

说到这儿，冷局又对我说道："你先在医院好好休息两天，医生说你是心肌缺血引发的短暂晕厥。这一段时间你也是太累了，先歇两天，完了再说。"

之后冷局又跟老丁说道："丁所，你们所派个人在医院这儿照顾牛海一下，没问题吧？"

老丁阴沉着脸子说："这能有啥问题。这不就有现成的人吗？"

说着，老丁对黄晓梅说："晓梅，你就在这儿先照顾牛海两天吧，所里那边的工作有事你就回去，没事就在这儿照顾牛海，行不？"

黄晓梅点点头，没有吱声。

冷局说："那我们走吧。"

说着，冷局和老丁还有我们所的那两个小警察就都走了。

他们一走，黄晓梅一下子就抓住我的手呜呜地哭泣起来。我不知道她是在哭我的病，还是在哭小廖的死。她这一哭，我这眼泪也跟着她流出来了。我跟小廖的那些往事，一幕一幕都涌现在我的眼前，我哭得就更厉害了，几乎哭得抽搐过去。

黄晓梅一看我哭成这样，她就有点儿害怕了。她死死地抓着我的手说："牛海……牛海你别哭了……牛海你别哭了行不行啊？医生说，哭对你这病不好。你知道你昏迷了多长时间吗？"

我一听黄晓梅这么说，我就止住了哭泣，眼泪汪汪地看着黄晓梅。黄晓梅说："你昏迷了四五个小时这才醒过来。你要是再哭昏过去，我不得跟着担责任吗？求你了，别哭了。"

我使劲攥着黄晓梅的手，就像攥着一根救命稻草似的，好半天才说道："小廖呢？小廖上哪儿去了？"

黄晓梅哀戚着说："牛海你糊涂了，小廖不是死了吗？"

我就说："我知道小廖死了，可是，他的尸体呢？他的尸体给放哪儿去了？"

黄晓梅说："小廖的尸体放在火化场的冷冻柜里了。局里正在准备给他开追悼会呢。"

说到这儿，我的头脑渐渐清醒过来了。我记得我跟小廖分手的时候，是在广德大厦的停车场，我让他盯住董晓凤，不要让她再跑了。因为一旦她离开江陵，找她实在太费劲，好不容易才抓住她的影子，可不能让她再溜走了。我记得当时小廖跟我说，广德大厦这么多的进出大门，怎么盯啊？他说他要化装成一个清洁工上到董晓凤他们公司所在的那个楼层，这样就方便盯她了。这也就是一个简单的盯人，他怎么会被人给打死呢？而且还打得那么惨，整个后脑勺都给打塌陷了？这是些什么人下的如此狠手啊？

想到这儿，我就问黄晓梅说："小廖是怎么被人给打的？"

黄晓梅说："具体我也不太清楚。当时我正在所里呢，等我们知道小廖被人打了的时候，他都已经躺在医院里了。是那幢大楼里的两个员工给送到医院的。他们把小廖送到医院后就走了。据丁所说，我们正在通过大楼里的监控，寻找送小廖来医院的那两个人呢。"

我就又问："那小廖是怎么被人打的呢？"

黄晓梅说："听几个围观的人说，由于小廖性骚扰，那个女的就大喊大叫，那层楼里的几个办公室还有其他的一些散乱杂人就把小廖给围了起来，小廖就说他是警察，是在执行任务。那些人不相信，说小廖是假冒警察，说着说着双方就争吵起来，那个说被性骚扰的女人又大哭大叫，于是，就有人动起手来，在混乱中，不知是谁，用一根铁棍击打在了小廖的头部。小廖倒下之后，又有人朝他的脸上和脑袋上猛踢，当人们发现他已经不行了的时候，那些人就一哄而散了，那个说他性骚扰的女人也没了踪影。小廖在那层楼上的走廊里躺了半个多小时，才被人送到医院来的。”

黄晓梅一说完，我就意识到，那个说小廖性骚扰的女人，肯定是董晓凤。打小廖的那些人，也肯定是董晓凤公司的人。想到这儿，我就问黄晓梅说：“晓梅，说小廖性骚扰的那个女人是什么样的女人？是不是董晓凤啊？”

黄晓梅说：“不知道啊。现在大楼里的监控还没有调出来，而且就是调出来恐怕也看不出什么。因为广德大厦每层楼的楼道走廊里只有一个监控摄像头，小廖被打的地方正是监控的死角。丁所和局里正在调查这件事呢。由于小廖当时没穿警服，他执法的合法性就遭到了一些人的质疑，到底怎么个说法还不一定呢。”

黄晓梅说完，我就觉得心里一阵阵地刺痛，也不知道是由于心肌缺血引起的还是黄晓梅刚才的讲述引起的。但不管咋说，小廖的死，我是有着不可推卸的责任的。如果不是我把他叫出来，让他来盯着董晓凤，他就不会出这种事。再一个，当初他说他要化装成清洁工进入楼层去盯董晓凤，我就不该答应。他这么一化装成清洁工，肯定得穿着清洁工的工作服，他不穿警服就去执法抓人，这不正给了人家对他下手的借口吗？如果我当初脑袋要是多转两个个儿，他也不至于被人给打死啊！这责任不全在我吗？

想到这儿，我这眼泪就又流了出来。

黄晓梅看我流泪，就劝我说：“牛海，你别老哭了，你这一哭，整得我也想跟着你哭。这三更半夜的，咱们俩在这哭天抹泪，让医生护士们看见多不好啊！你赶紧再睡一会儿吧。”

黄晓梅这么一说，我就问她：“现在几点了？”

黄晓梅看看手机上的钟点说：“都凌晨2点半了。你赶紧再睡一会儿吧。我也睡一会儿。”

说着，她看了看吊瓶里的药水，说：“你先睡吧，我给你看着点儿药。”

说着，她就拽过一块毛巾，盖在了我的眼睛上。她怕日光灯的光亮刺激我的眼睛我睡不着，所以，才把我的眼睛给蒙上了。

我闭着眼睛也想眯一会儿，却怎么也睡不着，脑瓜里翻来覆去都是小廖的影子。一想起这些年我跟小廖交往的那些往事，我这眼泪就像止不住的泉水似的往外流。泪水顺着眼角流淌出来，很快就把枕头给浸湿了。

黄晓梅发现我又哭了，就有些不高兴地说：“牛海，你咋回事啊？你怎么又哭了呢？我不是不让你哭了吗？你老这么哭对你这病没啥好处，另外也不解决啥问题呀！”

我就扯掉蒙在我眼睛上的那块毛巾，看着黄晓梅说：“我也不想哭了，我也知道我的这种哭对于小廖的死毫无用处。可是我忍不住啊！一想起这些年跟小廖的那些事，眼泪不由自主地就淌出来了。”

黄晓梅听我这么一说，她也嘤嘤地哭了起来。我一看她哭了，我就又去劝她。我们俩就这么泪眼相对，一直到天亮。

50 老丁的忠告

我是第二天上午从医院出来的。医生和我们所长老丁还有冷局他们都不让我出院。医生说我这病要是不抓紧治疗，容易引发心梗，所以劝我趁着年轻，赶紧根治。但是，我心里惦记着“9·28”案的情况，惦记着董晓凤是不是已经离开江陵了，更惦记着黄晓梅她的那个叫汪海洋的同学是否把“9·28”那天的监控视频给我找出来了。再加上我必须得参加小廖的追悼会，这么多事堆在一起，我怎么能在医院躺下去？因此，我也不管谁说啥，早晨把那个吊瓶打完之后，我就去办出院手续去了。

我回到所里的时候，所里显得很肃穆，所有人的脸上都蒙着一层哀伤。我跟黄晓梅进门的时候，有几个同志也只是抬脸瞅了瞅我，没有一个人跟我说话。我不知道他们这是在谴责我，还是觉得没什么好说的。我扫了一眼这几个熟悉的面孔，唯独缺少小廖，如果小廖还在的话，他一看我跟黄晓梅在一起，肯定得开我们的玩笑，说一些半荤不荤的笑话逗得晓梅开怀大笑。往后，再没有人跟我们开这种玩笑了，再没有人跟我们说那种荤素夹杂的笑话了，一时间我就觉得肝肠寸断，眼泪不由自主地就流淌出来了。

那几个同志一看我流泪了，就都把脸低下去了，很快，整个屋子里响起了一片压抑的抽泣声。这种气氛感染着我，我实在忍不住了，叫了一声“小廖”，就号啕大哭跑进了我的办公室里去了……

我进办公室后，一下子趴在我的办公桌上，呜呜滔滔地哭泣起来。我也不知自己哭了多长时间，就听见办公室的门一下子被撞开了。我抬起泪眼一看，只见老丁和我们所的其他同志都在门口站着呢。老丁面色凝重，眼睛里充血，狠狠地盯着我说：“哭完没有？要不要我们大伙儿一起陪你哭？”

我一看老丁的那个严肃的样子，就强止住了自己的哭泣，我哀哀地瞅着他，听他把话说下去。

老丁看我不哭了，这才说道：“哭能解决问题吗？哭要是能解决问题，咱们大伙儿都在这儿陪你哭。我告诉你牛海，哭是懦弱和无能的表现。知道吗？”

面对老丁的批评和指责，我无话可说。我知道，这一切都是我造成的，我有不可推卸的责任。

老丁看了看站在他身后的那几个同志，说：“你们都忙你们的去吧，我跟牛所商量点儿事。大家都精神起来。咱们是警察，是跟犯罪分子战斗在第一线的，流血牺牲是我们的职责所在。小廖同志牺牲了，我比你们任何人都难受，但光难受有什么用？我们得振作起精神，继续跟那些坏人、犯罪分子，跟危害人民生命安全的现象做斗争。不能因为死了一个人，就像天塌下来似的。好了，你们都去忙你们的吧。”

那几个同志听老丁这么一说，就都回到自己的岗位上工作去了。老丁走进我的办公室，把门拽上之后，就坐在了我对面的椅子上。老丁瞅了我好半天，才缓缓说道：“牛海，你把那天让小廖执行任务的事，再详细跟我说一下。”

于是，我就把那天跟黄晓梅上广德大厦去找她同学调看“9·28”监控录像巧遇董晓凤，以及这期间韩力洋又给我打电话，让我去见他的事，从头至尾跟他说了一遍。

老丁听完，皱着眉头说：“牛海，你知不知道，小廖的事挺麻烦哪？”

我不解地看着老丁，问道：“怎么个麻烦哪？”

老丁说：“小廖出事那天，不是他当班，他头天晚上值夜班，本来应该在家休息的，可是，他私自出来，在一幢大厦里进行性骚扰，被人抓住之后，在没有穿警服的情况下，竟然说自己是警察在执法。所以，有人说，小廖的死是咎由自取，不但追悼会的格定得很低，甚至连烈士都评不上。”

我一听老丁这么说，当时我就急了，我说：“小廖执行任务是我让他执行的，调查董晓凤是局里给我的任务，这怎么就是咎由自取了？说小廖性骚扰？笑话！他们有什么证据说小廖是性骚扰啊？小廖是那种人吗？这不是往小廖脑瓜子上扣屎盆子吗？”

老丁一看我激动得那个样子，就说：“你小点儿声，你跟我叫唤啥呀？小廖是啥样人我不比你清楚吗？我跟你说牛海，你得冷静点儿，现在问题并不像你想象的那么简单！你说是你让小廖执行盯人任务的，你有什么权力让小廖去盯一个人大代表、青年企业家呀？”

我就争辩说：“这是局里交给我的任务啊！我这是在执行局里交给我的任务呀，这有什么错吗？”

老丁就不耐烦地说：“牛海，你是真糊涂啊还是装糊涂？冷局当初给你交代任务时是怎么跟你说的？不是说让你秘密去调查这件事吗？谁让你这么大张旗鼓地去调查、去布控、去盯人了？”

老丁这么一说，我一下就傻眼了。是啊，当初冷局在锁龙山庄单独跟我交代任务时，嘱咐又嘱咐，让我秘密调查“9·28”的案子，不要让别人知道。老丁之所以知道这件事，是因为我被冷局临时秘密地抽调出去侦破这个案子，她怕影响所里的工作，所以才跟老丁打了招呼的。至于她跟老丁是怎么交代的，我也不知道。这件事，除了我跟老丁还有小廖知道，别人谁都不知道。现在小廖一死，弄出了这么大的一个响动，这所谓的秘密还能称其为秘密了吗？这泄密的责任我得怎么跟冷局交代呀？

老丁看我不说话，就又接着说道：“牛海，你介入‘9·28’这件事，已经在刑警队那边引起反响了。吕枫他们特别生气，你不是刑警队的人，又不是‘9·28’专案组的成员，你私自秘密调查侦破这个案子，你这是犯纪律的你知道不？吕枫昨天在局里的中层干部会上说：‘咋的，他牛海还想当一个穿着警服戴着警徽的私家侦探哪？他要是想当私家侦探就别在派出所干了，自己挂牌营业去多好啊！’刑警队有好些人都对你绕开他们私自介入‘9·28’案表示不满，他们认为你根本就没把他们放在眼里，你知道吗？”

我真没想到我的一个错误决定，不但搭上了小廖的一条命，而且还在局里引起了这么大的风波。怎么样才能平息这场风波呢？一时间，我真的有点儿乱了方寸了。我定定地瞅着老丁，看他是啥意思。

老丁吁了口气，说：“冷局现在还没有出面来承担责任，这说明啥你明白吗？”

我摇摇头，说：“不明白。”

老丁说：“冷局的意思很清楚，她现在还不想让别人知道她秘密给你布置侦破‘9·28’案子的事，她还想让你继续调查下去。所以，小廖的死，这个责任你必须得承担起来！你明白吗？”

我点头说：“我明白！”无论冷局出不出面承担这个责任，小廖的死，我是有不可推卸的责任的。

老丁说：“你明白这个就好。所以，你必须得接受局里给你的处分！明白吧？”

我点头说：“明白。”

老丁站起来，面色凝重地说道：“你这个副所长肯定得免掉了，接替我当长阳区派出所所长的任职令也泡汤了。一切都得从头开始。有人在会上提议要扒掉你的这身警服，把你开除警察队伍！”

我一听这句话，猛然站了起来，我冲着老丁大声吼道：“谁说的？谁说的要把我开除警察队伍？”

老丁不耐烦地摆了一下手，说：“谁说的我还得告诉告诉你吗？你听我把话说完哪。这个提议当时就被冷局给否决了。这也都是警队那边一些人的妒忌心理在作怪，但也不排除有人真的想通过这件事把你排挤出警察队伍。所以，往后你的工作将会更加艰难了，你要有这个思想准备，听明白没有？”

我就点点头说："听明白了。"

老丁说："既然听明白了，接下来该怎么做，就不用我教你了吧？"

说着，老丁就出去了。

51 汪海洋的出尔反尔

小廖是两天后被火化的。他的追悼会开得极其简单，因为小廖是在上班之余私自去执行所谓的任务，而且还是被当事人指责为性骚扰而发生的意外，因此就不能申报为烈士称号，抚恤之类的待遇都定得很低。当天参加追悼会的，除了我们所的全体警员外，局里只来了一个主管治安的副局长，连冷局都没有出面参加。追悼会那天，哭得最伤心的，除了我和黄晓梅，再一个就是小廖他媳妇。小廖他媳妇哭得死去活来，就在小廖的尸体往火化炉里推的那一瞬间，她竟然哭晕过去了。她这么一哭，我也受不了了，如果不是我强力控制自己的情绪，我那天非倒下不可。

小廖被围打的监控视频都已经调出来了。正像黄晓梅所说的，由于广德大厦的楼道里只安了一个监控摄像头，所以，发生事情的那段走廊距离摄像头就比较远，是监控的死角，从视频上除了能模糊看到一群人在围打一个人外，别的什么都看不清。从视频上看，一个女的——也就是董晓凤，从办公室出来后，一个穿着清洁工服装的人——也就是小廖，走了上去，把她拦住了，两人站在那儿说了能有一分多钟时间的话，那个女的就甩开了清洁工，朝楼道另一侧的出口快速走去。清洁工从后面追了上去，拦住了她，并用一只胳膊搂住了她的脖子，那女的就挣扎，并用包击打清洁工的脸，清洁工就松开了搂她的那只胳膊。那女的挣脱出来后，拿出手机，不知给谁打电话，清洁工就上前去阻止，并抓住了那女的一只手，那女的就一个劲儿地躲闪。很快，从走廊的另一侧，跑过来一帮人，手里好像都拿着家伙，清洁工就松开了那个女的。清洁工不知道跟那些人都说了什么，很快，那些人就跟清洁工厮打起来。后面就看不清了，只能看到很多人殴打躺在地上的清洁工。五六分钟后，来了两个保安，把那些人给驱散了。但保安并没有理会躺在地上的伤者，而是拿着对讲机，不知在跟什么人讲话。后来，那两个保安就走了。几分钟后，又过来两个人，他们发现了躺在地上的伤者，两个人蹲下去，不知跟伤者说了些什么。然后其中的一个拿出手机打电话。大约半个小时后，来了几个穿白大褂的医护人员，他们跟那两个打手机的人把伤者给抬走了。

楼道里发生的事情就是这么个过程。

现在，广德大厦的那两个保安已经找到了。那两个保安说，他们是接到有人报案，说八楼有人性骚扰，被几家公司的员工给抓住了，发生了厮打，他们就上来看了看，发现被打的是一个清扫楼道的清洁工，于是，就给保洁公司打电话，让他们把人领回去。那两个保安说，当时小廖躺在地上，脑袋出血，闭着眼睛也不说话，他们还以为他是装死呢，也就没理会他，给保洁公司打完电话之后，他们就下楼忙他们自己的事去了。至于都有谁参与了殴打，谁给120打的电话，他们说他们也不清楚。他们说因为当时人很多，场面也很混乱，那些人他们又都不认识，因此不可能记得都有哪些人参与了殴打。

那两个送小廖上医院的人也找到了，他们是那层楼另外一家公司的员工。他们说，楼道里发生厮打事件他们是知道的，当时因为在电脑上忙着写东西，就没有出来看，也不知道是因为什么事发生的殴斗。后来他们上厕所，发现了躺在地上的小廖，他们一看，这个人都已经不行了，这才给120打的急救电话。因为临河街中医院离他们这儿不远，所以，他们一直等到120急救车来，才跟急救车上的那些医护人员把伤者抬到了车上。两个人除了给小廖办理了住院抢救手续之外，其他的费用都不是他们垫付的，他们说，他们兜里没钱。后来，负责抢救的医护人员在小廖的内衣口袋里发现了他的警官证，这才知道他是一名警察，于是给我们所打了电话。

从监控视频上看，小廖在阻止董晓凤离开的时候，确实有不当动作，首先他不该用胳膊搂住董晓凤的脖子和拽住她的一只手，这就给董晓凤说小廖性骚扰提供了口实。再一个就是，当那些人围过来跟他理论的时候，他应该及时拿出警官证给那些人看，让人知道他是警察在执法。这些在视频上都看不到。

董晓凤没有找到，他们公司的人说，她当天晚上就回省城了。我们根据他们公司提供的电话联络方式，都联系不上，她的手机一直处于不在服务区的状态。往省城她所在的公司打，公司的人说，董晓凤一直没有来上班。所以，作为当事人的她不在，这件事很难说清楚。

小廖被打致死这件事，由于找不到董晓凤，暂时就只能这么草草地结案了，局里和所里都没有给出个准确的说法。而我的免职令是两天后下来的。免除我长阳区派出所副所长的职务，免除我作为长阳区派出所所长人选的公示，并给予我一个警告处分。对于我自己的处分，我倒并不觉得怎么委屈，我唯一感到内疚和对不起的是小廖，小廖才三十多岁呀，他的人生的大好时光才刚刚开始啊，就因为我的这么一个错误的决定把命给搭上了，他死得多不值啊！如果我要是不把“9·28”的这个案子给破了，我怎么去告慰小廖的在天之灵？就是为了小廖，我也要不惜一切代价，哪怕付出我的生命，也要把案子给破了。

但现在我跟“9·28”案已经没有任何关系了，我既不是刑警队的刑警，又不是“9·28”专案组的成员，我现在就是长阳区派出所一名普通的小警察，我该怎么介入这个案子呢?

自从小廖死后，我只在医院见过冷局一面，从医院出来后，就再没见过她。我也不知她是啥意思。当初是她让我秘密调查“9·28”案的，现在出了这么大的事，她也不出面给我个说法，有时候我真有点儿想不开。老丁嘱咐我不让我泄露冷局秘密让我调查“9·28”案的事，看来老丁知道一些内幕，但是他守口如瓶，一点儿口风都不给我透露，我就像个没头苍蝇似的，东撞一头，西扎一头，感觉这件事越来越神秘、越来越艰难了。

当初我跟黄晓梅找她那个叫汪海洋的同学恢复监控视频的时候，那小子答应两天后肯定给我准信儿，可是，一直拖了这么多天，他根本就没有联系我们。我让黄晓梅联系他，他说找不到了，并说硬盘上删掉的视频根本就没法恢复。可他当初跟我们说，硬盘上被删掉的东西，是有恢复的可能的，现在突然又改口说不能恢复了，这个人咋这么出尔反尔说话没准呢?要想找到“9·28”案的突破口，看来还得从他那儿下功夫，让他把“9·28”那天的监控视频恢复出来，只有知道董晓凤在“9·28”那天是否在这个广德大厦出现过，才有可能确定沈秀秀是不是她毒杀的。如果能够证明她那天确实没有在这幢大厦出现过，那我就得另外去寻找犯罪嫌疑人了。那小廖也就等于是白死了。

想到这儿，我觉得还得跟黄晓梅上广德大厦去一趟，跟她那同学见一面，无论如何也要让他想办法把“9·28”那天的监控视频找出来或者恢复出来。于是，我就让黄晓梅跟她那个同学联系，可那个汪海洋总是一推六二五，不是说自己没时间，再不就说自己在外地。我一琢磨，这里面肯定有事，于是，我就跟黄晓梅说："老这么用电话联络也不是事，咱俩干脆上他公司堵他去。"当天下午快下班的时候，我拉着黄晓梅来到了他们公司所在的广德大厦。一进他们公司，看他正在那儿忙乎什么，他一看黄晓梅和我，有些意外，也有些尴尬，一点儿都没了初次见到黄晓梅的那种热情和激动劲儿了。他尴尬地笑着看着黄晓梅说："你们……你们怎么来了？"

黄晓梅挺不客气地说道："汪海洋你说话还算不算数了？你不是说'9·28'那天的监控不管能不能恢复出来，两天后你都会给我准信儿吗？这都多少天了？你不但没给我准信儿，这咋连电话都不接了？你不是说你在外地呢吗？你是孙悟空啊，一个跟头又翻回来了？"

汪海洋让黄晓梅的这几句话给说得有点儿无地自容。他尴尬地笑着说："行了行了老同学，你就别损我了行不行啊！你说的那个监控视频真的没法恢复了，弄不出来，我没法给你准信儿啊！对不起老同学，'9·28'离现在都已经一个多月了，删掉的东西不可能再恢复出来了。我实在是没办法了。我只能抱歉地说，对不起了老同学。"

我一看这个汪海洋把话说得挺死，我就又跟他磨叽了半天，他就是咬住一句话："时间过去太久了，删掉的东西没法恢复。"

黄晓梅就说："当初你不是说，监控室你有个朋友可能在电脑上用外挂硬盘了吗？你不是说，如果用外挂硬盘，就能找到'9·28'的监控视频吗？你跟你那个朋友是怎么联系的呀？他到底用没用外挂硬盘呀？"

汪海洋说："我找他了，他说他从没用过外挂硬盘。"

我就趁机问他说："你监控室的那个朋友叫啥名啊？"

汪海洋有些为难地说："他叫啥名我不太方便告诉你们。他让我不要说出他的名字。我得对朋友负责呀，是不是？"

我一看这小子这吞吞吐吐的样子，更加重了我对他的怀疑，这背后肯定有什么说道。后来，无论我们怎么问，他就是不说，一口咬住他得对监控室的朋友负责。我跟黄晓梅在他们公司跟他磨叽了一个多小时，最后还是无功而返，什么都没得到。

往回走的时候，天都已经快黑了。我拉着黄晓梅回到所里，所里的同志都下班走了。这天晚上我值班，我把黄晓梅打发走之后，一个人把自己关在办公室里回想着这些日子发生的这些情况。我总感觉背后有一双无形的大手在紧紧地遏制着我的行动。无论我做什么事，没有一件是顺顺当当的，一步一个坎儿，一步一个坑，似乎总有人在我的前面给我设计好了，引导着我往坑里掉。这双无形的大手到底是什么呢？

52 力洋酒店附近的命案

11月23号这天晚上我跟所里的一个叫张洋的同志值夜班，我开着车在我们辖区内巡逻，看着车窗外那熟悉的街景，看着那熙熙攘攘的人流，我一下子就想起了小廖。往常，一般都是小廖跟我值夜班的，现在物是人非，我的鼻子不由自主地就酸起来，有一种想哭的感觉。一直到下半夜，我们才回到所里休息。躺在床上，我怎么也睡不着，一闭上眼睛，脑海里就是小廖的影子，一闭上眼睛，眼前浮现的就是小廖那笑眯眯的样子。他就像个魔影一样深深地扎根在我的脑海里，怎么都挥之不去。

我不知是什么时候眯着的，梦里好像正在跟小廖商量什么事情，忽然骤起的电话铃声把我给惊醒了，我忽地一下从床上坐起来，感觉心脏一阵狂跳。休息室外面的座机电话铃正响个不停。我三步并作两步，冲出去抓起电话急忙问道：“喂，这里是长阳区派出所……”

这时就听一个女声说道：“长阳区派出所吗？这里是110指挥中心，你们辖区的力洋酒店附近刚刚发生一起命案，请你们值班人员立刻赶到案发现场进行处置。请你们值班人员立刻赶到案发现场进行处置。”

此时，跟我一起值班的那个张洋也已经跑出来了。我就对他说：“走，赶紧上力洋酒店，那儿发生命案了。”

我和张洋一边穿衣服一边往外跑，跑到外面，把车发动起来，就朝力洋酒店的方向急速而去。由于是下半夜，路上几乎没有车，我们以最快的速度赶到了力洋酒店。但力洋酒店门口静悄悄的，晕红色的灯光呈现着平和温馨的气氛，看不出一丝丝的血腥气呀。案发现场到底在哪儿啊？110指挥中心只说在力洋酒店附近，可力洋酒店附近这个说法太大太笼统了，我们该上哪儿去找啊？

于是，我就开着车在附近绕乎起来，绕到力洋酒店左侧的一处街边花园的时候，这才发现，花园旁边的甬道上，站着几个人，好像正在议论着什么。昏黄的路灯下，那些人的旁边似乎躺着一个人。于是，我一脚油门，我们的车噌地一下就蹿了过去。我打开车门，几步跑到那几个人跟前，他们一看警车过来了，就都把道给闪开了。我看见，一个穿着浅灰色夹克衫的人在地上躺着，脑瓜旁边有发黑的血迹，看来人已经倒在这里有一段时间了。我就问旁边围观的那几个人：“你们几个谁报的案？”

这时就有个年纪五十多岁的男人指着旁边的一个能有六七十岁的老者说：“他报的案。”

那个老者就说：“对，是我报的案。”

我就对那老者说：“老先生，您哪，先别急着走，一会儿我还要给您做一下笔录，我先看看伤者咋样了。”

那老者说：“还看啥了看，人早都不行了。要是有救，我就不给你们打电话直接报120了。”

那老者话虽然这么说，但我作为一个出现场的警察，我必须得俯下身去看一眼死者呀。当我蹲下去仔细一看死者的面容的时候，我当时就吓傻了。啊，这不是力洋酒店的大老板韩力洋吗？他怎么被人给打死在这里了？那一刻我肯定是蒙了，我先是用手拍打着他的脸，大声喊着：“韩叔、韩叔，你怎么了？你怎么躺在这里了？”

接着我又用手试了试他的鼻息，已经一点儿气息都没有了，我就扭过脸朝跟我来的张洋喊道：“小廖，小廖，你赶紧过来！”我当时真是彻底蒙圈了，竟然把我跟我来处理现场的张洋当成小廖了。

其实，当时张洋就在我的身旁站着呢，他见我喊他，就说：“牛所，我不是小廖，我是张洋。”

我这才醒过神儿来，对呀，小廖已经不在了，今天跟我值班的是张洋。于是我就对张洋说：“你赶紧上车里把隔离绳取过来，先把现场隔离开再说。”

张洋就小跑着上车里把隔离绳取来了，然后我们拉上警戒线，把死者倒地的地方和围观的那几个人隔离开来。但附近的脚印有些凌乱。我用粉笔把韩力洋倒下的位置给画出来，然后对那个报案的老者问道：“老先生您好，我是咱们长阳区派出所的警察，我叫牛海。刚才您说，是您报的案？您能跟我说说详细情况吗？”

说着，我就把录音笔打开了，把老先生说的情况录了下来。

那老先生说：“警察同志，是这样的。我家就住在这儿附近，这人一上岁数，觉就轻，知道不？所以，我每天早晨都是四五点钟就起床，然后上这个小花园里来遛弯，锻炼身体。无论冬夏，很少耽误。今儿早晨我醒得有点儿早，不到5点我就醒了，在床上躺不住啊，我就起来上这儿来遛弯来了。我仰脸朝天地顺着这条小道正往前走着，忽然被脚下的什么东西给绊了一下，差点儿给绊了个跟头。我低头一瞅，妈呀，竟然是个死倒儿，那一刻我真是给吓坏了，我就朝四外大声喊道：‘哎，这附近有人吗，这附近有人吗？’我这么一喊，老张老赵他们几个就过来了，他们几个也都是好起早的，我们几个天天早晨都在这儿锻炼。他们就问我怎么了，我就指着躺在地上的这个死倒儿说：‘这个人怎么了？怎么躺在这儿了呢？’当时我们还以为他也是来锻炼身体的呢，以为他突然脑中风摔倒了呢，后来一看不对劲儿，脑瓜子上怎么有血呢？这才感觉事情不对，于是，我就给110打了电话。这不你们就来了吗。”

我就问那老者：“老先生，他是怎么倒在这里的，你没有看着吗？”

那老者说：“没有。我是让他给绊倒的，我怎么会知道他是怎么倒在这里的？”

我又问了一下老先生的名和姓，接着我给韩力洋的儿子韩冰打了一个电话。当时我并没有把他父亲已经倒地死亡的消息告诉他，我只跟他说：“韩冰，我是牛海，我现在在你们酒店附近的这个街边花园呢，你父亲出了点儿事，你赶紧过来一趟。”

当时韩冰可能正在睡梦中还没有睡醒呢，或许他都没听出来我是谁，他鼻音挺重地“嗯嗯”了两声，说“知道了”，然后就把电话挂了。当时因为韩力洋已经没有生命体征了，所以我也就没给120打电话，由于这个案子是110指挥中心通知我们的，因此我只能等着局里派人来处理现场。大约6点来钟的时候，冷局领着吕枫他们几个人过来了。吕枫一看我，就皱着眉头问道：“牛海你怎么在这儿呢？你一个派出所的治安警察你上这儿干什么来了？”

我也挺不客气地回应他说：“你说我干什么来了？出现场啊！这是我们所的辖区，等你们来处理现场不得等到黄花菜都得馊了呀？还整个我上这儿干什么来了？我上这儿玩来了，咋的？”

我故意用一种恶狠狠的不屑的口气顶撞了他几句。吕枫一看我当着冷局和这么多人的面顶撞他，脸色立刻就变了，但他瞅了冷局一眼，看冷局没啥表示，就狠狠地瞪了我一眼，没再说什么。我注意到，就在我顶撞吕枫的时候，冷局意味深长地看了我一眼，但也没说什么。

吕枫问：“谁报的案哪？”

接受我讯问的那个老者就说：“我报的案。”

吕枫就挺横地问道：“怎么个情况啊？”

那老者不高兴地说道：“你说怎么个情况？这你不都看着了吗？就这么个情况。”

吕枫就居高临下地说：“能不能把你发现这具尸体的详细情况，跟我们说一说呀？”

那老者就更不高兴了，指着我说：“该说的，我都跟你们这位同志说完了，你还让我说啥呀？我又不是警察，我哪有闲工夫老跟你们嘚嘚这事啊？”

说着，那老者倔嘎一下就走了，把吕枫造了个嘴巴子粗。

吕枫就冲着我问道：“咋的，你已经做了笔录了？”

我就用鼻子哼了一下说：“嗯。”

吕枫不高兴地说：“你又不是刑警，又没有人让你负责这案子，你瞎做什么笔录呀？你懂得报案人的笔录对于破案的重要性吗？”

我一听吕枫这么说，我也急了，我就又毫不客气地顶撞他说：“这怎么是瞎做笔录呢？要等你们来做笔录，报案人早都走了，你上哪儿找他去做笔录去呀？案子发生在我们辖区内，我又是当班警察，我做笔录哪儿不对了？还整个我懂得报案人的笔录对于破案的重要性吗？我要是不懂我就不会做这个笔录！”

吕枫一看我顶他，也急了，骂骂咧咧地说：“牛海你他妈的懂不懂人语呀？你刚刚惹出那么大的事还没完呢，这又跑这儿装什么犊子啊？”

我一看吕枫骂我，我也回骂他说：“你说谁装犊子啊？我看你才装犊子呢！”

这时，冷局实在看不下去眼了，她瞪了吕枫一眼，说道：“吵什么呀？是不是想让人看咱们警察的笑话呀？”

吕枫这才收敛了横蛮的气焰。

冷局说：“赶紧把现场勘查一下，把尸体拉回去尸检。”

吕枫他们忙忙乎乎地又是拍照又是勘查现场，忙乎了半个多小时，总算忙乎完了。就在他们要把尸体往运尸车上抬的时候，一辆劳斯莱斯的小轿车在街边公园停下了，从车里走下来一个戴着墨镜的年轻人，我一看是韩冰。我用抱怨的口气说道：“韩总，你怎么才来呢？”

此时，韩冰还不知道他父亲已经死了的事呢，他一看我，就说道：“三更半夜地给我打电话，我爸咋的了？”

我就指着韩力洋的尸体说：“你说咋的了？你自己看看吧！”

直到这时，韩冰才感觉出不对劲来，他急忙走到韩力洋的尸体旁，这才知道他跟他父亲已经是阴阳两隔了！这突然的事变和打击，无论如何韩冰也接受不了。他猛地摘掉墨镜撇到一边，“嗷”的一声哭叫起来：“爸——爸——爸——你咋的了？”一边哭一边把头扭向我，大声朝我哭叫道：“牛海，我爸这是怎么了？昨晚他还好好的呢，这怎么不到一夜工夫他咋躺在这里了？是谁把他整到这里的？是谁把他整死的——”

当时的韩冰就跟疯了似的，他捧着他父亲的脑袋哭了一会儿，忽然站起来猛地向我扑来，一把抓住我的前衣襟，歇斯底里地号叫道：“牛海，你必须得给我个说法，你必须得给我个说法，我爸为什么会死在这里。你要是不给我个说法，我跟你没完！”

韩冰狼嚎一般大声吼叫着，他眼露凶光，涕泪横流，我一看他这样，急忙安抚他说：“韩冰，韩冰，你不要这样！我们这不也是刚接到报案吗？接到报案我赶到现场就给你打电话。你放心，我们一定会找到凶手的！”

接着我又指着冷局给他介绍说：“你看，这不，我们局长都亲自出现场了，你放心吧，韩董事长不会白死的，我们一定会抓到杀害你爸的凶手的。”

直到这时，韩冰才彻底号啕大哭起来，他转回身，抱着他父亲的尸体捶胸顿足，这时才有围观的人认出来，原来抱着死者尸体的这个年轻人竟然是眼前这幢大厦的少东家韩冰，而躺在冷冰冰石子路上的这个老者，竟然是这座城市最有名的大厦的主人韩力洋，一时间围观的人们都议论纷纷，唏嘘不已。

后来，力洋酒店的员工们不知从哪儿得到了这个消息，来了一帮男男女女总算把韩冰给劝回去了。

53 “9·28”的监控视频找到了

冷局跟吕枫他们把韩力洋的尸体拉走的时候，都已经接近上午的8点了。冷局临走时，对我说：“牛海，你也值了一晚上的班了，这又出现场，一定累够呛吧？这样，你先回去休息休息。你等我电话，等我们这边尸检完了之后，还得麻烦你过来一趟，把案发现场的详细情况跟我们介绍一下。”

我说：“好的。”

说完，冷局他们就走了，我跟我们所的张洋也回所里了。这时，老丁他们都已经上班了，我就上老丁办公室，把凌晨刚刚发生的这起案子简单跟他汇报了一下。老丁听完，也没说啥，只是看了我一眼，说：“又一宿没睡吧？眼珠子都熬红了，赶紧回家睡一觉去吧。”

本来，我是想等黄晓梅来上班，跟她见一面交代几句话再走的。但是，等了一会儿也没见她的人影，我就回家了。

一进屋，我妈已经把早饭做好了，我妈问了问我爸的情况，我编了几句瞎话把她糊弄过去，然后喝了一碗稀粥，撂下饭碗，回到房间，躺在床上很快就闷过去了。当一阵急促的手机铃声把我叫醒的时候，已经是下午2点多了。我闭着眼睛伸手把手机抓过来，放在耳边一听，竟然是黄晓梅。黄晓梅急促地说：“牛海你在哪儿呢？”

我说：“我在家呢。怎么啦？”

黄晓梅说：“你赶紧上所里来一趟呗。我从汪海洋那儿把广德大厦‘9·28’那天的监控视频找到了。”

我一听黄晓梅的这个消息，睡意顿消，腾地一下就从床上坐了起来。我一边接电话一边下地说：“啊？你是怎么让他找到的？”

黄晓梅说：“一两句话说不清楚，你赶紧过来吧，我在所里等你。”

说完，黄晓梅就把电话挂了。

我匆忙洗了把脸，感觉肚子有点儿空，我早晨就喝了一碗稀粥，中午还没吃饭呢。此时我妈没在家，可能是出去买菜去了。我跑到厨房找了半拉馒头塞进嘴里，然后跑出去就开车走了。

我到所里的时候，老丁他们都下去了，家里看家的只有黄晓梅和另外两个内勤人员。黄晓梅一看我，就迫不及待地迎过来，说：“‘9·28’的监控找到了。我已经连着看了好几遍了。董晓凤那天果然在广德大厦。她说她那天人不在江陵，就是她编出来的谎话。那天她不但人在江陵，在广德大厦，而且还跟她女儿沈秀秀见了面。这一切在监控视频中都能反映出来。”

黄晓梅一口气跟我说了这么多。我一听，都激动得简直难以自持了。我们跑了这么多天，受了这么多的磨难和艰辛，甚至把小廖的命都搭进去了，不就是为了找到这个证据吗？

想到这儿，我一把抱住黄晓梅，猛地在她的脸蛋儿上狠狠地亲了一口。黄晓梅被我亲得有些发蒙，她一把推开我，娇羞地说：“你干啥呀牛海，这所里还有这么多人呢，这要是让别人看见，多不好啊！”

我也觉得自己有点儿过分了，我就不好意思地说：“对不起晓梅，我实在是太激动了。”然后我就急迫地问：“监控视频呢？监控视频在哪儿呢？”

黄晓梅说：“在我保险柜里呢。我怕我看得不准，咱们俩再重新看一遍哪？”

我就说：“好，你赶紧去拿过来，咱俩上我办公室来看。”

说着，黄晓梅就上她的户籍室打开保险柜，把一个U盘取了出来，然后来到我办公室，我把电脑打开，把U盘插进去，很快电脑上就出现了“9·28”那天的监控录像。汪海洋挺有心，他没有把9月28号那天的全天的监控都给我复制下来，他只复制了那天下午的监控，这样我们查找起来，就省却了很多时间。看完之后我才知道，原来昨天我跟黄晓梅从广德大厦回到所里之后，她并没有直接下班回家，而是又给汪海洋打了个电话，她把汪海洋约出来，晚上他们两人一起吃的饭，黄晓梅对他动之以情，晓之以理，终于把他给说动了。汪海洋说，其实他早就找到“9·28”那天的监控视频了，监控室他那个朋友在电脑上外挂了一块硬盘，所有的监控资料全部掌握在他的手里。他当天就把那块外挂硬盘拿到手里了。后来他之所以反悔，说找不到外挂硬盘，删掉的录像资料也没法恢复，是因为有人打电话威胁他，说他要是敢把这个资料提供给警察，就要他的脑袋。他不知道打电话的是谁，但那个人对他的情况非常了解，他这才害怕了。他不想没事找事，自己给自己找麻烦，因此才反悔的。

从监控画面上看，9月28号晚5点14分的时候，董晓凤领着一个女孩儿从他们公司总经理的办公室走出来，那个小女孩就是死去的沈秀秀。沈秀秀手里拿着一瓶饮料，董晓凤走在她的身旁，不断地跟她说着什么。由于她们上电梯门口去等电梯，正好朝着监控镜头的方向走来，因此看得非常清楚。董晓凤把沈秀秀送上电梯，但她自己并没有上电梯。她又沿着走廊走了回来，又进了她的那间总经理办公室。一直到晚上7点42分，她才一个人又从办公室走出来，匆匆忙忙地直接走向电梯，坐电梯下楼了。整个监控录像非常清晰。沈秀秀手里拿的那个饮料瓶就是那天在现场附近垃圾箱里发现的那个饮料瓶（但这个饮料瓶后来不知被谁给扔掉了，并没有当作证据保存下来）。由此可以证明，董晓凤先前说的那些话，完全都是谎话，9月28号她不但人在江陵，而且还跟死者见过面，她有重大的作案嫌疑。现在的这个监控录像对于“9·28”案来说，是个重大的突破。但是，目前我还不能声张，因为冷局嘱咐过我，一定要秘密侦查，不要让别人知道我仍在参与“9·28”案的调查侦破工作。想到这儿，我就对黄晓梅说：“这个U盘暂时先放在我这儿，这件事你不要跟任何人说，不要让任何人知道，至于怎么处理这个U盘，案子怎么往下进行，你等我的消息，听明白没有？”

黄晓梅点点头说：“明白了。”

接着我又对她说道：“今天凌晨发生的事你听说了吧？”

黄晓梅说：“今天凌晨发生什么事了？”

我就说：“力洋酒店的大老板韩力洋被人给弄死了。”

黄晓梅一听大惊失色，说：“啊？我在所里都快一天了，怎么没人跟我说呀？昨晚不是你值班吗？是你出的现场吗？”

我点头说：“是我跟张洋出的现场。”

黄晓梅说：“太可怕了！这犯罪分子怎么这么嚣张呢？”接着她又问我：“牛海你说，韩老板的死，会不会跟咱们这个案子有关呀？”

听黄晓梅这么一问，我不由深深地吁了口气说：“我觉得有关。你看，咱俩刚刚找完韩力洋了解董晓凤当年在力洋酒店做小姐的情况，韩力洋又单独跟我谈了一次话，这才这么两天，他就突然暴尸街头，这咋这么巧呢？要是没有关系，他怎么会在这个时候被人给干死呢？他的死跟我父亲当年的死几乎一模一样，都是用钝器击打在后脑勺上了，而且都是头骨坍塌，脑浆迸裂。下手非常狠。”

黄晓梅被我的讲述给吓得脸色惨白。黄晓梅说：“那你说，这个凶手能不能跟当年杀害你父亲的那个凶手是同一个人啊？”

我闭上眼睛想着黄晓梅跟我提出的这个问题，但想了好一会儿，也没想出什么头绪来，因此也就没有吱声。过了好半天，我又嘱咐黄晓梅说：“我现在再嘱咐你一遍，找到‘9·28’监控录像的这件事，不要跟任何人说，千万千万。你等我跟冷局汇报完了咱俩再商量下一步的行动方案，听明白没有？”

黄晓梅就有些不耐烦地说：“哎呀！这句话你翻来覆去地都说几遍了？我又不是三岁两岁的小孩儿，我听明白了。”

我就对她说：“那你去忙你那摊儿去吧。”

黄晓梅出去之后，我立刻用微信给冷局发了条信息，把找到“9·28”案发那天的监控录像的事跟她说了。

冷局立刻给我回复说：“牛海，你带着监控资料，速到我办公室来。”

于是，我揣好“9·28”那天的监控资料U盘，上局里去了。

54 董晓凤在首都机场被控制了

我到局里的时候，都快4点了。由于北方的冬天黑得早，此时的天色都已经快黑了，我把车停好，刚走上局办公大楼的台阶，忽然看见吕枫领着他们队的大梁和另外两个人从楼里匆匆忙忙地走了出来。这时候我想躲也躲不及了。我只好硬着头皮跟他说了句话。我说：“吕队，你们这是干啥去呀？”

吕枫站住了，用他那双阴鸷的眼睛盯了我一眼，说：“你干啥来了？”

我就顺嘴编了个理由说：“我这不犯错误了吗，给局长送检讨来了。”

吕枫不相信地盯着我说：“给局长送检讨？给哪个局长送检讨啊？”

我就故意装出有些不耐烦的样子，用不屑的口气说道：“给哪个局长送检讨还得告诉告诉你呀？你又不是主管我的局长！管好你自己的事得了，问那么多干啥呀？”

说着，我就要走。

但是，吕枫一下把我挡住了。吕枫说：“牛海，你不要以为你背着局里私自调查‘9·28’案子的事我不知道。就你那点儿小把戏还能逃过我的眼睛吗？我告诉你，牛海，你不要把我的好心当成驴肝肺，我知道你踅踅摸摸削尖脑袋想往刑警队里钻是想给你爸报仇。可是，你以为仇是那么好报的吗？这些年我为啥挡着你不让你进刑警队你知道吗？当初你爸死前曾跟我交代过，他说：‘等牛海长大了，说啥也不能让他当警察，就是万一当上了警察，也不能让他当刑警，警察这个行当的危险性太大，我就这一个儿子，我可不能让他像我似的，整天跟一些社会渣滓打交道。’所以啊，你就好好当你的派出所长得了，你破什么案子呀破案？破案这活儿是你干的吗？”

说着，吕枫恶狠狠地瞪了我一眼，然后就小跑着追赶他们那帮人去了。

我不知道吕枫跟我说的这番话是真的还是假的。也兴许他这番话是真的，我爸当年确实不想让我当警察，我记得当年我参加全国中学生物理大赛拿了个银奖时，我爸他兴奋得跟什么似的，对谁都说，他儿子将来是有大出息的，他要是照这个势头发展下去，保不准就能成为咱中国的牛顿和爱因斯坦呢。但他怎么都不会想到，正是他的暴死改变了他儿子一生的命运。他儿子最终还是走上了他曾经走过的道路，当上了一名警察。其实他儿子什么都知道，他儿子甚至比他更懂得，在和平年代，当警察就意味着危险，甚至流血和死亡。

当时，站在局办公大楼那高高的台阶上，一直看着吕枫他们的车呼啸着远去，我才走进局里的办公大楼。

我敲门一进冷局的办公室，就看见冷局正在电脑上浏览着什么。冷局抬脸看了我一眼，没说话，指着她对面的沙发椅，示意我坐下。

我就在她对面坐了下来。冷局掐着鼠标，可能是把什么页面关闭了，然后才说："'9·28'的监控录像带来了吧？"

我点头说："带来了。"

说着，我就把黄晓梅给我的那个U盘拿了出来，递给了冷局。

冷局接过U盘，并没有马上插进电脑里看，而是继续跟我谈话。冷局说："董晓凤已经被控制住了。"

我一听不由得有些惊讶："董晓凤给控制住了？怎么控制住的？"

冷局说："在首都机场。她本来是今天下午3点多的航班，已经到北京了，在北京机场转机时被扣住的。我已经让吕枫他们去北京押解她去了。如果不出意外的话，明天中午就能回到江陵。"

我这才恍然大悟，原来吕枫他们匆匆忙忙地是去押解董晓凤去了。

但我还是有些不解，我拿到董晓凤"9·28"身在江陵的监控录像这才刚刚一个多小时，冷局也是刚刚看了我的微信才知道的，她怎么就知道董晓凤要外逃，在首都机场布控呢？

冷局看我锁着眉头不说话，就笑了。冷局说："是不是有些糊涂啊？”

我就说：“嗯，我真是被您给弄糊涂了。”

冷局说：“其实，在你参与‘9·28’案的开始，我们就对你提出的侦破思路和方案做了认真的思考，我早就把犯罪嫌疑人的目标锁定在董晓凤的身上了，但苦于拿不到证据，再加上其他因素的干扰，所以才没有动她。上次我在锁龙山庄单独约见你，秘密让你调查‘9·28’案就是想把干扰我们的因素排除掉，不让干扰我们的因素再参与到这个案子里来，看来你做得不错。其实，在咱俩单独见面的那天晚上我就已经把‘9·28’案的情况跟省厅的于厅长汇报了，请省厅的同志帮我们监控董晓凤的行动，一旦发现她有外逃的迹象，立刻控制住她。所以，今天她刚从省城机场上飞机，省厅就已经知道了她有外逃的迹象了，但那时飞机已经起飞了，于是省厅就跟首都机场的警方取得了联络，把她控制在首都机场了。省厅刚刚打来电话，让咱们去取人，我这不就把吕枫他们打发去了吗！”

听了冷局的一番解释，我这才明白，原来冷局早就对“9·28”案进行全方位的布局了，怪不得她让我秘密调查“9·28”案呢。

冷局看我不吱声，就看着我说：“你喝水不？”

我赶忙摆手说：“不喝不喝。咱还是赶紧说事吧。”

冷局就说：“牛海，你除了拿到‘9·28’案的监控录像资料，别的你还发现什么了？对于今天凌晨发生在力洋酒店附近街心花园的这起命案你有什么想法？”

其实，这正是我想跟冷局汇报的。现在没等我说呢，她倒先问上了。于是我就迫不及待地说：“冷局，我正想跟您汇报这些日子我所得到的情况呢。”

冷局说：“什么情况？”

于是，我就把韩力洋单独约我谈话，以及他跟我讲述的有关二十年前他跟董晓凤、跟黄利德以及仇奉和跟我父亲的关系，一股脑儿地都跟冷局做了汇报。冷局听完之后，沉吟了一会儿，说："牛海，你今天跟我说的这些情况，非常重要。今天凌晨发生在力洋酒店街心花园的韩力洋命案不排除跟'9·28'案有连带关系，甚至可能跟二十年前你父亲的案子都有关联。我想把这几起案子并案侦查，让你来挑头，你觉得怎么样？"

听完冷局的这番话，我浑身的热血几乎都沸腾了。自从我穿上这身警服，我天天想，日日盼，盼的不就是这一天吗？没想到，这一天终于还是到来了。所以，冷局的话音刚一落，我立刻激动地站起来非常严肃地说道："冷局你放心吧，我决不会辜负您的期望的。"

冷局看我这样，就摆摆手示意我坐下。冷局说："牛海，你要明白，咱们破案也好，抓坏人也好，目的并不是为了报私仇，明白吗？我们破案是为了把那些坏人扫除干净，是为了我们的社会更美好，人们更有安全感，我们的法律就是不能让一个坏人漏网，也不能让一个好人蒙冤，更不让他们屈死，明白我的意思吗？"

冷局的这番话就像鞭子似的狠狠地抽在了我的心灵上。说实话，我也知道自己之前拼命想参与到"9·28"这个案子里面来，掺杂有很多狭隘的杂念，吕枫在这一点上看得是比较准的。可经过这一段时间对"9·28"案的侦破，特别是跟冷局的这几次接触，我更深刻地认识到了和平年代里人民警察该有的责任与担当，我不应该把当年我爸的死作为自己的私仇去报。

想到这儿，我非常庄重地跟冷局点点头说："冷局，我明白了。"

冷局说："明白就好。但你要记住，现在的情况是，我们在明处，而那些犯罪分子在暗处。你要时刻提防，不要再发生二十年前你父亲的那种悲剧了。首先要保护好自己，只有这样，才能更好地去跟那些犯罪分子们做斗争。知道吗？”

我一看冷局想得这么细，我真的是非常感动。于是，我就再一次站起来，非常庄重地对冷局说：“谢谢您冷局，您的这个提醒太重要了，我决不会再犯我父亲当年的错误了。我会保护好自己的。”

这时冷局也站了起来，冷局说：“那好，那今天我们就谈到这儿，我让你担任‘9·28’案和今天凌晨韩力洋命案专案组组长的事，在没有宣布之前，不要跟任何人透露。这是铁的纪律，你明白吗？”

我给冷局敬了个礼，说：“明白。”

冷局就把手伸出来，很用力地跟我握了握手，然后我就告辞了。

55 突如其来的幸福该跟谁分享

外面不知什么时候下起小雪来了，小雪花在夜幕的笼罩下好像一片片小精灵似的，落在脸上凉丝丝、湿润润，就好像有个冰美人在用冰凉的小手抚摸你似的。从打刚才冷局说让我挑头侦破“9·28”案一直到我走出她的办公室，我这心一直没有平静下来。我也知道，这不仅仅是给我爸报仇的事，这也是为了让冤死的魂灵在地下得以安慰，让杀人的恶魔得到应有的惩罚。但我就是平静不下来。我从局办公大楼那高高的台阶上走下来，走在小雪花飘飞的夜色里，一步一步走向停车场，找我停车的地方，我钻进车里，手握着方向盘，不知为什么，竟然流出了泪水来。我在方向盘上趴了好半天，一直到抬起身子，才发现，泪水已经把我的袖子给洇湿了。我擦了擦眼泪，这才把车发动起来。我把车开出市局大门，那一刻我不知道我想上哪儿去。我太激动了，这种激动如果没有人跟我分享，我想我会憋死的。

我一边开车一边想，该跟谁来分享我这份激动呢，想来想去，终于还是想到了我的老同学梁宝亮。于是，我把车停在路边，给宝亮打了个电话。我跟宝亮说："宝亮，下班没有呢？"

宝亮说："都啥时候了，还不下班。"

我有些不相信地说："我不信你已经下班了。你肯定还在单位呢。"

梁宝亮就笑了，说："你咋知道的？"

我就说："我还不了解你。工作狂！你要是没下班就在单位等我，我这就接你去，晚上我请你吃饭。"

梁宝亮笑着说："你不是受处分了吗？还有心思请我吃饭？"

我就说："正因为受处分，我才想让你安慰安慰我这颗受伤的心灵，所以才想请你吃饭。"

梁宝亮说："你不是想勒我大脖子吧？我可告诉你呀，我兜里没钱。我兜里那俩钱都让你嫂子给抠出去了。想跟我吃饭，就得你掏钱。"

我哈哈大笑说："没问题没问题，说好了我请你嘛。让你安慰我，怎么能让你掏钱呢。在那儿等着我吧，我这就往你那儿去。"

这时梁宝亮就用蚊子般的小声问我说："你那位小女朋友没在你身边吧？"

我就说："别瞎说啊！谁小女朋友啊？我哪儿来的小女朋友啊？放心吧，就我自己。"

梁宝亮这才用正常的声音说道："就咱俩，那最好了。你来吧，我在单位等你。"

56 宝亮想让黄晓梅做她父亲的工作

这天晚上，我跟梁宝亮是在他们单位附近的一家四川菜馆吃的。那家菜馆给我的印象就是一个字：辣。所有的菜都辣，最后把我的嘴巴都给辣麻了。吃饭的时候，宝亮一个劲儿地问我为啥要请他吃饭。我当然不能把冷局说让我挑头侦破“9·28”案的事告诉他，因为这是纪律，而且冷局说，这是铁的纪律。所以，在宝亮的一再逼问下，我只好说我没别的意思，就想让他安慰安慰我，我这个处分受得太窝囊了。一直吃到最后，宝亮还是有些半信半疑，他不相信我会为了一个警告处分来请他安慰我。看来他还是非常了解我的。但我不告诉他，他后来也明白我的意思了，所以也就不追问了。

由于我们俩都开车，因此，我们俩也没喝酒，弄了一壶普洱茶，一边吃着那齁辣齁辣的川菜，一边喝着普洱茶解辣。一直聊到9点多钟的时候，黄晓梅忽然给我打了个电话，问我在哪儿呢，我就糊弄她说，在家呢。可能是饭店里的嘈杂声被她听见了吧，她就有些不相信地说：“牛海你糊弄我呢吧？你肯定没在家，你肯定在外面呢。”

我就说：“我糊弄你干啥呀？我真在家呢。”接着我又解释说：“我从所里上局里去办完事，就从局里直接回家了。”

黄晓梅还是不相信，说：“牛海你肯定骗我呢，你家怎么会有这么大的嘈杂声呢？你一定是在外面跟谁吃饭呢吧？”

我就说："我真的在家呢，我在看一个电视剧呢，这嘈杂声是电视剧里的。"

我跟她解释了半天，最后她终于半信半疑地挂断了电话。

这时，宝亮就在一旁笑着说："你这女朋友不简单哪，这来不来就查上岗了。不但查岗，而且还懂得搞火力侦察呢。将来你们要是结了婚，你要是在外面干坏事，可得加小心点儿你这个媳妇啊！"

宝亮这么一说，我就赶忙解释说："宝亮你可别瞎说啊，我都跟你说过多少次了，我们俩没那种关系。"

宝亮就不相信地说："你可拉倒吧，还没那种关系？这一次次的你当我看不出来呀？我告诉你牛海，我可是过来人，就你们俩感情上的那点儿小亲密，我再看不出来我不白结婚这么多年了吗！"

我一看宝亮不信，我也懒得跟他解释了。我就说："你不信拉倒。"

说到这儿，我就问他说："哎，说不说的，黄晓梅她爸那事到哪步了？是不是该悠到我们公安这边来了？涉及刑事案子得移交给我们了吧？"

梁宝亮就说："移交到你们那边，恐怕还得等些日子，你这个未来的老丈人黄利德太顽固了，有好多事他就是不交代。特别是涉及他行贿一些领导的事，他不交代，跟他有关联的那些腐败官员就不能结案，那边不能结案，我们这边也不能结案。有些他行贿的领导，还是省里的大领导呢。那边的案子是省纪委和中纪委办的，我们这边拿不出口供和证据，那边就不好量刑，所以，两边都这么嘎悠着呢。他这案子拖拖拉拉地都两个多月了，好多事还没有落到实处呢。我们这儿又不光是办他这一个案子，我桌子上的案卷都快堆成山了。"

我一听梁宝亮说黄利德是我未来的老丈人这话，我就不高兴，我拉着脸说："宝亮你老胡说什么呀？什么黄利德是我未来的老丈人呀？我再次郑重地跟你声明啊，我跟黄晓梅根本就没那种关系。”

宝亮就笑，说：“你不用跟我解释，没有就拉倒。不过我倒要跟你说件事，你能不能劝劝黄晓梅，让她做做她父亲的工作，早点儿把没交代的问题交代了，这对他也好，对国家对组织都有好处。你要是方便的话，就把我这个意思跟她透露一下。她要是答应肯做她父亲的工作，那可帮了我们的大忙了。”

我看宝亮说得挺一本正经的，我就答应说：“好吧，我尽快把你的意思跟她说一下。黄晓梅是个挺懂事的女孩儿，这里面的利害关系，她会掂量出来的。”

这天晚上，我跟宝亮连吃带聊一直到都快11点了才分手。因为他也开车了，所以，我们俩就各走各的了。

57 老丁的语重心长

第二天早晨我上班的时候，一进屋就发现黄晓梅正用一种异样的眼神瞅我，我就朝她笑了一下。刚想往我的办公室走，黄晓梅看看旁边没人，就小声质问我说：“你跟我说实话，昨晚你到底上哪儿去了？”

我笑着说：“一会儿你上我办公室来，我告诉你。”

说着，我就进我的办公室了。我坐下刚把电脑打开，老丁就走了进来。老丁意味深长地看了我一眼说：“你今天干啥？”

我就说："你安排吧。你安排啥，我干啥。"

老丁笑着说："听你这口气，还挺有情绪的。"

我就说："我能有什么情绪呀？我现在就是咱派出所一个普通的小警察，我敢有情绪吗？"

老丁就说："这不是情绪这是啥呀？"

说到这儿，老丁语重心长地说："牛海，人这一辈子说不上能遇到啥坎儿，尤其是干咱们警察这行的，稍一不慎，就有可能把命搭上。远的有你父亲，近的有小廖，这不都是血淋淋的现实吗？你不过是在咱们这个行当里刚遇到了这么一个小坎儿，你就承受不了了。将来真要遇到大事，你还不得自杀呀？振作起来，该怎么工作还怎么工作，不要老是垂头丧气的。小廖的死是跟你的错误决定有关，可他自己也有行为失当的地方。他既然化装盯人，那就不能随便出手，尤其他盯的还是一个女人，你随便出手，这不就给人以口实吗？人家说他性骚扰，找了一帮人打他，人家认定法不责众，咱们又找不到具体下狠手的凶手是谁，你说，这不明摆着吃亏吗？所以，干咱们这行，不管遇见什么事，首先要冷静，首先要想到保护好自己，只有这样才能跟那些犯罪分子打交道。不然的话，你还没等跟人家交手呢，自己先让人家给撂倒了，你还怎么去抓他们哪？"

老丁一口气跟我说了这么多，他的目的就是想劝我从受处分的灰颓中振作起来。我估计他现在可能还不知道冷局已经跟我谈过话了，也不知道我已经拿到了"9·28"案的监控视频了，不知道其实我已经从小廖的死亡阴影中走出来了。但这些我都不能跟他说，所以，他说完之后，我就说道："丁所，谢谢你的开导，放心吧，我会好好工作的。今天所里都有啥工作，你布置吧。"

老丁说："今天你要是没啥特殊事，你就领着张洋他们下到社区去走访走访。咱们所开展的'百姓利益无小事·走千家进万户'的走访活动，还有两个社区没走完呢，我今天得上分局去开会，你领他们几个下去行不行？”

我就答应说：“没问题。”

老丁跟我说完，就出去了。我在电脑上看了看所里这些日子的工作安排和活动日程，刚把电脑关上，黄晓梅就敲门走了进来。

黄晓梅把门关上，说：“刚才丁所都跟你说啥了？”

我说：“没说啥，把今天的工作安排一下。咋的了？”

黄晓梅说：“没咋的。”

说到这儿，黄晓梅话锋一转，说：“你跟我说实话，你昨晚在哪儿了？你根本就没在家。”

我就笑了，我说：“我跟梁宝亮在一起吃饭了。咋的？你找我有事啊？”

黄晓梅说：“我把‘9·28’案的监控视频给了你，你到底咋处理的，你都没跟我说一声，我能不惦记吗？你把那视频给谁了？是不是给冷局了？”

我点头说：“嗯。”

黄晓梅就有些着急地问：“冷局咋说的？”

我说：“冷局昨天没来得及看，她有别的事。现在她看没看，我还不知道呢。她还没给我回信儿呢。”

黄晓梅就有些抱怨地说：“费了那么大的劲儿好不容易把监控资料拿到手了，你们反倒不着急了。真不知道你们是咋想的！”

我一看黄晓梅有些急歪歪的，就安慰她说：“这种事不是咱们着急就能办得了的。冷局肯定会有她的安排的。这个案子到底能整到啥程度，我还能不能参与到这个案子里来了，一切都要等局里的安排。”

说到这儿，我就问她：“你上午这边忙不忙？”

黄晓梅说：“干啥？”

我就说：“你要是不忙的话，跟我下社区走访去呗？”

黄晓梅说：“好像不怎么忙，到现在还没有来办户口和身份证的呢。”

我就说：“那你跟我走吧。”

说着，我就跟黄晓梅走了出来，叫上张洋，我们刚要走，老丁忽然从他办公室出来叫住我们说：“牛海，你先别走了。局里来电话了，找你有事。”

我就问老丁说：“局里谁来的电话？”

老丁说：“冷梅局长。她让你赶紧上局里去一趟。”

老丁这么一说，我就明白局里找我是啥意思了，肯定是局党委会决定让我参与“9·28”案和昨天力洋酒店老板韩力洋莫名死亡案的侦破工作了。于是，我就跟老丁说：“丁所，那我走了，这下社区走访的事咋整啊？”

老丁说：“这你就甭管了。你赶紧上局里去。局里那边催得挺紧的，你赶紧去吧。”

老丁说完，我回办公室取了个笔记本，就赶紧走了。本来，我是打算今天抽时间跟黄晓梅说说她父亲的事来着。昨晚梁宝亮让我问问黄晓梅能不能去做做她父亲的工作，看来这事就得等我有时间再跟她说了。

58 冷局的几点交代

我赶到局里的时候都已经快接近10点了，我径直来到冷局的办公室门口，在门外敲了敲门，但里面没人应，我又敲了几下，还是没人应，我轻轻一推门，门竟然开了。屋里果然没人。我一看没人，不知道该不该进去。进去吧，冷局不在，我贸然闯进局长的办公室有些不妥，万一局长的办公桌上有啥秘密泄露了那我不就成了怀疑对象了吗？可我要是不进去，这又没地方待。局机关这么多办公室，虽然我有几个认识的朋友，但现在正是人家上班时间，我去不得影响人家的工作吗？再说了，人家要是问我干啥来了，我得咋说呀？我总不能说冷局找我破“9·28”案的事吧？因为这件事现在还处于保密状态。

正在我在冷局的办公室门口胡思乱想的时候，忽然看见冷局甩着湿淋淋的手从厕所出来，顺着走廊走了过来。她一看我，就说：“你咋不进屋呢，牛海？”

我就笑着说：“你这局长办公室，我哪能随便进呢。”

冷局就笑了。在我跟她这么多次的接触过程中，我发现她很少笑的。这突然的一笑，一下子就显出了她女性的妩媚和美。冷局说：“嚯，你还挺懂规矩的呢。进屋吧。”

于是，我就跟冷局进了她的办公室。进屋后，冷局给我倒了杯水，说：“牛海，一会儿你跟我上会议室参加一个会。局党委已经决定了，由你来挑头担任‘9·28’案和‘11·24’韩力洋死亡案的专案组组长。党委会决定，这两个案子并案侦查。吕枫他们已经把董晓凤控制住了，正在从北京往回赶。估计今天晚上半夜或者明天早晨就能回到江陵。他们回来之后，你立刻接手审讯董晓凤的工作。你还需要什么人手，你尽管提出来，局里一定尽力满足你的一切要求。”

说到这儿，冷局顿了一下，又接着说道：“不过，我想把咱们刑警队的副队长大梁——就是梁保华介绍给你，梁保华你认识吧？”

我点头说：“认识。”

冷局说：“这个同志也非常不错的，前些时候因为他正在办另外一个案子，所以，‘9·28’案就让吕枫负责了。梁保华在刑警队的位置列在吕枫的后面，这回刑警队的队长老何何大壮提到局里当主管治安的副局长去了，把吕枫提到了队长的位置上，将来刑警队的全面工作由吕枫来抓，案子这方面的事，就得大梁来挑大梁了。所以，你要跟他配合好，别像跟吕枫似的，整整就急赤白脸斗得跟黑眼蜂似的。一定要跟大梁搞好团结。虽然你是这个专案组的组长，但大梁是刑警队的副队长，你一定要尊重大梁的意见。听明白没有？”

我立刻站起来，很庄重地给冷局敬了个礼，说：“明白！我一定会跟梁队长搞好团结的，有事向他请教，争取尽快把‘9·28’案和‘11·24’案破了。”

冷局看看表，说：“好吧，到点了，咱们上会议室去吧。”

59 走马上任

上午的会开得很简单。参会人员主要是刑警队的那些人，队长何大壮虽然要提到局里当副局长去了，但因为任职令还没下来呢，刑警队的全面工作还得由他来抓，所以他也参加会了。局里原来的一把手冯局长已经上政法委那边当书记去了，因此他没有参加会，局里另外一个局长参加了会。会议由冷局主持。冷局简单介绍了一下“9·28”案的侦破进展情况，她宣布了局党委关于重组“9·28”案专案组的决定，并决定“9·28”案和“11·24”案并案侦查，并宣布了我为专案组组长的决定。专案组成员有梁保华、蒋瑞明、薛亮。由于“9·28”案的监控视频资料是黄晓梅搞到手的，再加上前一段时间，她跟小廖一直跟我参与这个案子，不但情况比较熟，而且在找到“9·28”监控视频的这件事上，她也算立了一功，因此在我的提议下，冷局同意把她也临时调到专案组来。这样，整个专案组一共有五名成员。除了我跟黄晓梅是从派出所调过来的之外，其余的都是刑警队的。

其实，我看出来了，对于局里的这个安排，刑警队的有些同志是挺不服气的。从他们那不屑的表情上就看出来了。但因为这是局党委的决定，他们不服气不满意也没啥办法，只能表示服从。专案组这几个人，我都不是很熟，我跟他们副队长梁保华只是一般的认识，以前根本就没打过交道，我听说大梁这个人不错，很好处的，破案也有两下子。蒋瑞明和薛亮我根本就不认识，前一段时间他们俩一直跟着吕枫跑这个案子来着，也算是熟悉一点儿情况，所以，冷局把他俩也安排进这个专案组来了。

以前，“9·28”专案组的办公地点就在刑警队的一间办公室里，那时由于吕枫主抓这个案子，我不过是临时调过来帮他们调查这个案子，所以，那个办公室我就去过不两次。这回局里任命我当专案组组长，冷局可能是考虑到我跟吕枫的关系，因此，这个新成立的专案组就不在那间办公室办公了，冷局通过协调，又在局里另外找了一个办公室，给“9·28”专案组用。

散会之后，冷局给我们丁所打了个电话，把局党委的决定通报给了老丁，并让老丁临时安排一个户籍员暂时接替黄晓梅，让黄晓梅上局里这边来上班。接着我又给专案组成员开了一个小会，把拿到“9·28”案监控视频的情况跟蒋瑞明和薛亮说了一下。他们俩一听说已经拿到了“9·28”案董晓凤身在江陵的监控视频了，当时就瞪圆了眼睛，显出了非常吃惊的样子。他们大概没想到，就凭我这么一个派出所的副所长，在被赶出“9·28”专案组的情况下，竟还然能把这个案子突破到这种程度。接着，我又把吕队长他们上北京去抓捕董晓凤的事也简单说了一下，并布置了下一步的任务。由于当时吕枫他们抓捕董晓凤还在回江陵的路上，而“11·24”案的侦破工作还没有正式开始。因此，黄晓梅过来之后，我就把吕队长他们回到江陵之前的任务布置了一下。我从冷局那儿把“9·28”那天广德大厦的监控视频资料拿了回来，交给了薛亮和蒋瑞明，让他们俩看一下，看看还有什么可疑的线索没有。我则跟黄晓梅上力洋酒店去调查昨天晚上韩力洋都跟哪些人接触过以及他的整个活动情况。

布置完任务之后，蒋瑞明和薛亮都没说什么，接过我给他们的U盘就上电脑上看去了。这个薛亮也是警院毕业的，他比黄晓梅高出两届，虽然跟黄晓梅不是很熟，但互相也都知道。所以论起来，他也得叫我一声大师哥。而蒋瑞明年龄相对大一些，已经四十五六岁了，大伙儿都管他叫老蒋，人挺老实，没啥说道，这俩人都挺好合作的。

我跟黄晓梅上力洋酒店之前，我先给韩冰打了个电话，把我们要去的事跟他说了，让他在酒店等我。由于力洋酒店在临河街那边，离局里比较远，所以，我跟黄晓梅到力洋酒店的时候，都已经是中午了。因为是办案，我们不能在韩冰他们那儿吃饭，所以，在到力洋酒店之前，我跟黄晓梅在外面的一家小饭馆每人吃了一碗面，之后才去的力洋酒店。

此时，韩冰的胳膊上已经戴上了孝布，脸上满布了悲伤，我们到的时候，他正在他办公室等我。果然，我们一进屋他就张罗吃饭，我说已经吃过了，推让了半天，这才拉倒。说了几句闲话，我们正式开始询问一些基本状况。以下就是我跟他的对话笔录：

牛海："韩冰，咱们聊正事吧。你昨天最后一次见你爸是什么时候？"

韩冰："昨晚9点多。因为晚上我不在酒店住，所以，9点多我安排完第二天应该办的一些凌乱杂事之后，我就回家了。当时是在我办公室——就是那天你们去的那间办公室，我爸也没说啥，就说让我开车加点儿小心。"

牛海："你离开的时候，没发现你爸有什么异常吗？"

韩冰："没有。"

牛海："你平时晚上不在酒店住吗？"

韩冰："嗯，不在，如果不是我值班，一般情况下，我很少在酒店住。倒是我爸经常在酒店住。他很少回家，这个酒店基本上就成了他的家了。"

牛海："韩冰，你仔细回忆回忆，把昨天下午和晚上你爸都跟哪些人见过面吃过饭，都有些什么应酬，仔细跟我说一下。一件都不要漏。”

韩冰想了一会儿说：“我爸昨天都跟哪些人见过面吃过饭，这我还真不好说。因为平时我在我自己的办公室，他在他的办公室，没啥事，我很少能见到他。酒店的这一摊儿，除了一些决策性的大事，其他那些散乱杂事他基本上不怎么管了，都交给我了。昨天上午，大概9点多钟的时候吧，来了几个人找他，但那几个人我都不认识，他们在他办公室聊了一上午，但具体都聊了些啥，这我也不清楚。但让我奇怪的是，我爸中午竟然没有留那些人吃饭，按理说，一般情况下只要赶上饭时，我爸都会留客人在这儿吃饭的。我不知我爸为什么没留他们吃饭，也兴许留了，被人家拒绝了也不一定。他们走的时候，都已经11点多了。是我爸把他们送走的。送走他们之后，他自己在食堂吃了口饭，然后就回他办公室休息去了。之后整个一下午我都没见着他面。一直到晚上，他才上我办公室来，说他后天要去香港，把下半年酒店的经营状况跟香港总部汇报一下，让我给他订机票。我原本打算今天给他订机票的，哪想到啊，竟然出了这种事。”

说着说着，韩冰就呜呜地哭泣起来。

我劝他说：“韩总，你先节哀。你的心情我非常理解，但哭并不能解决什么问题。”

在我的劝说下，韩冰止住了哭泣，于是，我接着问道：“韩总，你们酒店有监控设备吧？”

韩冰说：“除了房间和卫生间里没有，走廊和大堂里都有。”

我说：“能把监控调出来让我们看看吗？”

韩冰说：“可以。没问题。”

我就说：“那等会儿我们去看看监控吧？好吗？”

韩冰说：“好的。”

然后我又问韩冰："韩总，你爸昨天都接过什么人的电话，都跟哪些人联络过，你知道吗？"

韩冰说："这我都不知道。"

我接着又问他说："你爸的手机呢？能把你爸的手机给我们看看吗？"

韩冰这才恍然想起来说："是啊！我怎么没见我爸的手机呢？我爸的手机呢？"

说着，韩冰就喊人过来。这时，那天我们在他办公室见到的那个女孩儿就过来了，说："韩总，您找我？"

韩冰说："赶紧让人拿着钥匙上三十八楼把董事长的办公室开开，看董事长的手机在办公室没有？"

那女孩儿不敢怠慢，立刻跑了出去，不一会儿工夫，就又跑了回来，说："韩总，董事长办公室里没有他的手机，能找的地方我们都找了，没发现董事长的手机。"

韩冰就有些茫然失措喃喃自语地说："那我爸的手机整哪儿去了呢？"

接着，韩冰又瞅着我问道："能不能在我爸身上呢？早晨你们出现场时没发现他身上带着手机吗？"

我摇摇头说："没有。"

接着我又强调说："我是第一个到达现场的。到那儿之后，就把现场跟围观的那些人隔离开了。市局的人赶到，勘查现场的时候，特意翻了翻你爸的衣兜，除了在你爸的裤子口袋里发现一小瓶速效救心丸，别的什么都没有，包括钱夹和其他的零散东西。对了，裤子上还有一串钥匙。估计是你爸办公室和他屋里抽屉的钥匙，别的就没什么了？"

听我说完之后，韩冰更加茫然了。韩冰说："难道被凶手拿走了？凶手拿我爸手机有什么用啊？我爸的那部手机，用的是指纹密码，除了他自己，谁都打不开。他们要那手机有啥用啊？”

我就说道：“肯定手机里存有重要信息，对凶手不利呗。否则他们是没有必要拿走你爸的手机的。”

说到这儿，我又问道：“韩总，你刚才说，昨天上午来了一拨客人来找你爸，他们一共是几个人？”

韩冰想了一下说：“好像是三个人吧？”

我就加重口气说：“到底几个人？”

韩冰说：“三个人。两个男的，一个女的。”

我问道：“那俩男的都多大岁数？女的多大岁数？”

韩冰说：“那俩男的，有一个岁数比较大一些，能有五十多岁，另外一个三十多岁。那个女的也三十多岁。”

韩冰说完，我就对他说：“你现在就领我们上你们酒店的监控室去看看昨天一天一直到今天凌晨的监控录像，这没问题吧？”

韩冰说：“我这一大堆乱事等着我处理呢，我就不能陪你们去看了，我让我的助理陪你们去行吗？”

我说：“可以。咱现在就去。”

说着，韩冰就打电话，把他的一个三十多岁的女助理叫来，让她领着我们上监控室去看监控录像。

到了监控室，面对着好几面墙上的那些电视屏幕以及那一台一台的监控录像设备，要想在昨天一天的全部录像资料里查找韩力洋的行踪影像，那真是太费劲了。我想了一下，对那个陪我们来的韩冰的女助理说：“能不能让你们的技术人员把昨天的监控资料全部复制下来，我们把资料拿回去看？”

那个女助理就跟负责监控室的头头儿商量了一下，他们又请示了韩冰，这才答应给我们复制下来。

于是，那个负责监控室的头头儿就开始给我们复制。我告诉他，昨天这个酒店所有的监控视频资料，都要给我复制下来，一秒钟都不要落下。那头头儿就答应说，没问题，力洋酒店所有的出入口以及走廊上的所有监控，他都会给我们录制到一个U盘里。

就在我跟黄晓梅在力洋酒店复制监控录像的时候，我的手机铃声响了起来。我一看是冷局打来的电话，就赶忙接起来。刚说了一声“冷局”，就听见她用非常冷峻的声音说道：“牛海，你现在赶紧上市医院来，董晓凤出事了。”

当时我就觉得头皮一炸，急忙挂断手机，跟黄晓梅交代了几句，就匆忙跑出去了。

60 董晓凤是怎么出的事

我赶到市医院的时候，看见冷局、吕枫、大梁还有跟吕枫一起上北京去押解董晓凤的另外一个警察小赵都焦急地在抢救室的门口等着抢救的消息呢。他们看我来了，谁都没有说话。冷局瞥了我一眼，也没有说话。但我从吕枫和大梁他们的眼睛里看出了，他们已经知道了“9·28”案的专案组组长是我的消息了。

我走到冷局跟前，想问问她董晓凤到底出啥事了。但我看冷局的脸色冷若冰霜，严峻异常，就把想要问的话咽回去了。抢救室的大铁门紧紧地关闭着，白色的灯箱和“正在抢救中”的红色大字分外扎眼。我站在那里就觉得心里有点儿憋闷得慌，不知道医生们还要抢救多长时间，也不知道董晓凤到底受了什么伤，更不知道能不能抢救过来。她的生死关乎着“9·28”案以及与此牵连的“11·24”案能否彻底侦破。如果她真的死了，没有她的口供，那么“9·28”案可能就到此结束了，就成了一个永远无法破解的悬案了。

我跟着冷局他们在市医院抢救室门口等了能有四十多分钟的时间，这时一个戴着口罩的男医生从抢救室大门里走了出来。我们几个都围了上去。那医生就说：“你们谁是伤者的家属或领导？”

冷局说：“我是。”

医生瞅了冷局一眼，说：“你跟我来一趟。”

说着，医生转身就又走进了抢救室。冷局跟在他的身后，也走了进去。我们几个犹犹豫豫地也想跟着他们进去，但这时抢救室的大铁门一下子关上了，把我们几个都挡在了外面。我瞅了一眼吕枫和大梁，他们俩脸上都没有什么表情。

我就凑到大梁跟前，小声问他说：“大梁，到底咋回事啊？”

大梁吁了口气，看了看吕枫，没有吱声。

吕枫狠狠地盯了我一眼，说：“不该你打听的别瞎打听。”

这要是平时，我肯定得跟他理论一番，我怎么就不该打听了？我是“9·28”案的专案组组长，董晓凤是“9·28”案的犯罪嫌疑人，现在她出事了，我作为专案组的组长，我为啥就不能问问情况啊？

但是，我一想可能现在大家都在火头上，气氛又这么紧张，我就别再给冷局火上浇油了。因此，我就把想要顶撞他的话咽回去了。

过了几分钟，冷局跟那个男医生又走了出来。男医生摘下口罩，看了冷局一眼，然后对我们说：“通知家属准备后事吧。人已经不行了。”

吕枫一听人已经不行了，就想进抢救室里去看一眼，但被冷局给叫住了。冷局说：“吕队长，这边的事先不用你管了。你现在赶紧回局里去找何队长，老何那边有个凶杀案，他现在又要办交接，又要弄那个案子，忙得手忙脚乱的，你赶紧过去帮他处理一下。”

吕枫听冷局这么一说，就不好再往抢救室里进了。他看了冷局一眼说：“何队长那边是什么凶杀案哪？”

冷局说：“你去了就知道了。你赶紧回去吧，他正在队里等你呢。”

说完，冷局就又对我跟大梁说：“牛海，大梁，董晓凤的遗体就交给你们俩负责处理吧。先把她的尸体送到火葬场去，至于什么时候火化，等专案组和局里跟她的家属商量完之后再做决定。”

由于当时在场的还有一个跟吕枫和大梁他们一起上北京去押解董晓凤的小赵，冷局就对他说：“小赵，你也赶紧帮吕队长去处理那起凶杀案去吧。这儿让牛海跟大梁他们处理就行了。”

小赵眨巴眨巴眼睛，没说啥，赶忙追赶吕枫去了。

吕枫和小赵走后，冷局领着我和大梁进了抢救室。但让我奇怪的是，抢救室里的抢救台上根本就没有董晓凤的尸体，抢救室里的那些医生护士们也都不在了，空荡荡的抢救室里就我和冷局、大梁我们三个人。我不经意地环顾了一下这个抢救室，这才看出来，原来这抢救室里有好几个门，不但连着另外一间手术室，而且那边还连着处置室和医生办公室。

我跟大梁一看抢救台上已经没有了董晓凤的尸体，就都有些发蒙。冷局非常严肃地看着我跟大梁说：“保华同志，那会儿我已经跟吕枫和你通报过局党委会的决定了。现在当着牛海的面，我再说一遍，经过局党委会决定，‘9·28’案专案组的组长已经由牛海同志担任了。吕枫同志不再担任‘9·28’案专案组组长的职务了。经局党委研究，‘9·28’案专案组的组员有你、蒋瑞明、薛亮，还有长阳区派出所的黄晓梅同志。我希望保华同志能积极配合牛海同志，尽快把这个案子查个水落石出，早日结案。”

虽然大梁先前已经知道了我已经是“9·28”案专案组组长的消息了，但是现在经冷局在这种环境下又强调了一遍，他的眼睛里还是露出了非常惊讶的神色。但他没说什么。

说完专案组和我的任职情况之后，冷局又接着说道：“董晓凤已经被秘密转移到别的医护室去了。关于董晓凤受伤的情况，大梁你一会儿跟牛海同志汇报一下。现在你们专案组最重要的任务，就是保证董晓凤的人身安全，只有保证她生命安全，才能彻底破解‘9·28’案的谜团。现在董晓凤所在的病室，除了我和你们二位之外，没有别人知道。希望你们一定要保密。董晓凤现在仍处在昏迷的状态之中，至于能不能抢救过来，那就要看她生命的顽强程度和医护人员的医术了。好了，我就说这么多了。你们俩跟我来吧。”

说着，冷局领着我跟大梁穿过里边的一个门，进入到了另外一间处置室，我们从处置室出来，竟然是医院另外一侧的走廊了。冷局领着我们顺着走廊，来到电梯门口，等了一会儿电梯，然后乘电梯又上到了六楼，六楼是外科住院处。冷局领着我跟大梁七绕八绕，终于来到了住院处的一间病房。我这才看见，董晓凤躺在病床上正在打吊瓶，旁边一个女护士正在给她量血压。那女护士看我们进来之后，就看了看血压计，对冷局说：“局长，伤者的血压非常低，随时都会有生命危险。”

冷局朝她点点头，那女护士就出去了。

待那女护士出去，冷局这才说道：“现在，负责抢救护理董晓凤的医护人员都是我从我们公安医院请过来的，都是我们的人，这你们尽管放心。”

然后冷局又对大梁说道：“当时，我一接到你跟吕队长的电话，我就多了个心眼儿，立刻给咱们公安医院的院长打电话，让他派两个医生和护士过来。等你跟吕枫到医院的时候，抢救室里的医护人员就已经换上咱们的人了。所以，董晓凤再不能出意外了。如果她实在醒不过来，那我们就没办法了，只要她能醒过来，牛海你跟大梁一定要在第一时间把她的口供录下来，听明白没有？”

我和大梁立刻非常严肃地给冷局打了个立正，并向她保证说：“是，冷局，我们听明白了。”

冷局说：“我得马上回去，局里那边还有个会。大梁，你把你们上北京押解董晓凤的情况详细地跟牛海同志汇报一下，越详细越好。”

大梁立刻给冷局敬了个礼说：“明白。请冷局放心，我一定会全力配合牛海同志的工作的。”

冷局伸出手跟我们俩握了握手，然后就走了。

冷局走后，就在董晓凤地病房里，大梁详细地跟我讲述了他们上北京去押解董晓凤的情况。以下就是大梁跟我的讲述：

“牛海，首先，我真诚地祝贺你成为‘9·28’案专案组的组长，你放心，我会全力配合你的工作的。现在我就把我们上北京去押解董晓凤的情况，给你汇报一下。我们是前天晚上下半夜2点多到的北京机场。因为我们到北京机场之前，就已经通过省厅跟北京机场的保卫部门和公安局取得了联系。所以，到那儿之后，很快就办完了递解手续。我们见到董晓凤的时候，董晓凤大吵大闹，说啥也不跟我们走，后来在我们的强制下，最终还是跟着我们上了车。这一路上，都是我跟小赵我们俩轮班开车，几乎一点儿都没耽误。吕枫则一直坐在后面，有时候和我，有时候和小赵，监视着董晓凤的一举一动。这一路上几乎没有发现什么异常。我们是在平东附近一个叫作蓝家桥村的高速路出口下的高速，这时候，董晓凤忽然额头出汗，不住喊着肚子疼，而且疼得非常厉害，一个劲儿地说她想上厕所。她要上厕所，可路两旁都是庄稼地，也没有厕所呀。但看她疼得那个痛苦样，经过吕枫和我跟小赵商量之后，决定让她在路旁一处偏僻的地方去解手。那时候，我们已经距离蓝家桥有十几公里快到两家子村附近了。

“吕枫给董晓凤把手铐打开，因为男女有别，因此，我跟吕枫、小赵我们三个不可能近距离地看着她解手。我们只能站在远处监视着她。董晓凤跑到公路旁二十多米远的一个低洼处去解的手，那是个挺大的大洼兜儿，我估计可能是附近村民取土时挖的一个大坑，大坑周围和坑上面都长满了荒草。人下去之后，能见度非常不好。为了防止她逃跑，吕枫就让小赵往近处一点儿去看着董晓凤。但是，董晓凤下去七八分钟了，一点儿动静都没有，吕枫就让小赵到跟前去看看，小赵就走过去了。走到那个土坑的边上，往下一看，根本就没有董晓凤的影子。小赵当时就蒙了，冲着我们大喊大叫说：‘吕队，董晓凤跑了！’小赵这么一喊，我俩急忙跑了过去，往下面一看，董晓凤果然不见了。由于这个季节庄稼都放倒了，大平原一望无际，我们并没有发现董晓凤到底往哪边跑了。这下我跟吕枫还有小赵都傻了。吕枫让我和小赵下到坑底下去搜寻，他则在坑上面寻找，看董晓凤是否能藏在附近的草丛里。我跟小赵我们俩把坑底下的草丛都搜遍了，也没见董晓凤的身影。就在我们俩垂头丧气地往坑上面走的时候，忽然听见吕枫大声喊道：‘站住，站住——董晓凤你给我站住，你再不站住我就开枪了！’我跟小赵一听吕队的喊声，几步就蹿到了坑上面，这时我看见，董晓凤正在飞速地朝公路那边跑去。路边上停着一辆黑色的轿车，什么牌子的看不清楚，很像是来接应董晓凤的。董晓凤就像疯了似的，朝着停在路边的那辆黑色轿车跑去，眼瞅着就要跑近那辆黑轿车了，这时，吕枫的枪响了，他一共开了两枪，第一枪就打中了，我看见董晓凤踉跄着要摔倒的样子，但是并没有倒下去，还挣扎着朝那辆黑轿车跑去。这时，吕枫又打响了第二枪。这时董晓凤扑通一下摔倒了。我跟小赵，还有吕枫快步朝董晓凤摔倒的地方跑去，这时，停在路边的那辆黑轿车已经开走了。我们跑到董晓凤跟前一看，她已经不行了。趴在地上，嘴里冒着血沫子，我跟小赵急忙把她抱起来，这才发现，吕队打的那两枪，一枪打在前胸左侧上了，一枪打在腿上了。我们急忙用最简单的方法给她包扎，总算把血给她止住了，然后把她抱上了车，并在第一时间用手机把这件事报告给了冷局长。整个经过就是这样的。我们从出事地点跑到江陵，用了一小时四十六分钟。我们按着冷局的指示，直接就把董晓凤送到市医院这儿来了。我们把她送到这儿的时候，冷局已经在这儿等我们了。后面的情况，你都知道了。”

大梁一口气给我说了这么多，我看他说的嘴角都起白沫子了，就站起来，想出去找护士给他要一瓶水去。这时，我不经意地瞄了躺在病床上正在打吊瓶的董晓凤一眼，就看见她好像动弹了一下。我急忙对大梁说：“大梁你看，董晓凤动了一下。”

大梁听我这么一说，急忙走过来，看了董晓凤一会儿说：“她这不还这样吗？没啥变化呀？”

我一看，可不还跟刚才一样咋的，可能刚才是我看花眼了。我就不好意思地说：“可能是我看花眼了。”接着我又说道：“我去给你整瓶水去。”

说着，我就要往外走，大梁一把拽住我说：“拉倒吧，你上哪儿整水去？还是我自己去吧，我连活动活动身子。”

说着，大梁就走了出去。他一出去，我就又仔细看了看董晓凤。只见她脸色蜡黄，双目紧闭，整个前胸都被绷带给捆住了。大腿上打着夹板，已经完全没有了我第一次见她时的那种风姿绰约、风韵犹存的风采了。我站在床边盯了她好一会儿，她除了还有一丝微微的气息之外，就跟死过去了一样，毫无半点儿生命的活力。正在我瞅她的时候，我的手机铃声忽然响了，我急忙接起电话，一看，原来是黄晓梅。黄晓梅问我在哪儿呢，我就撒谎说我在局里呢。因为现在有关董晓凤的事还处在保密状态，冷局交代不能让任何人知道董晓凤没有死的消息，所以，我不能跟她说我在市医院呢。

说完，我就问她："你那边进行得怎么样了，力洋酒店'11·24'的监控资料都拿到手了吗？"

黄晓梅说："都拿到手了。我现在就给你送过去。"

我一看黄晓梅要上局里给我监控资料，她一来，我刚才的谎话不就穿帮了吗？于是，我急忙对她说道："你暂时先别过来了，你先回所里，一会儿我也回所里，咱俩在所里聚齐你看好吗？"

黄晓梅说："现在都已经6点多了，你要是再跑回到所里，都啥时候了？要不这样吧，力洋酒店的监控视频资料，我先拿回家去，今天晚上我在家里整理一下，把那些没用的、跟韩力洋没关系的视频都删掉，留下那些跟他有关的东西，这样我们明天再看起来就能省却不少时间，免得一个镜头一个镜头去找，你看这样行不行？"

其实，这正合我意。我所以说我要回所里跟她见面，就是想跟她商量怎么整理力洋酒店监控视频资料的事，现在她自己就想这么弄了，这就免得我再往所里那边跑一趟了，如果我要走了，医院这里就把大梁一个人扔在这儿了，真要出点儿啥事，后悔都来不及。于是，我就对黄晓梅说道："好。那就这么办。你现在就赶紧下班回家吧。明天上午，咱俩在局里专案组见面。"

跟黄晓梅通完电话，我刚把手机挂断，大梁就进来了，手里拎着一个大塑料袋，塑料袋里装着两个盒饭，还有两瓶矿泉水。大梁说："饿了吧，牛海？"

我说："我还没饿呢。"

大梁说："你没饿我可饿了。我们还是今天上午9点多吃的饭呢。本打算过了两家子到青阳镇去吃饭，哪想到中间出了这么一档子董晓凤逃跑的事啊，一下子把我们的计划全打乱了。"

我就说："你们这一路上太辛苦了。"

大梁就说："辛苦不辛苦咱先不说，没想到会这么不顺利呀！董晓凤真要是醒不过来，'9·28'案能不能破都是问题了。"

说到这儿，大梁说："牛海，饿不饿你也过来吃一口吧。你看看现在都啥时候了。"

我一看手机上的时间，妈呀！眼瞅着都晚上7点了。由于病房仅有的一面窗户上挂着窗帘，屋里面点的又是日光灯，在惨白的灯光下，时间久了，也感觉不出来是白天还是黑天了。说实话，此时，我由于忙乎这个案子忙乎的，已经不知道饿不饿了。其实，中午我跟黄晓梅就在一家小饭馆吃了一碗面，那家小饭馆还贼拉埋汰，那碗面我是拧着鼻子强吃下去的，到现在已经过去了七八个小时了，但也不知道为什么，就是感觉不出饿来。现在，经大梁这么一说，我确实感觉肚子里咕噜噜的有点儿空空的意思了。于是，我走过去拿起一个盒饭，大一口小一口地吃了起来。

61 冷局夜半来医院

冷局是晚上9点多到我们这个病房来的。当时我和大梁一个正坐在靠窗户旁边的一个破沙发上打盹儿，一个坐在病床前观察着董晓凤的变化。因为我们俩都太疲劳了，在吱吱的整流器的声音中，都有些昏昏欲睡的感觉。就是在这时候，冷局敲门走了进来。

我们俩一看冷局来了，就都站起来了。冷局朝我们摆了摆手，示意我们坐下，然后说："咋样？董晓凤有啥变化没有？"

我跟大梁我们俩就都摇摇头，大梁说："没看出有啥变化。"

冷局说："我刚才跟负责抢救她的几个医生商量了一下，看有没有什么最佳的治疗方案能把董晓凤抢救过来。医生说，能用的方法几乎都用上了，现在就得看她生命力的顽强程度咋样了，如果生命力顽强，或许还有生的希望；如果生命力不顽强，恐怕很难抢救过来了。"

说到这儿，冷局顿了一下，接着她又指着自己胸部说道："吕枫第一枪打在了董晓凤前胸左侧的这个位置上了，还好，没有打在左肺上，不然的话，当时就一枪毙命了。但她现在是流血过多，虽然给她输血了，但是能不能缓过来，还不好说。"

我注意到，冷局在说这番话的时候，脸上现出了一丝忧郁的愁容。我跟大梁站在冷局的旁边，一面观察着在死亡边缘昏睡的董晓凤，一边听冷局说话，我们都不知道该说些什么好。

冷局站在董晓凤的床头看了一会儿，说："咱们坐着聊吧，别在这儿给她立规矩了。"

说着，冷局苦笑了一下。

我跟大梁陪着冷局，在靠窗的那几张破沙发上坐下了。冷局说："牛海，保华，董晓凤的生死意味着什么，我想你们肯定比我要清楚得多。如果董晓凤真的抢救不过来，死了，那么'9·28'这个案子很可能就会成为悬案，永远无法破解了。她这个案子，不仅仅是一起简单的杀人的刑事案，她非常有可能牵扯到省里的某位涉嫌腐败的高层领导的问题。所以，省厅对这个案子也非常重视。省厅的于厅长还专门就这个案子的侦破情况来我们江陵一次，并多次过问这个案子的进展情况。于厅长说，他要对省委省政府负责。所以，我们一定要保证董晓凤的安全。如果实在抢救不过来，那就没办法了，只要有抢救过来的可能，我们就一定全力抢救。但在这个过程中，千万不能再出现其他意外了。我说的意思你俩明白吗？”

我跟大梁都很庄重地点点头说：“明白。”

冷局接着又说道：“我之所以把你们俩放在这儿来看护她，就是怕她再出意外呀，明白吗？你们俩一个是专案组的组长，一个是刑警队的副队长，专案组那边有那么多的事需要你们去办，我却把你们俩放在这儿，看护一个濒临死亡的犯罪嫌疑人，这里面的重要性不用我多说，我想你们也会明白的。但你们俩也不能总在这儿守着这个跟植物人一样的女人啊！今天晚上观察一晚上，如果明天她还这样，那就让专案组的蒋瑞明和薛亮来看护她。牛海赶紧去调查‘11·24’韩力洋的案子。这两个案子可能有某种关联，很多疑点都有待于用证据来证实。今晚上就辛苦二位了。”

冷局说完，就站了起来，说：“我就不在这里陪你们俩了。晚上你俩睡觉精神点儿。一定不要再出现其他意外，明白我的意思吗？”

我跟大梁再一次非常庄重地说道：“明白。放心吧冷局，不会在我们的手上出意外问题的。”

但我们万万没有料到，就是在这天晚上的下半夜3点多钟的时候，还真就出了意外。

62 凌晨出现的杀手

这天晚上，冷局走了之后，我跟大梁我们俩商量，我俩轮流睡觉休息，一个小时一换班。因为这些日子我们都挺疲劳的，尤其是大梁，跑到北京又跑回来，一路上几乎没有得到休息。所以，每当轮到他休息的时候，我都尽量不叫醒他，能让他多睡一会儿就多睡一会儿。下半夜3点多钟的时候，正是我值班，大梁靠在那个破沙发上睡得正香。这时候，一个戴着口罩的女护士走进来，给董晓凤换药。就在她把那个还没有滴完的药瓶摘下来，换上新药瓶的时候，我忽然发觉有些不对劲，这个女护士的脚上怎么穿了一双男人的鞋呢？

我就走过去，假装看她换药，并问她说："这是什么药啊？"

开始，她并没有出声，仍然忙着换药瓶。于是，我就又问了一句："护士同志，你换的这是什么药啊？"

没想到，我话音还没等落，他忽然抄起了装药的托盘朝我的头上砸来。我下意识地用胳膊一挡，托盘砸在了我的胳膊上，但力度并不是太大，就在我伸手要去抓他的时候，他突然不知从哪儿掏出一把匕首来，冲着我脖子就刺了过来，我又是本能地用手去挡了一下，匕首一下子刺在了我右手的手背上，顿时血流如注。此时，我已经明白了这个人是个男的，是假扮成女护士来行刺董晓凤的。于是，我一边跟他搏斗，一边大声喊道："大梁，有刺客！"大梁忽地一下醒了过来，一个箭步蹿过来，但与此同时，那个刺客已经跑出门外。我大声说着“保护好董晓凤”，然后就追了出去。

大梁没有跟我一起跑出来，他听我喊保护好董晓凤，以为刺杀董晓凤的还有另外一个人呢，因此就接着我的话说：“明白！”一边说一边就用身子挡在了董晓凤的床头。当我追出病房门的时候，那个刺杀董晓凤的人已经不见了踪影。他身上穿的白大褂和护士帽都扔在了医院的走廊里。由于市医院的走廊是回形走廊，曲曲弯弯很容易逃脱，所以，我在走廊转了好几个来回，都没有发现他。走廊上静悄悄的，根本就没有人。我怀疑他很可能是钻进了哪个病房里去了，不然他不可能跑掉的。这个时候，我又不可能挨个病房去搜查，影响患者休息会惹出大麻烦的。

回到病房，我看见大梁仍然紧张地横在董晓凤的床前，直到看见我进来，他才吁了口气问道：“那家伙抓住了吗？”

我摇摇头沮丧地说：“没有。让他给跑了。”

大梁又问：“看清楚没有，是个什么样的人？”

我又摇头说：“没看清，他的口罩始终没摘下来。但从他穿的鞋子上看，肯定是个男人。我就是看他穿了一双男人的鞋子，这才起了疑心的。”

说到这儿，我这才发现，我的右手背几乎被那个刺客的匕首给穿透了，鲜血仍然水流般地顺着手指往下淌。大梁见状，急忙说道：“牛海，你赶紧上处置室把你那伤口处置一下吧。”大梁这么一说，我才感觉出疼来。但是，我要是出去处置伤口，我担心病房这儿再出事，于是，我就把我的衬衣拽了出来，把衬衣袖子拽掉了一只，用那只衬衣袖子把伤口给勒住了，总算把血给止住了。这时我才注意到，刚才那个刺客给董晓凤换的那瓶药水，还在床头放着，而先前的那瓶药水并没有打完，还有小半瓶呢。于是，我就按铃叫护士。值班护士很快过来了，奇怪地看着我们问道："谁把这药给摘下来的？"

我就问她说："刚才你们护士没有人过来给她换药吧？"

护士说："没有啊！你们不按铃叫我们换药，我们怎么会来给患者换药呢？你们这儿刚才发生什么事了？"

我就说："刚才有个穿着你们护士服装的人过来给她换药。我去阻止她，那个人竟然用刀来刺我。"

那值班护士几乎不相信地瞪大了眼睛说："啊？还有这事？我说刚才这屋里怎么那么大动静呢，怎么会发生这种事情呢？"

我不想跟这个值班护士做更多的解释，我就拿起刚才那个刺客放在床头的药瓶说："这个就是他想给患者换的那瓶药。你赶紧把这瓶药拿回去化验一下，看这瓶药里是什么药。"

护士听我这么一说，也紧张了，说："真没想到，竟然会发生这样的事。"

说着，她就把原先那瓶没有打完的吊瓶重新给董晓凤挂上，然后就拿着那个刺客丢在这里那瓶药匆匆走了。

63 冷局上午来医院

化验结果是上午8点多出来的。结果证明，这个药瓶里的药水含有剧毒硫化钾，只要滴上一滴，董晓凤立刻就会毙命。多亏我当时精神了一点儿，发现了刺客的鞋子是男人的鞋，如果当时稍微疏忽一点儿，后果不堪设想啊！想想自己都有点儿后怕。由于事发时间是凌晨3点多，我跟大梁怕打扰冷局的休息，所以，当时并没有给她打电话跟她汇报。一直到化验结果出来之后，我们才把情况跟她汇报了。她听完我的汇报后，立刻就赶了过来，我跟大梁又把凌晨发生的情况详细跟她做了汇报。汇报完之后我说："现在董晓凤住的这间病房已经完全暴露了，是不是要换一下病房？"

冷局想了一下说："不用换。如果再一折腾，对于董晓凤的伤情没有好处。其实，现在对方也已经知道他们暴露了，他们不会再来了。我出来之前，已经通知蒋瑞明和薛亮了，他们一会儿就会过来。"

说到这儿，冷局看着我缠着绷带的手，关切地说："牛海，你手上的伤不要紧吧？"

冷局这么一问，我才感觉出我的右手火燎燎地疼。天亮后，我上处置室去找大夫处理伤口时，我才知道，当时，那个刺客的匕首扎在我右手的手背上，把一根血管给割断了，匕首差点儿把整个手掌给穿透，伤口还是挺深的，给我处置的那个医生当时还问我是怎么弄的，是不是跟人打架让人给攮的，我未置可否地笑了一下，也没跟他解释。由于精神一直处于比较紧张的状态中，所以还没怎么感觉出疼来。现在冷局这么一问，我是真觉出疼来了。但是我要是说疼，冷局让我休息不就耽误事了吗？于是，我就晃了晃胳膊，说道："没事，我这伤不碍事的，就划破了一层皮。"

大梁就说："牛海你可别逞强了，还就划破了一层皮？就划破一层皮能出那么多血吗？"

我就赶忙打断大梁的话说："真的不要紧的。不会耽误事的。今天工作怎么安排，冷局你就吩咐吧。"

冷局说："一会儿蒋瑞明和薛亮过来，让大梁领着他俩在这儿盯着董晓凤。你跟黄晓梅立刻把‘11·24’案的监控捋一下，看能不能找出什么有价值的线索来。因为这个事一直是你跟黄晓梅在做，我就不让大梁他们再掺和了。现在最关键的是董晓凤能否醒过来。我们从广德大厦‘9·28’的监控视频上可以确定，沈秀秀死的那天，董晓凤她人就在江陵，可她竟能让省工商局的副局长给她做证，说她在省城参加一个什么活动，而且她还能让省宾馆更改他们活动的日期，这就足以证明，这个女人的能量非同一般。所以，我们必须要保证她的安全，只有她醒过来，不出意外，我们的这个案子才有可能水落石出。”

64 力洋酒店的监控录像

上午9点左右的时候，蒋瑞明和薛亮过来了。冷局跟他们交代了一下董晓凤的情况，然后便跟我一起离开了。我到局里专案组的时候，黄晓梅正在等我。她一看我手上缠着绷带，就吃惊地看着我问道：“牛海，你这是怎么了？”

我怕她为我担心，就没有把昨晚发生在医院的事告诉她，我故意轻描淡写地说：“没怎么，不小心戳了一下，不碍事的。”

黄晓梅有些不相信，抓住我那只有伤的手说：“不小心戳了一下，怎么包扎成这个样子？你是不是干什么受伤了，故意瞒着我呀？”

我就笑着说："我瞒你干什么，咱赶紧干活儿吧。"

说着，我就让黄晓梅把电脑打开，把从力洋酒店拿回来的那个U盘插进了电脑里。由于昨晚黄晓梅忙乎了多半宿，她把那些跟韩力洋无关的监控视频都删除掉了，因此，看起来就省了不少麻烦。

从监控上看，11月23号这天，力洋酒店的大堂和大门口，几乎没有出现过韩力洋的身影。经过仔细查找，11点06分的时候，他陪着两男一女从大堂走到了酒店门口，看样子是在往外送客人，那三个人肯定就是韩冰说的来找他父亲的那三个客人。从监控上看不出什么。韩力洋把他们送到门外的雨搭下，分别跟他们握了握手，那三个人就走了。这三个人之中，有一个男的年龄看起来比较大，差不多能有五十多岁的样子，另外一个男的看样子不到四十岁，那个女的好像年轻一点儿，三十岁左右的样子。从他们的穿着打扮上，看不出他们是做什么工作的。

韩力洋送走他们之后，一个人在大门口的雨搭下站了一会儿，三四分钟后就回酒店了。从大堂的监控上看，他在大堂转了转，然后往食堂的方向走去了。整个一上午，监控里他就出现了这么一次，再以后的监控里就找不到他的身影了。

韩力洋再一次出现在监控视频里的时候，是晚上9点04分。他从电梯里下来，顺着走廊朝他儿子韩冰的办公室走去。他在韩冰办公室的门口站了一会儿，敲了几下门，后来就进屋了。这段监控视频只有短短的一分来钟。接下来，一直到9点36分，他跟他儿子韩冰一同从韩冰的办公室出来。他们沿着走廊一同走到电梯门口，等了一会儿电梯，爷儿俩一同进了电梯。但是，监控上没有发现韩力洋从电梯出来的镜头。也兴许他上了三十八楼那个楼层没有监控，或者黄晓梅把那段监控给删掉了。于是，我就指着监控问黄晓梅说："这怎么只有他进电梯，没有他出电梯的镜头呢？你是不是把他从电梯里出来的镜头给删了？”

黄晓梅说：“没有啊，只要有韩力洋镜头的监控，我都保留下来了，我不可能把有他出现的镜头给删除掉啊！”

黄晓梅说完，我也没说啥，我们又接着往下看，韩力洋再一次出现在监控视频里的时间是11月24号凌晨4点47分。他一个人沿着昏暗静谧的走廊一直走到电梯门口。上电梯之前，他拿出手机好像拨了一个电话，但从监控上看，拨完电话他似乎又把电话按掉了，这时电梯就来了，他就进了电梯。接下来是4点48分，他从电梯里走出来，在电梯门口站了一会儿，拿着手机犹犹豫豫地再一次拨打手机，但是，他刚把手机贴在耳朵上，就又拿下来了，看不出他是否跟对方通上话了。之后，他就拿着手机沿着走廊一直走到酒店另外一侧的一个角门处，从那个角门走出了酒店。这时候监控视频上显示的时间是4点52分。这就是从11月23号到24号凌晨，在监控上看到的韩力洋全部的活动情况。

65 黄晓梅去见她父亲

我跟黄晓梅连着看了几遍，黄晓梅比我看得次数更多更细，因为这个监控视频是她处理的，视频里的每个细节她都已经稔熟在心了。如果单从监控视频上看，的确看不出什么来。现在可疑点有这么几处：一个是23号9点多来找他的那两男一女三个客人到底是干什么的，跟他的死是否有关，这个必须得查清。再一个，韩力洋为什么要在24号凌晨4点多钟的时候出去。那个时候，正是最冷的时候，他平时并没有晨练的习惯，这天早晨，他为什么要起这么早出去？还有，他拿着手机几次打电话都显得犹犹豫豫的，他到底要给谁打电话，他要打电话的那个人，是不是就是想要他命的那个人？只有把这一系列问题都破解了，才有可能找出韩力洋莫名死亡的原因。

我跟黄晓梅在电脑前看力洋酒店的监控视频，差不多看了两个小时。但光看视频也解决不了问题呀，我们得想办法把23号那天上力洋酒店找韩力洋的那三个人找到啊，只有找到他们，才能知道韩力洋的死是否跟他们有关。可是，仅凭着监控视频这模模糊糊的影像，要想在茫茫人海里找到这三个陌生人，真比大海捞针还要困难。再加上我心里还惦念着躺在医院里的董晓凤是否能抢救过来，心里面真就像塞了一团乱麻似的。

这时，我的手机铃声忽然响了。我一看来电显示，是梁宝亮打过来的。这些日子把我忙的，都好几天没跟他通话了。于是，我赶忙接起来说道："宝亮，有啥指示？"

宝亮说："你忙乎啥呢？咋好几天不给我打电话呢？"

我说："我这一天忙得脚打后脑勺子，没啥事哪有闲心想起来给你打电话呀？咋的？找我有事啊？"

宝亮就说："你小子真没良心，当了个小破官这又没闲心给我打电话了，忘了你挨贬受罚被人免职无处诉衷肠时找我的情景了？"

宝亮这么一说，我就笑了，我说："我啥时候找你诉衷肠了？你可别埋汰我了。有啥事赶紧说，我可没工夫在这儿跟你扯闲篇儿。"

宝亮就说："这家伙的，当了个小官不知道咋嘚瑟好了。好了，不跟你扯了，咱们言归正传，我上次跟你说的那个事你给我办了没有？"

宝亮这么一问，我还真有点儿蒙住了。我问他说：“你让我办啥事了？”

宝亮不高兴地说：“牛海，你也没拿我这事当回事啊？这么重要的事你都给我忘了？”

我一听宝亮的口气有些不高兴，就急忙解释说：“宝亮你别生气，不是我给你忘了，实在是我这些日子的乱事太多了，我真想不起来你让我给你办啥事了。你赶紧跟我说，我这就给你办去。”

宝亮就说：“我上次不是跟你说，能不能帮我跟你那小女朋友黄晓梅说说，让她帮我们做做她父亲的工作嘛。黄利德这家伙太顽固，有很多事就是不吐口。他这个案子拖拉了这么些日子了，我们想打打亲情牌。听说他对他这个女儿视若掌上明珠，特别爱他这个女儿，所以，我们想让黄晓梅来劝劝她父亲，早点儿把问题交代完了，这无论对于他还是对于他的家人，都是一种解脱。你看，你能不能跟黄晓梅做做工作，让她过来一趟，跟她父亲见一面？”

梁宝亮这么一说，我猛然想起这件事了。于是，我就对宝亮说：“这样吧宝亮，你一会儿听我信儿行不行？我一会儿就把准信儿告诉你。”

宝亮说：“好吧。我等你电话。”

我挂断电话，回头一看，黄晓梅还在专心致志地在电脑上看力洋酒店的监控视频呢。我走过去。黄晓梅抬脸看了我一眼，说：“谁的电话呀，说了这么半天？是不是你那同学梁宝亮的呀？”

我就笑着说：“还真让你给猜着了。真就是他的电话。”

黄晓梅说：“他又找你啥事啊？”

黄晓梅这么一问，我正好接着她的话头说：“他不是找我有事，他是找你有事，不好意思直接跟你说，这才拐了个弯儿来找我的。”

黄晓梅撇了一下嘴说：“拉倒吧。我爸是他手里的罪犯，我是他手里罪犯的女儿，他怎么会找我呢？躲还躲不及呢，他还会主动上门来找我？”

我一看黄晓梅不相信，就一本正经地跟她说道：“晓梅，我真的不是跟你开玩笑，刚才梁宝亮打电话，真的是找你。”

说着，我就把宝亮的意思跟她说了。黄晓梅这才认真起来。她瞪着茫然无措的大眼睛看着我说：“真的假的呀？梁宝亮真是跟你这么说的？”

我就说：“这么大的事我能骗你吗？晓梅，你要是觉得这事可行，我现在就陪你咱俩一起上他们那儿去看看你爸爸，你都挺长时间没见着你爸了吧？你爸那么疼你，这么长时间不见面，说不定得怎么想你呢。”

我刚说到这儿，就看见黄晓梅已经泪流满面了，嘤嘤地竟然哭出声来了。我一看黄晓梅哭了，急忙安慰道：“晓梅，你哭啥呀？我这不跟你商量呢吗，你要是不愿意就拉倒，人家也没强逼你非让你去做你爸的工作。你自己琢磨琢磨，你要是觉得梁宝亮是出于一片好心，咱俩就先把这头的工作撂一撂，我这就陪你上他们那儿去，跟你爸见一面，让他把该交代的问题赶紧交代了。交代完了，法律该咋判咋判。不然的话，老替别人扛着有啥意思啊？你说是不是？”

黄晓梅就擦了擦眼泪说：“谁说我不跟你去了？我巴不得能有这么个机会跟我爸见一面呢。现在梁宝亮主动找上门来，让我去做我爸工作，这不是天大的好事吗？这要是没有你，你要是不跟梁宝亮是同学是朋友，人家能给我这么大的面子吗？既然你说了，那咱这就走吧。”

我一看黄晓梅答应得这么爽快，就急忙给宝亮回了个电话，告诉他我跟黄晓梅马上就过去，让他做好我们见黄利德的准备。

给宝亮打完电话之后， 我又给冷局发了个微信，把情况简单跟她汇报了一下。冷局立刻给我回复说："专案组的事你们自己处理吧。我正在开会。"

既然冷局没说啥，我就又给大梁打了个电话，问他董晓凤的情况。他说董晓凤还那样，没啥变化。我就把我上反贪局的事简单跟他说了一下，然后就领着黄晓梅出去了。

66 失态的父女相见

我跟黄晓梅赶到宝亮他们反贪局的时候，都已经快10点40分了，我们来之前宝亮已经把一切都安排好了。由于黄利德的案子还没有移交到司法部门这边，因此，他现在并没有跟看守所的那些犯罪嫌疑人关在一起，而是跟那些"双规"人员关在农业局废弃的一个招待所里。因此，我们到他们单位的时候，宝亮已经在门口等我们了。他跟黄晓梅简单聊了几句，然后便开车在前面引路，领着我们往关押她父亲的农业局招待所那边去了。

农业局废弃的那个招待所在锁龙河这边，离宝亮他们反贪局挺远的。路上我们差不多跑了一个多小时才到那儿。原先，农业局打算在这儿办个稻种培育基地来着，要办稻种培育基地，就得请一些水稻专家过来进行指导，为了让那些水稻专家在这儿住得能好一些，当时的农业局就办了这么个招待所。后来稻种培育基地没办起来，这个招待所又远离城市中心，没人上这边住来，再加上后来的这个农业局的局长不主张局机关办企业，因此，就把这个招待所承包出去了。招待所远离市中心没有客人来住，承包者总是赔钱，时间长了，人家就不干了，所以这个招待所就废弃了。当时的市纪检委和反贪局正愁那些被“双规”的贪腐干部没地方放，经过市委决定，就把这个招待所利用起来了。一般的“双规”人员，都先关在这里，审查完了，移交给司法部门之后，才能送往监狱去执行。

我们到达关押黄利德的这个招待所的时候，都已经中午了。梁宝亮领着我们先上他们食堂简单吃了一口饭，然后才去见黄晓梅她父亲。

黄晓梅她父亲关在二楼的一个房间里，房间里的陈设挺简单的，一张单人床，一把椅子，一个小桌。窗户上都插着大拇指粗的钢筋，墙面都做了软处理，可能是为了防止关押人员自杀。

我们进去的时候，黄利德正躺在床上假寐，听见门响，就睁开了眼睛。当他看见黄晓梅出现在门口的时候，他的脸上现出了惊讶、茫然、慌乱的神色。他忽地一下从床上坐起来，呆呆地看着黄晓梅，好半天才喃喃说道：“梅子，梅子你……你怎么来了？”

黄晓梅“哇”的一声就哭了。黄晓梅说：“爸，爸，我来看你来了。爸，我来看你来了。”

我注意到，此时黄利德的眼睛里也流出了泪水，但他眼神里流露出来的仍然是茫然和惊讶。好半天他才又说道：“你来看我干什么呀？我在这里有什么好看的？是谁让你来的？是他们让你来的吗？”黄利德指着梁宝亮和我说道。

黄晓梅就哭着摇头说：“爸，不是你想的那样的。”

说着，黄晓梅就拽过我跟他爸介绍说：“爸，这是我们所的副所长牛海。”然后她又指着梁宝亮说：“这是反贪局的梁局长，梁局长你应该认识吧？梁局长是牛海的同学，没有他们，人家能让我见你吗？”

梁宝亮就接着黄晓梅的话头说：“黄利德，牛海是你女儿的男朋友，这你还不知道吧？”

我就赶忙瞪了宝亮一眼，说：“你瞎说什么呀？什么男朋友呀！”

梁宝亮可能是想把亲情牌打得更强烈一点儿，所以他才故意这么介绍的。他看我埋怨他，他就又接着我的话茬儿说道：“男朋友就是男朋友嘛，有什么不好意思承认的。如果你不是黄晓梅的男朋友，我怎么可能让你们来见他？”

宝亮跟黄利德介绍完我之后，我发现，黄利德就像傻了似的，直呆呆地瞅着我，好半天才用颤抖的手指着我，哆哆嗦嗦地跟黄晓梅问道：“梅子，你、你刚才说，他、他叫啥？”

黄晓梅说：“牛海。他叫牛海。”

黄利德喃喃自语道：“牛海？牛海？”他忽然睁大了惊恐的眼睛，狠狠地盯着我问道：“牛海？那你认识牛碧仁吗？牛碧仁是你什么人？”

我笑着回答他说：“牛碧仁，我当然认识了。牛碧仁是我父亲，原先也是长阳区派出所的。我自己的父亲我怎么会不认识呢？”

我话还没等说完，就见黄利德忽然间脸色变得灰白，额头上浸出豆粒般大的汗珠来，眼睛里流露出了一种极其恐怖的光来。他忽然指着我大声叫道：“你说什么？你是牛碧仁的儿子？你是牛碧仁的儿子！”

黄利德这忽然的变化，让我跟黄晓梅还有梁宝亮都非常吃惊。我忽然想起了韩力洋跟我讲起的他们当年的那些事。难道眼前的这个人真的跟二十年前我爸的惨死有关吗？不然的话，他怎么会这样呢？

想到这儿，我就接着他的话茬儿说道：“对呀，我就是牛碧仁的儿子呀。怎么，黄叔叔你认识我父亲吗？”

黄利德忽然摆着手说道：“不不不不，不，我不认识，我不认识，我怎么会认识你父亲呢？我根本就不认识你父亲。”

其实，黄利德的这种反常的否认，一下子就让我看出来，他不但认识我父亲，而且肯定还跟我父亲有过什么交往和过节儿。那一刻，我忽然心跳加速，血往上涌，难道眼前的这个人真的跟我爸二十年前的惨死有关吗？我定定地瞅着他，他真像韩力洋所说的，他长得真是太帅了，虽然头发已经花白，脸上满布了沧桑，尽管下巴和两颊上的胡子没有刮净，但仍然掩盖不了他的男人的风采。黄晓梅的那张脸还有那双大眼睛，简直就像是从他的脸上扒下来似的。尽管现在他已经年过半百，但从这张脸上仍可以捕捉到他年轻时的帅气。怪不得韩力洋第一次看见黄晓梅时说在哪儿见过她呢。她跟她父亲长得真是太像了。

正在我盯着黄利德想着他跟我爸的关系时，黄利德忽然又指着梁宝亮朝黄晓梅说道：“梅子，梅子，刚才他、他说啥？他说这个牛海是你男朋友？他真的是你男朋友吗？你告诉我他真的是你男朋友吗？”

看着黄利德那慌乱而失态的样子，我忽然替黄晓梅回答道：“叔叔，我就是黄晓梅的男朋友。怎么？以前她没跟你说过吗？”

黄晓梅此时已经完全蒙了，尽管她的脸上还挂着泪痕，但是，脸上茫然无措的表情已经很清楚地表明，她也对她父亲的如此失态感到奇怪了。她现在看我这么肯定地回答她父亲说我是她男朋友，更加迷惑了。因为在此之前我从没正式跟她表态过她是我女朋友，现在她看我说得这么肯定，忽然转过头看着我说：“牛海，你今天这是怎么了？”

我仍然微笑着，我瞅了一眼黄晓梅说：“我没怎么啊，我这不是跟叔叔聊天呢吗？叔叔，咱爷儿俩这还是头一次见面吧？你对我这个未来的女婿感觉怎么样啊？”

我的话音刚落，黄利德忽然狼嚎般地叫了一声：“不！不！你不是我女儿的男朋友！你们这是故意来诈我来了！我不可能让我的女儿嫁给你的。这绝不可能的。”

黄晓梅一看她父亲如此歇斯底里的号叫和失态，就有些害怕了。黄晓梅忽然哭泣着拽着她父亲的手说：“爸，爸你这是怎么了？爸你怎么了？你怎么变得这样了呢？”

黄晓梅这么一哭，再加上这么一问，黄利德忽然像个泄了气的皮球一样，一下子瘫坐在床沿上了。他的眼神空洞茫然，脸色灰白苍冷，好半天才喃喃自语地说道：“梅子，你今天就不该来呀。梅子，我不需要你看我，你把你自己管好就完了，你为什么要来看我呀？”

说着，黄利德忽然双手捂脸，无声地啜泣起来。

黄利德这么一哭，就更加坚定了我先前的想法，这个人肯定跟我父亲的死有某种关联，否则，他不会在知道我是牛碧仁的儿子同时又是他女儿的男朋友之后，在我们面前这么失态的。想到这儿，我就又毫不留情地追问了一句：“叔叔，你肯定认识我父亲。你肯定知道我父亲当年是怎么死的。”

我话还没等说完，黄利德忽然站起来，死死地瞪着我说：“我不认识你父亲，我不认识你父亲！我根本就不认识你父亲！你父亲死不死跟我没有任何关系！”

就在这时，我的手机铃声忽然响了，我一看来电显示，是大梁打过来的，便急忙接起来说：“大梁，我在反贪局这边呢。有事吗？”

大梁说：“董晓凤醒过来了。”

我一听董晓凤醒过来了，激动得几乎说话都磕巴了，我对着手机大声说道：“大梁你说什么？董晓凤醒过来了？太好了！你等我啊！

我这就过去！”

我刚把手机挂上。黄利德忽然面色苍白，额头冒汗，浑身发抖，他用颤抖的手指着我说：“你、你、你刚才说的是谁？谁醒过来了？我好像听你说董晓凤？你刚才说的是董晓凤吗？”

黄利德这么一问，我猛然间想起了韩力洋曾跟我说过的那些话，对呀，当年临河街这边刚开发那时候，董晓凤跟黄利德都曾经跟一个叫仇奉和的人混过，他们肯定都认识呀。想到这儿，我就接着他的话说道：“叔叔，你说得没错，我刚才说的那个人就是董晓凤。这个女人跟你不是很熟吗？你现在还认得这个女人吗？”

黄利德没有直接回答我的问话，而是又接着问我说：“董晓凤怎么了？”

我就说道：“董晓凤因涉嫌杀人，已经被捕了。”

黄利德一下子睁大了混浊空洞的眼睛，他不错眼珠地盯着我说道：“你说什么？董晓凤涉嫌杀人？她为什么要杀人？她杀什么人了？她把谁杀了？”

我就回答他说：“她把她亲生女儿杀了。”

黄利德听我这么一说，再一次瘫坐在了床沿上，嘴里含混不清地喃喃说道：“报应啊，这都是报应啊！该来的都来了，谁都躲不过去呀！”

说着说着，黄利德忽然捂着脸呜呜地哭泣起来。

他这么一哭，把黄晓梅给哭傻了，黄晓梅一把抓住她父亲的手问道：“爸，你怎么了，爸，你哭啥呀？你到底有什么话想说，我跟牛海还有梁局长我们都在这儿呢，你有啥想说的就跟我们说吧，他们都是我的好朋友。爸，你就别再捂着盖着的了，该交代的就都交代吧。”

黄利德忽然一把搂住黄晓梅号啕大哭起来。黄利德边哭边说：

“爸交代，爸交代。爸什么都交代……”

说着说着，黄利德一下子昏过去了……

67 黄利德细说当年

黄利德是因为一时情绪不稳血压骤然升高而导致昏迷的。好在梁宝亮他们这儿有医生。经过医生的抢救，很快就平稳了他的血压。在此期间，我跟大梁又通了一次电话，详细询问了董晓凤的情况。大梁跟我说，董晓凤虽然醒过来了，但仍不能说话。他说冷局在他们那边呢。我一听冷局在他们那儿，就让他把电话给冷局，我又跟冷局把黄利德的情况汇报了一下。我跟冷局说，黄利德跟董晓凤还有韩力洋，他们历史上有着千丝万缕的关系，他们很可能跟我父亲二十年前的惨死案也有关系，所以，我想趁着董晓凤还不能开口说话的空当，先在这边把黄利德的口供拿下来，然后再过那边去。冷局同意了我的这个方案。她说黄利德是意外收获，让我先审黄利德，把黄利德的口供拿下来之后，让我再过去审讯董晓凤。

以下就是黄利德的口供：

“你叫牛海，是牛碧仁的儿子对吧？我真没想到命运会如此弄人，我二十几年前的老冤家的儿子竟然成了我女儿的男朋友，而我也从一个高高在上的局级领导干部变成了阶下囚。这不是命运弄人这是什么呀？说起来真的是很久远了，那时候我刚从部队复员回到地方，比你们现在还年轻，还风华正茂呢。那时我才刚刚二十多岁。回到地方后，才知道我老家的房子因为政府开发被拆迁了，地也被政府给征走了，这样我就在临河街这边临时找了一份工作。就在这时候，我认识了一个叫仇奉和的人。他成立了一个拆迁公司，到处招人，于是，我就进了他的拆迁公司，很快，我就成了他的私人司机和心腹。当时仇奉和有个姨夫在城建局当局长，仇奉和就是依仗着他的这个姨夫谋到这个拆迁的项目的。后来，仇奉和有钱了，再加上他这个姨夫的引荐，他就跟当时长阳开发区副区长苗壮搭上了钩。

“这样仇奉和的生意就越干越大，钱也越赚越多。钱多了，身边的女人也多了。但是，在这些女人当中，他最喜欢的竟然是一个叫董晓凤的小姐，就是你刚才说的那个杀了自己女儿的董晓凤。这个董晓凤是泥鳅泡的人，当初念书时她自己搞了个对象，因未婚先孕，把孩子生下来后，就跟那个男人分手了。后来跑到城里打工，在别人的引诱下，当上了小姐。那时候，位于锁龙河边上的力洋大酒店已经戳起来了，董晓凤就在力洋酒店里当小姐。董晓凤跟仇奉和搭上之后，就被仇奉和给包养了，基本上就不在力洋接客了，专门为仇奉和的那些有用的朋友服务。在这些朋友中，最有用的当然是副区长后来又提拔到副市长位置上的苗壮了。后来，董晓凤就专门委身于苗壮，连仇奉和都不怎么放在眼里了。这让仇奉和非常生气，但也奈何不了她什么。

“后来苗壮为了要政绩，就撺掇仇奉和在长阳区这边投资建炼油厂，但建炼油厂跟拆房子盖房子是两码事，那得有强大的资金和技术力量支持才能做成。仇奉和为了讨好苗壮，竟然鬼迷心窍，真就把厂址也选好了，地也征了，一些设备也进来了，苗壮也因为这个项目而有了政绩被调到新升格为地级市的黑鱼泡市当副书记去了。但就在这时候，仇奉和的资金链出现了问题，以前苗壮在这儿的时候，还能跟银行说上话，贷款比较方便。现在他一调走，仇奉和再上银行去贷款，就不怎么好使了。

“仇奉和也曾找过苗壮几次，但苗壮那时候已经调走了，正是一步一步往上走的时候，是当时省里最年轻最有希望的后备干部，他不想因为仇奉和而影响了自己的政治前途，所以就不想跟仇奉和走得太近，不想在他的浑水里蹚得太深了，因此，就总找借口躲避仇奉和。苗壮不帮忙，银行里贷不出款，购进的一堆设备扔在锁龙河边上风吹雨打，他为了建炼油厂而融资的那些债主又天天来要钱，仇奉和一下子被逼得走投无路了。

“为了能从银行贷出款来，仇奉和就使了一个美人计，他给了董晓凤一大笔钱，让她把当时银行管贷款的行长薛桂明陪好，就在薛桂明和董晓凤在力洋酒店的房间里颠龙倒凤的时候，仇奉和给派出所打了个电话，举报力洋酒店某某房间有人卖淫嫖娼。那天晚上，正好是你父亲值班，接到报案，就领着人上力洋酒店去扫黄抓嫖来了，一下子就把薛行长和董晓凤给抓了个现行。董晓凤本身就是小姐，她倒无所谓，关键是薛行长，他当时是社会名流，是有身份的人，这要是哄嚷出去，那还了得。为了给薛行长保密交罚款，仇奉和费尽心思，最后终于把薛行长给保了出来。但这事本身就是仇奉和设的局，把薛行长保出来是为了从他手里往外贷款。可薛行长没那么大的权力呀，他根本就不敢跟行里的其他领导说贷款的事，更何况，当时的仇奉和已经在银行里有上亿的贷款还没还上呢，银行怎么可能还敢给他放款呢?

“仇奉和从薛桂明那儿拿不到贷款，就让他手下的一些人天天去威胁老薛，老薛不堪其扰，后来就找了一个叫三虎子的流氓出面调停。当时三虎子在临河街这边刚刚崛起，正想找个扬名立万的机会呢，再加上老薛又给了他一笔钱，因此，他就一口答应下来。但你想想，像仇奉和那样见过世面的人，怎么会瞧得起三虎子这么一个不入流的小流氓小混混呢，所以，双方见面那天，仇奉和跟三虎子几乎没说上几句话，俩人就谈崩了。三虎子就假模假式地要跟仇奉和动手。仇奉和那天也是喝了点儿酒，随手就掏出一把六四手枪，冲着三虎子的脑袋就是一枪。三虎子当时毙命。把三虎子打死了，仇奉和也蒙了，但后悔已经来不及了。当时，为了逃避警察的抓捕，仇奉和想了这么几个方案，一个是让手下人替他去顶罪，他出一大笔钱，赡养替他顶罪那个人的一家老小；再一个就是外逃，逃到别的国家去；另外就是说自己是防卫过当，说这把枪是三虎子带来的，仇奉和是在跟三虎子扭打的过程中因抢枪勾动了扳机，失手把三虎子打死了。但这几个方案都不可行。第一条，他手下人没有人愿意替他顶罪，因为这是死罪，给多少钱都没人愿意干。第二条，想外逃他国，根本就不好使，因为那时仇奉和就已经是内控人员了，他根本就跑不出去。第三条就更不行了，因为那天晚上薛行长也在场，他就是证人。而且事发之后，他就已经给警察报警了，就在仇奉和领着人商量怎么办的时候，市局和派出所的警察已经把我们商量的地点给围住了。仇奉和因私藏枪支和故意杀人被抓了起来。

“那时候，负责这个案子的正是长阳区的派出所所长牛碧仁，也就是你父亲。为了把仇奉和捞出来，我们筹措了一大笔钱，大概能有个二三十万吧，那时候的二三十万可是相当炫目的一笔大钱。我们拿着这一大笔钱去找你父亲，想让你父亲把案情改写，让仇奉和死罪变成活罪。但你父亲那个人油盐不进，说啥也不行。这时，有个人跟我们承诺，说只要把这笔钱给他，再让牛碧仁这个人在地球上消失了，他就有办法把仇奉和捞出来。这个人就是仇奉和的把兄弟、当时长阳区派出所的副所长吕枫。既然有人承诺能把老仇捞出来，因此，我们几个人经过商量之后，决定做掉牛碧仁。于是，在一个月黑头的晚上，我们让吕枫把你父亲约出来，说有紧急情况要跟他反映。吕枫虽然跟你父亲有着很深的矛盾，主要是你父亲曾揭发过他跟仇奉和磕头拜把子以及跟一些不三不四的人在社会上鬼混，还有一次因为什么事，差点儿把吕枫的那身警服给扒了，可你父亲从没想过吕枫会有害他之心，所以也就没有防备。那天晚上本来不是你父亲值班，但因为跟吕枫有约在先，所以他回家吃完了晚饭，看了一会儿电视后，根据他和吕枫约定的时间才出来的。那时临河街还不像现在这么繁华，街道两旁那些矮房还没拆完呢。当他走到临河街和福民路交会的那个路口的时候，事先埋伏在那里的我们几个人一拥而上，还没等你父亲明白是咋回事，一棒子就把他给撂倒了。因为用的是镐把，镐把前面还包了一块生铁，因此，那一镐把打得非常重，他连哼都没哼一声就倒地死了。但就在我们把牛碧仁也就是你父亲做掉的同时，市局介入了仇奉和的这个案子，把仇奉和给带走了。因此，吕枫对我们的承诺也就没用了。”

黄利德说到这儿，还想往下接着说，这时我猛然打断他，死死地盯着他问道：“那天晚上，也就是你说的那个月黑头的晚上，我爸到底是被谁打死的？你们几个到底是谁动的手？”

黄利德脸色灰白，死鱼般的眼睛里流露出了恐惧，他不敢正视我那愤怒的眼睛，在我的逼问下，他嗫嚅着，什么都说不出来了。

这时，坐在一边的黄晓梅也盯着黄利德逼问道：“牛海问你话呢，你们当时是谁动的手？是不是你动的手？”

黄利德忽然狼嚎般地哭叫道：“你们别问了，你们别问了！你们枪毙我吧！我甘愿伏法，我甘愿伏法还不行吗！”

这时我就一把抓住他的衣领子，一下子把他推到墙上，用手掐着他的脖子恶狠狠地瞪着他问道：“黄利德，我就想听你亲口告诉我，二十年前的那个月黑头的晚上，是你用镐把要了我爸的命的，你告诉我，你告诉我，是不是你把我爸给打死的！”

这时，黄利德已经被我掐得翻白眼了。坐在一旁的梁宝亮怕出事，急忙走过来把我拽开，并大声呵斥道："牛海，你想干啥呀？这不是报私仇的地方！你现在是在执行公务！黄利德还有很多事情没有交代呢，你这么做，往下我们的案子还怎么审了？"

梁宝亮的这一番话，一下子把我的脑袋给整清醒了，我就松开了拽着黄利德的衣领子和掐他脖子的那只手，但是，心里的愤怒仍然难以平息。此时的黄晓梅已经完全傻了，她可能没有想到我会对她父亲下这么狠的狠手。其实，当时我根本就没有瞅她，她愿意咋寻思就咋寻思吧，我已经顾不了那么多了，把他松开之后，我就冲着梁宝亮说："下面的事你来审吧。"说完，我就泪流满面地抽泣起来。

梁宝亮抽出几张餐巾纸递给了我，这才又接着审起来。

梁宝亮说："黄利德，你刚才说的那些，那都是你的历史犯罪记录，说说你是怎么从一个犯罪分子到窃取了我们政府的领导职务的？都给什么人送过礼，你一定要认真交代。好，说吧。"

黄利德吁了口气，好半天，才又接着说道："打死牛碧仁之后，我们知道老仇打死三虎子的事，是薛桂明给报的案，因此，我们就又把老薛一家给灭门了。当时这个案子太大了，引起的社会反响非常大。当时跟我一起上老薛家去作案的那个人叫郎五，从老薛家出来的时候，他吓得已经快精神分裂了，我担心这小子胆小坏事，因此，从薛桂明家出来，我们俩走到锁龙河边上的时候，我趁他不备，在他身后用一根细铁丝，勒在了他的脖子上，活活地把他给勒死了，然后用一块大石头，把他沉到锁龙河里去了。这个人从此就在这世界上彻底消失了。因为郎五本身就是一个小流氓，家里也没什么人，死了也没有人找，他就这么在这个世界上烟消云散永远消失了。我做的这些事，吕枫都知道，他毕竟拿了我们那么大一笔钱，所以当警察怀疑到我的时候，就是吕枫给我做的证，说当时他正在审我，我不可能出现在现场，我就这样逃脱了警察的抓捕。事后吕枫怕我把他供出来，因此就让我外逃。在此之前，我跟着仇奉和混的时候，曾认识了一个叫作蒋涞的新加坡女人，这个女人对我情有独钟，我就找到她，让她帮我出去。那个女人对我很热心，当然她并不知道我干的那些事。在她的帮助下，我顺利地跟她到了新加坡。由于在新加坡没谋到什么合适的职业，再加上我跟蒋涞的关系也被她男人怀疑了。为了避嫌，蒋涞就建议我跟她的一个朋友上非洲去开采金矿，她说那地方遍地都是黄金，到那儿就能发大财，我就相信了蒋涞的话，跟着她的那个朋友去了非洲。这中间吃的苦就甭说了，我在非洲还真就发了点儿财。这一躲就是十几年。后来，我看国内对我们当年的那个案子也不查了，再加上晓梅跟她妈还在国内，我就从非洲回来了。

"从非洲回来后，我先去找的董晓凤，在董晓凤的引见下，我见到了已经是省发改委副主任的苗壮，我给了他二十公斤黄金，在他的操作下，这才回到江陵当上了城管大队的大队长。这期间我所有行贿受贿的对象，我都记录在一个小本上了。这个小本被我藏在我家卫生间的棚顶上了，你们跟晓梅上我家去取，到那儿就能找到。至于我受贿的那些钱，都让我放在华宇小区38栋106的地下室里了。那个房子是我以晓梅的名字买的。买完之后，我谁都没告诉，因为那是一楼，装修的时候，我特意让工人挖了一个大地下室。地下室的门在书房的书柜下面。那个大书柜是活动的，书柜的一侧有按钮，一按按钮，书柜就会自动分开，地下室的门就暴露出来了。我所有的现金和黄金等物品，都在那个地下室里放着呢。"

这时，我才注意到，黄晓梅不知什么时候已经出去了。现在黄利德交代他行贿受贿对象的记录就在他家呢，得让黄晓梅领我们去取呀，所以，我就给黄晓梅打了个电话，但电话已经关机了。这时我心里就有点儿慌，此时，黄晓梅已经知道了她父亲就是我的杀父仇人，我的父亲就是被她父亲活活给打死的，面对这样的结局，她还能接受我们之间的关系了吗？反正我是接受不了了，我不可能跟杀死我父亲的仇人的女儿生活一辈子的。这根本就是不可能的。

68 吕枫的自杀

黄利德整整交代了一下午，我跟梁宝亮从农业局招待所出来的时候，天都已经黑了。因为黄利德在交代的过程中，提到了最重要的一个人，那就是当时派出所的副所长、现在是刑警队队长的吕枫。所以，在梁宝亮审问黄利德的时候，我就悄悄地给冷局发了个微信，让她把吕枫控制住，千万不要让他跑了。但是，一直到我跟梁宝亮从农业局招待所出来，冷局也没有给我回复。我也不知道他们是否把吕枫控制住了。吕枫是老警察了，他的反侦查能力、他的凶狠和不择手段都是我们无法想象的。否则的话，他也不会在警察队伍里混了这么多年没出事。

想到这儿，我就给冷局打了个电话，冷局接起电话问我说："牛海，你现在在什么位置？还在反贪局那边审问黄利德呢吗？"

我就回答她说："黄利德已经审问完了。我正在往回走，在去市医院的路上。"

说到这儿，我急忙问道："吕枫控制住了吗？"

冷局说："吕枫自杀了，也在医院抢救呢。"

我一听冷局说吕枫自杀了，脑瓜子就轰地一下，猛然间涨得就像个大笸箩似的，我急忙问道：“能不能抢救过来呀？”

冷局没有直接回答我，只是说：“你赶紧过来吧。到这儿我再跟你细说。”

冷局这么一说，我这心里就更着急了。但因为堵车，我这车怎么跑都跑不起来。到医院的时候，都晚上8点多了。

到医院后，因为当时我还不知道吕枫在哪个抢救室抢救呢，又不知道冷局那边的情况，不好贸然给她打电话，我就直接去了董晓凤的病房。当时在病房里守护着董晓凤的是薛亮和蒋瑞明。大梁也不在。我进屋时，薛亮和蒋瑞明正在靠窗的那张破沙发上坐着呢，看我进来，就都站起来了。

我走到董晓凤的病床边上，看了她一眼。这时，蒋瑞明和薛亮也过来了。躺在病床上的董晓凤可能意识到进来人了，就睁开眼睛瞅了我一眼，但很快就又把眼睛闭上了。我就问蒋瑞明说：“她醒过来多长时间了？”

蒋瑞明说：“挺长时间了，快一下午了。意识啥的都挺清楚，就是不能说话。”

我就又问道：“大梁梁队长呢？”

蒋瑞明说：“跟冷局在一起呢。”

说到这儿，蒋瑞明神秘地看看左右，然后趴在我耳边小声说：“吕枫自杀了，你知道吗？”

我点头说：“知道了。”

接着我又问道：“你们知道冷局和大梁他们在哪儿呢吗？”

蒋瑞明和薛亮都摇摇头说：“不知道。”

就在这时，一直闭着眼睛的董晓凤忽然又睁开了眼睛，定定地瞅着我，嘴唇翕动着，似乎想说什么。我一看她这样，就急忙俯下身对着她的耳朵问道：“董晓凤，你是不是想说什么？”

董晓凤就点点头。

我就又问道："你现在能说话吗？"

董晓凤用微弱的声音断断续续地说："你们刚才说啥？说吕枫自杀了？"

我就急忙点头说："是。吕枫自杀了。你不是跟吕枫很熟吗？"

董晓凤没有说话，眼泪却顺着她的眼角流了下来。

当时我一看董晓凤这样，说明她已经恢复了意识，而且也能说话了。我就急忙走出病房给冷局打了个电话，告诉冷局我已经在医院董晓凤的病房了，并把董晓凤能开口说话的消息告诉了她。冷局说她在抢救室呢，吕枫已经死了，但吕枫死的消息暂时还要保密，她马上就过来，让我等她。

过了七八分钟的样子，冷局和大梁还有原先的刑警队长现在已经是副局长的何大壮，以及刑警队的几个人都到了。我注意到，他们所有人的脸上都显得非常严峻。冷局一进屋，就对老何他们说："老何，你领着他们几个先回去吧，这儿用不了这么多人。这儿有我和牛海，再把大梁留下就行了。其余的人都先回去休息吧，今天的这件事，一定要严格保密，谁都不许把吕枫自杀的消息传扬出去。现在知道吕枫自杀的就我们这几个人，如果走漏了消息，那肯定就是我们这几个人其中的一个。听明白没有？"

几个人都点点头，小声说："明白。"

冷局又接着说道："这件事暂时还没有上报省厅。因为'9·28'案和'11·24'这两个案子牵扯到省委的某些领导，我们必须跟市委市纪检委汇报完毕，才能跟省厅汇报。在这件事没有上报之前，谁都不许胡乱传播谣言，不许胡乱编造消息。听清楚没有？"

我从认识冷局到现在，还从没见她的脸色这么严峻过，现在看，这个案子确实是一件惊天大案了。冷局说完，就让何副局长领着他们几个走了，包括蒋瑞明和薛亮。他们一走，董晓凤的这个病房里就剩下冷局和我以及大梁了。

冷局看着我说道：“牛海你吃晚饭了吗？”

我摇摇头说：“没有呢。忙乎得也不知道饿了。”

冷局就对大梁说道：“大梁，你不也没吃呢吗？正好我也没吃呢。你现在打电话叫外卖，咱们就在这儿对付一口吧。非常时期，就不能讲究那么多了。”

于是，大梁就走出去，上门口的走廊处打电话叫外卖去了。

这时，冷局对我说：“吕枫是下午4点25分开枪自杀的。”说到这儿，冷局清了清嗓子，接着说道：“其实，很长时间我们就已经注意到他了。我为什么在锁龙山庄秘密让你调查‘9·28’案？我又为什么把你调到‘9·28’专案组来？其目的就是为了牵制他，让他显露原形。从‘9·28’案发生到你把犯罪嫌疑人锁定为董晓凤那时起，我们就已经觉察出他的反常来了，他一次次地想把你赶出专案组，他一次次地在我面前说你的坏话，甚至他还私下使用手段跟踪你，他让大梁在你的车上安放跟踪器、窃听器，你的所有活动他都了如指掌。他为什么会对你一个派出所的副所长参与此案如此恐惧？这里面一定有问题。所以，我就暗暗地让大梁配合他，让他把大梁当成他的死党。他的一举一动都在我们的掌控之中。当他得知首都机场已经控制了外逃的董晓凤的消息后就更加惊慌失措了。他竟然找到我，主动要求上北京去押解董晓凤，这就让我更加怀疑他了。于是我就顺水推舟地答应了他，没想到，大梁对他监视得那么严，还是让他得手了，差点儿就让董晓凤跑了。”

这时候，大梁就进来了。

冷局瞥了一眼大梁，接着说道：“下午，你给我发完微信，说黄利德已经交代了他跟吕枫的关系，让我们控制住他，于是，我就紧急跟老何商量，看如何处理这件事。当时，为了以防万一，我就给他打了个电话，说要跟他商量工作，请他上我办公室来一趟。当时他答应得挺好，说马上就过来。我怕打草惊蛇，打完电话我就上刑警队去找他，这时才发现，他已经不在刑警队了。因为在此之前，他还在刑警队跟他们商量工作的事，这么一会儿怎么就走了呢？于是，我就赶忙给门卫室打电话，让他们拦截住一切出去的车辆，与此同时，我跟何副局长还有他们刑警队的几个同志跑下楼去，刚跑到院子里，就看见吕枫开着车疯狂地朝大门口开去，因为咱们局大门口拦截车辆用的是那种不锈钢的电动门，所以，吕枫的车闯不出去，他就不断地鸣笛，但大门就是不开。这时候，我们已经快跑到吕枫的车跟前了。何副局长一边摆手一边大声让他停车，这时就听见一声枪响，当我们跑到他的车跟前时，发现风挡玻璃上迸溅的全是鲜血。他在车里面把车门子锁上了。我们费了好大的劲儿，才把车门弄开。吕枫脑瓜歪倒在方向盘上，半拉脑袋都打碎了，脑浆和鲜血迸溅得哪儿哪儿都是，手枪掉在了裤裆之间。其实那时候我就知道他已经死了，但我还是抱着幻想，看能不能抢救过来，因为他身上还藏有很多我们未知的秘密。但是，送到医院抢救室，医生们只看了一眼，就跟我说，这还抢救啥了，早都已经死了。”

吕枫自杀的过程基本上就是这么个过程。冷局说：“我一给他打电话说跟他商量工作，他就已经知道自己暴露了。从北京押解董晓凤回来，他就一直惴惴不安像个惊弓之鸟似的。我甚至怀疑，昨晚化装成护士来暗杀董晓凤的那个杀手也是他派来的。但他现在死了，这一切谜案都很难解开了。”

冷局跟我介绍完吕枫的自杀过程之后，送外卖的就来了，于是，我跟冷局还有大梁一边吃饭，我又把审讯黄利德的过程简单跟冷局汇报了一下。我们刚把饭吃完，冷局的手机就响了，冷局一接电话，我才知道，竟然是市政法委冯书记打来的。冯书记原先是我们局长，最近才到政法委去任职。他走之后，冷局就扶正成为我们的正局长了。冷局接完电话，跟我和大梁说，省发改委的苗壮已经被正式免职了，有关他的犯罪问题，已经移交给司法部门处理了，她马上得上市委去开会，研究关于“9·28”案和“11·24”案如何上报省厅和省纪检委的问题。她嘱咐我跟大梁，董晓凤绝对不能出任何事。只要她能开口说话，立刻进行审问，并明确审问董晓凤主要由我来审。

说完，冷局就走了。

这时，已经接近子夜了。

69 审讯董晓凤

当晚，我和大梁是在董晓凤的病房里过的夜。我跟大梁轮流值班，基本上相安无事。

董晓凤是第二天下午彻底清醒过来的。她醒过来之后，我们经过医生的检查并征得他们的同意，这才决定对她进行审讯。但是，让我们没有想到的是，审讯一开始，董晓凤就闭着眼睛，问她啥都不回答，就是一个不说话，无论我们问她啥她都不说。为了把她的嘴撬开，我跟大梁想了好多办法，费了好多口舌，都不起啥作用，她闭着眼睛似睡非睡，就是不开口。这可把我们难住了。怎么才能让她开口说话呢？后来我忽然想起了黄利德，我曾听韩力洋说，董晓凤当年被仇奉和包养的时候，曾经跟黄利德有过一段感情纠葛，能不能用黄利德来撬开她的嘴巴呢？于是，我就坐在了她的床头，小声跟她说道：“董晓凤，你还记得黄利德这个人吗？他也犯事了，你应该知道了吧？”

我这一招果然奏效。董晓凤一听到黄利德这个名字，身子非常轻微地耸动了一下，竟然把眼睛微微地睁开了，她瞥了我一眼，但仍然没有吱声。

我一看有门儿，就又接着说道：“假如，被你毒杀的那个女孩儿沈秀秀是你跟黄利德生下的孩子，你会把她毒死吗？”

我这么一问，董晓凤竟然流泪了。过了好一会儿，她才轻轻地摇了摇头，用极小的声音喃喃说道：“不可能，我不可能跟黄利德有孩子的。虽然我跟他好，可露水夫妻怎么会有孩子呢？”

说到这儿，她轻轻地叹了口气，接着说道：“这都是命啊！人是挣不过命的。那时候我毕竟太年轻，对男女之事太好奇，就是这种轻率和好奇，一时没有把控住自己的情欲，偷吃了禁果，我的整个人生就完全改变了。这些日子在逃亡的路上，我一直不断地回想，我这悲剧命运是从哪儿来的呢？后来，我终于想明白了，其实，从打我二十多年前，跟秀秀她爸爸沈学兵第一次亲吻的那一刻起，我的命运就已经埋下了今天的恶果了！”

说到这儿，董晓凤的眼泪大颗大颗地流淌出来，顺着两个眼角一直流进了耳朵里。我没有打断她的讲述，只是从床头的纸抽里拽出几张餐巾纸，给她擦了擦流进耳朵里的泪水。

董晓凤感激地看了我一眼，又接着说道：“刚才你问我，说假如秀秀是我跟黄利德生下的孩子，我会毒死她吗？这个假设是不成立的。我跟黄利德有没有感情呢？不能说没有，但你不知道当时在临河街当小姐的那个董晓凤已经不配有感情了，更不配有爱情了，那时的我不会跟任何男人生孩子过日子的。”

说到这儿，董晓凤停顿了一会儿，停顿了能有三四分钟的光景，这才又叹口气，接着说道：“唉！既然话已经说到这儿了，那我就把我的故事从头跟你说了吧。”

我一看董晓凤的嘴巴被撬开了，我就不想打断她的话头，把她的思绪引到别处去，于是，我就给大梁使了个眼色，让他把录音笔打开，并做记录。大梁不动声色地在一旁打开了手机上的录音设备，然后又拿出笔来，开始记录。

此时的董晓凤就跟进入了无人之境似的，一个人微闭着眼睛，喃喃地讲述起来：“其实，从我见到你的第一眼起，我就认出你是谁来了。虽然我不认识你，但我认识你父亲。你跟你父亲长得太像了，你几乎就是你父亲当年的翻版，由此可以看出，遗传的力量是多么的强大了。说起来，我认识你父亲那时候，你还是小孩子呢。当年，要不是你父亲听信仇奉和的举报，上力洋酒店去扫黄，把我跟薛桂明堵在了床上，可能也不会发生后来的这么多的故事了，你父亲命丧黄泉，就连老薛一家也被灭了门。我想不明白我在这中间到底充当了什么角色。但话既然说到这儿了，我也就不藏着掖着的了，你们抓我是因为沈秀秀的死，而沈秀秀又是从我身上掉下来的骨肉，那我还是先从9月28号那天，秀秀是怎么找到的我，我又是怎么把她……”

说到这儿，董晓凤又流泪了，闭着眼睛闷了好半天也不说话，不知道她在想啥呢。我看她不说话，我也不催她，整个病房显得非常压抑和沉闷。过了能有四五分钟的样子，董晓凤才又叹了口气，轻声说道：“说实话，从打秀秀那孩子一死，我这心里一直都挺内疚的。她毕竟是从我身上掉下来的骨肉啊！我怀了她整整十个月呀！虽然我没有尽到一个做母亲的责任，没有抚养过她，跟她没有一点儿感情，但她毕竟是我身上的肉啊，看到她我就看到了当年的我，她还是一朵没开的花呢，就让我……”

说到这儿，董晓凤又说不下去了，眼泪像泉涌般哗哗地流了下来，甚至还哭出了声音。我不断地从纸抽里拿餐巾纸给她擦泪，可她的眼泪就像关不住的自来水似的，源源不断地流淌出来。隔了好长时间，她才又接着说道：“我没有想到她会来找我。真的，这么多年，我早都已经把她忘了，我甚至不记得我在泥鳅泡还有这么一个女儿。那天她突然跑来找我，说她是沈学兵的女儿，说她爸爸得癌症快要死了，让我救救她爸爸，那一刻我真的是既感到羞辱又感到害怕。你可能不知道，自从我生下她跟她爸分手之后，我不敢再想那段日子了。那时候我多年轻啊，就那么轻易地把自己的身子给了沈学兵那么个污浊的男人，而且还跟他生了孩子。这是我一生中最龌龊也最见不得人的历史，甚至比我当初在力洋当小姐那段历史还要见不得人。我当小姐我是为了生存，可我跟沈学兵那算啥呀？爱情吗？那算什么爱情呀？所以，这些年来，我一直回避着那段历史，而且那段历史也很少有人知道。除了我们村的老人儿之外，现在知道我曾在年轻时未婚先孕的人几乎没有了。而且，我已经把家搬到了省城，就连江陵我也很少过来。

“可也许是天意吧！就在那天，我上江陵来办事，她竟然找上门来了。这让我实在是不能接受的。我现在也是有头有脸有身份的人了，而且，更重要的，我现在正在跟省工商局的副局长沈沉谈恋爱，我们已经到了谈婚论嫁的阶段了。在这么重要的关键时刻，我突然冒出这么个女儿来，这要是让外界知道，我这些年所付出的一切不都得付诸东流吗？别人得怎么看我呀？无论是在媒体上还是在私下聊天，我跟任何人都说，为了事业，我一直没有结过婚，可是，没结婚怎么会出来个女儿呢？那一会儿我可能也是鬼迷心窍了。于是，当沈秀秀跟我讲述了她父亲身患癌症请我出手相救的事情之后，我就假装答应了她，并稳住了她。那时候我就对她起了杀心，我想让她死，因为只有她死，我过去的那段历史才能掩盖住。但是，得怎么能弄死她呢？这时候我忽然想起了，前些日子，我跟几个朋友上山里去玩，他们给我的一种可以毒杀野兔、野鹿、野猪和野狍子的毒药。那种药对野兽的毒性较大，但对人的毒性并不是很大，并不能很快把人致死，可能要半个小时到一个小时，药性才能发作。于是我就借着上厕所的机会，把这个药倒进了饮料瓶里，然后让沈秀秀喝。其实，当时沈秀秀在我跟前并没有喝几口，她可能是舍不得喝，我估计她是后来离开我们公司喝的。当时我满口答应了沈秀秀对我的请求，我跟她说，我可以考虑给父女俩一笔钱，当时我答应她的是二十万。沈秀秀一听我说给二十万，差点儿乐疯了。我让她上附近的临河街去溜达溜达，并约好让她在万嘉广场后门那儿等我，晚上我和她一起吃饭。那孩子就傻乎乎地去了。她一走我就后悔了。我在办公室转了好几圈，想找个能补救的办法，不让她死。可是想了半天，也没想出什么好办法来。于是，我就下楼跑到万嘉广场后门那儿去看了看，看她是不是真的在那儿等我，如果她要是在那儿等我，我就领她上医院去抢救。可我到那儿一看，她已经不行了，不少逛街的人围着她议论纷纷，那一刻我真是后悔死了，但后悔也没啥用了，想抢救也来不及了。我只好胆战心惊地离开了那里。

“正好第二天省城这边我还有个签约活动，我就让公司所有人统一口径，把签约活动的日子改成9月28号，这样就可以造成9月28号我人不在江陵的假象。我还让人上省宾馆把租他们会议室的日子也改成了9月28号。最主要的是，我从江陵回到省城的当晚是在沈沉家住的。我们俩能够相识相爱，都是咱们江陵走出去的老市长、现在已经当了省发改委副主任的苗壮给牵的线搭的桥。老沈的妻子死了之后，一直找不到合适的配偶，所以，苗副主任就把我介绍给他了，老沈并不知道我的那些过往。当天晚上，我特意嘱咐老沈，如果有一天有人问他，我9月28号是否在江陵，一定要说我没在江陵，说我在省宾馆参加签约活动。因为这个项目是老沈给介绍过来的，第二天的签约活动他也得参加，再加上他的身份，他要是出面给我做证，别人就更不会有什么怀疑了。老沈当时也挺疑惑的，问我，为啥要让他这么说，我就跟他说，也没有别的特殊意思，因为‘9·28’是个吉利的数字，‘就俺发’嘛。当时老沈只是笑着说我迷信，也没有往别处想，就答应了。后来，你们果然找到了他，他也果然按我跟他说的那么说的，再加上这中间有吕枫给我挡着，我以为这样我就可以解脱了。

“让我没有想到的是，当年长阳区派出所所长牛碧仁的儿子，嘴巴竟然像乌龟似的，咬住就不松口。你知道当年我们背后都管你父亲叫啥吗？叫‘牛逼人’，你父亲那个人当年就是太牛了，否则他也不会把命都搭上的。那都是老话了，咱就不说了。本来，我是让吕枫想办法把这个案子往别处引的，他当时也说，没什么问题。他还跟我说，牛海他一个乳臭未干的毛孩子，他懂得什么！为此，我还给了他十万块钱。但后来，你去找韩力洋，上我的老家泥鳅泡去了解我的历史，你还让你们的一个警察上我们公司去盯着我，不让我离开江陵。那天在广德大厦，他在我们公司门口阻拦我不让我走的时候，我故意说他性骚扰，打电话让我们公司的人往死里打他。没想到，竟然把他给打死了。这下我可有点儿毛了，这毕竟又是一起人命案啊，而且死的还是警察。再加上你们对我历史的调查，更让我害怕，因为我的那段历史实在是太污浊太不堪了。为了封住韩力洋的嘴巴，我通过吕枫警告过他，但他竟然单独约了你，我们不知道他都跟你说了啥，但我们都非常担心他会把当年的一些事都抖出来。因此，我就让吕枫找人，干脆把他彻底做掉算了，因为要想掩盖历史，就得让知情人彻底消失。这样，吕枫就从黑鱼泡那边找了三个黑道上的人，一共是两男一女。据我所知，11月24号那天早晨，就是那个女的给韩力洋打的电话，把他约出来的。至于她在电话里是怎么跟韩力洋说的，这我就不太清楚了。那三个人都是吕枫找的，我也不认识。原想只要把韩力洋做掉，这个案子也会像当年你爸被弄死的案子一样成为无头谜案的。没想到你们这边的公安局竟然把专案组组长换成了你，而你竟然又把‘9·28’我身在江陵的监控视频找到了，我精心构筑的防线就这样一点儿一点儿崩溃了。

“为了逃避你们对我的抓捕，我没有别的办法，只能三十六计走为上。于是，我就以上香港办业务为借口，准备通过香港出境。临走之前，我还特意跟老沈说，我从香港回来，就筹备跟他结婚。没想到，到北京机场刚要出关，就被机场的警察给扣住了。那一瞬间我就知道，我完了。因为我犯的是死罪，我这一辈子活到这儿就算活到头了。但我没想到上北京去押解我的竟然是吕枫。因此我就再一次觉得这是老天爷不让我死，是上天在救我呢。虽然你们上北京去押解我的有三个人，但我跟吕枫完全是用眼神交流，吕枫很明确地用眼神暗示我，他会给我留出逃跑的时间和机会的。

“吕枫为什么会这么卖力地救我？因为救我就是救他自己。他非常清楚，一旦我折了，我要是进去了，我肯定会把他咬出来的。因此，这一路上他不断地暗示我找机会逃跑。因为在车上我坐在后座上是挨着他坐着的，他不时地用呵斥我的方式来提醒我找机会逃跑。他曾三次提醒我说：‘如果你想上厕所一定要到服务区，听见没有？路上我们是不会给你停车的，你就是拉在裤兜子里，我们也不会在高速上停车的。’其实，我听出来了，他这就是在暗示我，下了高速找机会逃跑。因此，这一路上，我不断地寻找逃跑的机会。特别是过了平东之后，离江陵越来越近了，如果我再不逃，肯定就没有机会了。于是，车在平东下了高速公路走到蓝家桥那儿的时候，我一看路两侧都是荒草丛林，还有坑坑洼洼的大土坑，我就决定在这儿下车。其实吕枫也看好了这个地方了。当时由于我挨着吕枫坐着，吕枫就在下面隔着裤子狠狠地掐了我一下，我知道，他这是告诉我让我在这儿逃跑。我就假装肚子疼，大喊大叫说肚子疼得受不了了，憋不住了。果然，他们给我打开了手铐，让我下车去上厕所。由于男女有别，他们三人不可能离我太近，他们只能站在公路边等着我上来。其实，我一下到那个坑里连裤带都没解，就直接趴着从另一侧的草丛里爬上来了。我躲在一蓬荒草和小树毛子里，当我看见他们三个人都往大坑这边走来的时候，我撒丫子就往公路上跑。正好路边上还停着一辆车，那辆车是哪儿的，我真不知道，也可能是私家车临时停车在路边解手也不一定，但我当时打定主意，我一定要让这辆车拉我逃跑，我身上还藏有一张金卡，我深信有钱能使鬼推磨。但我万万没有想到，就在我快要跑到公路边上的时候，吕枫竟然朝我开枪了。后来当我从死神手里缓过来，我才慢慢寻思过味儿来，这一路上吕枫不断提醒我让我逃跑，他其实就是想干掉我呀！因为只有干掉我，他才能安全，只要我活着，对他就是一个威胁。怎么才能干掉我呢？只有我逃跑，他干掉我才是合理合法的。苍天对我也是挺眷顾的呀，我竟然没有死在他的枪下，没有做他的枪下鬼，这也算是我这辈子不幸中的万幸了。

“说起来，我跟吕枫我们很早就认识了。那时候他还在临河街这边的长阳区派出所当副所长呢。那时候他这个人看着就非常阴。当时我已经从老家泥鳅泡跟那个叫沈学兵的男人彻底分手了，正是我人生最不堪、最龌龊、最难熬的时候。那时候，我曾经跟人家学过美发，但在美发店当学徒工，一年才能挣几个钱哪？连伙食费都挣不出来。后来，在一个小姐妹的介绍下，我就上力洋酒店了。就是在那个时候，我认识了吕枫。有一次，吕枫上力洋酒店去扫黄，把我跟一个嫖客堵在屋里了，我就哀求他：‘放了我们吧，我们也都挺不易的。’

他说：‘放了你可以，但你怎么报答我呢？’我能有什么报答他呀？只能用我的身子。我跟他就这么认识了。

“后来我就认识了仇哥，就是后来被枪毙的那个黑社会老大仇奉和。我跟仇哥搭上钩之后，吕枫就再不怎么骚扰我了。因为他知道仇哥非常喜欢我，吕枫也不想得罪仇哥那样黑白两道都吃得开的人，所以我跟他基本上就相安无事了。认识仇哥之后，我的日子就一天天地好起来了。仇哥他不愿意让我当小姐，可我不当小姐我没有经济来源呀，这样仇哥就把我给包养了。他把我从力洋酒店接出来，专门给我弄了一套房子，他不让我随便接客，不许随便跟别的男人来往。他只让我陪他或者陪那些他需要的人。

“有一段时间仇哥的生意做得非常大，他为了寻求保护，就把我当作礼物送给了当时的副区长苗壮。那时候，我已经做了很长时间的小姐了，对于如何能迷住男人的心，我当然有我的一套办法。但是，仇哥知道，苗壮喜欢处女，他有处女情结。为此，仇哥还特意花钱，找了一家医院，专门给我做了处女膜修复术……后来苗壮也说过要娶我，但我知道，他不会真娶我的，因为我除了能给他带来床上的快感之外，不会再给他带来别的利益上的东西了。而他的老婆就不一样了，他老婆的父亲当时是省委组织部管干部的一个处长，他的升迁跟他老婆的家庭背景有着密不可分的关联，他怎么敢休了他的老婆呢？他说完了，我听完了，也就拉倒了，我们谁都不会认真的。

“从那之后，不但仇哥有了靠山，就连我也有了靠山。苗壮对我非常宠爱，他知道老仇是把我当作礼物送给他的，因此，老仇在他那儿办事，一般来说都畅通无阻，尤其是从银行贷款非常方便。后来不知道是老苗还是别的什么人，撺掇仇哥投资石油企业，让他筹建炼油厂。因为当时仇哥在油田买了几口油井，每天都大把大把地往口袋里进钱，所以，他也觉得投资炼油厂能赚大钱，于是，他就开始征地，建厂房，购置炼油设备。也正是在这期间，已经当上副市长的苗壮又调到黑鱼泡当副书记兼市长去了。他这么一走，就把老仇给闪了一下，老仇再想从银行弄钱就不那么容易了。

“后来有人给仇哥出主意，让他以高利率在民间融资。于是仇哥就从北京请了几个专门做融资的人，在江陵大做广告，开始融资，很快就融到了一个多亿。可是一个多亿，去了给那几个融资人的回报，再加上还银行的贷款，几乎就不剩啥了。那时候他在银行已经贷了两三个亿了，再加上从民间融来的那些钱到日子得给人家返利呀，这样他资金就周转不开了。他就让我去找苗壮，想让苗壮出面跟咱们这边的银行说说，再贷给他一些钱。我找到苗壮一说，苗壮就推诿说，他现在在黑鱼泡，鞭长莫及，不好说这个话。其实话里话外，就是不想再跟老仇他们掺和了。他也暗示我，不要跟仇奉和走得太近。说实话，这些年，老苗对我是非常非常够意思的。他对我一直不忘旧情，只要是我个人的事，只要找到他的头上，没有不帮忙的。后来仇奉和也曾亲自去找过苗壮，但苗壮借口在外地开会，见都没见他。仇哥一看苗壮不见他，他就又通过他的姨父去找，也没好使。

“当时仇奉和实在是走投无路了，只好跟我商量，让我再帮他一次。他再一次把我当作礼物送给了当时正在江陵银行主管贷款的副行长薛桂明。这个薛行长是一个非常好色的家伙，当仇奉和第一次领着我去见他的时候，他一看我眼睛就直了。老仇跟我陪他吃完饭，互相也都心照不宣，老仇就在力洋酒店给他开了一间高档房间。开始，老仇没想用捉奸这种损招来逼他就范，他让我用感情去贿赂薛桂明，当薛桂明真跟我有了感情，再跟他提贷款的事。但是，后来当我跟老薛提贷款的事的时候，老薛竟然翻脸了，说仇奉和用美人计陷害他，说啥也不答应给老仇放款，一口咬住说他没有那么大的权力。

“老仇一看这个薛桂明实在是太不讲究了，这才使出了捉奸的损招，他跟派出所报案那天，他连我都没告诉。就这样，我跟老薛一起被你父亲给抓了个现行。老薛害怕自己嫖娼的事哄嚷出去，一旦被他们单位知道，他这顶行长的乌纱帽也就戴到头了。老薛和我被抓现行的消息，仇奉和第一时间就知道了。一个是他报的案，再一个是力洋酒店的老板韩力洋也在第一时间通知了他。他知道信儿之后，立刻就跑到派出所去保薛桂明。但你父亲那个人是个死心眼儿，说啥也不行，非要走正常程序，他一走正常程序，老薛嫖娼这事这不就露馅儿了吗？

“后来，仇哥找了很多人疏通关系，又花了一大笔钱，总算把薛行长给捞出来了。这老薛这不就等于欠了仇哥的一个大人情吗？于是，仇哥就又跟他提出了贷款的事。说实话，老薛当时确实没那么大的能力再给仇哥放款了，以前仇哥之所以在银行贷款比较容易，那是因为有苗副市长的面子，有政府给做担保。现在苗副市长走了，他又在银行有那么多贷款还不上，银行怎么敢再给他放款啊？老仇就天天让人上银行去找老薛，用各种办法去威胁他、吓唬他，老薛实在不堪其扰，于是，就通过关系找了个叫三虎子的流氓出面给调停。老薛这件事办得实在是太馊了，像仇哥那样见过大世面的人，怎么会瞧得起三虎子这类的小流氓呢？于是，他们说了不几分钟，仇哥就架着酒劲儿掏出手枪，一枪就把三虎子给打死了。这些事都是我后来听黄利德给我讲的，他当时在现场，我认为他说的还是比较靠谱的。

“后来，老仇因私藏枪支和故意杀人被抓进去了，他手下的那些人想把仇哥捞出来。但想捞仇哥，就得找你父亲，因为这个案子从头至尾就是他们派出所办的。但你父亲那个人六亲不认，谁说啥都不行。后来，他们就又去找了副所长吕枫。吕枫说，只要能让牛碧仁消失，往外捞仇奉和的这件事就可以操作。因此，他们就设了个局，把你父亲诓出来。那天晚上是月黑头，再加上那时候临河街还不像现在这么繁华，也没几盏路灯，所以，就在你父亲走到临河街和福民路交会路口的时候，被他们用镐把给打死了。干掉你爸之后，他们因为薛桂明不守承诺出尔反尔，又把他家给灭门了。这件大案在当年影响非常大，但案子最后却不了了之了。

“我也就是那时候重新又跟吕枫搭上钩的，我知道这个人非常阴，手段毒辣，但因为有仇哥罩着我，所以他不敢对我怎么样，现在仇哥被抓进去了，随时都有死的可能，在这种情况下，我要是不让他占点儿便宜，他是不会放过我的。我是个小姐，我没有别的给他，只能把我的身子给他白让他玩。但我知道这家伙的野心非常大，他当上所长之后，本来是希望自己能当上长阳区分局局长然后上市局去当局长的。但是，不知为什么，后来他从长阳区副局长的位置上调到市刑警队去当了个副队长。这么多年，一直没有提拔起来。

“仇奉和跟薛桂明他们被干掉之后，我就不敢再在江陵这儿待了，我怕他们干的这些事再挂拉到我身上。后来我就去找老苗，这时候他已经从黑鱼泡调到省发改委了，我跟他旧情复燃，他用手里的权力帮我做了很多事。说实话，当初仇奉和包养我的时候，没少给我钱，后来的老薛也没少给我钱，老苗就更不用说了。我手里有了钱，我得干点儿事啊，于是，在老苗的帮助下，我注册了这家广告公司，我从江陵做到黑鱼泡，又从黑鱼泡做到省城，就这样，我的事业越做越大。但事业做得越大，就越怕过去的那些丑陋的历史被他人所知。因此，我就拼命想办法掩盖那段不堪回首的历史，给自己编造故事，编造自己是怎么创业的，怎么为了事业不结婚，等等等等。其实，历史是掩盖不住的，自己编造的谎言无论如何掩盖不了历史的真相。”

董晓凤说到这儿，我用一种很温柔的口气打断了她，我对她说：“你喝水吗？喝口水吧？”

董晓凤轻轻点点头，我把一瓶矿泉水递给了她，她接过去，拿着水瓶子却好半天没有喝。

我就问她说："你怎么不喝呢？是不是躺着不方便喝呀？我拿着水瓶给你喝好吗？"

董晓凤摇摇头，侧过身子喝了两口水，我给她擦了擦从嘴边流出来的水，她感激地看了我一眼，又把水瓶递给了我。

我就接着说道："董晓凤，这个话题咱就暂时说到这儿吧，下面你能不能跟我们说说你跟黄利德的关系？"

董晓凤听我这么一问，就闭上了眼睛，似乎又陷入了某种回忆之中。过了好一会儿，她忽然把眼睛睁开了，定定地看着我，轻声问道："那天跟你一起上广德大厦去找我的那个女警察，就是黄利德的姑娘吧？"

我看着她没有吱声。在这种场合下，我不能回答她提出的任何问题。因为现在是我审她而不是她审我。

董晓凤见我不说话，就自顾自地说道："那女孩儿长得太像她爸爸了。我一打眼就知道她肯定是黄利德的女儿，她那脸型和眼睛简直就是从黄利德脸上复制下来的。我早就听说黄利德的女儿在派出所工作，没想到她竟然跟你走到一起了。上天也真会捉弄人啊，我怎么都不会想到，打死你父亲的凶手的女儿竟然跟你走到一起了。这可真是莫大的讽刺啊！你刚才不是让我说说我跟黄利德的关系吗？那好，那我现在就告诉你，我跟黄利德的关系是深入骨髓的关系。这回你明白了吧？自从老仇把我包养之后，就给我弄了一套房子，把我给养起来了。他需要我出面给他陪客的时候，就让黄利德开车过来接我。那时候，黄利德刚从部队复员回来，没有工作，就上老仇那里打工来了。那时候黄利德长得绝对是一表人才，一米八的大个儿，有型有款的男人身材，炯炯有神的大眼睛，哪个女人见了能不动心啊？黄利德在部队是侦察兵，无论是散打还是拳脚功夫，都有一套。仇奉和很快就让他当了自己的贴身保镖，不但给他开车，陪他见一些重要客人，而且公司的大事小情，他都要征求黄利德的意见。他非常重视黄利德。而且，他给黄利德的钱说起来都让人眼红。有一次，仇奉和因为征地拆迁，得罪了当地的一个村干部。那个村干部仗着家族势力，在村里无恶不作。他们纠集一些人，来到老仇的公司，把他给围起来了，铁锹、洋镐、二齿子不管脑袋屁股照着老仇就打了起来。当时要不是黄利德拎着一把破椅子冲进重围，夺过一个人手里的铁锹跟那些人拼命，老仇那天非让人给打死不可。事后，老仇一下就给了黄利德二十万。那时候的二十万可不是现在的二十万，那时候的二十万差不多都能买半套别墅了。黄利德后来为啥这么替老仇卖命，把老仇的仇人包括你父亲都干掉了？他就是想报答老仇对他的那些恩情。

“说心里话，我觉得，黄利德是一个有情有义的男子汉。你想想，这么一个优秀的男人天天车接车送我，打理我生活上的一些杂事，我能放过他吗？就这样，在我一次次的引诱下，黄利德终于突破了最后的防线，背着老仇跟我上了床。黄利德是我这辈子所经历过的男人中最让我刻骨铭心的一个。但黄利德自从跟我有了这种关系后，就愈发觉得自己对不起老仇，就更加卖命地为老仇做事。不然的话，他也不会冒着生命危险去袭击你父亲，去把薛桂明一家都干掉。但话又说回来了，要不是我，他现在恐怕也让吕枫给干掉了。当时吕枫就有把他做掉的意思。他说黄利德知道的事情太多，万一他进去了，我们这些人都得完，后来在我的劝说下，吕枫才放了他一马。而且当警察怀疑到他的时候，又是吕枫出面给他做证，说他当时正在审讯他，这样警察最后才没有抓他。但那时候正是风声最紧的时候，仇奉和被判了死刑，公司树倒猢狲散了，黄利德整天提心吊胆，随时都有被抓的危险。

“后来又是我给他出主意，让他外逃，并把当初跟老仇做生意的一个新加坡女商人蒋涞介绍给了他，这样他就跟蒋涞出去了。在外面一躲就是十几年。后来，他从国外回来，又是最先找到的我，通过我才认识的苗壮。通过苗壮的关照，这样他才在咱们江陵站稳了脚跟。自从我们在省城见面后，我们就相约，这辈子永远都不要再见面了。当初我跟吕枫分手时也是这么说的。因为我们都害怕回望那段历史，都想把那段历史忘掉，把它从我们的记忆中抹去。所以，这些年来，我几乎没有跟黄利德、吕枫包括韩力洋他们见过面。我只听说，老黄的口碑不怎么好，有人给他起外号叫黄大搂，说他为了搂钱不择手段，谁给他送礼他都敢要，还有人说他这个官是花钱买来的。其实，这些话说得都不错，他这个官确实是花钱买来的。我听他说，他从国外回来，有一次去见苗壮，一下子就给了他二十公斤黄金。那叫二十公斤的黄金哪！他不搂他得啥时候能把这些投资收回来呀？老苗也是，当那么大的官，还那么贪，出事是早晚的。

“好了，我该说的都说了。我这背了二十多年的大包袱，终于卸下来了。我知道我犯的是死罪。但我没死在吕枫的手里，没当他的枪下鬼，这我就满足了。至于我怎么死，那就让老天爷来决定吧。”

70 董晓凤自杀，黄利德摔死，黄晓梅失踪

审问完董晓凤，都已经是第二天凌晨2点多了。由于董晓凤的伤情还很严重，所以还有些事就没让她说，想等她好一些再继续审。但

没想到，第二天早晨，当我们叫她吃饭的时候，发现她已经死了。经过法医解剖确认，她是服毒自杀的。她服用的毒药跟毒死沈秀秀的毒药是同样的成分。但我们不知道这毒药她藏在身上什么地方了。因为从我们在北京把她押回来的那一刻起，就已经把她身上的东西都搜出来了。她的这个毒药到底藏在她身上什么地方了，一直到现在都是个谜。

董晓凤死亡不到一个小时，梁宝亮给我打电话，说黄利德也死了。黄利德交代完他的罪行之后，反贪局那边就把他移送给公安部门处理了。因为刑事案子不归反贪局这边管。当天早晨黄利德吃完早饭之后，反贪局那边就把他的东西都收拾好了，也没给他戴手铐，只用一个负责他这个案子的人，押着他往看守所这边移交。当时押解他的那个工作人员也是太疏忽了，黄利德坐在后排座紧靠着车门，车在行驶的过程中，不知他怎么就把车门子给捅咕开了，就在押解他的那个工作人员发现他要跳车、想要拽住他的时候，他已经跳下去了。当时的车速也挺快的。黄利德从车上跳下来，根本就不可能站稳，一个趔趄，脑袋就磕在路边的马路牙子上了，当时就摔得头骨迸裂，脑浆外流，死过去了。我赶到医院的时候，他的尸体都已经被抬走了，运到火化场去了。

当我把这些事情都处理完，这才想起黄晓梅，自从我审问黄利德，黄利德说出他就是杀害我父亲的凶手那一刻，黄晓梅就失踪了，这期间我曾给她打过电话，但电话关机，怎么打都打不通。一直到两天以后，我跟我们所长老丁上她家去找她，她母亲才跟我们说，晓梅跟她说，她要出差，什么时候回来不好说，然后就走了，不知所踪。

尾　声

“马老师，我的故事讲到这儿，基本上就算讲完了，但有几个事，我还得跟你交代一下：

“打死韩力洋的那三个凶手，后来是通过吕枫的手机找到的。那时候他们还没有离开江陵。因为吕枫答应支付给他们的费用还没有全给他们。我们通过吕枫手机上的电话记录，联系上了这三个人，把他们抓获了。经过审讯，他们承认，上医院暗杀董晓凤也是他们干的。

“打死小廖的凶手最后也找到了，就是凤飞公司那个戴眼镜、叫凌子义的业务总监干的。他说他接到了董晓凤的求救电话，说有人骚扰她，让他带人出来解救，并嘱咐他说，一定要把骚扰她的人往死里打，出了事她负责。于是，这个凌子义就从办公室里拎着一个灭火器，用灭火器击打在小廖的脑袋上，把他给打死了。凌子义现已经被抓住。

“后经局党委认定，小廖是在秘密执行冷局交给我们侦破‘9·28’案的任务时牺牲的，应该追认为烈士。局里后来又重新给他开了追悼会，并追认烈士称号，一切抚恤均按烈士待遇。

“黄晓梅失踪之后，她的母亲就精神失常了，被亲属送到精神病院去了。黄晓梅一直没有消息，谁都不知道她上哪儿去了，活不见人，死不见尸。去年，有人上九华山去旅游，说九华山的莲台峰下有个莲花庵。他们无意间发现一个正在念经的尼姑，长得非常像黄晓梅，于是回来就跟我说了。我听后，立刻请示局里，要求让我上九华山的莲花庵去一趟，看看他们说的那个尼姑到底是不是黄晓梅。当时已经当上市局副局长的老丁就答应了。于是，我就跟我们队的另外一个同志去了九华山，也找到了他们说的那个莲花庵，但是根本就没有找到他们说的那个长得像黄晓梅的尼姑。于是我们就找到了莲花庵的主持，跟她打听是否有一个叫黄晓梅的女孩儿在她们庙里出家。那老主持详细问了黄晓梅的长相、年龄，以及其他一些情况，最后说，她们这里是来过这么一个女孩儿在这儿修行，但她在这里待了不到一年就离开了，至于上哪儿去了，她们也不知道。有关黄晓梅的消息，到这儿就终止了。

"我们从莲台峰下来的那天下午，在陡峭的悬崖峭壁上，我忽然发现一个身穿灰色僧衣戴着僧帽的小女子，从后面看非常像黄晓梅。我心里一阵激动，急忙沿着陡峭山路，一路小跑，追了上去。当我撵上她，走到她前面一看，原来是个长相平平的小尼姑。那小尼姑很奇怪地看了我一眼，然后就沿着山路朝前走去了。那一瞬间，我忽然想起了我跟黄晓梅所经历的那些个情感上的过往，一时间泪如雨下……"

2017年9月19日—2017年11月28日　初稿写完

2018年5月初　重新修改

后　　记

我新创作长篇小说《天黑了谁的手》很快就要下厂付印了。这是我迄今为止出版的第九部长篇小说。前几部分别是：

《白色的太阳梦》（中国文联出版公司）

《人在江湖》（电影出版社）

《反贪局长自述》（电影出版社）

《谁玩谁》（电影出版社）

《谜底》（时代文艺出版社）

《逃亡日记》（群众出版社）

《往事茁壮》（时代文艺出版社）

《长白英雄传》（上下卷，长春出版社）

再加上这本《天黑了谁的手》，刚好是九本。

熟悉我的人都知道，我不是专门写小说的小说家，我的赖以谋生的职业其实是“编剧”。说白了，主要是给二人转舞台写“戏本”写“唱词”的写手。写小说只不过是业余。

有好多朋友曾问我：“你作为一个职业编剧，不安分守己好好写剧本，怎么会写起小说来了呢？”这里面除了喜欢，当然还有另外的原因。记得好多年前——那时我还在扶余，有一次上白城开剧本讨论会，跟一个不怎么相熟的朋友喝酒，那朋友自称是作家，他当然也知道我是写二人转的，酒过三巡之后，竟然当着我的面用嘲笑和不屑的口吻说：“你一个臭写二人转的作者，算什么作家？只有写小说才能算是真正的作家。你们这些写二人转的作者根本就不入流。”（大意）他这话挺刺我耳朵的。记不得当时我都跟他说些什么了，但有一句话我记得很清楚，当时我借着酒劲儿跟他说：“小说这玩意儿谁都能写，可二人转剧本，那可不是谁都能写的。”一个二人转段子动辄一二百句唱词，不仅要合辙押韵，而且还要跳出跳入，刻画人物，叙述故事。我觉得，写剧本的作者可以写小说，但写小说的作家是很难写出二人转剧本的。既然他说只有写小说才算作家，那好，哪天就给他写个小说看看。

其实，在那之前，我已经带带拉拉写过一些所谓的“通俗”的中短篇了，都发表在一些被那些自诩为“作家”的作家们看不上眼的所谓“通俗”的报刊上。但由于我知道自己的根底浅，我从没想过我能出书，当年之所以写那些玩意儿，不外乎想多赚点儿稿酬，养家糊口而已。但自从跟那个不怎么相熟的“朋友”喝过酒，有过那番争论之后，我就琢磨着，此生既然以码字为业，怎么着我也得混进作家的“圈子”里，成为让他们瞧得起的作家呀。既然他说只有写小说才算真正的作家，那我就认真地写一个让他们看看吧。于是，便在创作二人转剧本之余，写起了长篇小说。这就是我上世纪八十年代末出版第一部长篇《白色的太阳梦》的缘由。没想到从此便一发而不可收，几十年下来，除了几十部中篇之外，滴滴拉拉地竟然还出版了九本长篇。这真是令我始料所不及。

我的这本小说最初的名字叫《那天晚上月黑头》。在这本小说的扉页上，我用很醒目的黑体字写着，谨以此书献给远在天国的马青山老弟。

马青山是我的好朋友，也是一名作家，生前曾是省公安厅的宣传处长、政治部副主任，吉林省公安文化的拓荒者之一。可不到六十便溘然长逝。他活着的时候，曾多次组织社会作家、艺术家进警营的活动。我曾有幸被青山忝列在这些作家、艺术家的行列里，跟他们走进了基层的警营。正是这些进警营的活动，让我熟悉了公安的生活，了解了在和平年代当一个合格的人民警察是多么的不容易。我也曾在这无数次的进警营活动中，采访过许多公安英模、普通的基层民警。青山过世之后，在送别他的追悼会上，我曾暗下决心，一定要写一本以公安为题材的长篇小说，以不负他这些年请我们进警营的一片苦心。去年下半年，正好手头没啥活儿，于是，便把以前搜集的资料翻了翻，找出了几个曾感动过我的故事，于是便开始了这部长篇小说的创作。

这就是这部长篇创作的动因。现在小说就要付印了，借这个机会，我交代了自己创作小说的由来和写这部小说的缘由，以便让那些认识我、熟悉我的朋友了解我写小说的真实的心态。最后，感谢时代文艺出版社的编辑们付出的辛苦劳动！

2018年7月　写于长春净月斋